Claudia Brendler

EIERTANZ

Claudia Brendler

EIERTANZ

Roman

Knaur

Besuchen Sie uns im Internet:
www.knaur.de

Wenn Ihnen dieser Roman gefallen hat und Sie auf der Suche sind nach ähnlichen Büchern, schreiben Sie unter Angabe des Titels EIERTANZ an: frauen@droemer-knaur.de

FSC
www.fsc.org
MIX
Papier aus verantwortungsvollen Quellen
FSC® C014496

Ein Unternehmen der Droemerschen Verlagsanstalt
Th. Knaur Nachf. GmbH & Co. KG, München

Umschlaggestaltung: ZERO Werbeagentur, München
Umschlagabbildung: © FinePic®, München
Satz: Adobe InDesign im Verlag
Druck und Bindung: GGP Media GmbH, Pößneck
Printed in Germany
ISBN 978-3-426-65282-4

2 4 5 3

1.

Die Herausforderung für heute: bei Tempo siebzig ein Brötchen aufschneiden, es mit Halbfettmargarine bestreichen und mit Tomatenscheiben belegen, diese mit Salz bestreuen, das Ganze auf einer kurvenreichen Landstraße. Seit Nürnberg leitete mich Bruce, die neue Stimme meines Navigationsgeräts, über die Dörfer. Inzwischen war ich kurz vor Ingolstadt und bereute längst, mir Bruce angeschafft zu haben. *Der Held, der Ihnen sagt, wo es langgeht – knallhart und sexy, für nur* 9,95. Immer, wenn ich versuchte, wieder auf die Autobahn aufzufahren, sagte er lässig: »Baby, das ist keine gute Idee«, und befahl mir zu wenden.

Die aufgeschnittenen Brötchenhälften lagen auf dem Beifahrersitz, neben der Plastiktüte mit den Tomaten und der offenen Margarinedose. Ich hatte das Messer schon in die Margarine getaucht, versuchte, die nächste Kurve zu nehmen, ohne den Kaffee auf der Ablage ins Rutschen zu bringen. In meiner Jackentasche vibrierte mein Handy. Ich ließ das Messer in der Margarine stecken und warf kurz einen Blick aufs Display, bevor ich abnahm. Die Nummer unserer Agentur.

»Hi, Süße«, sagte Julia. »Wo bist du jetzt?«

»Frag nicht. Kirchtürme. Kühe. Kurven. Auf der A9 ist Stau. Was ist bei euch los? Ist Chris schon auf der Messe? Hat der Typ vom WDR sich endlich gemeldet? Hat ... Hallo! Es ist gelb!«

Vor mir aufleuchtende Bremslichter. Die Heckklappe eines Kleinwagens, geschätzte zehn Zentimeter von meiner vorderen Stoßstange entfernt. Eine Ampel, die von Gelb auf Rot schaltete. Und ein BMW, hupend, an meiner hinteren Stoßstange.

»Gina? Ist was?«

»Nein. Alles okay.«

Den Kaffee hatte ich gerade noch retten können. Aber Brötchenhälften, Margarine und Tomaten waren in der unergründlichen Dunkelheit des Fußraums verschwunden.

»Sag mal, Julia, hat vielleicht jemand für mich … angerufen?«

»Jemand?«

»Du weißt schon, wer.«

Ich hörte Julias gequältes Stöhnen und im Hintergrund Glockengeläut von der Kölner Domkirche. Und in diesem Moment, an dieser Ampel, im Bus unserer Agentur, blind im Fußraum umhertastend, überfiel mich das Heimweh mit aller Macht. Heimweh nach Köln. Nach meinem Schreibtisch in der Agentur. Den beiden Telefonen, die immer gleichzeitig klingelten, dem Amorschlumpf auf dem Computer und der Sammlung der kitschigsten Kaffeebecher der Welt, bei deren Anblick meine Chefin Christiane immer eine Augenbraue hochzog. Sogar nach Christianes sorgfältig zu Raupenform zurechtgezupften Augenbrauen hatte ich Sehnsucht. Und natürlich nach Julia. Wir kannten uns, seit unsere Mütter uns als Achtjährige zusammen in eine Blockflötengruppe gesteckt hatten. Nach unserem ersten Flöten-Fechtkampf freundeten wir uns schnell an, tauften unsere tadelnde Lehrerin *die Blödflocke* und trotzten ihr fortan gemeinsam. Später besuchten wir dasselbe Gymnasium, quälten uns anschließend zusammen durch Praktika und Seminare, bis ich mein Studium aufgab und in der Künstleragentur *Lachschmiede* landete. Akquise, Organisation, Tourbegleitung, Buchhaltung, Betreuung von verzweifelten Komikern. Vor zwei Jahren, als wieder einmal eine Sekretärin Christianes Temperament nicht standgehalten hatte, war es mir gelungen, Christiane zu überzeugen, dass sie keine ausgebildete Sekretärin, sondern einen geduldigen Engel brauchte. Und seitdem teilten Julia und ich ein Büro. Auch Männer hatten uns nicht dauerhaft trennen können. Weder der Lebensabschnittslangweiler, mit dem ich zwei öde Jahre verbracht hatte, noch Julias neueste Errungenschaft, das Karöttchen, der Vegan-Koch vom Café Meatless Meeting an der Ecke. Wir waren immer tolerant gewesen bei Verliebtheit, eine hatte der anderen den vorübergehenden Totalausfall der für Urteilsfähigkeit und Vernunft zuständigen Hirnareale nachgesehen. Aber jetzt sagte Julia, ungewohnt streng: »Schlag ihn dir aus dem Kopf, Gina. Ja, Mister Du-weißt-schon-wer hat angerufen, zwei Mal!, er hat sich über das Catering bei seinem Auftritt beschwert, er wollte Chris sprechen wegen der Sendung und nach dir hat er nicht gefragt.«

In diesem Moment griff ich in die Margarine.

Schon beim Auftauchen aus dem Fußraum, das Telefon in der einen Hand, die andere voller Tomatenmatsch und Margarine, spätestens aber beim Anfahren, als der Kaffeebecher mir entgegensegelte, wusste ich, dass alles noch schlimmer kommen würde. Bruce schien auch dieser Meinung zu sein. Von Kilometer zu Kilometer wurde er unfreundlicher. Ich war auf seinen Befehl von der Schnellstraße abgefahren, auf eine Landstraße und wieder auf eine kleinere Straße.

»Geradeaus«, bellte er. »Mach keine Faxen und tu, was ich dir sage, geradeaus.«

Aber geradeaus lag nichts als eine graublaue Wasserfläche. Ich bekämpfte meine Neigung, es ihm recht machen zu wollen, und bog im letzten Moment ab, bretterte durch ein efeubewachsenes Tor, umkränzt von blauen, roten und gelben Glühbirnchen. Bruce verschlug es die Sprache. Bevor er sie wiederfinden konnte, stellte ich den Motor ab. Stille. Nur das Plätschern und Glucksen der Wellen gegen die Ufersteine. Und von irgendwoher die winselnde Stimme eines Country-Sängers. Ich stieg aus. Die Musik kam von einem Haus am Ende des Parkplatzes. Eher eine Blockhütte. Über dem Eingang stand in Leuchtbuchstaben: *Café und Lodenmoden.* Die Frau, die in der offenen Tür lehnte, trug ein Dirndl. Und einen Cowboyhut. Sie studierte die Schrift auf dem

Bus, www.*lachschmiede*-köln.de, ohne eine Miene zu verziehen, dann ließ sie ihre Zigarette fallen, zermalmte sie unter ihrem Cowboystiefel.

»Grüß Gott«, sagte ich. Ich fand es höflich, mich anzupassen. Ich war in München gewesen, in Augsburg und Bayreuth, ich wusste, dass man in Bayern Gott grüßte, so wie man Brötchen als Semmeln bezeichnete und Frikadellen als Fleischpflanzerl.

»Können Sie mir sagen, wie ich nach Neuenthal komme?«

»Jo, freili.«

Die Kette mit dem kleinen Kreuz in ihrem Ausschnitt war verrutscht, und sie justierte sie neu, platzierte das Kreuz passgerecht in den Spalt zwischen ihren Brüsten. Unwillkürlich dachte ich an alte Heimatfilme. Berghänge, Schluchten, Gipfelkreuze im Nebel.

»Wo mechstn hi? Wos fir a Straß?«

»Wie bitte?«

Sie kam noch einen Schritt näher, und ich gab mir Mühe, nicht prüfend in ihren Ausschnitt zu starren. Ich verstand mich auf Busengrößen. Aus persönlichen Gründen. Mir war, was niemand begreifen wollte, meine etwas zu üppig geratene Oberweite unangenehm. Über die Jahre hatte ich Bezeichnungen dafür gesammelt, in den verschiedensten Sprachen: Milchbar, Big Boobs, Airbags, Grand Balcon, oder niedlich und etwas verklemmt auf Holländisch: de coemkes op de kast. Was so viel hieß wie »die Schälchen auf dem Schrank«. Und diese Frau hatte *Schüsseln* auf dem Schrank.

»Wuist zur Seestraße, ha? Wennsd mogst, konnst glei do stehn bleim, Platz is gnua.«

»Entschuldigen Sie, könnten Sie das noch mal …«

»Kannst glei do stehn bleim, hosd mi?«

Ich war müde. Wollte endlich ankommen. Auf Bruce war auch kein Verlass. Ich löste meinen Blick von ihrem Ausschnitt und sah ihr fest in die Augen. »Do you speak English?«

Einen Moment war es still. Nur das Plätschern, das Rauschen der Bäume und die Musik vom Café. Sie nahm den Hut ab und fuhr sich durch die kurzen Haare. Dann lächelte sie, streckte die Hand aus.

»Du möchtest zum Haus von der Mirl, stimmt's?«, sagte sie in bestem Hochdeutsch. »Ich bin Therese. Wir sind Nachbarn.«

Das Haus war überraschend groß und hätte hervorragend in jeden alten Heimatfilm gepasst, die Fensterläden standen offen, und in den Blumenkästen auf dem Balkon blühte es rosa, rot und weiß. Die Tür, hatte Therese gesagt, sei nicht abgeschlossen, ein Schlüssel hänge am Haken im Flur. Einen Moment hatte sie mich angesehen, die Augen zusammengekniffen, als wollte sie noch etwas sagen, hatte es sich aber dann doch anders überlegt, die Arme vor ihrem Grand Balcon verschränkt, und war wieder ins Bayrische verfallen: »Geh erst mal eini, nacha schau ma weida.«

Während ich in meinen neuen Peeptoes – blau gestreift, leider etwas eng – über den Kiesweg eierte, fragte ich mich, ob Therese tatsächlich gesagt hatte, dass ich *eingehen* sollte. Wovon ich gar nicht so weit entfernt war, denn es war brüllend heiß, mein prallgefüllter Lederrucksack klebte mir am Rücken, die beiden schweren Rollkoffer bockten im Kies. Ich sehnte mich nach einer Dusche und verfluchte nicht zum ersten Mal, dass Christiane mich hierhergeschickt hatte, statt sich selbst um ihre rätselhafte Erbschaft zu kümmern. Eine Erbschaft, die noch nicht einmal sicher war. Sie hatte es selbst gesagt.

»Ach, Schorschelchen, irgendwo muss das Testament sein, in einer Schublade oder unter einer Matratze. Beim Notar ist es nicht. Halt die Leute vom Freizeitpark eben hin, bis du es gefunden hast.«

»Warum fährst du nicht selbst? Oder wartest, bis alles geregelt …«

»Weißt du, wie lang das dauern kann? Die Leute von der *Fun & Leisure GmbH* wollen kaufen. Sofort. Ich brauch das Testament, ich bin sicher, es gibt eins. Und du weißt doch, ich kann nicht weg, die Kulturmesse und der Ärger wegen Mirko … Schorschelinchen, das ist ein Notfall!«

Christiane nannte mich nur in Ausnahmesituationen Schorschelinchen, im Falle geplatzter Premieren, anstehender Steuerprüfungen oder zu Ende gegangener Vorräte ihres Lieblingsweins. Und sie hatte ernst ausgesehen, auf ihrer Stirn die steile Falte, die jede Make-up-Schicht zum Bröseln brachte, sogar ihre Augenbrauen hatten ihre Contenance verloren.

Aufatmend stellte ich die Koffer im Schatten des Vordachs ab und zog meine engen Schuhe aus. Die Haustür war aus Holz, mit einem anheimelnd altmodischen Fenster aus mattem Glas, das Dämmrige dahinter versprach Kühle.

»Home, sweet home«, murmelte ich, drückte die schwere Messingklinke herunter und trat in einen dunklen Flur.

Worüber ich gefallen war, konnte ich im ersten Moment nicht sagen. Auf meinem Hintern sitzend, mit schwirrendem Kopf, erkannte ich nur Schatten, Umrisse von Möbeln, Aufgestapeltes an Wänden und im Licht, das von draußen hereinfiel, tanzenden Staub. Sehr viel tanzenden Staub, der sich langsam, beinahe graziös, wieder auf Kommoden, Kisten, Stapeln niederließ. Ich zog mich an einem Stuhl hoch. Und wünschte mir im nächsten Moment, ich hätte es nicht getan. Der Boden unter meinen bloßen Füßen fühlte sich klebrig an, und eine Weile blieb ich schwer atmend stehen, unfähig, einen Schritt weiter ins Ungewisse zu unternehmen, während meine Umgebung nach und nach Konturen annahm. Woran ich sie gern gehindert hätte. Jetzt sah ich, worüber ich gefallen war: ein Frosch aus Ton, mit einem breiten Grinsen im Gesicht, unter einer schmiedeeisernen Krone. Er lag inmitten seiner tönernen, ebenso grinsenden und schmutzverklebten Kollegen, die sich ihren Platz mit Tonschwänen, Porzellanschnecken, Blumentöpfen, Gießkannen und einer Sammlung weiterer Dekostücke für Haus und Garten teilten, deren Ausmaß ich noch nicht abschätzen konnte. Dort, wo das Licht zum Glück nicht mehr hinreichte, erahnte ich eine Treppe, halb zugestellt mit Kartons und überquellenden Plastiksäcken. All meine inbrünstigen Wünsche, wenigstens zwei Zentimeter über dem klebrigen Boden schweben zu können, nützten nichts, ich biss die Zähne zusammen, tastete mich so vorsichtig wie möglich zurück zur Tür, suchte nach einem Lichtschalter. Obwohl ich jetzt schon wusste, dass ich es bereuen würde, wenn ich ihn fand.

Zwei Stunden später hatte ich im, gelinde gesagt, übermöblierten Flur etwas Platz geschaffen, hatte herumstehende Stühle und Hocker gestapelt, Zeitschriftenberge abgetragen, altersschwache Stehlampen und die sperrigsten Gartendekorationsstücke nach draußen gebracht und war bis zu einem großen Raum am Ende des Flurs vorgedrungen. Jemand, Therese vielleicht, hatte hier Sessel und herumstehende Gegenstände mit Bettlaken abgedeckt. Auf dem Boden waren Zeitungen ausgebreitet, als hätte jemand beabsichtigt, zu renovieren, es aber angesichts der überall herumstehenden und -liegenden Nippesfiguren aufgegeben. Von sämtlichen freien Flächen lächelten Madonnen mit halbnackten Jesuskindern, neben angestaubten Engeln, Märchenfiguren, Zwergen und norwegischen Trollen, innig miteinander verbunden durch graue, brüchige Fäden. Eindeutig Spinnweben! Mein Verhältnis zu Spinnen ließ sich in einem Satz zusammenfassen: Nur eine tote Spinne ist eine gute Spinne. Oder, in einer für Tierfreunde verträglicheren Version: Ihr lasst mich in Ruhe, dann lass ich euch in Ruhe. Aber genau das war hier nicht möglich. Dankbar für die Kampfkleidung, die ich mittlerweile angelegt hatte – alte Leggins, Turnschuhe und eine Regenjacke –, ging ich zwei zögerliche Schritte näher heran. Diese Spinnweben waren eindeutig Altbau, beruhigte ich mich, unsaniert, eine Zumutung für Spinnenfamilien, die Wert auf wenigstens ein Minimum an

Wohnkomfort legten. Für bestimmt zehn Sekunden tröstete mich dieser Gedanke. Bis mir einfiel, dass ein verfallender Slum voller aggressiver Spinnen mit schlimmer Kindheit noch viel bedrohlicher wäre. Zum Äußersten entschlossen griff ich nach einer der vielen herumstehenden Reisigruten, fuhr damit durch die Spinnweben, die Augen geschlossen, gefasst auf krabbelnde Beine, die dicke, schwarze, behaarte Leiber trugen. Aber nichts tat sich. Aufatmend legte ich die Rute beiseite, sammelte im Taumel des Sieges über meine Angst gleich die herumliegenden Zeitungen ein. Einige waren tatsächlich bekleckst mit etwas Grauweißem, Farbe wahrscheinlich. Ich versuchte, nicht hineinzugreifen, stapelte sie neben dem Kamin. Und schrie auf, als ich in aufgerissene Augen blickte. Eine knieweiche Sekunde brauchte ich, bis ich erkannte, dass die Augen einer Maske gehörten, einer von vielen, die auf dem Kaminsims standen und lagen, Masken aus Holz oder Ton, mit leeren Augenhöhlen, Tierohren, Hörnern. Nur diese eine schien mich anzuschauen, aus aufgemalten, rot umrandeten Augen, so intensiv, als versuchte sie, einen kindischen Anstarr-Wettbewerb zu gewinnen. Sollte sie doch.

»Ich glaub nicht an Voodoo«, sagte ich laut.

»Halt die Goschn«, antwortete jemand, nicht minder laut, von irgendwoher, und ich klammerte mich zitternd an einem überdimensionalen hölzernen Mönch mit Wanderstab fest. Ängstlich lauschend, die Rute im Anschlag, schlich ich in den Flur, riss alle Türen auf, die sich öffnen ließen: kein Mensch. Nur eine Küche, deren Anblick selbst Meister Proper eingeschüchtert hätte. In einem anderen, kleineren Raum Wäschestapel, die dritte Tür klemmte. Niemand, der flüchtete, niemand, der sprach. Stille. Auch draußen. Kiesweg und Parkplatz brüteten in der Spätnachmittagssonne.

Ich hatte gehört, dass akustische Halluzinationen bei Forschern in einsamen Gebieten vorkamen. Allerdings hatte ich nicht erwartet, dass es so schnell gehen würde. Es war Zeit für eine Gegenmaßnahme. Ich schloss den Bus auf und holte die Kühltasche mit den Überlebensmitteln aus dem Kofferraum. Die Piccolos waren noch kalt. In Erinnerung an die Küche verzichtete ich auf ein Glas, trank einen Schluck Aperol Spritz aus der Flasche. Alles war nur eine Frage der Organisation. Zuerst würde ich einen Grundriss jedes Stockwerks zeichnen und darüber ein Raster aus Planquadraten legen. Vielleicht wäre es klug, auch jeden einzelnen Raum in Quadrate einzuteilen, diese Quadrate jeweils in Unterabschnitte, die ich systematisch durchforsten würde. Ein Zimmer pro Tag wäre zu schaffen. Je früher ich loslegte, desto schneller wäre ich wieder in Köln. Auf meinem iPhone tippte ich bereits die Einkaufsliste für morgen:

Millimeterpapier
Bleistifte (mit Radierer)
Mülltüten (groß)
Insektenspray (Rattengift?)
Powerreiniger
Mundschutz?
Latexhandschuhe (Chirurgiebedarf?)
Einweg-Schutzoveralls (ca. 100 Stück)
Schweißerbrille
Machete (Outdoorladen?)
Zehn Flaschen Aperol Spritz groß (Härteres?)
Zartbitterschokolade (mit 85 % Kakaoanteil)
(oder doch Vollmilch-Nuss?)

Dann rüttelte ich an der klemmenden Tür, hinter der ich das Bad vermutete, bis es mir nach einer Minute wütenden Ruckelns gelang, sie wenigstens einen Spaltbreit zu öffnen. Don Quijote hatte mit bloßen Händen gegen Windmühlen gekämpft, ich kämpfte gegen eine Übermacht widerspenstiger, glitschiger, im falschen Moment auslaufender Shampooпröbchen, Duschgelfläschchen und Cremetübchen. Im Gegensatz zu Don Quijote siegreich. Nach einer Stunde erreichte ich, bereits von oben bis unten eingeseift, eine überraschend saubere Duschkabine, drehte erwartungsvoll den altmodischen Wasserhahn auf. Ohne Ergebnis. Einen Moment stand ich stumm und schäumend in der Kabine. Was sollte ich tun, eine höhere Macht um Wasser anrufen? Oder lieber gleich meine Chefin? Schon war ich zu meiner Regenjacke geglitscht, hatte das iPhone aus der Tasche gefischt. Ich tippte ihre Nummer, zog mich zum Telefonieren wieder in die Kabine zurück. »Christiane?« Ausgerechnet jetzt erwischte ich nur die Mailbox. »Hier ist Gina. Sag mal, hast du gewusst, wie es in diesem Haus …« Ein Knacken unterbrach mich. Gefolgt von einem Knattern, dann schoss ein gewaltiger Wasserstrahl aus der Dusche, und mit einem Schrei schleuderte ich das iPhone aus der Gefahrenzone, zwischen Tübchen, Fläschchen, Pröbchen.

Als ich endlich im Schlafzimmer ankam, zwitscherten draußen schon schüchtern die Vögel, ein Abendkonzert, und vom See her quakten Frösche. Das Schlafzimmer war eine Offenbarung. Ein fast komfortabel zu nennender breiter Gang zwischen Wäschebergen führte zu einem Bett. Einem ordentlich gemachten Bett mit geblümten, duftenden Bezügen, dessen Anblick mich beinahe zu Tränen rührte. Ob Therese dafür verantwortlich war? Dankbar packte ich meine Koffer aus und hängte zumindest die wichtigsten Kleidungsstücke auf einen Kleiderständer. Im Bademantel setzte ich mich ans offene Fenster. Das Haus hatte Seeblick, dieser sei nicht hoch genug einzuschätzen, hatte Christiane mir eingeschärft, und tatsächlich sah der See in der beginnenden Nacht zauberhaft aus, das Boot, das aufs Ufer zuglitt, wie eine Barke aus einem Traum. Plätschern. Stimmen. Ein Mann und eine Frau. Sie legten an, und der Mann machte das Boot fest, half der Frau ans Ufer. Sein weißes Hemd leuchtete in der Dämmerung. Von der Frau sah ich nur Locken, die ihren Kopf umwallten.

»Ich bring dich jetzt hoam«, sagte er, in seiner Stimme lediglich eine sanfte, weiche Färbung des Dialekts. Er legte einen Arm um seine Freundin, und sie entfernten sich über den Uferweg. Ich fühlte mich auf einmal schrecklich einsam und trank einen großen Schluck Aperol. Warum brachte mich niemand hoam? Warum gelang es allen um mich herum, sich zu verlieben und wiedergeliebt zu werden, nur mir nicht? Warum verliebten sich ausschließlich brave Langweiler oder Freaks mit Mutterkomplex in mich? Die Männer, bei denen mir die Knie schwach wurden, liebten andere Frauen. Elfenhaftere, hilflosere Frauen. Ich war der Kumpeltyp mit den tollen Airbags. Auch für Mirko. Die tüchtige Georgina, die dafür sorgte, dass in seiner Garderobe immer der richtige Joghurt bereitstand, mit 1,8 Prozent Fettgehalt, und die an jedem Auftrittsort das beste Fitnessstudio ausfindig machte.

Mirko war der Star unserer Agentur. Er hatte einen durchtrainierten Körper, ein sexy Grübchen am Kinn und eine freche Haarsträhne, die ihm immer wieder in die Stirn fiel. Er sehe so gut aus, dass er es nicht nötig habe, Komiker zu sein, hatte ein Kritiker geschrieben. Als ich das erste Mal bei einem seiner Auftritte hinter der Bühne gestanden hatte, waren mir die Tränen gekommen. Er sah so klein aus auf dieser riesigen Bühne, allein im grellen Scheinwerferlicht, vor dem schwarzen Abgrund, aus dem es murmelte, johlte und pfiff. Wie ein Dirigent eines Lachorchesters stand er vor der Menge, brachte Leute dazu, sich zu schütteln, zu klatschen, zu kreischen. In jeder Stadt hingen ihm die Frauen atemlos an den Lippen, verfolgten seinen Tigergang, warteten darauf, dass sein T-Shirt wenigstens einen Zentimeter nach oben rutschte, seine Bauchmuskeln freigab. Und standen nachher vor seinem Hotel. Oder riefen bei uns an, fragten nach seiner Telefonnummer. Die sie natürlich nicht bekamen. Ich hatte seine Telefonnummer. Sogar die Geheimnummer seines Handys. Ich konnte ihn auch nachts anrufen. Um ihm zu erklären, in welchem Fitnessstudio er am Morgen trainieren würde, oder um ihm die Soundcheckzeiten für den nächsten Tag durchzugeben. Worauf er meist dankbar, aber abwesend reagierte.

Mirko, so viel war klar, hatte es nicht nötig, auch nur einen Gedanken an Georgina, Schorschelchen oder Gina zu verschwenden. Schnell trank ich einige Schlucke. Ich musste es zugeben: Seit ich mich von meinem Lebensabschnittslangweiler getrennt hatte, den Julia hartnäckig »Prinz Muffel« nannte, war mein Liebesleben eine ziemliche Katastrophe. Wobei die Beziehung mit Prinz Muffel auch nicht unbedingt prickelnd gewesen war. Von der ersten Balzphase waren wir sehr schnell zur Nüsschen-vor-dem-Fernseher-Phase übergegangen. Wenn wir überhaupt einmal ausgingen, dann nur in die nächste Pizzeria, und verirrte sich ein Rosenverkäufer tatsächlich einmal an unseren Tisch, redete Prinz M. von der schlechten Ökobilanz von Rosen. Ich solle, sagte mir Julia immer wieder, froh sein, dass ich diese rosenlose Nüsschen-Gemeinsamkeit gegen meine Freiheit eingetauscht hatte. Aber in schwachen Momenten wie diesem beschlich mich der Gedanke, dass gemeinsames Nüsschenknabbern im Bett vielleicht immer noch besser war als das schmerzhafte Knabbern der Sehnsucht an meinem Herzen.

Inzwischen hatte ich den ersten Piccolo ausgetrunken, auch der zweite war fast leer. Ich nahm den letzten Schluck auf ex, griff nach meinem nach Shampoo duftenden iPhone und rief Julia an. Sie war zu Hause. An ihrem Tonfall hörte ich, dass das Karöttchen bei ihr war. Wahrscheinlich, dachte ich, machten sie Tantraübungen, während ich ihr erst von den Zuständen im Haus vorjammerte und dann erzählte, dass ich mich wieder einmal fühlte wie ein Single auf der Arche Noah.

»Dann probier's doch endlich«, sagte Julia. »Bei mir hat es ja auch geklappt.«

»Du meinst diesen Quatsch mit der Bestellung beim Universum?«

Sie hatte den Tipp von einer Freundin: Man könne sich alles, was man wünsche, beim Universum bestellen. Auch einen Mann. Es sei ganz einfach, man müsse nur den Wunsch positiv formulieren, ihn ins Ungewisse hinausschicken und vertrauen, dass für die Erfüllung gesorgt würde.

»Glaub mir, es funktioniert. Und wie«, sagte Julia. Es klang träumerisch. Wahrscheinlich massierte das Karöttchen ihr gerade den Rücken.

»Lasst euch nicht stören, bin gleich wieder da«, nuschelte ich, legte das Handy auf das Fensterbrett, holte einen neuen Piccolo aus der Kühltasche. Auf dem Rückweg lief ich einen kleinen, taumelnden Bogen und brachte einen Berg Handtücher zu einem immerhin lautlosen Fall.

»Geradeaus, Baby, mach keine Faxen«, hätte Bruce gesagt. Aber mit Bruce hatte ich es mir ja auch verdorben.

Ich stellte die Flasche auf das Fensterbrett, hielt das Telefon wieder ans Ohr.

»Julia?«

»Ja?«

»Und wenn ich ... wenn ich's jetzt versuche?«

»Bist du betrunken?«

»Und wennschon ... Dem Universum macht's bestimmt nichts aus.«

Ich schaute in den Nachthimmel. Die Sterne waren nicht nur näher als bei uns in Köln, sie schienen auch zahlreicher zu sein, und sie kreisten. Schnell klammerte ich mich mit der freien Hand am Fenstergriff fest. Mein Bademantel rutschte von den Schultern, gab dem Universum den Blick auf meine Brüste frei, eingezwängt in etwas zu enge C-Körbchen. Ich ließ den Bademantel zu Boden gleiten, rief den kreisenden Sternen über dem See meinen Wunsch entgegen, den Wunsch nach einem Mann, der intelligent und sexy, humorvoll und ernsthaft, stark und sanft zugleich war. Julia feuerte mich an. Was das Karöttchen tat, wusste ich nicht, aber es war auch egal, ich schickte mein glühendes Gebet nach draußen, stolperte dabei über meine Worte, bis Julia am anderen Ende kicherte. Ich musste auch lachen und breitete meine Arme aus.

»Mister Universum, komm!«, rief ich laut, damit Julia über das Telefon an meinem ausgestreckten Arm alles mitbekam. »Hier ist eine Frau, die nicht mehr warten … o nein. O Shit.«

»Gina?«

Das Handy fiel zu Boden, als ich mich blitzschnell duckte. Vertieft in mein betrunkenes Gebet hatte ich seine Schritte nicht gehört, ihn nur plötzlich um die Ecke biegen sehen, den Mann von vorhin, der seine Freundin *hoam*gebracht hatte. Er musste mich gesehen haben. Und vor allem gehört. Geduckt, mit glühendem Gesicht, saß ich auf dem Dielenboden. Aus dem Telefon Julias ängstliche Stimme. Seine Schritte auf dem Weg. Das Plätschern. Und noch ein Geräusch. Etwas wie ein Prusten, ein unterdrücktes, hilfloses Lachen, das sich mit den Schritten entfernte.

2.

Ein neuer Tag. Ein sanft geröteter Himmel, der nichts von den Sehnsüchten des Vorabends wusste. Und nichts von den Sünden.

Mein Kopf schien von innen mit etwas Pelzigem ausgeschlagen zu sein, und etwas Dumpfes, Bohrendes, das ein schrecklicher Kater zu werden versprach, kroch meinen Rücken hoch. Ich hatte von kreisenden Sternen geträumt. Von Augen, die mich anstarrten, und von exotisch klingenden, langgezogenen Urwaldlauten. Als ich den Bademantel auf dem Boden liegen sah, daneben das Telefon, dämmerte mir unter all dem Pelzigen, dass zumindest die kreisenden Sterne Teil der Wirklichkeit gewesen waren. Und ein Blick auf die Wäscheberge machte mir klar, dass auch einiges andere tatsächlich existierte, das ich lieber geträumt hätte.

Ich nahm zwei Aspirin, zog meine Runner-Shorts und das Lauf-Shirt an. Das Shirt war ärmellos und mit grünen Limonen bedruckt. Auch am mit Extrastoff verstärkten Busen. Julia hatte sich das gleiche T-Shirt gekauft. Vorher hatte ich nie über Limonen nachgedacht. Erst vor dem Spiegel im Sportgeschäft war mir bewusst geworden, dass Limonen ganz verschiedene Größen annehmen konnten. Im Gegensatz zu Julias sahen meine aus wie getarnte Grapefruits, aber Julia hatte mich überredet, das T-Shirt trotzdem zu kaufen. Und mir versprochen, dass wir nie gemeinsam joggen gehen würden.

Ich lief sowieso nur dann, wenn ich mich bestrafen wollte. Entschlossen stöpselte ich die Kopfhörer ins Handy, jagte »Get the party started« von Pink in mein verpelztes Kopfinneres und trabte los. Inzwischen hatte der Himmel seine schamhafte Röte verloren und strahlte blau. Türkis schimmerte der See zwischen

Birken hervor. Der frühe Morgen war schon immer meine liebste Tageszeit gewesen. Ich genoss die ruhigen Stunden im Büro, bevor die Telefone anfingen zu klingeln. In aller Ruhe spülte ich Christianes Rotweinglas vom Vorabend, machte mir einen Latte macchiato mit unserer neuen Maschine, die fast alles konnte, wenn sie wollte, schickte ausgeklügelte Checklisten an Veranstalter und beantwortete Anfragen. Manchmal griff ich sogar zu Zeitungspapier und Glasreiniger und polierte unsere Fensterscheiben, die unsere Putzfrau gern vernachlässigte. Es kam vor, dass ich dabei sang. Nur am frühen Morgen hatte ich Lust zu singen.

Allerdings nicht an diesem Morgen. Laufen war um einiges anstrengender als Fensterputzen. Schon in der Mitte des ersten Liedes hämmerte mein Herz schneller als der Beat, mein Gesicht glühte, und ohne Ohrstöpsel hätte ich ein jämmerliches Japsen und Hecheln gehört.

Weil ich den Spaziergängern auf dem Hauptweg den Anblick meiner sportlichen Qualen nicht zumuten wollte, bog ich auf einen schmalen Pfad voller Schlaglöcher ab, überquerte eine kleine Brücke über einem ausgetrockneten Bach. Und stand nach einer Minute wuchtiger Schritte und schwingender Limonen vor einem Drahtzaun. Kniehoch. Dahinter eine Wiese. An deren Ende ein weiterer Zaun. Und dahinter etwas, das aussah wie ein Pfad in den Wald.

»Entschlossen ist sie ja«, sagte meine Mutter gern über mich, »leider entschließt sie sich oft für das Falsche.«

Mit einem Satz sprang ich über den Zaun. Angenehm, wie der Grasboden federte. Toll, wie ich durchhielt, alle Hindernisse überwand. Erstaunlich, wie schnell mein Kopf wieder klar wurde. So klar, dass ich mit einem Mal vor mir sah, worauf ich arglos zurannte. Vielleicht auch deswegen, weil es seinerseits auf mich zukam. Ich stoppte mitten im Lauf. So heftig, dass ich stolperte und ihm vor die Füße fiel. Es trug eine Glocke. Es hatte Hörner.

Es hielt sie gesenkt. Und ich, zitternd am Boden, hatte nichts Besseres zu tun, als meinen Player abzuschalten. Um meinen eigenen Schrei zu hören. Einen heiseren, dennoch durchdringenden, peinlich jämmerlichen Schrei.

Der Stier glotzte mich an. Schnaufte. Und kam noch etwas näher. Das war das Ende. So schnell konnte es gehen. Ich hatte es immer schon geahnt. Der Stier wartete, rupfte sogar Gras beim Warten, ließ mir gnädig Zeit für meinen Lebensfilm, den Überblick über meine neunundzwanzig Jahre: Der Moment, als ich begriff, dass meine neugeborene Schwester für immer bei uns bleiben würde, die Enttäuschung über den gesunden Inhalt meiner Schultüte, Julias seliges Lächeln, als ich ihr zeigte, wie man mit dem Mundstück der Blockflöte eine Lokomotive nachahmt, die vielen einsamen Pliés in der Ballettschule von Frau Bilgen, mit eingezogenem Bauch und nach außen gedrehten Füßen. Un, deux, trois, quatre – und auf keinen Fall den Po rausstrecken. Ich war niemals Bonbonfee geworden, diejenige, die am Ende der Stunde mit der Bonbondose von Schülerin zu Schülerin trippeln durfte. Meine kleine Schwester war Bonbonfee gewesen, nach ihr sogar mein Bruder, der fünf Jahre Ballettunterricht durchgestanden hatte, ohne schwul zu werden. Ich hatte im rebellischen Alter von elf Jahren mit einem wütenden Biss in die Ballettstange endlich meine Abmeldung bewirkt, und meine Mutter hatte angefangen, mich mit diesem resignierten Blick anzusehen, der nur für mich bestimmt war.

Jetzt sah mich die Bestie an. Aus braunen, erstaunlich dicht bewimperten Augen. Prüfend. Um sich plötzlich abzuwenden, ihren Siebenhundertkilokörper herumzuwerfen und einige Schritte von mir wegzutrotten, begleitet von einem leicht verächtlichen Schwenken ihres Schwanzes. Der Stier hielt mich offensichtlich für die dümmste Kuh, die jemals auf seiner Wiese gelegen hatte.

Bevor ich darüber nachdenken konnte, was diese Tatsache für

meinen Lebensfilm bedeutete, war die Zunge schon in meinem Gesicht. Eine feuchte, rauhe Zunge. Etwas Haariges, über mir, um mich, an mir. Eine Stimme.

»Aus, Floh, aus, kommst du her! Floh!«

Der Hund ließ von mir ab. Nicht ohne noch einmal über mein Gesicht zu lecken. Genüsslich. Und bedauernd.

»Entschuldigung. Er ist sonst nicht so ... anhänglich. Bei Fuß, Floh.«

»Floh?«

Der Hund war riesig. Muskeln unter braungrau geflecktem, buschigem Fell. Seine breite Schnauze schien ein Lächeln anzudeuten.

»Was ist das? Ein Lawinenhund?«

»Kaukasischer Owtscharka mit Golden Retriever. Er scheint Sie zu mögen.«

Ganz im Gegensatz zu seinem Besitzer. Der diesen Satz mit einiger Missbilligung ausgesprochen hatte und mich herablassend ansah. Der Mann von gestern. Dunkel und äußerst ungern erinnerte ich mich an sein hilfloses Losprusten, bevor er über den Parkplatz verschwunden war. Den Grund dafür verdrängte ich lieber.

»Ich hab Therese gesagt, sie soll einen anständigen Zaun aufstellen, wenn sie schon so einen Blödsinn veranstaltet.«

Kopfschüttelnd wies er mit dem Kinn auf eine Hütte am äußersten Rand der Wiese, ein freistehender Stall vielleicht. www.muße-mit-muh.de, entzifferte ich mit Mühe. Die Farbe war am Rand des e verlaufen und wirkte frisch.

»Sie geht davon aus, dass sich gestresste Großstädter entspannen, wenn sie Regula sehen. Da hat sie sich wohl getäuscht. Laufens lieber zurück zum Dorf, und dann den geteerten Weg, da treffens garantiert keine Kühe. Komm Floh. Sei stad, Regi.«

Er klopfte der Kuh – es war eine Kuh, jetzt sah ich ein etwas schlappes, rosafarbenes Euter – auf ihr Hinterteil und wandte sich ab. Als ich mich aufgerappelt hatte, war er schon wieder auf dem Weg. Regula hatte sich umgedreht, glotzte ihm ebenso entgeistert nach wie ich, klimperte mit ihren langen Wimpern. Einen Moment überlegte ich, ob ich ihm nachrufen sollte, dass ich ein traumatisches Kuh-Erlebnis in meiner Kindheit gehabt hätte und mich deshalb so anstellte. Aber was kümmerte es mich, was er von mir hielt. Außerdem stimmte es nicht. Ich hatte lediglich ein traumatisches Balletterlebnis gehabt. Und ein traumatisches Zungenkuss-Erlebnis im Alter von dreizehn. Zwei Zahnspangen, ein Piercing. Und jetzt ein Beinahe-Zungenkuss-Erlebnis mit einem Hund, halb Golden Retriever, halb Kaukasischer Owtscharka.

Ich klaubte einige seiner Haare aus meinem Gesicht. Regula sah mir dabei zu, mit einem nachdenklichen Ausdruck in den Kuhaugen. Vielleicht überlegte sie, ob es sich lohnte, mich doch ein wenig mit ihren Hörnern zu piesacken. Schon senkte sie den Kopf; und ich fuhr auf, sprang mit einem sportlichen, beinahe tänzerischen Satz über den Zaun und trabte zurück Richtung See.

Nachdem ich kalt geduscht hatte, beschloss ich, mich mit frischen Brötchen zu belohnen. So wie ich es auch in Köln tat, nach einer besonders schwierigen Vertragsverhandlung oder nachdem ich eine To-do-Liste abgearbeitet hatte. Was in Köln allerdings nicht ohne unfreiwillige Abenteuer möglich war. Zwischen unserem Büro und dem Bäcker lagen vier Fahrspuren, mit Fahrradwegen, Straßenbahnschienen und Bushaltestellen. Falls ich mich nicht schon am Bordstein vor rücksichtslos vorbeibretternden Bussen oder mordbereiten Autofahrern auf Parkplatzsuche retten musste, gab es die Option, von rasenden Müttern auf Kindersitz-Fahrrädern umgemäht, von Geländewagenstoßstangen aufgespießt oder auf der anderen Straßenseite von telefonierenden lebenden Geschossen im Anzug gerammt zu werden. Killertaubenschwärme, kackende Hunde mit Herrchen und torkelnde Spätheimkehrer aus der Kneipe stellten leichter zu bewältigende Hindernisse dar, bevor die Verkäuferin endlich »Zimtschnecken sinn aus. Hammse kein Kleinjeld?« blaffte und die Tüte auf die Theke knallte.

Im Vergleich damit, musste ich zugeben, war es angenehm, durch leere Straßen zu schlendern, in stiller Vorfreude auf Semmeln und einen Coffee to go. Der einzige Nachteil war, dass es anscheinend weit und breit keinen Bäcker gab. Auch sonst gab es nicht viel. Thereses Café war geschlossen, ebenso der Edeka am Ende der Straße. Der Laden war winzig, durchs Schaufenster sah ich ein Regal, erstaunlich gut bestückt mit den verschiedensten Bierflaschen, die beide oberen Reihen einnahmen. Darunter stand Olivenöl, in trauter Eintracht mit Seifenstücken, Wurst in Dosen und Windeln. Ein Schild neben dem Eingang informierte über die Öffnungszeiten: Montag, Dienstag, Donnerstag, Freitag von 9.30 bis 12.30 und von 15.00 bis 18.00 Uhr. Mittwoch und Samstagnachmittag geschlossen. Es war kurz vor halb neun. Eine Weile blieb ich beinahe andächtig vor dem Schild stehen und dachte darüber nach, was man mit einer zweieinhalbstündigen Mittagspause anfing. Vor allem hier. Hinter dem Edeka kam nichts mehr. Nur noch Kamillenblüten am Straßenrand, nickend im leisen Wind, und ein Ortsschild. Langsam schlenderte ich zurück, nahm die einzige Parallelstraße, die der Ort aufzuweisen hatte, am See entlang. Immerhin war die Luft frisch, beinahe süß sogar, die Bäume rauschten sanft. Es war das Klügste, alles positiv zu sehen, wenn ich schon einmal hier sein musste. Ich hatte bewusst noch nie den Wunsch verspürt, von Stadtlärm und Abgasen wegzukommen, aber vielleicht war ich ja innerlich längst zerfressen vom Stress und von der Anonymität der Großstadt. Hier schienen selbst die Insekten einander zu kennen. In trauter Gemeinschaft umschwirrten sie mich, schillernd grüne Fliegen, Falter, Stechmücken.

Um mich schlagend hätte ich fast ein Schild übersehen, das Schild des einzigen Ladens in dieser Straße: Döner 24. Inhaber: Özcan Breithuber. Und darunter, in flammendem Rot: Haxn-Hotline. Und eine Handynummer. Auch dieser Laden war geschlossen, hinter der Schaufensterscheibe der übliche Spieß mit Fleisch, eine Theke, ein Kühlschrank. Zumindest ein Teil der mich begleitenden Insekten schien sicher zu sein, dass Özcan Breithuber gleich wiederkommen würde. Die Fliegen ließen sich zuversichtlich auf der Scheibe nieder, und ich nutzte die Gelegenheit, verabschiedete mich von ihnen und trabte Richtung Parkplatz. Dann würde ich eben beim Abarbeiten meiner Einkaufsliste Kaffee trinken. Wo war das Problem?

Schon schien der Großstadtstress von mir abzufallen. Gut, dass ich hier der Natur so nahe war. Und noch besser, dass ich einen Bus hatte, um mich von zu viel Natur wegzubringen.

Der nächste Vorposten der Zivilisation, der außer einem Supermarkt auch einen Baumarkt aufzuweisen hatte, war laut Bruce neun Kilometer entfernt.

In der ersten Linkskurve fiel mein Blick zufällig auf die Benzinanzeige. Die Nadel stand im roten Bereich des roten Bereichs, drückte sich in die linke Ecke, als ob sie sich am liebsten unsichtbar machen, im Unterbewusstsein der Tankanzeige verschwinden wollte. Was leider in der nächsten Rechtskurve so blieb. Gestern, im Drang des Ankommens, hatte ich nicht mehr darauf geachtet, und die lässige Mitteilung von Bruce, dass sich die nächste Tankstelle dreizehn Kilometer entfernt befand, machte es nicht besser. Nach drei Kilometern beschloss ich zu wenden. Gegen Bruce' Protest. Im selben Moment, in dem der Bus beschloss, erst zu ruckeln, dann zu röcheln und schließlich stehen zu bleiben. Gegen meinen Protest. Mit dem Motor verabschiedete sich auch Bruce. Dann nur noch Vogelgezwitscher.

Eine Weile lauschte ich den Lauten der Natur und versuchte, der Lage etwas Positives abzugewinnen. Auch noch, nachdem ich mit dem ADAC telefoniert und festgestellt hatte, dass Christiane kein Mitglied mehr war, zehn Kilometer Abschleppen nur mit einer neuen Mitgliedschaft möglich und ansonsten sehr teuer wäre. Auch dann noch versuchte ich, positiv zu denken. Was mir von Meter zu Meter in meinen Stoffturnschuhen – zum Glück hatte ich nicht die gestreiften Peeptoes von gestern an – schwerer fiel. Mit rotem Kopf und brennenden Füßen erreichte ich den Parkplatz. Therese stand rauchend in der Tür ihres Cafés, wie gestern im Dirndl und mit Cowboyhut. Unter den Spitzen des Rocks lugten Spitzen von Cowboystiefeln hervor. Warum auch nicht. Wenn man dem unfreundlichen Hundebesitzer glauben wollte, machte sie irgendetwas mit Kühen. Wobei ich sie mir in diesem Aufzug schlecht auf einer Weide vorstellen konnte. Sie hatte etwas Lidschatten und Lippenstift aufgelegt, kein Make-up, um die Augen zog sich ein ganzes Straßennetz an Lachfältchen. Vermutlich war sie in Christianes Alter. Ein Alter, das meine Chefin dezent mit »auf der falschen Seite der vierzig« umschrieb.

»Wuist an Kaffee?« Sie schob den Hut in den Nacken, sah mich lauernd an.

Und ob ich einen Kaffee wollte. Jede Faser meines Körpers lechzte geradezu nach einem Latte macchiato. Trotzdem schüttelte ich den Kopf. Ich hätte Therese zwar ganz gerne einiges gefragt, was das Haus und seine Exbewohnerin betraf, aber meine Chefin hatte von einer »diskreten Angelegenheit« gesprochen, und so, wie Therese mich ansah, hatte ich das Gefühl, dass eher sie mich ausfragen würde. Abgesehen davon wirkte die Hütte nicht, als warte darin eine italienische Espressomaschine auf nach Latte lechzende Kundschaft.

»Passt ois?«

Ich sah sie verständnislos an. Was meinte sie? Ob meine qualmenden Turnschuhe mir nach dem Marsch noch passten? Ob mir der Zustand des Hauses passte? Immerhin hatte sie mich ohne Vorwarnung in dieses Staub- und Spinnenparadies geschickt.

»Wennsd Hilfe brauchst, frag den Quirl. Er wollt eh amoi schaugn, wies eahm geht.«

»Danke.« Wofür ich mich eigentlich bedankte, wusste ich nicht. Das Letzte, was ich brauchte, war ein Quirl.

Abgesehen davon gab es im Haus garantiert eine ganze Quirlsammlung. Was mich an das erinnerte, was als Nächstes zu tun war. Ich sah auf die Uhr: kurz vor zehn. Ich musste den Grundriss zeichnen. Zur Not eben auf Zeitungspapier. Bei einer Tasse Instant-Latte aus meinen mitgebrachten Überlebensvorräten. Bis zum Nachmittag sollte ich das erste Planquadrat geschafft haben, danach würde ich mich um alles andere kümmern.

Ich nickte Therese zu, kühl und geschäftsmäßig, und schritt erhobenen Kopfes an ihr vorbei zurück ins Haus.

Im Schlafzimmer schlüpfte ich in meine Kampfkluft: Leggins, Sportschuhe, Regenjacke sowie Lederhandschuhe, die ich in einer Kommodenschublade gefunden hatte, zwischen mottenzerfressenen Schals und sich selbst in den räudigen Schwanz beißenden Füchsen. Um den Kopf schlang ich mir einen Handtuchturban. Bevor ich die Küchentür öffnete, versuchte ich, auch meiner Wahrnehmung innere Scheuklappen anzulegen. Hier, das war mir gestern rasch klar geworden, konnte nur bestehen, wer die Fähigkeit zum Tunnelblick hatte und mit so wenig Sauerstoff wie möglich auskam. Ich hielt die Luft an und konzentrierte mich darauf, eine Schneise zu Spüle und Oberschränken zu schlagen. Ohne einen Gedanken daran zu verschwenden, was der Kühlschrank, der hinter einem Plastikflaschen- und Dosenwall ein summendes, autarkes Leben führte, wohl kühlte. Oder daran, welche anderen summenden, autarken Lebensformen ich noch finden würde.

Das Wichtigste war, sich nicht ablenken zu lassen. Mein Ziel fest im Auge, zog ich den Bauch ein, zwängte mich zwischen einer Pyramide aufgeschichteter Küchenrollen und einem wackligen Schränkchen voller Gewürze hindurch. Dort, vor mir, waren die Geschirr- und Heißwasserressourcen, die es zu erobern galt, schon sah ich den dampfenden Kessel auf dem Herd, roch den Kaffeeduft. Und spürte im nächsten Moment etwas Glitschiges unter meinen Füßen. Rudernd und um mich schlagend griff ich nach dem nächsten Halt.

Vielleicht gab es außer mir noch mehr Menschen, die schon einmal von einer Küchenrollenlawine begraben worden waren, aber mit Sicherheit war ich die einzige Person auf der Welt, die gleichzeitig einem Teebeutelhagel, einem Zuckerwürfelbombardement und einem Gewürz-Fallout standhalten musste. Ich hörte mich schreien, dünn und jämmerlich, während alle Herrlichkeiten des Schränkchens auf mich einprasselten, und verschluckte mich an Zimt und Pfeffer, als ich ein fernes Echo vernahm. Ein Echo meines eigenen Schreiens.

Zitternd und hustend saß ich in einem Meer aus Wischfix dreilagig und Premium saugstark und wartete. Aber es passierte nichts. Kein weiterer langgezogener Schrei, wie ich ihn eben gehört zu haben glaubte. Nur ein paar nachbröselnde Nelken und ein Lorbeerblatt, das geisterhaft Richtung Boden segelte. Ich pflückte Teebeutel von Kopf und Schultern, versuchte eine Bestandsaufnahme. Das Positive: Ich lebte noch. Mein Herz schlug. Ich atmete. In Anbetracht der Tatsachen sogar ziemlich heftig. Ebenfalls positiv, wenn auch eher nebensächlich: Es roch längst nicht so schlimm, wie ich befürchtet hatte. Was nicht nur daran liegen konnte, dass sich mindestens zwanzig Gewürztüten über mir entleert hatten. Anscheinend hatte die verstorbene Hausbesitzerin zwar genügend Küchenrollen gehortet, um den gesamten Planeten in weißen Zellstoff hüllen zu können, aber keine verderblichen Essensreste. Auch positiv: Die Lache, in der ich saß, schien verschüttetes Reinigungsmittel zu sein. Weniger positiv: Ich hatte etwas oder jemanden schreien hören, oder ich glaubte zumindest, dass es so war. Was zweierlei bedeuten konnte:

1. Die Urwaldlaute von heute Nacht waren keine Einbildung gewesen.

2. Mein geistiger Zustand war bedenklicher, als ich es mir eingestehen wollte.

Ich würde es herausfinden müssen. Aber nicht, bevor ich mein Ziel erreicht hatte. Jetzt erst recht.

Energisch kämpfte ich mich frei, baggerte mich aus dem Küchenrollenmeer, stelzte durch ein Feld aus ineinandergestellten Eimern, Lappen aus bestimmt sechs Jahrzehnten, Flaschen, Dosen, Tuben, Schwämmen, Schaufeln und Handfegern, überwand eine Barriere aus Elektroschrott, vor allem Toaster, legte schließlich mit dem entschiedenen Wegkicken einer verrosteten Brotmaschine den Zugang zu Spülschrank und Herd frei. Im Oberschrank fand ich, worauf ich gehofft hatte: einigermaßen sauberes Geschirr. Ich hatte es geschafft! Schwindlig vor Erschöpfung und Glück hielt ich mich einen Moment am Spülschrank fest. So musste sich ein Langstreckenläufer auf dem Siegertreppchen fühlen. Oder ein Bergsteiger nach überstandenen Strapazen. Nur, dass Bergsteiger gewöhnlich kein Paprikapulver in den Haaren hatten.

Während das Kaffeewasser auf dem Herd stand, duschte ich das zweite Mal an diesem Tag und zog mich um. Mit dem Instant-Latte und einem Becher Milchreis light schlenderte ich ins große Zimmer. Ohne die glotzende Maske eines Blickes zu würdigen, fegte ich grellbunten Plastikkrimskrams von dem niedrigen Tisch vor dem Kamin und ließ mich im Sessel zu meinem hart erkämpften Frühstück nieder. Inzwischen schien eine helle Vormittagssonne ins Zimmer, beleuchtete die bleichen Laken, die Sessel und Sofa bedeckten. Und einen hohen Gegenstand auf einem Tischchen neben dem Kamin. Etwas Ovales mit einer

Kuppel. Dort, wo das Tuch verrutscht war, schimmerte etwas: Käfigstäbe?

Ich trank den letzten Schluck meines Latte, stand auf und zog das Laken herunter. Der Vogelkäfig war leer. Weit offen seine Tür. Auf den Sägespänen am Boden lagen Sonnenblumenkerne zwischen Legosteinen und kleinen Bauklötzen, die Stangen waren grauweiß bekleckst. Ebenso wie das Tischchen, auf dem der Käfig stand. Und die Holzdielen des Zimmers. Die einfallende Vormittagssonne brachte die grün schillernde Mitte der grauweißen Kleckse besonders gut zur Geltung. Noch nie hatte ich Vogelkot so gründlich betrachtet. Oder versucht, Vogelkot aufzuwischen, mit dem betagten Wischmopp aus dem Bad, der noch aus der Zeit vor meiner Geburt stammen musste, und unter Einsatz der verschiedensten Flaschen und Tuben aus dem Putzmittelsortiment der Küche. Je verbissener ich an den klebrigen Klecksen herumschrubbte, desto klarer wurde mir der Sinn der ausgebreiteten Zeitungen auf dem Boden. Wütend rammte ich den Mopp in den Eimer und sah mich zum hundertsten Mal nach dem Urheber der Flecken um. Auf keinen Fall, auch, wenn ich in einem kindischen Winkel meiner selbst so etwas hoffte, konnten sie von einem Kanarienvogel stammen. Selbst dann nicht, wenn man ihm einen phänomenalen Stoffwechsel unterstellte. Leicht beunruhigt dachte ich an die nächtlichen Urwaldlaute, den langgezogenen Schrei von eben und schrie selbst auf, als es unmittelbar neben mir hupte. Noch während ich nach meinem iPhone tastete, nahm ich mir vor, einen weniger aufdringlichen Ton für eingehende SMS auszuwählen. Und vergaß es sogleich wieder, als ich die Botschaft las:

> wo treibst du dich herum?? ich will dir die princess-loge für heute abend reservieren lassen, und du bist nicht im büro. lg mirko

Ich sank auf den Schaukelstuhl neben dem bekleckerten Tischchen. Etwas unter mir knirschte. Aber darauf konnte ich jetzt nicht achten. Langsam las ich noch einmal. Mein Herz hämmerte. Mit zitternden Fingern tippte ich die Antwort.

lieber mirko, es ist wahnsinnig toll, dass du an mich gedacht hast. du weißt gar nicht, wie sehr ich mich auf heute abend gefreut habe.

Ich hatte mir für Mirkos Auftritt in Köln extra eine neue, helle Diesel-Jeans gekauft, lässig hatte ich aussehen wollen, gleichzeitig sexy. Während ich weitertippte, schickte ich ein Dankgebet an meinen persönlichen Schutzengel, dafür, dass Mirko mich nicht sehen konnte, hier in diesem beklecksten Zimmer, in Leggins und Regenmantel.

aber chris hat mich nach bayern geschickt, ausgerechnet jetzt. sie hat nicht mit sich reden lassen, dabei habe ich sie förmlich angefleht, es hätte mir soo viel bedeutet, heute dabei zu sein. ich denke die ganze zeit an dich. ehrlich gesagt, ich denke schon ganz lange an dich. falls du dich jemals gefragt hast, warum in deiner garderobe so oft eine einzelne blume in einer vase steht, immer in weiß, ist dir das aufgefallen?? dann könnte ich dir diese frage

Der kühle Warnton, der mir ankündigte, dass ich die Länge einer SMS überschritten hatte, brachte mich zur Vernunft. Ich löschte alles, begann von vorn.

hallo mirko, bedaure es sehr, dass ich nicht kommen kann, chris hat mich auf geheime und wichtige mission geschickt. aber ich denk an dich und wünsch dir good luck, vg special agent gina

Ich drückte auf Senden und stand auf. War: *ich denk an dich* nicht doch eine Spur zu uncool? Und jetzt? Würde er mir antworten? Auf dem Stuhl lag ein zerdrücktes Förmchen aus Plastik. Knallgelb. Ich nahm es, legte es zu dem Rest grellfarbigen Plastikspielzeug, mit dem der Tisch bedeckt war. Wieder der Hupton. Endlich.

special agent, what if i miss you?

Wie bitte? Bei der Agenturfeier vor zwei Monaten hatte Mirko mich kaum beachtet. Obwohl ich alles versucht hatte, um seine Aufmerksamkeit zu erregen. Nachher, als Christianes Freund Ralli mich nach Hause fuhr, hatte ich die Tränen nicht mehr unterdrücken können. Und an das, was dann passiert war, wollte ich nicht denken.

Mit fliegenden Fingern tippte ich:

keine angst, für deinen joghurt ist gesorgt.

Fast unmittelbar danach hupte es. Was für ein wunderschöner Ton. Ich würde ihn niemals ändern.

ich meine nicht den joghurt.

was denn dann?

denk mal nach, my special agent.

Mein Herz hämmerte nicht mehr, es war kurz vor einem Riverdance. Ruhig, Georgina. Durchatmen. Männer wollen jagen. Sie wollen nicht, dass ihnen das Wild entgegenläuft. Was würde ein Reh jetzt tun? Ein vernünftiges Reh? Ich wandte mich dem Plastikspielzeug auf dem Tisch zu, versuchte, etwas zu schaffen, das wenigstens entfernt etwas mit Ordnung zu tun hatte. Konzentriert und mit Hingabe. Die für genau zwei Minuten und dreißig Sekunden vorhielt.

okay, hab ich getan, kam nicht viel dabei raus.

Herzklopfen. Hupton.

keep on trying, baby. bis später, love, mirko

Was sollte ich ihm darauf antworten, sollte ich überhaupt antworten, und was, oh mein Gott, bedeutete: *love, mirko?* Ich stand stumm, das Telefon an mein wild klopfendes Herz gepresst.

»Picco hot oan fahrn lassn, hehehe, Picco hot oan fahrn lassn, freili, hehehe.«

Eine Geisterstimme. Und in der Luft ein Rauschen.

Zum soundsovielten Mal an diesem Tag stieß ich einen jämmerlichen Schrei aus, das Telefon entglitt meinen zitternden Händen und fiel auf die Dielen.

Was den Papagei, der durch die offene Tür hereingeflattert war und jetzt kreischend durchs Zimmer flog, außerordentlich zu erfreuen schien. Er stieß einen anerkennenden Pfiff aus und stürzte auf mein Telefon zu. Offenbar in der Absicht zu landen. Auf meinem kostbaren iPhone mit der empfindlichen Oberfläche!

Ich hatte schneller zur Reisigrute gegriffen, als ich denken konnte.

»Hau ab, du Mistvieh, weg da, gschgschgsch!«

Der Vogel musterte mich einen Moment aufmerksam aus hellgrünen Augen, dann flatterte er auf. Nicht ohne noch einmal ein grelles »Picco hot oan fahrn lassn, freili, hehehe« auszustoßen und etwas Grauweißgrünes zu hinterlassen.

Auf Mirkos letzter SMS.

3.

Gina? Das ist ein Notfall.«

Ich saß im Bett. Um mich die Wäscheberge. Eben noch hatte ich von Papageien geträumt, grau mit einer roten Schwanzfeder, denen ich etwas zu entreißen versuchte. Jetzt, während ich mir die Augen rieb und Julia zuhörte, wurde mir klar, dass dieser Traum nur die Fortsetzung der Wirklichkeit war. Einer schrecklichen und gleichzeitig wunderbaren Wirklichkeit.

keep on trying, baby. love mirko

Was waren Küchenrollenlawinen, Autos ohne Benzin und im Haus herumfliegende verrückte Vögel schon gegen Mirkos SMS, gegen die Tatsache, dass er an mich dachte? Ich presste mein Telefon, das ich gestern einen Nachmittag lang mit den verschiedensten Putzmitteln gereinigt hatte, ans Ohr.

»Wie … wie spät ist es?«

»Nach zehn, Gina, du musst mir helfen.«

Mit überkippender Stimme verlas Julia die Katastrophenliste: den Absturz aller Computer im Büro, ein ungültiges Passwort, dringend fällige Einladungsmails an Veranstalter, Verträge, die ausgedruckt und verschickt werden mussten, aufgebrachte Presseleute, ein Clown-Walk-Act versehentlich auf einer feierlichen Ehrung statt auf einem Kindergartenfest, cholerische Veranstalter, dazu eine Unterlassungsklage für Mirko wegen Beleidigung einer Politikerin …

»Julia, stell dir vor, Mirko hat mir …«

Aber Julia ließ sich nicht unterbrechen, fügte einen nicht erschienenen Techniker hinzu, eine kranke Pressefrau, eine Chefin, die nicht zu erreichen war, weder per Handy noch am Messestand …

Im Hintergrund klingelten Telefone, Christianes Apparat,

gleich darauf meiner. Zu bestimmten Zeiten wurde die *Lachschmiede* zum Tollhaus, niemand, noch nicht einmal ich, kam dann alleine im Büro zurecht. Jetzt wurde mir klar, warum ständig besetzt gewesen war, als ich atemlos versucht hatte, Julia die Neuigkeiten über Mirkos SMS zu überbringen. Von denen sie auch jetzt, aufgelöst und den Tränen nahe, nichts hören wollte. Ich überließ ihr die Presseleute und die Computerhotline, versprach ihr, mich um alles andere zu kümmern und mich wieder zu melden, und legte auf. Vorsichtig schlug ich die Decke zurück, setzte einen Fuß auf den Boden, dann den anderen, hievte mich hoch. Ich spürte jeden einzelnen Muskel meines Körpers. Sogar in den Zehen hatte ich Muskelkater. Nach stundenlanger, erfolgloser Papageienjagd, nicht minder erfolglosem Räumen und einem ebenso erfolglosen Telefongespräch mit der Taxizentrale der nächsten Kreisstadt war ich früh ins Bett gefallen. Hatte die Schlafzimmertür hinter mir zugezogen und dem herumfliegenden, vor sich hin brabbelnden Vieh den Rest des Hauses überlassen. Nur die Angst vor Einbrechern hatte mich davon abgehalten, alle Fenster weit zu öffnen und die Sache auf diese Art zu regeln. Jetzt schlich ich vorsichtig, mit eingezogenem Kopf in den Flur. Keine Spur von dem Papagei.

Aber die verblichenen Ausgaben von *Frau im Spiegel* und *Die Aktuelle,* die ich auf dem Boden ausgelegt hatte, waren zuverlässig befleckt. Wobei der Vogel anscheinend königliche Hochzeiten und Adlige den Berichten über Schauspieler vorzog.

Ich ging ins Bad, machte mir danach einen Instant-Latte und erledigte die dringendsten Gespräche. Es tat gut, nach all den Kämpfen gegen das Unberechenbare endlich wieder organisieren und etwas bewirken zu können. Nicht in einem tückischen Haus mit umherfliegenden Papageien, sondern in der realen Geschäftswelt. In der ich mich auskannte und mein Wort etwas galt. Souverän schickte ich den verwirrten Clown auf sein Kinderfest, überredete einen depressiven Komiker, doch lieber seinen Fernsehauftritt heute Abend wahrzunehmen, statt sich umzubringen, und sprach anschließend auf Christianes Mailbox. Die sich mitten in meinem Bericht abschaltete. Verdammt!

Ich stampfte mit dem Fuß auf und zermalmte eine Plastikfigur. Im Eifer der Gespräche war ich auf und ab gelaufen, wie ich es auch im Büro gern tat, hatte einen Stapel Spielesammlungen ins Wanken und schließlich auch zu Fall gebracht. Im Planquadrat A2, Abschnitt 3b1, laut meinem gestern skizzierten Plan. Was mir jetzt auch nicht weiterhalf.

Wusste Christiane eigentlich, was sie mir antat? Warum war sie so sicher, dieses Haus geerbt zu haben? Es gehörte ihrer Tante Mirl, so viel hatte sie mir verraten. Es war mir schon schwergefallen, mir vorzustellen, dass Christiane überhaupt eine Tante hatte. Aber mir vorzustellen, dass sie eine Tante mit einem solchen Haus hatte, in einer solchen Gegend, war nahezu unmöglich. Christiane selbst sprach nicht die Spur Bayrisch, auch sonst keinen Dialekt, sie redete ein klares, gebieterisches Hochdeutsch. Allerdings hatte sie einmal unter Rotweineinfluss den Geschäftsführer von Köln-Artists als »Schafszipfi« bezeichnet. Vielleicht sollte ich Therese fragen, was ein Schafszipfi war. Und was ich mit dem porösen Papagei machen sollte. Wo das nächste Internetcafé mit Drucker war. Wo ich einen richtigen Latte macchiato auftreiben könnte. Ob sich Verliebtheit und Hunger nicht ausschließen müssten. Gleich nachher würde ich ein weiteres Mal die Taxizentrale in der Kreisstadt anrufen, einen Taxifahrer veranlassen, zur Tankstelle zu fahren, die zur Zeit meines gestrigen Anrufs schon geschlossen hatte, einen Kanister Benzin zu kaufen, sich anschließend mit mir an der Einbuchtung zu treffen, wo der Bus samt Bruce parkte, das Komplettpaket möglichst für nicht mehr als fünfzig Euro. Die ich aus eigener Tasche bezahlen würde, weil mein Stolz es mir verbot, Christiane von meiner Dummheit zu unterrichten. Aber erst musste ich für Julia die Verträge ausdrucken. Ich zog meine neuen Jeans an und packte meine Laptoptasche.

Dort, wo mein Bus gestanden hatte, parkte heute ein rostiger Kombi, mit einem Anhänger voller Surfbretter. Die Tür der Blockhütte, *Café und Lodenmoden,* stand weit offen. Von drinnen hörte ich Stimmen. Laute Stimmen. Sie stritten sich hinter der Theke. Direkt neben einer … – ich glaubte es nicht, es musste ein Traum sein, an der Türschwelle stehend, riss ich die Augen auf – doch, es stimmte: einer nagelneuen, blitzblanken, italienischen Espressomaschine. Wie in Trance ging ich darauf zu. Allerdings kam ich nicht weit, etwas Haariges, begeistert Wedelndes sprang auf mich los, sabberte selig auf meine hellen Jeans, beschlabberte mein weißes Top. Während ich den feuchten Ansturm mit beiden Händen abzuwehren versuchte, drehte ich mich hilfesuchend zu Flohs Besitzer um. Aber der Mann im Sommerhemd bemerkte weder meine Not noch meine Anwesenheit, so beschäftigt war er damit, seine Freundin anzuschreien. Dieselbe lockige Schönheit, die er gestern Abend *hoam*-gebracht hatte.

»So redst ned mit mir, Susn! So ned!«

»Und du musst ma ned sogn, wos i dua soi. Du scho glei gar ned.«

Er hielt sie an den Handgelenken fest, aber sie riss sich los, stürmte davon, mit fliegenden Locken, durch einen Vorhang hinter der Theke.

»Entschuldigung, könnten Sie bitte Ihren Hund von mir nehmen?«

Er fuhr herum.

»Aus, Floh!« Tatsächlich ließ der Hund von mir ab, mit einem bedauernden Seufzer, legte sich hin und wurde zu einem friedlichen Flokati vor der Theke. Ich wischte an meinen befleckten Hosen herum.

»Was wollen Sie?«

Er stand hinter der Theke, beide Arme auf den Tresen gestützt, und starrte mich an wie etwas, das gerade aus der Spüle gekrabbelt war. Hinter ihm die chromblitzende, wunderbare, vor sich hin zischende Espressomaschine mit dem Milchaufschäumer. Unter normalen Umständen ließ sich Schorscheline von der *Lachschmiede* so leicht nicht aus der Fassung bringen. Aber dies waren keine normalen Umstände. Ich sabberte wie Floh. Und je finsterer sein Blick wurde, aus blauen Augen – leider fiel mir ein schrecklicher Karnevalsschlager ein, Kornblumenblau –, desto schlimmer stammelte ich.

»Äh ... ich wollte nur ... Latte ... mein Morgen-Latte ... Nein, ich meine ... macchiato ... die Maschine ...«

Mein Gesicht glühte. Ich vermied den Blick in seine kornblumenblauen Augen, sah mich verzweifelt im Raum um. Hell getäfelte Wände. Stühle und Tische aus dunklerem Holz, rustikal, es sah weniger nach Café aus als nach Hüttenzauber.

»Ich bin hier nicht die Bedienung«, sagte er. »Aber nur zu, die Maschine macht alles. Sicher auch einen *Morgen-Latte.*«

Er entschwand durch den Vorhang. Einen Moment stand ich erstarrt, immer noch glühend, dann stieg ich über Floh, vorsichtig, auf einen neuen Ansturm gefasst. Aber Floh, Kopf auf den Pfoten, rührte sich nicht.

Hinter dem Vorhang bat der Mann, dessen Namen ich immer noch nicht wusste, diese gelockte Susn, sich zu beruhigen, ohne Erfolg, im Gegenteil, sie beschuldigte ihn, wie alle Mannsbilder zu sein, was in ihrer leichten, melodischen Dialektfärbung beinahe gemütlich klang. Ich spülte eine Tasse, stellte sie unter die Düse, schaute, ob Bohnen und Milch eingefüllt waren, und schaltete die Maschine ein. Und dann überstürzten sich die Ereignisse. Als hätte ich einen Chaos-Schalter betätigt: Die Kaffeemaschine schäumte, quirlte und brummte, Susn schrie – das klang jetzt weniger gemütlich –, dass es ihr reiche, ihr Freund bot ihr eine Watschn an, falls sie nicht zur Vernunft käme, eine Tür schlug zu, der Mann fluchte, und Floh bellte, war mit einem Satz auf den Füßen, fegte an mir vorbei, und es schien ihn nicht im

Geringsten zu stören, dass er ein Tablett mit Tassen und Gläsern mit sich riss.

Ich konzentrierte mich erst auf das Wesentliche: einen königlichen Latte macchiato, mit einer Schicht heißer Milch, einer Schicht Espresso und einer Schaumschicht, gekrönt von Kakaopulver. Das duftende Glas in der Hand folgte ich Floh durch den Vorhang in eine kleine Küche. Eine offene, nur halb ausgeräumte Spülmaschine, ein Blech mit Apfelkuchen auf einem Tisch. Die Tür nach draußen war angelehnt, auf dem Parkplatz ließ jemand einen Motor an. Eine weitere Tür führte in den Lodenmodenladen. Ich lauschte, hörte, wie ein Auto davonfuhr. Dann nichts mehr. Hatte er sie überwältigt und ins Auto geworfen? Oder waren sie einfach gemeinsam weggefahren? Und ob es im Laden wohl einen Drucker gab? Ich öffnete die Tür und ging hinein.

Dämmrig war's, und es roch nach Stoff und Leder. Dirndl auf Bügeln, passende Blusen. Grüne und graue Lodenjacken. Lederhosen. Hosenlätze, mit Eichblättern umstickt. Lochmuster, in Hirschleder gestanzt, im Westernstil, für zweihundertachtundneunzig Euro, laut Preisschild. Wer um alles in der Welt war bereit, so viel Geld für Trachtenkitsch auszugeben? Die Ladentür ging auf, und ich fuhr zusammen. Therese. Sie schien sich nicht weiter zu wundern, wie ich in den Laden gelangt war, fragte nur, ob ich die Susn gesehen hätte? Und den Quirin? Wie, weggefahren? Ja, kruzifixnoamoi, warum? Schließlich sei doch jetzt Anprobe. Und freili könne ich ihren Drucker benutzen. Das nächste Internetcafé, in dem ich etwas ausdrucken könne, befinde sich auf einem Campingplatz am See und sei zwischen neunzehn und einundzwanzig Uhr geöffnet. Für Campinggäste. Damit ging sie hinüber ins Café und überließ mich meinen Aufgaben.

Der Drucker war hochbetagt, und mein Notebook sträubte sich, ihn zu erkennen, mit der gleichen Sturheit, mit der Thereses Computer sich weigerte, meinen Stick anzunehmen. Nach einer halben Stunde gab ich genervt auf und fragte Therese, ob ich an ihrem Computer kurz ins Internet dürfe.

Auf dem altmodischen Monitor stand ein Bierkrug mit bayrischem Wappen. *Oans, zwoa, gsuffa,* war in goldenen Lettern darauf gedruckt und darunter: *Franzi,* 2011. Ich hatte Zeit, das Wappen genau zu betrachten, jede einzelne Raute zu zählen, während sich die Startseite des Browsers aufbaute, bedächtig, in beinahe meditativer Ruhe. Ob hier das Logo von Google vielleicht mit weißblauen Rauten verziert sein würde und der Rechner deshalb so lange brauchte? Ob zwischen diesen Rauten Alpenblumen ranken würden, in kunstvollen Ornamenten, Enzian und Edelweiß, ob vielleicht ein bayerisches Wappen ... Endlich. Ich gab die Admin-Adresse unserer Agentur ein. Worauf der Rechner beschloss, erst seine Lüftung, dann den Bildschirmschoner anzuschalten und eine kleine Pause einzulegen. Hektisch drückte ich auf allen möglichen Tasten herum, bis der Computer sich bequemte, mit einem Seufzen wieder hochzufahren. Leider ohne die Startseite des Browsers zu zeigen, die ich anscheinend durch mein Herumdrücken geschlossen hatte. Nach einer weiteren halben Stunde, drei erneuten Zusammenbrüchen und einem zweiten, mit Thereses Erlaubnis gebrühten Latte, landete ich endlich auf der Seite der *Lachschmiede.* Hinter mir Schritte. Flohs Gebell. Die Stimme seines Besitzers. Wie hatte Therese ihn genannt? Quirin? Er blieb hinter meinem Stuhl stehen, sah zu, wie sich die Seite in quälender Langsamkeit aufbaute. Einen High-Speed-Zugang gebe es nur in der Kreisstadt, sagte er. Mit einem, wie mir schien, schadenfrohen Lächeln. Grimmig wandte ich mich wieder dem Rechner zu, der sich schnaufend abmühte, Mirkos Foto Pixel für Pixel herzustellen, und überließ Quirin der lamentierenden Therese. Die ihn mit Fragen traktierte: Was er teifinoamoi getan hatte, dass diese Susn weggelaufen war? Was sie zum Kruzifix jetzt machen solle? Ich versuchte, ihre Stimmen auszublenden, klickte den vertrauten Button *Ver-*

träge an. Und sah ergeben zu, wie sich ein Pfeil unter der Aufschrift *»wird geladen«* unendlich langsam im Kreis drehte. Ein Hupton riss mich aus meiner Meditation.

special agent, was macht die geheime mission? worum geht's eigentlich, oder ist es zu top secret? love, mirko (der geheimnisse und agenten unglaublich aufregend findet, besonders agentinnen)

Um ein Haar hätte ich mich an meinem Latte verschluckt. Ich las die Botschaft noch einmal, dann ein weiteres Mal und schreckte auf, als jemand mir auf die Schulter klopfte.

»Nur amoi neischlupfa«, sagte Therese. Ich drehte mich um.

Was sie mir hinhielt, war zweifellos ein Dirndl. Wenn auch ohne Schürze. In hellem Braun. Es war aus Leder. Aus weichem Wildleder.

»Nur ganz fix. Ich muss eh glei wieder zu den Viechern.«

»Therese, lass sie da raus. Und du weißt, was ich von diesem Quatsch mit den Kühen halte …«

Quirin hatte sich umgezogen, trug jetzt ein weißes Hemd mit Trachtenstickerei, dazu die lange Hose aus Hirschleder für zweihundertachtundneunzig, und Therese zupfte an ihm herum, steckte seine Hemdsärmel ab.

»A geh, Quirin, alten Kühen duads guad, wenns noch amoi braucht werden. Wer soll das besser wissn wia i? Schau, sie hat genau die Figur.«

Therese knöpfte das bestickte Oberteil auf, dann den Rock. Es schien ihr nicht in den Sinn zu kommen, dass ich nicht vorhatte, mich auszuziehen. Es schien auch sonst niemandem in den Sinn zu kommen, dass man sich Therese widersetzen könnte. Noch nicht einmal Floh. Der sich weggedreht hatte. Gleichzeitig mit seinem Herrchen. Wie kamen sie nur darauf, dass ich freiwillig ein Dirndl anziehen würde? War ich Heidi? Therese hielt mir noch einmal auffordernd das Kleid hin. Eine Mischung aus Landhausstil, Cowgirl-Outfit und Tracht. Bei näherem Hinsehen noch nicht einmal so schlecht. Hatte Julia nicht kürzlich in einer Zeitschrift geblättert und gesagt, dass aufgepeppte Trachtenmode gerade im Kommen war? Aber ich hatte zu tun. Ich hatte auf das Laden einer hochwichtigen Seite zu warten und eine SMS zu beantworten. Mit fliegenden Fingern und leicht genervt von Thereses Blicken und dem stummen Warten von Herrchen und Hund tippte ich:

wir lösen hier family affairs. wahnsinnig aufregend.

Und dann traute ich mich:

love, secret agent

Ging ich zu weit? War ich noch Reh-like genug? Bevor ich weiter darüber nachdenken konnte, schickte ich die SMS ab.

»Mei, es is ein Einzelstück« sagte Therese.

»A Rehlederdirndl.«

»R… äh, *Reh*leder?«

Therese nickte strahlend. »Der letzte Schrei, sitzt dir wie angegossen, da wett i drauf.«

Vielleicht wäre es einfacher, zu gehorchen und anschließend in Ruhe meine Verträge auszudrucken. Falls der Rechner die Seite jemals lud. Ich schaute hinunter auf das Display meines Telefons: love, mirko. Warum nicht in eine Rehhaut schlüpfen? Selig lächelte ich in mich hinein, war schon dabei, die Jeans abzustreifen, und Therese, hocherfreut, half mir in die Bluse, knöpfte den Rock zu.

»Sakra! I hob's doch gwusst. Schau her, Quirin.«

Und Quirin schaute.

»Für a Balconette-Dirndl braucht's halt a richtiges Weibsbild«, sagte Therese andächtig. Sie stand dicht neben mir, ihren *Grand Balcon* fast an meine *Balconette* geschmiegt, gemeinsam bildeten wir einen *Balcon Enorme.*

In der nächsten halben Stunde brachte sie mich dazu, zwei weitere Dirndl anzuprobieren, eins davon hatte ein Camouflagemuster, das andere einen sehr kurzen Rock, dazu passend zwang sie Quirin in Hotpants aus Wildbockleder, fotografierte uns mit einer kleinen Kamera. Vor dem Spiegel, ich musste es zugeben, sah ich wirklich nicht schlecht aus. Ganz im Gegenteil. Fremd, ein bisschen wild sogar, und, ich merkte es an Quirins Blicken, durchaus sexy. Ob Mirko mich auch so ansehen würde? Er hatte mir mit einem: i am longing for your secrets, do you know what i mean? geantwortet, und das Lesen der Botschaft brachte mich an die Grenze eines Herzinfarkts. Während ich neben Quirin im Laden auf und ab schlenderte – ungezwungen, wie Therese es verlangte –, dachte ich über eine passende Antwort nach, und bevor ich es mir anders überlegen konnte, hatte ich Therese schon mein iPhone in die Hand gedrückt und bat sie, ein Foto von mir allein zu machen.

»Freili, fesch schaust aus, jetz lach halt amoi. So. Guad!« Therese knipste, nicht nur einmal, mindestens zehnmal, schaute aufs Display: »Herrgottsakra!« Sie drückte mir das iPhone wieder in die Hand, schlug sich an die Stirn.

»Die Küh! I muss die Küh holn!«

Schon stürzte sie mit wehendem Rock nach draußen. Ließ uns stehen, mitten im Verkaufsraum. Balconette und Wildbock. Die Shorts, musste ich zugeben, passten Quirin ebenso angegossen wie mir das Dirndl. Vorne, am Hosenstall, waren sie nicht nur mit Eichblättern, sondern auch mit blumigen Ornamenten bestickt, über und über, üppig wuchernd, als wären die Stickerinnen auf Drogen gewesen und hätten geglaubt, das Tor zum Paradies zu verzieren.

Quirin schob die Hände in die Hosentaschen, und ich dachte daran, dass ich nicht gefragt hatte, was ein Schafszipfi war. Allerdings dämmerte mir gerade eine mögliche Bedeutung. Die ersten Takte von *Yellow* unterbrachen diese Überlegungen, und ich riss das Telefon ans Ohr, ohne aufs Display zu schauen.

»Ja? Mirko?«

»Immer noch Kummer?«, fragte Christianes Freund.

»Was geht dich das an? Wo ist Christiane?«

»Auf der Messe, das weißt du doch. Und du weißt auch, dass du mich inspirierst, mein Vögelchen.«

»Hör sofort mit diesem Vögelchen-Quatsch auf.«

»Wie du willst. Aber ...«

»Ruf mich nicht mehr an, verstanden?«

Ich drückte heftig auf den kleinen roten Knopf. Und bedauerte, kein richtiges Telefon zu haben wie im Büro, eines, das man wütend zurück in die Station rammen konnte.

»Bist ja nicht gerade gut zu sprechen auf diesen Mirko.«

Der Wildbock musterte mich mit hochgezogenen Augenbrauen.

»Auf Mirko schon. Das war Ralli.«

»Ah. Und keiner von beiden ist Mister Universum?« Sein wissendes Lächeln. Die Art, wie er die Hände aus den Hosentaschen nahm, sie vor der Hemdbrust verschränkte. Seine Arme waren so braun gebrannt wie seine Beine. Als hätte er nichts anderes zu tun, als am See zu liegen. Oder am See zu sporteln. Und was sah er mich so an, mit diesem amüsierten Blitzen in den Augen? Ein neuer Hupton machte seinem überlegenen Getue ein Ende. Ich stürzte mich auf das Display. Julia.

schon an die verträge gedacht? die vom wdr machen druck.

»Du kannst dich hier umziehen, ich geh in die Küche.« Quirin drehte sich schroff um, pfiff nach Floh, und zusammen verschwanden sie durch die Tür zum Café.

»Schafszipfi«, murmelte ich.

Nach einer Stunde, in der ich wiederholt dem Rechner, dann dem Drucker und schließlich mir selbst gut zugeredet hatte, nicht die Contenance zu verlieren, hatte ich einen Stapel frisch ausgedruckter Verträge auf dem Tisch. Therese war noch nicht zurückgekommen. Und ich hatte mich noch immer nicht umgezogen, hatte vorübergehend sogar vergessen, dass ich ein Dirndl trug. Es war bequemer als meine engen Jeans, ich fühlte mich verblüffend wohl darin. Vielleicht, weil ich mich an Quirins Blicke erinnerte.

Vor längerer Zeit hatte ich angefangen, eine Männerblick-Excel-Tabelle anzulegen – mit diesen Kategorien: Busenfetischist. Hinternfetischist. Bein- und Schuhtyp. Ganzkörperscanner. Tief-in-die-Augen-Schauer. Und das grobe Gegenteil: der Torsofixierte. Dem das Terrain zwischen Hals und Scham genug war. Zu welchem Typ Quirin gehörte, hatte ich nicht feststellen können, er hatte mir kurz in den Ausschnitt geschaut, gleich darauf in die Augen, bei unseren Gängen durch den Laden vielleicht auch auf Hintern und Beine, zumindest hatte ich mir eingebildet, seine Blicke zu spüren. Vorsichtig packte ich die Verträge in meine Laptoptasche. Ich musste sie wegschicken, so schnell wie möglich. Danach auf irgendeine Weise den Bus wiederbekommen, meine Einkäufe erledigen. Die nächsten Planquadrate absuchen.

Ich ging hinüber ins Café, spülte rasch mein benutztes Geschirr und füllte frische Bohnen in die Kaffeemaschine für einen Espresso to go. Von der offenen Tür her hörte ich Stimmen.

»Üwe, gloobste echt, mir sinn hier rischtsch?«

»Nü gügge, das ist doch zünftsch hier.«

»Und wo sind die Gühe?«

»Fröllein!«

»Gibbts hier een Goffee? Fröllein?«

»Und Guuchen?«

Sie waren schon im Raum, fröhlich sächselnde, kompakte Frauen in Caprihosen und ärmellosen Tops, Männer in Freizeithemden und Shorts. Sie schauten sich um, setzten sich an die Tische und sahen mich erwartungsvoll an. Christiane hatte mir eingeschärft, in kniffligen Situationen nicht auf Hilfe oder Anweisungen zu warten, sondern sofort zu handeln. Was ich als Älteste von drei Geschwistern ohnehin gewohnt war. Ich schnappte mir den

Block, der neben der Kaffeemaschine lag, überredete mein Gesicht zu einem Lächeln und trat an den ersten Tisch. In meiner Studentenzeit hatte ich oft gekellnert, in einem immer überfüllten Szenecafé, dagegen waren zwei Tische voller Sachsen ein Kinderspiel. Ich nahm die Bestellungen auf, teilte den Apfelkuchen in kleine Stücke, suchte vergeblich nach einer Preisliste. Was kostete in Köln ein Stück Apfelkuchen? In meinem Lieblingscafé in der Köhlerstraße? Zwei fünfzig? Mehr? Und ein Cappuccino? Oder Latte macchiato? Espresso? Die Sachsen verlangten Gabbudschinö, nichts Komplizierteres, und ich ließ sie dafür zwei achtzig bezahlen, preisgünstig, wie in meinem Lieblingscafé. In der Küche fand ich eine große Geldbörse, anscheinend von der flüchtenden Susn abgelegt, mit einem Seitenfach fürs Trinkgeld. Ich war stolz, dass ich noch so viel Übung hatte. Bis Therese in der Tür stand. Mit wogendem Busen, den Cowboyhut in den Nacken geschoben. In bestem Hochdeutsch begrüßte sie die Sachsen, sah mir zu, wie ich kassierte. Und zog mich anschließend beiseite. Ob ich ihr sagen könne, warum himmiherrgottsakramentmileckstamoarsch a Haferl Kaffee zwoaachtzge kostete und der Apfeldatschi dreizwonzg? Ich hätte ihr erklären können, dass ich diese Preise nach schneller Marktanalyse höchst angemessen fand, immerhin war der Kuchen selbst gebacken. Aber bevor ich auch nur den Mund aufbekam, waren die Sachsen schon aufgesprungen. Was jetzt mit den Kühen sei, deswegen seien sie schließlich gekommen. Ich legte die Börse auf den Tresen. Nicht, ohne vorher mein Trinkgeld herauszuklauben. In der Küche stellte ich das Tablett mit den leeren Tassen ab und probierte ein Stück von dem überteuerten Apfeldatschi. Er schmeckte traumhaft, mindestens nach dreizwonzg.

»Gina?« Thereses Stimme, vom Gastraum her. Ich machte den entscheidenden Fehler, nicht schnellstens Notebook und Tasche an mich zu reißen und einfach durch die Tür nach draußen zu entschwinden.

»Kommst rasch amoi?«

Bevor ich mich rühren konnte, stand Therese schon in der Küche, schwer atmend, mit gerötetem Gesicht.

»Es ist nur für a hoibe Stund. Oder, mei, a Dreiviertelstund. Ich hab noch nicht genug Küh beisammen. Ich muss … Egal, geh mit ihnen am besten zum Aussichtsturm, immer dem Tannenbäumchen nach.«

»Äh … Tannenbäumchen? Aussichtsturm?«

»Die Markierung, für den Rundweg. Einfach am Parkplatz gleich rechts durch den Wald.«

Sie sprach glasklares Hochdeutsch. Und sah mich aus aufgerissenen blauen Augen an.

»Gina, das ist ein Notfall.«

Das Gleiche hatte Christiane auch gesagt. Und Julia. Überhaupt kam es mir so vor, als ob überdurchschnittlich viele Leute in meiner Gegenwart von Notfällen sprachen. Schon führte sie mich am Ellenbogen zurück in den Gastraum.

»Gina wird Ihnen alles zeigen, das gehört zu unserem Service. Wenn Sie wiederkommen, ist alles bereit.«

»Nu, gutt. Bevor wer hier ranzsch wärrn«, sagte ein Mann in einem rotkarierten Hemd. Zwei Frauen blickten bekümmert auf ihre zierlichen Pantoletten. An weniger zierlichen Füßen. »Und kommt's mir bloß ned zum Stall. Hosd mi?«, raunte Therese mir zu, um mich gleich darauf sanft Richtung Tür zu schieben.

Wo denn das Braunkohle-und-Bergbaumuseum sei, fragte eine Pantolettin, sobald wir auf dem Parkplatz standen.

»Was willste denn mit Bräungohle, Judda, gannsde ooch daheeme besischtschen«, warf der Mann im rotkarierten Hemd ein. Ich beschloss zu handeln.

»Hier entlang«, sagte ich im Tonfall von Bruce und marschierte los. Der geteerte Weg durch den Wald war einigermaßen pantolettentauglich, und die Sachsen folgten mir bereitwillig. Als wir das Waldstück hinter uns hatten, sah ich den Aussichtsturm. Er war aus rohem, hellem Holz und zu weit entfernt für überladene Pantoletten. Ich wusste nicht, ob ich etwas über den See sagen sollte, und wenn ja, was, im Vorbeigehen versuchte ich, wenigstens etwas über die heimischen Pflanzen und Tierarten von einer Tafel am Wegrand abzulesen. Aber die Sachsen schienen keine Ansprache zu erwarten, marschierten in geschlossener Formation auf eine Schranke zu. Jetzt war ich es, die ihnen folgte, vorbei an einer Hütte, auf der *Rezeption* stand, vorbei an Wohnmobilen in ordentlichen Reihen, an frühstückenden Familien in Vorzelten mit Küchenschränken und gigantischen Kühltruhen. Ich versuchte, mir nicht anmerken zu lassen, dass ich noch nie auf einem Campingplatz gewesen war. Als Kind hatte ich Julia um ihre Fahrten ins Zeltlager beneidet, hatte dabei allerdings eher an Lagerfeuer und Indianer gedacht, nicht an Satellitenschüsseln, Fernseher und Wohnmobile, auf deren Ladefläche ein Smart parkte. Die Sachsen strebten einem großen Haus in der Mitte des Platzes zu, dem zentralen Gebäude, das wichtig aussah. Menschen gingen ein und aus, anscheinend unterwegs in dringenden Geschäften.

»Nu gugge, die sanidären Onloochen sind aber wirklsch fürstlich.«

Die Pantolettinnen betraten das Gebäude fast ehrfürchtig, während die Männer das Drumherum begutachteten: Schläuche, Hähne, Türen mit rätselhaften Aufschriften wie *Fäkalienraum* und *Entsorgungsstation.* Die sanitären Anlagen seien das Ä und Ö eines Campingplatzes, erklärte mir der Rotkarierte, und Judda, die vorhin ins Braunkohlemuseum gewollt hatte, schwärmte von den Fünf-Sterne-Duschräumen. Die Sanitäranlagen konnte nichts mehr toppen, ich fühlte es, verzichtete auf die Besichtigung des Aussichtsturms und führte meine zufriedenen Schützlinge zurück zum Café. Therese – außer Atem, mit gerötetem Gesicht – schien ihre Vorbereitungen abgeschlossen zu haben und begrüßte uns strahlend. Rasch packte ich mein Notebook und die Verträge ein und verschwand durch die Ladentür nach draußen, bevor sie mich für weitere Vorhaben einspannen konnte.

Erst auf der Straße fiel mir ein, dass ich vergessen hatte, Therese nach einem Postamt zu fragen. Wie gestern war kein Mensch zu sehen, der Edeka war geschlossen. Obwohl es kurz nach sechzehn Uhr war. Und kein Mittwoch oder Samstag. Vor der Tür des Wirtshauses neben der Feuerwehr kehrte ein Mann schnaufend den Bürgersteig, blickte auf, als ich auf ihn zuging, vorbei an einem riesigen Transparent, das für die neu entstehende Feriensiedlung von *Fun & Leisure* warb. Es war so still, dass ich das Schaben des Besens auf dem Bordstein hörte. Und das Schnaufen des Mannes. Das nicht aufhörte, nachdem er die Kehrtätigkeit eingestellt hatte und sich ganz auf mein Näherkommen konzentrierte.

»Grüß Gott«, sagte ich. »Ruhig haben Sie es hier.«

Er gab einen Laut von sich, der alles bedeuten konnte: Zustimmung, Frage, Gruß.

»Können Sie mir sagen, wo das nächste Postamt ist?«

Wieder ein Laut. Zwischen Grunzen und Schnauben. Ein eindringlicher Blick, mit hochgezogenen Augenbrauen. In dem eine Prise Befremden und eine etwas größere Prise Verachtung lag. Hatte ich ihn beleidigt? In einem Business-Seminar über internationale Geschäftsgespräche und Sitten hatte ich gelernt, dass die Grenze zur Beleidigung umso schneller überschritten war, je weiter man nach Süden vordrang. Und nach den Siesta-Zeiten der hiesigen Geschäfte zu urteilen, befand ich mich schon recht weit im Süden. Aber vielleicht hatte er mich auch einfach nicht verstanden.

»Äh, entschuldigens«, ich passte mich höflich an die Sprachmelodie an, ließ alle verwirrenden Zusatzinformationen weg und betonte das Subjekt des Satzes und Objekt meines Begehrens laut und deutlich: »Das nächste Postamt?« Ein Funke des Verstehens glomm in seinen Augen. Er reagierte. Mit einem Kinnrucken. Richtung Edeka. Es konnte durchaus sein. Auch in dem Stadtviertel, in dem unser Büro lag, war das Postamt geschlossen und durch einen Schalter am Asia-Großmarkt ersetzt worden. Seitdem bediente kein verschlafener Postbeamter mehr, sondern ein flinker, freundlicher Mann mit schönen Mandelaugen, der wirklich – ich hatte es immer für ein Klischee gehalten – Bliefmalken fül einsfünfundvielzig verkaufte. Neben Bambusschösslingen und Tofu. Bis abends um zehn.

Unser Gespräch war auf jeden Fall in Gang gekommen. Auf seinen Besen gestützt, taxierte der Mann mich in aller Ausführlichkeit von oben bis unten, schien auf die nächste Frage zu warten.

»Sie meinen, die Post ist im Edeka?«

Jetzt erlebte ich einen echten Durchbruch. Denn er sprach. »Freili.«

Was mich ermutigte, höflich nach der Einhaltung der Öffnungszeiten zu fragen.

Erneut betrachtete er mich, mit diesem intensiven, nachdenklichen Blick. Eindeutig gehörte er zur Kategorie Ganzkörperscanner. Vielleicht gar zu den Philosophen unter den Ganzkörperscannern.

Unwillkürlich folgte ich seinem Blick, schaute an mir herunter. Ich trug immer noch das Dirndl. Vielleicht der Grund, dass er mich auf einmal wie seinesgleichen behandelte und etwas äußerte, das wie »Mei, d' Franzi hot hoit vuizdua, seit s' Königin is« klang. Worauf er wieder anfing, zu kehren. Und mich in tiefer Ratlosigkeit zurückließ. Was sollte ich mit dieser Auskunft anfangen? War *vuizdua* vielleicht eine seltene, nur hier vorkommende Krankheit? Die ausschließlich Königinnen in Edekamärkten befiel? Von einer Königin hatte er geredet, dessen war ich mir sicher. Einen Moment dachte ich an Bienen, dann an Eingeborenenstämme, die ihre Riten behalten hatten, von Forschern noch ungestört. Langsam ging ich weiter, in einem Bogen zu Mirls

Haus zurück, vorbei am Döner 24, der ebenfalls geschlossen war. Auf dem Wasser segelten Windsurfer Richtung Ufer, aneinandergereiht wie Perlen an einer Schnur, über ihnen ein Wattewölkchenhimmel, blauweiß wie die flatternde Fahne am Feuerwehrhaus. Ich setzte mich auf eine Bank am Ufer und zog das Telefon aus der Tasche. Ich musste mich nicht nur um die Verträge, sondern auch endlich um die Bergung des *Lachschmiede*-Busses kümmern. Aber vorher öffnete ich schnell noch einmal den Posteingang. Es war kein Traum:

i am longing for your secrets, do you know what i mean?

Sofort überlief mich eine Gänsehaut. Ich öffnete das Menü, wählte: MMS-Nachricht erstellen. Nachdem ich mehrere Anfänge (lieber mirko, ich sehne mich auch so sehr nach dir, seit wann weißt du das von uns, ich denke nur an dich) gelöscht hatte, tippte ich: »top secret«, klickte alle Dirndlbilder durch, entschied mich für eins, auf dem ich lachte, und hängte das Bild an.

Die Surfer hatten das Ufer fast erreicht, ich hörte sie rufen, hörte Gelächter und Geplätscher, als einige ins Wasser fielen. Alle steckten in kurzärmeligen Neoprenanzügen. Nur Quirin trug knielange Boxershorts. Sonst nichts.

Ich schickte die MMS ab und wählte die Nummer der Taxizentrale.

4.

Mein grauer Mitbewohner mit den hellgrünen Augen hieß Picco. So stellte er sich selbst jedenfalls immer wieder vor: »Picco hot oan fahrn lassn, hehehe«! Er schien es darauf anzulegen, mich aus der Fassung zu bringen, betrachtete seinen Käfig als Zumutung, führte tagsüber endlose Selbstgespräche und weckte mich nachts aus meinen Träumen von Mirko durch seine langgezogenen Sehnsuchtsschreie nach dem Urwald. Wohin ich ihn liebend gern verbannt hätte.

In Büchern hatte ich gelesen, dass Papageien krächzten, wenn sie sprachen. Falsch! Wenn dieser Papagei nicht höhnisch pfiff oder schrie, sprach er mit einer Automatenstimme, künstlich, hoch, kein bisschen krächzend. Und bayrisch. Wenn er in Stimmung war, redete er pausenlos. Bei meinen Inspektionen der oberen Stockwerke begleitete er mich, flatterte zielsicher durch die schmalen Gänge, zwischen Stapeln von Kästen, ausrangierten Fernsehern, Sammlungen von Kuhglocken in allen Größen und verstaubten Globen. Ab und zu ließ er sich auf einem aufquellenden, zuoberst liegenden Pappkarton nieder, zerrte etwas hervor, triumphierend und niemals ohne Kommentar.

»Die Tütn, Kruzifix, Picco, die Tütn«, sagte er zum Beispiel. Womit er sowohl eine Sammlung von Staubsaugerbeuteln verschiedenster Marken meinen konnte als auch eine großzügig angelegte Kotztütenkollektion aller möglichen und unmöglichen Fluglinien dieser Erde. Christianes Tante, die alte Mirl, hätte bald anbauen müssen, wenn sie nicht gestorben wäre. Jedes Zimmer quoll über von Absonderlichkeiten, Gänge waren verstellt, Treppen kaum begehbar. Nur Picco kannte sich aus. Zumindest tat er so. Flatterte überall herum, flötete angeberisch und nervtötend. Aber er hatte auch seine stillen Momente. In denen er mit eingezogenem Kopf auf der Kuppel seines Käfigs saß und aus dem Fenster starrte. Stundenlang. Und er schien wenig zu fressen. Eher: gar nichts. In der Küche hatte ich eine Packung Sonnenblumenkerne gefunden, sie in seinem Käfig ausgeschüttet, aber er rührte sie nicht an.

Als Quirin klingelte, um nach ihm zu sehen, war ich beinahe erleichtert. Picco war nach stundenlangen Gesprächen, in denen er sich anscheinend mit mehreren unsichtbaren Wesen blendend unterhalten hatte – gab es Schizophrenie bei Papageien? –, in eine aufgeplusterte Depression verfallen, die seit einem Tag andauerte und auch durch Schwingen der Reisigrute nicht zu vertreiben gewesen war. Er flog nicht mehr auf, musterte mich und die Rute mit einem müden Blick und schaute wieder aus dem Fenster. Erst als Quirin auf ihn zuging, zeigte er eine Spur von Interesse, stieß einen Laut aus, der wie eine zarte Frage klang. Quirin war Tierarzt, er arbeite aber in der Forschung, erklärte er mir knapp, während er Picco untersuchte. Picco hackte nach ihm, wie er auch nach mir hackte, sobald ich seinen Wassernapf aus dem Käfig nahm, aber diesmal hackte er vorsichtiger, beinahe zärtlich.

»Mei, Picco, du gscherter Hund, warum willst denn wieder nix fressen?«

Quirin strich ihm behutsam das gesträubte Gefieder glatt, und tatsächlich ließ der Papagei es sich gefallen, legte den Kopf schief, sah Quirin nachdenklich aus seinen hellen Augen an. Floh, der Picco offensichtlich ebenso wenig ausstehen konnte wie ich, drehte sich empört weg. Er habe, erklärte mir Quirin, sich schon zu Mirls Lebzeiten um den Papagei gekümmert, das arme Tier sei seit ihrem Tod vollkommen durch den Wind. Deshalb hätten sie sich auch entschieden, ihn in seiner gewohnten Umgebung zu lassen, bis alles geregelt sei. Ich verkniff mir die Bemerkung, dass es nett gewesen wäre, mich von diesem Entschluss wenigstens in Kenntnis zu setzen, und sah zu, wie Picco gehorsam auf den Stock kraxelte, den der Tierarzt ihm hinhielt. Heute trug Quirin kein Trachtenhemd, sondern ein enges T-Shirt und knielange Sporthosen. Seine Haare glänzten feucht, anscheinend kam er vom Surfen.

»Wenn er morgen noch ned frisst oder fliegt, musst du es ihm halt vormachen. Papageien sind große Nachahmer, weißt.«

Er trug den Vogel zum Käfig und setzte ihn vorsichtig an der offenen Tür ab. Worauf Picco lammfromm sein goldenes Gefängnis betrat.

»Vormachen? Ich?« Am liebsten hätte ich mich beleidigt weggedreht, wie Floh. Dass der Vogel sich von Quirin in den Käfig setzen ließ, ärgerte mich mehr, als ich zugeben wollte. Vor allem, wenn ich an meine entwürdigenden Versuche dachte, Picco einzufangen. Sogar nachgerannt war ich ihm, den Käfig in den Händen, hatte mich so weit gehen lassen, alberne Lockrufe auszustoßen: »Kommkommkomm, feiner Käfig, feines Fresschen, braver Picco, kommkommkomm.« Was der brave Picco mit einer Geräuschkaskade beantwortet hatte, die eindeutig an Lachen grenzte.

Egal, wie eindringlich dieser Landtierarzt über Neugier und Intelligenz von Papageien referierte, er würde mich nicht dazu bringen, mich so weit zu erniedrigen, flügelschlagend durchs Haus zu rennen und Körner aus einem Napf zu essen. Von mir aus konnte Picco bis in alle Ewigkeit auf seiner Stange sitzen bleiben und sich auf einen Body-Mass-Index für verhungerte Papageienmodels herunterfasten. Ich zuckte mit den Schultern, so cool wie ich konnte.

»Dafür werde ich nicht bezahlt«, sagte ich, und Quirins Eifer erstarb. Er drehte sich um.

»Komm, Floh.«

Der Hund gehorchte, nicht ohne Picco mit einem letzten verächtlichen Blick zu bedenken. Beinahe wurde mir Floh sympathisch.

»Ich schau morgen noch mal, wie es ihm geht.«

Damit waren beide entschwunden, Herrchen und Hund, und kaum war die Haustür zugefallen, hatte es Picco schon geschafft, sich aus dem Käfig zu befreien und war davongeflattert. Nicht, ohne auf dem frisch geputzten Boden einen grünschillernden Beweis dafür zu hinterlassen, dass trotz der Hungerkur seine Verdauung ausgezeichnet funktionierte.

Der Termin mit Alexander Strobl von der *Fun and Leisure Freizeitpark GmbH* erforderte generalstabsmäßige Vorbereitung. Nicht nur, was das Haus betraf.

Perfekt genügt nicht. Du musst so aussehen, dass die Männer Angst bekommen und keine Frau den geringsten Schwachpunkt findet. Ich konnte Christianes Vortrag – einen der ersten Vorträge, den sie mir kurz nach meiner Einstellung gehalten hatte und den sie bei Bedarf wiederholte – immer noch auswendig: »Schorschelchen, die Branche scheint auf den ersten Blick voller netter Menschen zu sein, aber das täuscht. Hinter der Fassade tobt der Krieg. Leider in der vordersten Linie ein Zickenkrieg. Das sage ich dir als Feministin. Bevor du an die Spitze der wichtigen Sendungen und Festivals vordringst – da findest du natürlich nur Männer, daran hat sich in zwanzig Jahren nichts geändert –, musst du an den vielen, vielen Frauen vorbei, die den Oberbossen Vorschläge machen. Zuerst gehst du zum Friseur. Zu meinem.«

Schon Julia hatten meine Haarfärbeexperimente mit verschiedenen Rottönen nicht gefallen. Ich hatte es erst mit Mahagoni probiert, es sah im Selbstversuch aber eher nach räudigem Eichhörnchen aus. Darauf hatte ich auf Kirsche umgefärbt, auf Pflaume, auf Johannisbeere.

»Nennen wir es einfach Beerentopf«, hatte ich vorgeschlagen, als Julia mich entsetzt ansah. Wir hatten uns auf einen möglichst kurzen Schnitt geeinigt und auf Abwarten, bis meine natürliche Farbe wieder zum Vorschein käme, mausbraun, das Braun der unspektakulärsten Maus unter allen Mäusen. In diesem Zwischenstadium zwischen Beere und Maus hatte ich mich bei Christiane vorgestellt. Und den Job bekommen. Christiane fand, ich hätte eine lustige Frisur. Die ich allerdings sofort ändern müsse, bevor sie mich auf die Öffentlichkeit losließ.

Die ganze Zeit, während Christianes Friseur mir den Umhang umlegte, eine halb maus-, halb beerenfarbige Strähne fragend hochhielt, bebten seine Nasenflügel. Ob vor Missbilligung oder vor Begeisterung über das neue Betätigungsfeld, hätte ich nicht zu sagen vermocht. Aber er wirkte Wunder. Er zauberte mir einen kastanienbraunen Schopf mit hellen Strähnen, den ich mir morgens zurechtwuscheln und abends in Form föhnen konnte, lobte mit zitternden Nasenflügeln mein dickes, robustes Haar, das alle Torturen bisher gut überstanden hatte, und bat mich, in vier Wochen wiederzukommen. Seine erste Rechnung übernahm Christiane. Die nächsten bezahlte ich selbst, von meinem Gehalt, das dreimal so hoch war wie jeder Verdienst meiner bisherigen Studentenjobs.

Für die Außentermine steckte Christiane mich in hochgeschlossene Blusen, dazu in Röcke und Pumps von Jil Sander, brachte mir bei, was sie unter einem Business-Make-up verstand: Wimpern in Kastanienbraun, passend zur Haarfarbe, bronzefarbener Lidschatten, Lidstrich, wenig Rouge, Lipgloss in Rosenholz.

Auch heute hielt ich mich an ihre Vorgaben, schminkte mich dezent, wählte einen engen, silbergrauen Rock, dazu eine Bluse, einen leichten Blazer und die hochhackigen Echsenleder-Sandalen. In denen ich, zugegeben, nicht allzu gut lief. Mein professionellstes Business-Lächeln auf den Rosenholzlippen, gab ich mir Mühe, Alexander Strobl entgegenzuschreiten, ohne zu eiern, umzuknicken oder ihm womöglich in die Arme zu sinken.

Ich hatte geschäftlich ganz gerne mit Männern zu tun. Vielleicht, weil Christiane mich so eindringlich vor der Gnadenlosigkeit der Frauen gewarnt hatte. Oder weil Männer so einfach zu durchschauen waren. Eine Bedienungsanleitung für Männer, hatte ich einmal zu Julia gesagt, bräuchte nicht mehr als eine Seite. Diese Seite wäre allerdings auf Hochglanzpapier gedruckt und in tausend Sprachen übersetzt. Dafür würden die Männer schon sorgen. Auch dafür, dass die Tabelle der unterschiedlichen Blick-Typen in Gold gefasst wäre. Obwohl, darüber dachte ich nach, während ich Alexander Strobl entgegenschritt, eine farbliche Abgrenzung der einzelnen Typen benutzerinnenfreundlicher wäre: Der Augenschauer in romantischem Blau – oder gar verklärtem Rosa? –, der Busenfetischist in warnendem Gelb, der Ganzkörperscanner in Rot, der Schuhtyp in ... »Guten Tag!« Alexander Strobl schüttelte mir die Hand, ungefragt und etwas zu fest. Vielleicht hatte er in einem Seminar gelernt, dass eine Führungskraft einen festen Händedruck braucht. Obwohl er nicht viel älter als dreißig sein konnte, war er kahl, um seine blankpolierte Glatze herum hatte er sein Resthaar abrasiert. Trotz der Hitze trug er einen Anzug, taubenblau. Ich drosselte mein Lächeln auf ein kühles Minimum und nickte ihm gemessen zu.

»Georgina Fernande Zuhlau.« Wie so oft bei geschäftlichen Terminen war ich meiner Mutter dankbar, dass sie ihren Kindern solch hochtrabende Namen verpasst hatte.

»Alexander Strobl. Alex. Sind Sie in der ... äh ... Testamentsangelegenheit schon weitergekommen?« Sein Blick hielt sich nicht lang mit meinem Gesicht auf, schweifte über meine Bluse, von dort recht schnell zu meinen Beinen, verweilte bei den Echsenledernen. Ausgezeichnet. Mit Schuhtypen zu verhandeln war keine allzu schwere Aufgabe. Ich lächelte verständnisvoll. Allerdings nur für eine Sekunde. Gleich darauf setzte ich meinen Geschäftsblick auf, erklärte ihm, es sei alles so gut wie geregelt, Christiane werde sich direkt mit ihm in Verbindung setzen. Er nickte. Und machte einen Schritt an mir vorbei, trat in den Hausflur.

Den ganzen Vormittag hatte ich mir Strategien ausgedacht, wie ich es vermeiden könnte, ihn ins Haus zu lassen. Oder es zumindest auf einen flüchtigen Rundgang durchs Erdgeschoss beschränken könnte. Ich hatte alle Nippesfiguren, die Voodoomaskensammlung vom Kaminsims und einen Haufen Kruzifixe in die Müllsäcke gestopft, die ich endlich besorgt hatte, nachdem der Bus mit Hilfe eines brummigen Taxifahrers, eines Kanisters und eines kräftigen Trinkgelds wieder fahrtüchtig war. Die Säcke hatte ich vorübergehend im Bus abgestellt. Es war wohl besser, nichts wegzuwerfen, bis das Testament gefunden war, all diese Schätze gehörten schließlich zum Erbe. Das Zimmer sah ohne diese Herrlichkeiten zweifellos besser aus, beinahe konnte man es wohnlich nennen. Am Vortag war ich noch im Baumarkt gewesen, hatte durchsichtige Plastikplanen gekauft und sie anstelle des Zeitungspapiers ausgelegt. Die Fenster hatte ich weit geöffnet, wie auch alle anderen Fenster im Haus. Die Räume mit allem, was in ihnen verstaubte, brauchten dringend Durchzug. Falls dieser Durchzug noch einen Nebeneffekt hatte, Papageien betreffend, konnte ich nichts dafür.

Der Seeblick sei wirklich bezaubernd, flötete ich, konzentrierte mich dabei darauf, möglichst graziöse Echsenlederschritte zu machen, und Alexander Strobl senkte folgsam seinen Blick noch etwas tiefer und schluckte.

»Äh, ja, natürlich, Georgina. Kann ich Ihren Balkon einmal sehen?«

»Frau Zuhlau.« Entrüstet blieb ich stehen, verschränkte die Arme vor der Brust. Nur um ihn auf die Treppe zustreben zu sehen. Zu spät ging mir auf, welchen Balkon er gemeint hatte.

Ich hechtete hinterher, mit einem für Echsenlederne zu gewagten Sprung. Und bereute im gleichen Moment, dass ich den Flur aufgeräumt hatte. Denn der einzige verbleibende Halt in greifbarer Nähe war Alexander Strobls Schulter.

Um meine Verlegenheit zu verbergen, plauderte ich: Wir wüssten ja nicht, was er mit dem Haus vorhabe, die Bausubstanz scheine jedenfalls in hervorragendem Zustand …

»Ich will es abreißen. Geht's wieder?« Er hatte die Gelegenheit genutzt und den Arm um meine Taille gelegt. Ich sah seinen glänzenden, kahlen Schädel aus nächster Nähe.

»Wissen Sie, wo die Grundstücksgrenzen genau verlaufen, Georgina?«

»Halt die Goschn.«

Alexander Strobl ließ mich los, schaute sich um, mit wildem Blick, sah dann wieder mich an, als wollte er mich des Bauchredens bezichtigen. Picco schien irgendwo im großen Zimmer herumzuflattern, und ich schickte einen stummen Wunsch ans Universum, er möge seinen eigenen Rat beherzigen und die Goschn halten. Dann erst ging mir auf, dass Strobl nach den Grundstücksgrenzen gefragt hatte. Ich griff nach seinem Ellenbogen, lotste ihn vorsichtig Richtung Haustür.

»Sehen wir uns das Grundstück doch einmal an.« Sobald wir draußen waren, schritt ich zügig aus, um das Haus herum nach hinten, wo der verwilderte, zaunlose Garten in eine Wiese überging. Kein Boden für Highheels. Was Strobl sofort begriff und nutzte. Ganz Gentleman, bot er mir den Arm. Unter seinem betont männlichen Deo, das vielleicht zu Bruce gepasst hätte, roch er leicht nach Schweiß. Er betrachtete das Grundstück mit huschenden Blicken, ebenso verstohlen, wie er meine Schuhe taxierte, vielleicht auch ebenso gierig. Ich entzog ihm meinen Arm. Und in diesem Moment sah ich sie: Quirin und Floh, neben ihnen ein etwas älterer Mann, um die fünfzig vielleicht, Typ Bergführer aus Heimatfilmen. Beide Männer hatten ihre Sonnenbrillen in die Stirn geschoben und trugen Surfbretter unter dem Arm. Der Bergführertyp musterte uns mit zusammengepressten Lippen. Quirin schaute auf die gleiche grimmige Art, und sogar Floh wirkte angespannt. Wie ich feststellte – oh mein Gott, konnte das wahr sein? – aus anderen Gründen als sein Herrchen.

Er schickte ein Knurren hoch in den Baum, in dem ein grauer, zerzauster Vogel saß.

»Grüß Gott, die Herren«, sagte Alexander Strobl. »Mein zukünftiger Nachbar. Mit Sohn. Haben die Herrschaften sich Ihnen schon vorgestellt, Frau Zuhlau? Leonhard Engler, Chef unserer Tauch- und Surfschule, Quirin, Freizeitsurflehrer, übrigens mein ehemaliger Klassenkamerad. Soweit ich weiß, nur den Sommer über hier, wie ich auch, nicht wahr, Quirin?«

Quirin nickte knapp, und sein Vater deutete eine Verbeugung an. Während Floh weiter knurrte. Und ich versuchte, den Papagei im Baum zu hypnotisieren: Flieg, dir steht die Welt offen, Bruder, zur Sonne, zur Freiheit, die Gedanken sind frei, über den Wolken … Unsinnige Fetzen von Liedertexten flatterten mir durch den Kopf, während ich in Piccos hellgrüne Augen starrte. Aber der starrsinnige Vogel dachte nicht daran zu fliegen. Er wartete, bis Quirin und sein Vater sich entfernt hatten, Richtung See, wartete, bis auch Alexander Strobl sich verabschiedet hatte, sichtlich ungern, und unter dem Baum vorbeiging. Und dann tat er, was er am liebsten tat, wenn er etwas Glänzendes, einladend Blankpoliertes unter sich sah.

Bevor ich wieder an die Arbeit ging, setzte ich mich in den Schaukelstuhl vor dem leergeräumten Kamin und sah meine dringendsten Büromails durch. Auch der UMTS-Anschluss meines Internetsticks lahmte hier, und während ich wartete, dass ein Anhang geladen wurde, las ich noch einmal Mirkos letzte SMS. Neben unserer regulären Kommunikation, Termine, Fitnessstudios und Joghurt betreffend, simsten wir inzwischen regelmäßig, es war wie heimliches Liebesgeflüster in einer Geschäftsbesprechung. Als Antwort auf mein Dirndlbild hatte er mir auch ein Foto geschickt. Er musste es selbst aufgenommen haben, in irgendeiner Garderobe, er saß vor dem Schminktisch, in einem knappen Shirt, unter dem sich jeder Muskel abzeichnete, seine

Haare waren verwuschelt, er sah überraschend privat aus, süß privat. Er lächelte ein ungewohnt schüchternes Lächeln, und mir blieb fast die Luft weg, als ich sah, was hinter ihm auf dem Schminktisch stand: die weiße Blume, die ich ihm heimlich in die Garderobe hatte schicken lassen. Für einen seligen Moment vergaß ich, dass ich ein vernünftiges Reh war, und teilte ihm begeistert mit, dieses Bild sei ein Traum. Zehn Sekunden später der Hupton:

wie wär's, wir treffen uns heute nacht im traum. bei dir oder bei mir?

Das Treffen hatte bei mir stattgefunden. Unter den denkbar romantischsten, beinahe filmreifen Umständen. Auch wenn ich wegen Piccos Geschrei noch im ersten Akt aufgewacht war. Aus Angst, mich lächerlich zu machen, hatte ich meinen Traum mit keinem Wort erwähnt, und auch er war nicht mehr darauf eingegangen. Kam es mir nur so vor, oder war der Ton seiner letzten Botschaften kühler? Ich las noch einmal die SMS von heute Morgen:

was treibt chris eigentlich so? love, mirko

Woher sollte ich das wissen, hier in meiner Einsamkeit? Und warum wusste er es nicht? Aber ich musste sie sowieso anrufen, wegen Strobl. Ich wählte ihre Handynummer. Sie meldete sich nach dem ersten Klingeln.

»Gina? Was gibt's? Irgendwelche Fortschritte?«

Sie klang nicht gerade gut gelaunt. So sachlich wie möglich berichtete ich von meinem Termin mit Alexander Strobl, wobei ich die Episode mit dem Vogel, seiner Glatze, dem Tempotaschentuch und meinen Beteuerungen, ich wüsste auch nicht, wie ein Papagei in diesen Garten käme, außer Acht ließ. Immerhin war Picco danach davongeflogen, und alles hätte beinahe ein gutes Ende genommen. Wenn Quirin nicht gewesen wäre.

Ich räusperte mich. Ob sie wüsste, fragte ich, dass sie das Haus abreißen wollten?

»Was geht uns das an? Sie können machen, was sie wollen, solange sie nur kaufen. Aber dazu muss erst mal das Testament da sein. Was trödelst du nur so herum, Gina.«

Ich konnte ihre hochgezogene Augenbraue vor mir sehen, erklärte ihr freundlich, aber bestimmt, dass sie sich nicht vorstellen könne, wie es hier aussehe. Von den Eigenheiten der Nachbarn ganz zu schweigen.

Ausgerechnet diesen Moment suchte sich Picco aus, um auf meiner Stuhllehne zu landen. Ohne einen Laut von sich zu geben, zerknirscht, wie vorhin, als Quirin ihn hereingetragen hatte. Quirin, mit nichts als einer knielangen Badeshorts bekleidet, hatte mich mit einem vorwurfsvollen, kornblumenblauen Blick bedacht und mir erklärt, er habe Picco in einem Baum am See entdeckt, vollkommen verängstigt und verwirrt. Er habe ihn lange locken müssen, bis er sich endlich habe einfangen lassen. Ob ich nicht wisse, dass ein Papagei hier niemals in freier Wildbahn überleben könne? Für einen Moment hatte ich wirklich so etwas wie ein schlechtes Gewissen. Und ich ärgerte mich, weil mir ausgerechnet in diesem Moment auffiel, dass dieser Freizeitsurfer, Landtierarzt und Papageienzurückbringer eine phantastische Figur hatte, breite Schwimmerschultern, einen flachen Bauch und schmale Hüften. Alles gleichmäßig gebräunt. Fehlte nur noch das Goldkettchen.

»Nachbarn?«, sagte Christiane jetzt. »Meinst du diese Frau, die sich ab und zu um sie gekümmert hat? Vielleicht rechnet sie sich was aus, diese Nachbarin. Weißt du, meine Tante hat mir schon vor Jahren gesagt, dass sie mich als Erbin einsetzen wird, aber sie war ein bisschen … verschusselt, wahrscheinlich hat sie einfach vergessen, zum Notar zu gehen.« Picco tänzelte auf der Stuhllehne, und ich wünschte mir inbrünstig, ich hätte das Vorhängeschloss aus dem Baumarkt schon an seinem Käfig angebracht.

In der Leitung ein Anklopfsignal.

»Hör mal, Gina, mit so ein paar Hanseln vom Dorf wirst du ja wohl fertig werden, du bist doch sonst nicht so schüchtern. Was ist eigentlich mit dir los?«

»Moment mal, gerade ruft jemand an«, sagte ich, berührte das Feld *Annehmen* auf dem Display, in der verblendeten Hoffnung, es sei Mirko, der mir erzählen wollte, er habe mich in seinem Traum nackt aus einer Torte steigen sehen. Oder mein persönlicher Schutzengel, der mir versprach, mich schnellstens zurück in mein altes, papageienloses Leben zu bringen.

»Vögelchen, du hast mich neulich nicht gerade fein abgewürgt. Dabei wollte ich doch nur ...«

»Bist du wahnsinnig? Ich hab Chris auf der anderen Leitung! Und nenn mich nicht Vögelchen!« Ich schrie so laut, dass selbst Picco zusammenzuckte und drückte auf *Abweisen.*

»Chris?«

»Ja? Wart mal. Yes. I am with you in a minute ...«

Mein Kopf schwirrte vor Dingen, die ich Christiane sagen wollte, aber unmöglich sagen konnte: Das eben war dein Freund. Ich glaube, es macht ihn an, dass ich ihn immer wieder abweise. Dabei wollte ich schon das erste Mal nichts von ihm, damals nach dem Agenturfest, ich konnte nur nicht aufhören zu weinen, und deshalb hat er mich nach oben gebracht. Er wollte mich nur trösten. Ich schwöre dir, ich wusste nicht, wie weit das Trösten geht. Ich vertrage keinen Rotwein, das weißt du doch. Ich habe ihm sofort gesagt, dass wir das nie wieder tun dürfen. Glaub mir, ich bin nicht in ihn verliebt. Ich kann nichts dafür, dass er mich jetzt dauernd anruft. Mensch, Chris, redet er in deinem Bett auch so merkwürdiges Zeug? Und wie hältst du das aus?

»Hör mal, Gina, ich hab Leute am Stand. Ich ruf dich später wieder an.«

Christiane beendete das Gespräch, bevor ich noch irgendetwas sagen konnte.

Auf der Straße lehmige Traktorspuren. Ich hatte Bruce eingeschaltet, nur um eine Stimme zu hören, aber er war unerwartet schweigsam. »Baby, du musst schon wissen, wo du hinwillst«, war das Einzige, was er von sich gab. Aber ich wusste es nicht, wusste nur, dass mir im Haus die Decke auf den Kopf fiel. Noch immer sah es in den meisten Räumen *greislich* aus. Dieses Wort hatte ich von Therese gelernt, und es traf den Zustand des Hauses genau. Ein Zimmer pro Tag zu schaffen, war ein schöner, aber kühner Gedanke gewesen. Ein Planquadrat pro Tag war schon eine Herausforderung. Inzwischen hatte ich ungefähr eine Million Zuckertütchen und Streichholzschachteln gefunden, eine beeindruckende Sammlung von Orangeneinwickelpapierchen aus aller Welt und eine riesige Kollektion von Buddelschiffen. Aber kein Testament. In Köln wäre ich jetzt in mein Lieblingscafé gegangen oder durch die Secondhandläden gestreift. Hier kurvte ich vorbei an Kirchen, Neubauten, Scheunen und Höfen, vereinzelten Geschäften. Eine Apotheke, eine Sparkasse, ein Elektroladen. Und ein Haus mit einer Schaufensterscheibe, auf der – ich fuhr langsamer – ein fröhliches Schwein abgebildet war, das … Ich hielt mitten auf der Straße an und setzte zurück, tatsächlich, ich hatte richtig gesehen: ein Schwein, das sich die Fingernägel lackierte. Darunter stand in geschwungenen Buchstaben: *Metzgerei / eigene Hausschlachtung / Nail-Art.*

Ich parkte einige Meter entfernt, schlenderte betont unauffällig am Schaufenster vorbei. *Leberkassemmeln to go,* las ich auf einem Schild an der Tür. Das Mädchen hinter der Metzgertheke hatte die Hände in die Taschen ihres Kittels gesteckt und sah mich erwartungsvoll an. Schnell ging ich weiter, zur zweiten Hälfte des Schaufensters. Ein Tisch mit einem Aufsatz, auf dem Nagellackfläschchen und Tuben standen, Scheren, Nagelfeilen und Pinsel. Eine alte Frau unter einer Trockenhaube, ein massiger Mann auf einem Klappstuhl, ein Handtuch um den Kopf. Die Frau, die ihm die Haare abtrocknete, trug einen weißen

Kittel, hatte eine Dauerwelle und künstliche Nägel in gepunktetem Design, besetzt mit Strasssteinchen, die ich erst sah, als ich bereits im Laden stand. Und alle mich anstarrten.

»Grüß Gott«, sagte ich.

»Griaß Gott. Wos deafsn sei? Nägl oder Hoar?«

Den Moment, den ich brauchte, um ihren Satz zu verstehen, hatte die Frau mit den strassbesetzten Nägeln schon für eine Erkenntnis genutzt.

»Hoar, freili, gä?«

Der Termin bei dem Friseur mit den bebenden Nasenflügeln wäre tatsächlich für diese Woche gewesen. Ich hatte ihn abgesagt.

»Vielleicht ein bisschen nachschneiden. Nur die Spitzen«, hörte ich mich sagen. Ein erneuter Beweis dafür, dass auch die vernünftigsten Menschen in der Einsamkeit den Verstand verlieren konnten. Als ob ich noch einen Beweis gebraucht hätte. Bevor ich stammeln konnte, dass ich mich geirrt hatte und doch mehr an strassbesetzten Nägeln interessiert war, hatte sie mich schon in den Frisierstuhl vor dem Waschbecken gedrückt. Im großen Spiegel mein blasses Gesicht. Und die Gesichter aller anderen, die mich betrachteten. Der Massige mit dem Handtuch. Die Strassbesetzte im weißen Kittel. Die alte Frau unter der Trockenhaube. Das Mädchen, das durch die offene Tür zur Metzgerei hereingekommen war. Auf allen Gesichtern ein deutliches, fragendes: »Na? Und wo san nacha Sie hea?«

»Ich wohne in Neuenthal, im Haus von der Mirl.« Meine Stimme klang etwas zu hoch. Christiane schärfte uns immer ein, tief zu sprechen, besonders am Telefon. Kein Gepiepse, kein Gekicher.

»So.« Die Frau im weißen Kittel, anscheinend die Chefin des Salons, nickte befriedigt, winkte das Mädchen heran. Ich schätzte es auf höchstens sechzehn. Wie lange dauerte eine Friseurlehre? Zwei Jahre? Drei? Hatte sie überhaupt eine Friseurlehre gemacht, oder eine Metzger…?

»Äh … Moment, ich …«

Aber das Mädchen hatte mir schon einen fleckigen Frisierumhang umgelegt, drückte sanft meinen Kopf nach hinten.

»Bei der Mirl, ha?«, hörte ich die Stimme der Chefin. »Die arme Seel, wanns wohl zruckkimmt?«

»Aber sie ist doch … sie ist doch … Ist sie denn nicht …?«

»Die arme Seel«, sagte die Chefin wieder, dann rieselte Wasser über meinem Kopf, in meine Ohren, und die Hände des Mädchens massierten meine Schädeldecke. Das Handtuch, das sie mir nachher umlegte, roch leicht nach Wurst.

»Wo is nacha die Nichte?«

Die Stimme der alten Frau unter der Trockenhaube war hoch und heiser. Sie schaute mich aus trüben Augen an.

»Sie meinen … Christiane? Christiane Breitner? Die …« Gerade noch rechtzeitig verschluckte ich das Wort Erbin.

Die Chefin trat hinter mich, nahm mir das Handtuch ab.

»So? Nur die Spitzn, gä?«

»So a Hex«, sagte die alte Frau heiser. »So a ausgschamte …«

»Gä, Burgl, lass guad sein«, mahnte die Chefin, und der Massige lächelte mir zu. »Musst nix auf das Geratsche hier geben. Bist sicher aus der Stadt?«

Auf einen Wink der Chefin hatte sich das Mädchen seines filzigen, schulterlangen Haares angenommen, steckte einzelne Strähnen mit Klammern fest.

»Weißt was? Wenns dir abends zu fad wird dort am See, dann kommst einfach zu mir. Ich hab richtig guade Musik.«

Einen Moment verschlug es mir die Sprache. Auch, weil die Chefin meinen Kopf gerade ausrichtete und unsanft an den längsten Strähnen zog. Der Massige grinste.

»Net zu mir nach Haus. Ins *Biafuizl.*«

Das *Biafuizl* liege mitten im Wald, erzählte er, während das Mädchen geschäftig an seinen Haaren herumschnippelte, und es sei Kult. Sogar aus München kämen Gäste.

»Teifi no amoi, so a ausgschamte Hex, pratzln wills uns, die Henna, die …«

»Burgl! Oh, entschuldigens.‹« Die Chefin lockerte die Haarspange, die sie in meine Kopfhaut gerammt hatte.

»Was d' Mirl mit dera *Person* ghabt hat … vom Teifi is die, so a Hur, de ghört amoi gscheit hergfotzt, wannsd mi frogst. Gä, ihr werds eich olle no wundern …« Ein knirschendes Geräusch der Trockenhaube unterbrach die alte Burgl, und die Chefin ließ einen Moment von mir ab, schwenkte die Haube zur Seite. Burgls Haare waren in einem hellen Braunton gefärbt und so dünn, dass trotz der Locken die Kopfhaut durchschimmerte. Während die Chefin ihr einen Lockenwickler nach dem anderen aus den Haaren zog, murmelte die alte Frau vor sich hin. Was sie sagte, war nicht zu verstehen. Immer wieder ging es um eine Maria und darum, dass wir uns wundern würden am Tag der Wiederkehr oder Wiederauferstehung, aufpassen müssten wir alle, wir Sünder, schamma sollts eich, Teifi no amoi, ein gewisser Hartl besonders.

»Die kommn a alle in d' Hölle, wanns ned aufpassn duan«, diesen Satz wiederholte sie mehrmals, mit zitternd erhobenem Zeigefinger. Ich sah den Massigen fragend an. Er zwinkerte mir zu, tippte sich an die Stirn.

»Sie meint den Tauchlehrer, glaub ich. Was der verbrochen haben soll, kann ich dir ned sagen. Der ist in Ordnung. Und seine Schwester auch. Auch wenn manche ihre Ideen mit dem Tourismus a bissl spinnert finden. A Kuh-Adoption, mei.«

»Is scho a vareggdes Huhn, die Therese.« Die Chefin war wieder hinter mich getreten, nahm die erste Strähne in Angriff, schnippelte einen Zentimeter ab. Ängstlich und hochkonzentriert verfolgte ich jede ihrer Bewegungen, so konzentriert, dass ich die alte Burgl erst bemerkte, als sie neben mir stand, ihr Gesicht dicht vor meinem. Tiefe Furchen, Rinnen, eine rissige Landschaft.

»Madl, du woaßt, wos recht is, gä? Du bringst des in Ordnung, gä?«

Das Mädchen bekam sie am Ellenbogen zu fassen, wollte sie wegführen, aber die alte Burgl wehrte sich, schlug mit dürren Ärmchen um sich. Und erwischte die Chefin.

»Kruzifixsakrament!«

Ich hörte die schnappende Bewegung der Schere, bevor ich das Haarbüschel sah, das zu Boden fiel.

Ein großes Büschel glänzend rotbrauner Haare.

Meine Haare.

5.

Im Rückspiegel des Busses schaute ich mir die Frisur noch einmal genau an. Und redete mir ein, dass es nur so schlimm aussah, weil die Chefin versucht hatte, eine Innenrolle zu föhnen. Obwohl die Haare dafür viel zu kurz waren. Und ich Innenrollen sowieso hasste. Aber am Ende hatte ich apathisch in meinem Stuhl gesessen, unfähig, irgendetwas zu fordern oder zu verhindern, ausgeliefert der Friseurin, die immer wieder: »Jo so was, so an Gerempel, die oide Schäsn, die, aber des kriag ma scho, des kriag ma«, gemurmelt hatte. Sie schnippelte resolut, und je eifriger sie schnippelte, desto gesprächiger wurde sie. Das Nail-Art-Geschäft, sagte sie, liefe gerade nicht allzu gut, *schnipp schnipp schnipp, des kriag ma scho,* die Konkurrenz aus der Kreisstadt sei zu groß, dafür sei ihr die Metzgerei- und besonders die Friseur-Kundschaft seit Jahren treu. Und dies, obwohl sie nie eine Reklame im Schaufenster gehabt habe. Friseursalon dürfe sie sich nicht nennen, und im Gegensatz zu manch anderen hier halte sie sich an die Regeln. *Schnipp schnipp schnipp. So a Kurzhaar-Bob steht Eahna aber a guad, gä, schaut des ned bärig aus?*

Bärig war genau das richtige Wort. Ich hatte es irgendwie geschafft, zu lächeln und meine Zwölffuchzig zu bezahlen. Jetzt, im Auto, versuchte ich vergeblich, mit den Fingern die verkleisterte Innenrolle zu lösen, gab nach einer Weile auf und rief Julia an.

»Agentur *Lachschmiede,* Julia Köhler.« Ihre engelhafte Stimme. »Was kann ich für Sie tun?«

Ich brauchte die gesamte Rückfahrt, um ihr alles zu erzählen, und Julia hörte zu, wie sie immer zuhörte, atemlos und staunend, niemals ließ sie sich zu einem mechanischen »Ja« oder zu abwesenden Mmh-mmh-Lauten hinreißen. Männer liebten Julia nicht nur wegen ihrer Elfenhaftigkeit, sie liebten sie wegen ihres samtweichen, aufnahmebereiten Schweigens. Wäre ich ein Mann, hätte ich mich in diesem Moment in sie verliebt. Aber ich war in Mirko verliebt. Und das war die nächste Katastrophe.

»Kannst du dir vorstellen, warum er sich mit mir im Traum verabredet und dann kein Wort mehr davon sagt?«

»Hast du dich in seinem Traum vielleicht danebenbenommen? Oh mein Gott, Gina, das war nur Spaß!«

»Schöner Spaß.« Ich bog auf die Straße zum See ab, versuchte vergeblich, das Bild einer sexuell enthemmten Gina mit Bunny-Ohren loszuwerden.

»Warum hast du mich eigentlich seit zwei Tagen nicht mehr angerufen?« Ich hörte selbst, wie vorwurfsvoll ich klang, aber ich konnte nicht anders. Nicht angesichts dieser Innenrolle, die ich beim Einparken zwangsläufig wieder im Rückspiegel sah.

Julia seufzte.

»Weißt du, das neue Kamasutra-Buch ist endlich gekommen ... Es ist so poetisch.«

»Poetisch?«

»Wir haben gleich den *Elefant, der im Morgentau die Lichtung betritt* probiert und ... wow!«

Ich stieg aus, schloss den Bus ab und versuchte verzweifelt, mir das Karöttchen nicht rüsselschwingend auf einer – was war wohl in der Kamasutra-Poesie mit Lichtung gemeint? – vorzustellen.

»Im Moment wäre mir der *Papagei, der im Abendrot seinen Käfig betritt* lieber«, murmelte ich, und Julia seufzte anteilnehmend, riet mir, den Haarschnitt nicht allzu schwer zu nehmen, es gebe doch so tolle Hüte, Kappen oder Tücher, man müsse nur phantasievoll sein. Ich bedankte mich, legte auf und ging ins Haus.

»Servus. Halt die Goschn. Servus. Zieh d' Latschn aus, wannsd reinkimmst, hosd mi? Halt die Goschn. Mistviech.« Picco flatterte aufgeregt vom Wohnzimmer zur Küche und zurück, rastete einen Moment auf einer klobigen Keksdose aus Steingut, die auf dem niedrigen Tischchen stand, zwischen Piccos buntem Spielzeug. Und die ich nie und nimmer dort hingestellt hatte, ich erinnerte mich genau.

»Picco! War jemand hier?« Im Haus duftete es frisch, nach Zitrone. Nicht nach Putzmittel, eher nach einem sportlich herben Deo.

»Servus. Mistviech! Halt die Goschn!« Auf seiner Keksdose schwadronierte Picco noch eine Weile, mit tiefer, beinahe männlicher Stimme, dann stieß er einen höhnischen Pfeifton aus, flog durch die Diele, riss keckernd Handschuhe aus einer offenen Kommodenschublade in Planquadrat Flur C3, 1 f2. Einer Schublade, die – auch daran erinnerte ich mich genau – nicht offen gewesen war, als ich ging.

»Picco! Wer war hier? Sag's mir, Picco, wer hat hier herumgestöbert?«

Den Kopf schräg geneigt, hielt Picco inne, und für eine Sekunde erlag ich der Illusion, dass es möglich war, mit ihm ein ernsthaftes Gespräch zu führen. Dann machte er sich mit neu erwachtem Eifer über die Schublade her, zerrte, riss, kreischte dabei: »Zieh d' Latschn aus!« Und wie immer begriff er mit seinem Vogelhirn nicht, dass es unmöglich war, gleichzeitig zu reden und etwas festzuhalten, jedenfalls dann, wenn man für beide Tätigkeiten nur einen einzigen Schnabel zur Verfügung hatte. Empört flatterte er auf, als etwas aus seinem Schnabel fiel, direkt vor meine Füße. Etwas Glitzerndes. Bevor er es sich wieder schnappen konnte, riss ich es an mich. Eine paillettenbesetzte Mütze. Kreisrund, innen aus dünnem Seidenstoff.

Zwei Stunden später, nach einigen rauhen Auseinandersetzungen mit Bruce, entstieg ein mystisches Wesen dem Bus der *Lachschmiede.* Ich hatte lange vor dem Badezimmerspiegel gestanden, fassungslos immer wieder die hartgesprühte Innenrolle betrachtet, die Silberkappe erst nur probehalber aufgesetzt. Sie veränderte mein Gesicht, schmaler wirkte es, ernster, beinahe elfenhaft, besonders, als ich nachhalf: mit silbernem Lidschatten, Kajal, Wimperntusche und schimmerndem Lipgloss. Ein zartes Wesen blickte mir entgegen, geheimnisvoll lächelnd. Eine Beinahe-Elfe, die ich der Welt nicht vorenthalten wollte. Jetzt schwebte ich über den Waldparkplatz des Lokals, von dem der Massige geredet hatte, vorbei an Männern, die auf Holzbänken saßen und mich anglotzten, als wäre ich eine Erscheinung aus einem Traum: eine Elfe mit tollen Bommeln, Hupen oder Kazongas. Einen Moment wünschte ich mir, doch nicht das enge Top angezogen zu haben, aber dafür war es jetzt zu spät.

Biafuizl. Bühne und Bar, stand auf dem leuchtenden Schild über dem Eingang der Hütte, *Inhaber: Nat Wildmoser.* Drinnen war es dämmrig. Lämpchen an ledergepolsterten Wänden zuckten im Takt zu einem Gitarrensolo, das aus den Boxen kreischte. Es roch nach Bier, nach Jahrzehnten des Zapfens, Verschüttens, Aufwischens. Von der Theke her winkte Nat Wildmoser mir zu, und alle Männer auf den Barhockern, zwischen ihnen eine massige Frau, drehten sich um. Gerade, als ich zwei der Männer erkannte und mich fragte, ob die Frau tatsächlich ein Schlauchkleid anhatte, bedruckt mit weißblauen Rauten, erloschen die Lämpchen an den Wänden mit einem Schlag. Die Musik hatte aufgehört, und für zwei Sekunden war es dunkel im Raum, dann fing das nächste Stück an, eine Ballade, und die Lämpchen zuckten wieder, trüber als vorher. Aber noch hell genug, um zu erkennen, dass es sich bei dem, was den üppigen Körper der Frau umspannte, wirklich um ein Bayerische-Rauten-Schlauchkleid handelte. Offenbar aus sehr dehnbarem Stretch. Ärmellos. Nur um die Schultern waren die Rauten richtige Rauten, weiter zur Körpermitte hin wurden sie zu Karos, um den Bauch herum zu etwas, das entfernt Brummkreiseln oder Ufos ähnelte. Der Barhocker wirkte unter ihrer weißblauen Gewichtigkeit klein, seine Beine wie Zahnstocher.

»Wuist a Passfoto?« Sie hob herausfordernd das Kinn. Unter dem sich ein zweites Kinn befand, ein Ersatzkinn gewissermaßen. Ich versuchte ein elfenhaftes Lächeln.

»Äh ... Grüß Gott?«

Daraufhin herrschte für etwa drei Sekunden eine etwas ratlose Stille. In Quirins Gesicht zuckte es amüsiert.

»Nur zu deiner Information, Gina: Franzi hat dich gefragt, ob du ein Passfoto von ihr willst. Franzi, das ist Gina. Sie arbeitet in Mirls Haus.«

Verlegen rückte ich meine Elfenkappe zurecht. Erst jetzt wurde mir klar, dass ich Franzi angestarrt haben musste wie ein Schaubudenwunder auf dem Jahrmarkt. Und ich konnte auch jetzt kaum damit aufhören. War dies die Franzi, die *vuizdua* hatte? Und war *vuizdua* vielleicht ein beschönigender Begriff für über Stuhlränder quellende Üppigkeit?

»Entschuldigen Sie.« Zögernd ging ich ein, zwei Schritte auf sie zu. Gesellschaftliche Fauxpas, hatte Christiane mir gepredigt, könne man durch besondere Liebenswürdigkeit schnell wieder ausbügeln. »Ich finde Ihr Kleid wirklich interessant.«

»So?« Sie musterte mich. Und mit ihr musterten mich alle Männer an der Bar. »Konnst ruhig du sogn, hosd mi? Hoi amoi an Hocka, Quirl.« Jetzt klang sie beinahe afrikanisch. Ich sah Quirin hilflos an.

»Ihre Hoheit meint, du darfst sie duzen.« Wieder das amüsierte Zucken in seinen Mundwinkeln. »Und mein Vater soll einen Hocker holen.«

»Das hats ned gsagt, aber was soll's.« Der Bergführertyp – wie hatte ihn Strobl vorgestellt? Chef der Tauchschule? – stand auf und ging an den anderen Biertrinkern vorbei. Schweigend sahen alle zu, wie er einen Barhocker vom schummrigen Ende der Theke holte, ihn zwischen Franzi und seinem Sohn platzierte.

Während ich versuchte, ihn möglichst elfenhaft zu erklimmen, sagte Franzi wieder etwas, diesmal zu Nat, etwas, das ich erst im Nachhinein als »Mach uns halt zwoa Mass« verstand und das Quirin mit: »Sie haben hier übrigens zwanzig Sorten Bier, auch in kleinen Gläsern« übersetzte. Aber schon schob mir Nat Wildmoser ein gewaltiges Glas über den Tresen, das mindestens fünf Kölsch gefasst hätte. Die mächtige Schaumkrone wirkte wie festbetoniert.

»Prost«, sagte Franzi. Alle sahen mich an, als ob sie etwas von mir erwarteten. Franzi, ein ebensolches Glasungetüm mit einschüchternder Schaumkrone vor sich, hatte ihre gut gepolsterte, aber erstaunlich kleine Hand unter den Henkel geschoben. Ihr Daumen umschloss ihn von oben, während sich ihre Finger in die rautenähnlichen Vertiefungen des Glases krallten, ich musste an einen Film über Kletterer denken, die an Griffen im Fels ihr gesamtes Körpergewicht hochzogen. Was bei Franzi nicht ganz einfach gewesen wäre. Dafür stemmte sie die *Mass* mit einer beinahe tänzerischen Anmut, hielt sie mühelos in der Schwebe. Die Biertrinker um mich herum musterten mich in neugieriger Vorfreude.

»Prost«, sagte ich, so lässig, wie ich konnte, schob meine Hand unter den Henkel, hievte das gewaltige Glas mit Schwung hoch und trank. Einen sehr viel größeren Schluck, als ich ursprünglich vorgehabt hatte.

»Sauber!«, würdigte Franzi meine Leistung. Wobei sauber nicht unbedingt die richtige Bezeichnung war. Wortlos reichte Quirin mir ein Papiertaschentuch, und alle sahen zu, wie ich Bier von meinem Hals und Dekolletee abtupfte, so würdevoll wie möglich. Das Taschentuch roch nach Sonnenöl, Wasser, nach Sommer. Wie sein Besitzer, der sich jetzt mir zuwandte.

»Auf ein Wettsaufen mit Franzi würde ich mich an deiner Stelle nicht einlassen.«

»Ah, gä, Quirl, du Streichelzoobesucha«, sagte Franzi. Was

mir Quirin nicht übersetzte. Obwohl ich ihn fragend ansah. »Passt scho, gä?« Damit stieß sie mit ihrer Mass sanft an meine. Worauf wir beide tranken. Und unsere Freundschaft anscheinend besiegelt war.

»Und wie host des nacha gmeint, mit'm Gwand? Dem Kleid, moan i?«

Auch, wenn ich den Vorspann nicht ganz mitbekam, das Wort Kleid und das fragende Heben ihrer Stimme verstand ich und nahm noch einen Schluck Bier, um Zeit zu gewinnen. Nach dem Besuch in der Nail-Art-Metzgerei und dem Schock über meine Innenrolle hatte ich nichts mehr gegessen, das Bier wirkte schnell, und verschwommen dachte ich, dass man, wenn man es schaffte, eine ganze Mass Bier mit abgespreiztem kleinen Finger zu trinken, vermutlich ins Guinness-Buch der Rekorde kommen würde. Ich ließ das Glas auf den Tisch sinken und versuchte vergeblich, dem trägen Sprachzentrum meines Hirns eine charmante Formulierung über Franzis Kleid zu entlocken, als mir das Titelbild der Zeitschrift einfiel, die bei der Nail-Art-Metzgerin auf dem Tisch gelegen hatte.

»Könnte glatt von Alexander McQueen sein«, sagte ich.

»Und wer is nacha des?«

»Unter anderem hat er das Hochzeitskleid für die künftige englische Königin entworfen.«

Und Kostüme für Lady Gaga. Und eigentlich war es nicht Alexander McQueen selbst, sondern Sarah Burton, aber das verkniff ich mir. Anscheinend las sie keine Gala.

»Siaggst. Genau des hob i gwollt. Was Besonderes.« Ich wusste zwar nicht genau, was sie damit sagen wollte, aber ich fühlte, es war ein Moment großen Einverständnisses und ein Grund, nochmals anzustoßen und zu trinken.

»Die Wahl gewinn i ned im Dirndl, verstehst.« Sie beugte sich zu Quirin hinüber. »Richt des da Therese no moi aus, hosd mi?« Sie atmete einmal tief ein und schnaufte aus, und die rasche Verwandlung der Rauten von Karos zu Brummkreiseln zu Ufos und zurück machte mich schwindlig.

»Jede Biakönigin trägt a Dirndl! Aber i ned! Und des merkens sich! Prost.«

»Du bist eine *Bier*königin?«, fragte ich, nachdem wir getrunken hatten.

»Freili.« Franzi nickte mir eifrig zu. »Hia im Landkreis, und wenn i d' Wahl gewinn, dann a no von ganz Obabayern.«

»Auch noch von ganz O-ber-bayern«, sagte Quirin auf meinen fragenden Blick, langsam, für Deppen. »Nebenberuflich leitet sie ab und zu den Edekamarkt und die Postfiliale. Wenn nichts dazwischenkommt.«

»Ach, mei, Quirl, wos soll i macha, i hob im Moment *oafach zu vui zu dua.*«

Anscheinend bewirkte das Bier außer einer Beinahe-Lähmung der Beine und einem wenig elfenhaften Rülpsdrang auch eine Revolution im Sprachzentrum, Abteilung Fremdsprachen. Ich verstand, was Franzi sagte. Mühelos. Seit sie eine Königin war, hatte Franzi ei*nfach zu viel zu tun.* Oder nur *viel zu tun.* Alle anderen Gäste schienen dies längst zu wissen.

Im Laufe des Abends, während ich langsam meine Mass bezwang, lieferten immer wieder Leute Briefe und kleinere Päckchen ab. Franzi ließ sie mit einem ächzenden »Markn machma nacha drauf, des wird scho« in einem Postsack zu ihren Füßen verschwinden, und ich bereute, dass ich den Stapel schon eingetüteter Autogrammkarten von Mirko nicht mitgenommen hatte. Aber gerade hatte ich anderes zu tun. Denn kaum war meine Mass leer, zapfte mir Nat Wildmoser auf Franzis Befehl ein neues Bier. Zu meiner Erleichterung in einem nur etwa halb so großen Glas.

»Jetzt zoag i da, wie ma Bier verkostn duad. Erscht probier ma an Maibock, dann a Obergäriges. Des werd scho.« Wie es aussah, war Biertrinken kein Genuss, sondern eine Aufgabe.

Vor der Gina Fernande Zuhlau auf keinen Fall klein beigeben wollte.

Gehorsam nahm ich zuerst den Maibock, dann das Obergärige in Augenschein, schwenkte jedes Glas ein paarmal, schnüffelte über dem zerfallenden Schaum, wie Franzi es mir vormachte, und trank dann vorsichtig einen Schluck, unter Franzis fachmännischer Anleitung.

»Was schmeckst vorn? Im Antrunk? Und in der Mittn? Moussierts? Perlts? Und der Abgang, mei, bittersüffighopfigleicht?«

Was Quirin ungefragt mit »Gina, du musst übrigens nicht alles probieren, was man dir hinstellt« übersetzte.

»Entschuldigung.« Jemand war gegen meinen Barhocker gerempelt, riss mich aus meiner Konzentration.

»Hallo, Frau Zuhlau. Schön, Sie wiederzutreffen.«

Schon hatte sich Alexander Strobl durch Franzis Postkundschaft gedrängt, schob sich an Quirin vorbei und stand neben mir. Für meinen Geschmack zu nah.

»Einen Barbera bitte! Schon mit der Chefin gesprochen? Hübscher Hut.«

Ich bemühte mich um ein geschäftsmäßiges Lächeln, spürte aber, dass es eher bierselig ausfiel. Alexander Strobls Blick rutschte schnell nach unten, aber falls er enttäuscht war, dass ich nur einfache Turnschuhe an den Füßen hatte, ließ er es sich nicht anmerken.

»Ich habe schon einen Vermesser gebeten, sich das Grundstück einmal anzusehen. Aber das kostet natürlich, und deshalb würde ich vorher gern …« Er strich sich über den kahlen Schädel, als wollte er etwas wegwischen. Was uns beide an etwas erinnerte, worüber wir nicht sprechen wollten. Alexander Strobl beugte sich vor.

»Wollen Sie nicht etwas Anständiges trinken? Das ist ja barbarisch.«

»Mal langsam, Bürschl, des is a Verkostung«, sagte Franzi, aber er beachtete sie nicht.

»Einen Marsala für die Dame. Wissens, Frau Zuhlau, ich würde den Termin mit dem Vermesser lieber heute als morgen machen.«

»Hetz ned so, sonst kriagst noch an Herzinfarkt.« Franzi schob mir ein neues Probierglas herüber.

»Wird man hier bald mal bedient?« Alexander Strobl trommelte auf dem Tresen herum. »Ah, geht doch, danke.«

Er griff nach dem Glas mit der tiefdunklen Flüssigkeit, die Nat eingeschenkt hatte, dann nach seinem Wein.

»Hier, probieren Sie. Salute! Der Marsala ist aus Sizilien, hab ihn Herrn Wildmoser selbst empfohlen. Kennen Sie Sizilien? Wir haben ein paar Hotels um Taormina herum. Sie können mich gern Alex nennen.«

Der Wein war so süß und stark, dass er auf der Zunge brannte. Auf einmal sehnte ich mich nach frischer Luft.

»Wissen Sie, Schorschina – was für ein genialer Name übrigens –, Sie haben mir ja eine Menge gezeigt, aber ich frage mich inzwischen, ob das alles tatsächlich zum Grundstück gehört. Ich meine, gerade der Uferstreifen ist für mich von großem Interesse. Wann könnten Sie mir denn mehr dazu sagen?«

Vor Schreck trank ich einen großen Schluck Marsala. Mein Kopf wurde davon nicht klarer. Christiane hätte mir jetzt dringend geraten, das Gespräch abzubrechen: *Keine Geschäftsgespräche unter Alkoholeinfluss.* Nicht, dass sie sich immer daran hielt. Aber sie vertrug auch mehr als ich.

»Gar nix werds dir dazua sogn, du Duttara. Spui di ned auf, als ob dir ois scho ghört, Soacha. Und jetzt sauf aus und schleich di. Hosd mi?«

Alexander Strobl schnappte hörbar nach Luft.

»Also bitte, Quirin, ich werde hier ja wohl …«

»Gar nix wirst du hier, du Oarschkriacha. Wenn i dein saubleeds Gfrias scho siagg, wird ma schlecht.«

»Bravo«, sagte Franzi.

Alexander Strobl trank einen kleinen Schluck von seinem Barbera und stellte das Glas wieder auf die Theke.

»Ihr seids hier also immer noch so unzivilisiert wie eh und je. Ich dachte, aus dem Alter wären wir raus.«

»Ich kann auch noch viel unzivilisierter sein, wenn du gewisse Leute nicht in Ruh lässt, du Saukopf.«

Erst jetzt, als Quirin wieder Hochdeutsch sprach, fiel mir auf, dass er die ganze Zeit auf Bayrisch geschimpft hatte. Und wieder hatte ich alles verstanden. Fast alles. Ich, Gina, würde gar nichts sagen oder tun, ihm, Quirin, würde schlecht, wenn er Strobl sah, der gefälligst gewisse Leute in Ruhe lassen solle.

Welche Leute Quirin meinte und was ein *Gfrias* oder ein *Soacha* war, wusste ich nicht. Hatte Gfrias mit Gefrorenem zu tun, mit Strobls tatsächlich etwas eingefrorenem Lächeln? War ein Soacha ein Sucher oder ein Mann, der die Socken im Bett anbehielt? Oder, nach Quirins Tonfall zu urteilen, etwas Schlimmeres? Aber jetzt war wohl nicht der ideale Zeitpunkt, um danach zu fragen.

»Ah, daher weht also der Wind«, sagte Alexander Strobl. »Glaub nicht, ich hab sie zu irgendetwas gezwungen, ganz im Gegenteil, wenn du's genau wissen willst, sie war …«

»Gar nix will ich von dir wissen, Zipfeklatscha!«

»Marsalabrunza«, ergänzte Franzi.

»Jetzt ist Schluss!« Quirin rutschte vom Hocker, packte Alexander Strobl am Hemdkragen.

»Mei, Bua, übertreibs ned«, sagte Quirins Vater, aber Quirin zerrte Strobl schon Richtung Tür, angefeuert von Franzi. Er werde die Polizei holen, lamentierte der *Zipfeklatscha,* aber Quirin lachte nur.

»Bist halt a Depp und bleibst oaner, da kannst noch so viele Hotels in die Landschaft stellen. Und jetzt schleich di.«

In meinem Lieblingscafé in Köln waren Schlägereien nicht

unbedingt an der Tagesordnung, ein halblauter Streit bei einem Cappuccino oder Aperol stellte schon das Höchstmaß an Aggression dar, aber hier – es musste am Bier liegen – erschien es mir vollkommen angebracht, wie Quirin mit dem Schimpfenden umging, es hatte fast etwas Tänzerisches, wie er Strobl zur Tür zog, durch die Gasse, die Franzis Postkunden bereitwillig frei gemacht hatten. Dann fiel die Tür zu, mit einem Schlag, unter dem der ganze Raum zu schwanken schien wie ein Schiff bei hohem Seegang. Aber wahrscheinlich kam es nur mir so vor.

Mitten in der Nacht wachte ich auf. Mein Kopf dröhnte. Hinter dem Viereck des Fensters schimmerte es grau. Erste Vögel zwitscherten, schüchtern und fragend. Einen Moment wusste ich nicht, wo ich war. Dann krähte von fern ein Hahn. Aus dem Nebenzimmer antwortete etwas mit einem durchdringenden Flötenton. Und mir fiel alles wieder ein, was ich gern vergessen hätte. Der Ausgang des gestrigen Abends zum Beispiel.

Wann hatte der Raum angefangen, nicht nur zu schwanken, sondern sich auch zu drehen? Gleich, nachdem der Tanz losgegangen war?

Wie es überhaupt zum Tanz gekommen war, wusste ich nicht mehr, wusste nur noch, dass Franzi ihre Arme um Quirins Hals geschlungen hatte und beide sich in einer Art Stehblues wiegten, dass Franzi sich an ihn schmiegte, ihn ihren Helden nannte. Auch an das amüsierte Zucken seines Mundwinkels erinnerte ich mich, und hatte er mir nicht sogar einmal zugezwinkert? Als ich mit seinem Vater an ihm vorbeitanzte? Er hatte überraschend vor mir gestanden, sich mit einer kleinen Verbeugung als Hartl vorgestellt – etwa der Hartl, von dem die alte Burgl in der Nail-Art-Metzgerei gefaselt hatte? – und mich gefragt, ob ich tanzen wolle. Ohne die Antwort abzuwarten, half er mir galant beim Absteigen vom hohen Hocker, schob mich gleich darauf mit zierlichen, abgemessenen Schritten über die Tanzfläche. Er roch gut, nach Zitrone. Der Duft kam mir bekannt vor, woher nur, es fiel mir nicht ein. Was auch daran lag, dass Hartl mich so schwungvoll herumschwenkte, dass der Raum anfing zu kreisen. Neben uns kreischte Franzi: »Quirin, mei, i bin doch verlobt, du Hallodri!«, dann verstummte die Musik, und für zwei Sekunden erloschen die Lämpchen um uns herum.

»Schau dir die Leit genau o, bevorst deine Gschäfterl machst. Hosd mi?«, flüsterte Hartl, drückte meinen Arm und geleitete mich zurück zu meinem Barhocker. Den ich nicht mehr erklimmen konnte. Weil der Raum nicht mehr aufhörte zu rotieren. Ich versuchte, meinen Blick auf einen Punkt zu konzentrieren, wie man es bei Seekrankheit tut, aber alles verschwamm, auch der Boden befand sich nicht dort, wo ich ihn vermutete. Gerade noch schaffte ich es, mich an der Theke festzuhalten. Und meine Contenance so weit zu bewahren, dass ich zahlen konnte, wie mir schien, weit weniger Biere, als ich getrunken hatte, aber Nat Wildmoser winkte ab. In aller Liebenswürdigkeit verabschiedete ich mich von Hartl, Quirin und Franzi, auch für einen möglichst geraden Gang nach draußen reichte es noch. Dann allerdings verließ mich die Kraft.

Ich setzte mich auf eine Bierbank und starrte meinen Bus an. Auf dem Parkplatz standen nur noch wenige Autos, selbst wenn ich sie nur als verschwommene Flecken wahrnahm, würde ich ihnen ausweichen können, aber mir graute vor Bruce. Oder allein vor der Vorstellung, einen Schlüssel zuerst passgenau in ein Türschloss, dann in ein Zündschloss zu stecken.

Warum hatte Christiane mich mit einem alten Bus losgeschickt, der noch keine Fernbedienung für die Tür hatte? Warum hatte sie mich hier ausgesetzt und ließ mich allein? Was würde Mirko zu meinem Haarschnitt sagen? Warum saß ich hier wie ein Depp mit Paillettenkappe mitten auf einem Parkplatz und fühlte mich wie damals, als ich als Kind im Schwimmbad verlorengegangen war?

»Gina?« Eine Hand auf meiner Schulter. Warm. »Gibst mir den Schlüssel? Ich bring dich hoam.«

Es war dieses Wort, das meine Tränenschleusen öffnete. Plötzlich, für mich selbst ebenso überraschend wie für Quirin. Eine verlegene Weile stand er neben mir, während ich schluchzte und, leider, die Schwimmbadgeschichte erzählte: Wie ich aus dem Wasser gekommen war und unsere Familiendecke, die vertraute Insel auf der riesigen Grasfläche, nicht mehr gefunden hatte. Wie ich beim Bademeister abgegeben und ausgerufen worden war und bang gewartet hatte, ob sie mich wohl abholen oder die Gelegenheit nutzen würden, mich loszuwerden, da ich doch nie so sein konnte, wie sie es von mir verlangten.

»Das schafft man nie.« Quirin zog mich vorsichtig hoch, legte einen Arm um mich und führte mich zum Auto. Sein frischer Sommerduft, nach Sonnenöl und Wasser. Vielleicht hatte ich ihm deshalb die Schwimmbadgeschichte erzählt. Er half mir auf den Beifahrersitz, rutschte selbst hinter das Lenkrad, ließ den Motor an und steuerte über den Parkplatz auf den Waldweg. Eine Weile rumpelten wir schweigend durchs Dunkel, das Scheinwerferlicht huschte über Baumstämme, der Lichtkegel hüpfte mit jedem Schlagloch. Ich bekam Schluckauf davon. Quirin sah mich von der Seite an.

»Warum trägst eigentlich die Kappe?«

Und schon heulte ich ihm wieder etwas vor wegen des ländlichen Fünf-Zentimeter-Schnitts mit Innenrolle, mit dem ich mich bei Mirko nie, niemals blicken lassen könnte, gerade jetzt, da er angefangen hatte, mich überhaupt zu beachten, und nachlaufen dürfe ich ihm auf keinen Fall, er hasse Frauen, die sich anbiederten, er habe es selbst in einem Fernsehinterview gesagt, ganz ernst, so ernst, dass sogar die kichernde Moderatorin verstummt war.

»Scheint a schöns Arschloch zu sein, dein Mirko. Aber auf so was steht ihr Frauen ja.«

Quirin nahm eine Hand vom Lenkrad und zog mir die Paillettenmütze vom Kopf.

»Die brauchst doch nicht verstecken, deine Haare. Sieht gut aus. Jedenfalls jetzt, im Dunkeln.«

Er lachte, und ich schluchzte wieder los. Weil seine Hand über meine ruinierte Frisur strich. Und in meinem Nacken liegen blieb. Weil sie sich trocken und warm anfühlte. Weil jede Pore meiner Haut dieser Wärme entgegenwuchs. Weil plötzlich Finger da waren, zarte, sanfte, fragend streichelnde Finger. Weil nicht nur die kleinen Härchen im Nacken sich aufstellten, auch meine Brustwarzen rieben am Stoff des Büstenhalters, neugierig, vorwitzig, verlangend, als ob sie, diese empfindsamen Außenposten meiner selbst, längst wüssten, wie die Fahrt enden würde. Wie eine ähnliche Fahrt schon einmal geendet hatte, im Frühjahr, nach dem Agenturfest …

Quirin zog die Hand wieder weg, lenkte den Bus vorsichtig vom Waldweg auf die Teerstraße. Als ich ihn anflehte, bitte nicht mit mir ins Bett zu gehen, dies werde sonst zum wiederkehrenden Muster, bremste er.

»Glaubst du, ich bin so an Arsch? Was kennst denn du für Leut?« Kopfschüttelnd fuhr er wieder an.

Der Bus glitt leicht über die leere Straße. Schlafende Häuser auf schlafenden Hügeln, über den Tannenspitzen ein Vollmond, der aussah wie etwas, in das man beißen wollte, eine köstliche Frucht.

»Und wer sagt überhaupt, dass ich das will?«

Auf den winzigen Nachtwellen des Sees tanzte Mondlicht, unendlich viele funkelnde Pünktchen auf dem Wasser, heimliches Nachtspiel, eine Sache zwischen See und Mond, nicht für menschliche Augen bestimmt. Ich biss mir auf die Faust. Natürlich wollte er nicht mit mir schlafen, wie kam ich nur darauf. Er hatte eine Freundin, mit der er sich zwar gestritten hatte, aber bestimmt wieder versöhnen würde. So leidenschaftlich, wie ihre

Auseinandersetzung gewesen war. Wahrscheinlich waren sie füreinander bestimmt, die Hochzeit war längst geplant, die Kinder würden entzückend aussehen, mit kornblumenblauen Augen und wallenden Lockenschöpfen.

»Jetzt komm, Gina, das ist kein Kerl wert, dass man so weint. Wart, ich helf dir.«

Er hatte den Bus neben dem rostigen Kombi geparkt, löste meinen Gurt, wieder der Schwimmbadduft, seine Haare kitzelten mein Gesicht. Er ging um den Wagen herum, öffnete meine Tür. Als ich ausstieg, legte er den Arm um mich, und ich ließ mich führen, obwohl ich durchaus hätte laufen können, vielleicht etwas schwankend, aber auf meinen eigenen, geraden Beinen. Auf denen ich immer gestanden hatte. Georgina, der Fels, an den sich die anderen lehnten. Vielleicht war es deshalb so schön, sanft gesteuert zu werden. Und ich konnte mir einbilden, es sei Mirko, der mich ins Haus brachte, mir den Schlüssel abnahm, aufschloss, zielsicher den Lichtschalter im Flur fand, nach dem ich am ersten Tag so lange gesucht hatte, mich ins Schlafzimmer führte. Mondlicht floss durch das Fenster. Es war Mirko, der mich sanft zum Bett schob, mir erst die Jacke abstreifte, dann die Schuhe.

»Komm, zieh noch den Rock aus, dann legst dich schlafen. Morgen sieht alles anders aus.«

Hände, die nach dem Reißverschluss tasteten, ihn fanden. Folgsam legte ich mich, spürte, wie er mir den Rock auszog.

Dann nichts mehr.

Ich öffnete die Augen. Er stand in einer Gasse aus Mondlicht. Als hätte jemand aus Gottes geheimer Beleuchterwerkstatt die Bühne extra für einen Auftritt hergerichtet, bei dem er nichts zu tun hatte, als stumm zu stehen, die Hände locker vor dem Körper gekreuzt, und zu schauen, seine Blicke auf Wanderschaft zu schicken. Langsame, genussvolle Schlenderblicke mit Hang zum Verweilen, stolze, offene Blicke, die es verstanden, eine Landschaft in Besitz zu nehmen. Fast wäre ich in haltloses Gekicher ausgebrochen bei diesem Gedanken. Er atmete einmal tief ein und aus, griff nach der Bettdecke, breitete sie über mich.

Mit geschlossenen Augen hörte ich seine Schritte, hörte, wie er beruhigend auf Picco einredete, der ihn mit fragenden, zärtlichen Lauten begrüßte, dann schien er über irgendetwas zu stolpern, was in diesem Haus nicht schwer war, ein unterdrückter Fluch. Er drehte den Wasserhahn in der Küche auf, noch einmal der Schwimmbadduft, als er zurückkam, ein Glas Wasser auf das Tischchen neben meinem Bett stellte. Seine Schritte in der Diele, die leise zuklappende Haustür. Dann nur noch das Rauschen der Bäume am See.

6.

Das Wasserglas stand auf dem Tischchen neben dem Bett. Benommen löste ich zwei Aspirin darin auf. Normalerweise hatte ich alle halbe Jahre einmal einen Kater. Nach einer zu rauschenden Premierenfeier. Oder einem deprimierenden Agenturfest. Einem bestimmten Agenturfest im Mai zum Beispiel. Es war gar nicht so anders gewesen als mit Quirin. Zumindest am Anfang.

Ich hatte zu viel Rotwein getrunken, und Christianes Freund Ralli fuhr mich nach Hause. In seinem Auto schluchzte ich wegen Mirko, und wie Quirin sagte er mir, es lohne sich nicht, um jemanden zu weinen, der sich nicht für mich interessiere, legte einen Arm um meine Schultern und brachte mich in meine Wohnung. Ob ich ein bestimmtes Lied kenne, fragte er mich, uralt, aus den Siebzigern, von *Crosby, Stills, Nash & Young,* er liebe die Musik dieser Zeit, weil sie so ehrlich sei. Oben in der Wohnung wollte er mir unbedingt das Lied vorspielen, eben, weil er nicht singen könne, oder nicht gut genug, er schaltete meinen Computer ein. Ob ich noch etwas zu trinken hätte? Ich hatte. Prosecco, eine angebrochene Flasche, in der ein Löffel steckte. Wir tranken. Und sahen einen *Crosby, Stills, Nash & Young*-Videoclip. Einer der Sänger sah aus wie ein Postbeamter in Rente, die anderen wirkten wie leicht demente Hippies.

Ralli wippte begeistert mit, erklärte mir die Botschaft des Liedes: *If you can't be with the one you love, love the one you're with.* Liebe sei einfach Liebe, immer da, man könne sie jederzeit jedem Menschen schenken, Eifersucht und Treue seien Erfindungen des menschlichen Egos, der Fluss der Liebe fließe jenseits dieser selbst gemachten Gefängnisse, unserer Affenkäfige. Während er redete, kreiste seine Hand auf meinem Rücken, warm, massierend, beruhigend. Und die alten Männer in Jeans hüpften steifbeinig über die Bühne, verrenkten sich in arthritischen Rockposen, irgendetwas daran machte mich schrecklich traurig, und das war der Moment, als Ralli mich das erste Mal Vögelchen nannte.

»Kleines, schutzloses, verweintes, zerzaustes Vögelchen, gerade schaust du so erschrocken in die Welt.«

Erschrocken schaute ich, weil seine Hand am Verschluss meines Büstenhalters nestelte. Aber ich war zu verwirrt und zu betrunken, um es ihm zu erklären, stammelte nur: »Aber Chris…, du bist doch Christianes Freund.«

»Vögelchen, Chris und ich haben eine Vereinbarung. Nur wer frei ist, kann auch fliegen, weißt du.«

Ralli war groß und schlank, mit glänzend braunen, schulterlangen Haaren und einem, wie ich bemerkte, durchtrainierten Körper. Seit ich mich von Prinz Muffel getrennt hatte, war ich nicht mehr mit einem Mann zusammen gewesen. Umso mehr tat es mir weh, dass Julia im siebten Karöttchen-Himmel schwebte, sogar seinetwegen Vegetarierin geworden war. Dabei liebte sie nichts mehr als Thai-Huhn in roter Kokossauce.

Aber ich wollte nicht an Thai-Huhn in roter Kokossauce denken, nicht jetzt, da weiche Lippen erst meinen Hals streiften, dann die empfindliche Stelle am Schlüsselbein. Etwas verwirrend war, dass Ralli dabei weiterredete, etwas erzählte, das ich nicht richtig verstand, von Wachstäfelchen, die abgeschabt und neu überschrieben würden, sogenannten Palimpsesten. *Palin* hieße auf Altgriechisch wieder, und *psaein* reiben oder abschaben. Genau das geschehe jetzt, Altes werde abgeschabt und neu überschrieben, er biete sich als Überschreibungsversuch für meine unglückliche Liebe an, dabei rieb und schabte er bereits, und ich versuchte verzweifelt, nicht zu lachen. Was allerdings immer schwieriger wurde, da er nicht aufhörte zu reden. Wenn man Palimpsest bei Google eingebe, erscheine nach den ersten fünf

Buchstaben: Palim Palim, was das für eine Welt der Beliebigkeit sei, genau darüber wolle er ein Stück schreiben.

Ralli war Regisseur und Autor von Stücken, die vor handverlesenen Zuschauern gespielt wurden. Er hatte ein eigenes kleines Theater, und dort hatten er und Christiane sich auch kennengelernt. An Christiane wollte ich allerdings noch weniger denken als an Thai-Huhn in roter Kokossauce. Ralli betastete meine Brüste, als wollte er die Struktur aller Brüste dieser Welt in diesem meinem C-Körbchen-Paar ergründen, als ginge es ihm um die reine Idee der Brust hinter der irdischen Erscheinung. Oder als führe er eine Vorsorgeuntersuchung durch. Immerhin hatte er inzwischen aufgehört zu reden, war mit Lippen, Zunge und sonstigen Körperteilen beschäftigt, mich glücklich zu machen. Ich gab mir große Mühe, etwas zu empfinden, so lange, bis ich schließlich Glück vortäuschte. Danach wäre ich gern davongeflogen. Nicht irgendwohin, einfach weg. Auf den Mond mindestens. Aber kein Raumschiff landete, um mich zu entführen, nur unten auf der Straße fuhr der Zweiundvierziger in seine Parkbucht. Wo der Bus wie immer mit laufendem Motor stehen blieb.

»Bist du noch da?«, fragte Ralli.

»Äh … Wo sollte ich denn sein?«

»Die Welt ist eben explodiert. Oder nicht?«

Ralli warf das Kondom in den Papierkorb, traf auf Anhieb, vom Bett aus.

»Weißt du, warum ich so gut im Bett bin? Weil ich eure geheimen, archetypischen Phantasien kenne. Überwältigt wollt ihr werden, von etwas, das euch wehrlos macht, zu Boden schmettert, Feminismus hin oder her, je eher ihr euch das eingesteht, desto besser.«

»Willst du noch einen Kaffee, bevor du gehst?«

Er war dann ohne Kaffee gegangen. Und bot mir seitdem regelmäßig an, diese überwältigende archetypische Erfahrung zu wiederholen. Inzwischen bemühte ich mich noch nicht einmal mehr, höflich zu sein, wenn ich ablehnte. Was ihn nur weiter aufstachelte. So viel zur Jäger-und-Reh-Theorie. Ein unhöfliches Reh machte den Jäger noch wilder als ein scheues Reh. Oder ein vernünftiges Reh.

Ich wusste nicht, ob Christiane etwas ahnte. Seit dem Agenturfest zitterten mir jedes Mal die Knie, wenn sie mich mit einem gebieterischen »Gina!« oder einem fragenden: »Schorschelchen, kommst du mal?« in ihr Büro zitierte. Und mehr als ein Mal war ich drauf und dran gewesen, mich vor ihr in den Staub zu werfen, ihr alles zu gestehen und zu beteuern, wie gern ich alles ungeschehen gemacht hätte. Aber der Boden in Christianes Büro war stets blank gewienert, nicht die Spur von Staub, und bevor ich ein Wort herausbrachte, hatte sie mich schon zum Schreibtisch dirigiert und mir eine neue Aufgabe aufgehalst.

Was würde passieren, wenn sie es erfuhr? Würde sie mich feuern? Und dann?

Meine Mutter hatte mich bekniet, Jura zu studieren, das habe Zukunft. Womit sie meinte, dass ich an der Uni den Mann kennenlernen würde, der ihr vorschwebte. Nach sechs Semestern ohne Erfolg in der einen oder anderen Richtung wusste ich, was mir mein Job in der *Lachschmiede* wert war. Draußen jubilierten inzwischen die Vögel um einige Dezibel lauter als in der Stadt, als wäre heute der erste Morgen in der Erdgeschichte, und aus dem Nebenzimmer antworte ihnen ein langgezogener freudiger Papageienpfiff. Mein Kopf dröhnte. Meine Kehle brannte. Ich wollte nur eins, zurückkehren in unser papageienloses Büro in Köln und friedlich meine Arbeit tun. Doch plötzlich überfiel mich ein schrecklicher Gedanke: Wenn Christiane erben würde, gehörte Picco dann nicht zum Erbe? Ich konnte mein Hirn nicht an der Vision hindern, die kurz und gnadenlos über meine innere Leinwand flackerte: Christianes Büro, aufgeräumt wie immer, aber in der freien Ecke zwischen Fenster und Regal … Piccos

Käfig, vor dem modernen Gemälde, das ihm sicherlich gefallen würde, wie ihm alles Bunte, Bekleckste gefiel.

Schaudernd erhob ich mich, trank das Glas leer, zog mich an und machte mich an die Arbeit.

»Er strich über ihr weizenblondes Haar, und sie seufzte, schmiegte sich an ihn. Ihre süßen, schmelzenden Lippen auf seiner hungrigen Haut, ihre schwellenden Brüste an seinem sehnigen Oberkörper, ihre Weichheit an seiner Härte.«

Die gesamte Hörbuchserie *Gänsehaut. Abenteuer und Leidenschaft* hatte nur 2,99 Euro gekostet, und der Sprecher lispelte. Jedes Mal, wenn er von weizzzenblondem Haar und den schwellenden Brüsssten der Heldin sprach, hatte ich das Gefühl, er spucke mir direkt ins Ohr. Die Geschichte war auch ohne Lispeln unglaubwürdig. Held und Heldin befanden sich in einer Hütte auf einer Klippe, korrupte Verbrecher, angetrieben von dem kaltblütigen Ex-Mann der Heldin, waren ihnen auf den Fersen, aber sie hatten nichts anderes zu tun, als sich zu küssen und aneinander herumzufummeln. Ab und zu sagten sie Sätze wie:

»Du musst jetzt gehen. Sie sind hinter dir her.«

»Nein, Liebste, ich kann dich nicht hier alleinlassen.« Darauf pressste sie sich wieder an ssseinen sssehnigen Körper, und er wühlte sich hinein in ihre schwellenden Brüssste.

Während ich mich durch den Inhalt eines Schranks in Planquadrat C4, Abschnitt 2a1 bis 2a5 wühlte, die Ohrstöpsel meines iPods gegen Piccos Gequatsche in den Ohren, unelfenhaft schwitzend und so viel Bierdunst ausstoßend, dass ein Papagei vermutlich schon vom bloßen Einatmen einen Vollrausch bekam. Aber daran konnte ich nichts ändern. Der strenge Tierarzt hatte schließlich befohlen, die Fenster geschlossen zu halten. Derselbe Tierarzt, der mich heute Nacht ins Haus geschleift, mich ausgezogen und aufs Bett gelegt hatte, während ich betrunken säuselte, er solle bitte nicht mit mir schlafen. Was dachte er jetzt bloß von mir? Ich arbeitete schneller, beförderte einen

Schwung zufrieden grinsender Buddhas und chinesischer Porzellandrachen, eine Staubsaugerkleinteilesammlung, massenweise Kruzifixe, Kerzen mit dem Bild des Papstes und zerbröselnde Tischdecken zutage, packte alles in Säcke und Kisten, stellte sie auf den Kiesweg vor dem Haus. Dann sichtete ich Stapel von Handarbeitszeitschriften und Betriebsanleitungen von Geräten, die wahrscheinlich nicht einmal mehr existierten, blätterte jede einzelne durch, um nur kein noch so dünnes Blatt Papier zu übersehen, barg halbfertige Stickereien, Pelzstücke und kiloweise Wolle aus dem unteren Teil des Schranks.

Verfilzt war die Wolle, Knöpfe und Papierschnipsel hatten sich in ihr verfangen, ich pflückte sie heraus, und etwas fiel zu Boden. Picco flog kreischend herbei, drehte dann misstrauisch ab und beäugte den toten Käfer aus respektvoller Entfernung. Als könnte er sich jederzeit wieder umdrehen und loskrabbeln. Hinein in die Beine meiner Leggins, zum Beispiel.

Der Käfer war groß und schwarz, mit einem widerlich prallen Panzer. Der mit einem Knacken zerplatzen würde, wenn ich auf ihn träte. Aber ich trat nicht, ich verharrte in ähnlicher Totenstarre wie der Käfer. Die ganze Zeit hatte ich versucht, das Thema Insekten aus meinem Kopf zu verbannen. Ich wollte nicht an Spinnen denken, erst recht nicht an Käfer, vor denen ich mich beinahe noch mehr ekelte. Und auf gar keinen Fall durfte das Wort Kakerlaken aus den Ritzen meines Unbewussten hervorkrabbeln! Deswegen hatte ich nach meiner ersten Expedition und dem anschließenden Schrubben des freigelegten Gangs bis zum Herd die Küche gemieden, hatte ab und zu Alpträume von Planquadrat A3, Abschnitt 5c1 bis 5 g4, dem Flaschen- und Dosenwall um den Kühlschrank. Picco war näher gekommen, versuchte, mit einem bescheiden anfragenden »Halt die Goschn, Picco hot oan fahrn lassn, hehehe?« den Käfer aus der Reserve zu locken. Ich löste mich aus meiner Starre und verließ angeekelt das Haus. Was immer Picco mit dem Käfer vorhatte, ich wollte nicht dabei sein. Ich lief schnell über den Parkplatz und die Straße hinunter, ohne zu wissen, wohin, als könnte ich damit meinen eigenen Gedanken an Chitinpanzer, flinke, wimmelnde Beine und rotierende Fühler entkommen. Erst vor dem Edeka blieb ich stehen, außer Atem. Die Morgensonne brannte schon heiß, knallte auf das Straßenpflaster. Ich lehnte den Kopf an die kühle Scheibe. Und hob ihn gleich wieder, verstört. Etwas war anders. Sehr anders. Zwischen den Regalen bewegte sich etwas. Menschen! Anscheinend kauften sie ein! Der Edeka war offen! Ein Wunder, mit dem ich nicht mehr gerechnet hatte.

Franzi thronte hinter dem Kassentisch. Über einem hautengen Stretch-T-Shirt trug sie ein blauweißes Rautenjäckchen, und auf dem Shirt wogte etwas Goldenes, die Löwen eines Wappens. Ich sah es, als ich den Laden betrat, ihr lächelnd zunickte. Und hoffte, dass ich das *Biafuizl* tatsächlich so würdevoll verlassen hatte, wie ich mich zu erinnern glaubte.

»Servus, Gina!« Franzi strahlte und winkte. Alle Anstehenden an der Kasse drehten sich gleichzeitig um. Ich erkannte den Mann, der die Straße gefegt hatte. Und mich sofort einem Ganzkörperscan unterzog. Hinter ihm stand ein Junge mit einer Schildkappe, halbschräg aufgesetzt, womit er sich in Köln sofort als Vollidiot qualifiziert hätte. Die Frau hinter dem Jungen wirkte zu jung für ihre Kittelschürze. Verhalten winkte ich zurück. Am Ende des schmalen Gangs standen Plastikflaschen. Köstliches, kühlendes, durststillendes Wasser. Ich spürte immer noch die Nachwirkungen des Biers und ging darauf zu wie auf eine rettende Oase.

»No? Und?«, schmetterte Franzi durch den Laden. Wie es aussah, meinte sie mich.

»Äh? Ja?«

Die Plastikflasche in der einen Hand, griff ich mit der anderen nach einer Cola light, schaute mich nach Salzbrezeln um. Half nicht Salzgebäck mit Cola bei einem Kater?

»Ah, gä, da Quirl hot di doch gestern hoambracht.«

Wieder drehten sich alle zu mir um, wie auf Befehl. Die Frau in der Kittelschürze hatte blondierte Haare, unverkennbar auch in der Nail-Art-Metzgerei gestylt.

»Da Quirin?«, fragte sie, zog die Augenbrauen hoch und musterte meine nicht mehr ganz sauberen Leggins. Ich wusste nicht, ob ich antworten sollte, und vor allem nicht, worauf, immer noch versuchte ich Franzis Worte zu interpretieren: *Hoambracht* hatte mich der Quirl, was immer sich Franzi und die Frau in der Kittelschürze darunter vorstellten. Vielleicht war *hoambracht* eine Art Umschreibung, wie *der Elefant, der im Morgentau die Lichtung betritt,* und *hoam* war vielleicht ein Zustand der Ekstase, einer unvorstellbaren Raserei? In die Quirin mich gebracht hatte. Oder vielmehr, nicht gebracht hatte. Nicht, dass ich daran gedacht oder so etwas gewollt hätte. Ich spürte, wie die Röte in mir hochkroch, vom Hals aufwärts, und presste die Flasche an mein glühendes Gesicht.

»Ja, mei, der is scho a Hallodri, gä?« Franzi lächelte verständnisvoll, verdrehte die Augen und schob dem Ganzkörperscanner Briefmarken, massenweise abgepacktes Fleisch und Wechselgeld über den Tisch. Da sich ihre Aussage eher an die Allgemeinheit zu richten schien als an mich, sagte ich nichts, glühte nur weiter vor mich hin und hoffte, alles würde rasch vorangehen und niemand käme auf die Idee, komplizierte Transaktionen von seinem Postbankkonto vorzunehmen. Der Ganzkörperscanner steckte Briefmarken und Fleisch umständlich in seine Einkaufstasche und blieb neben der Tür stehen. Anscheinend wollte er sich nichts von dem entgehen lassen, was jetzt noch kam. Und es kam prompt.

»Guad schaud er scho aus, oda? Des Neopren steht eahm scho sakrisch guad.«

Dies war direkt an mich gerichtet. Und ich hatte keine Ahnung, was sie mir sagen wollte. Zum Glück brach die Blondierte mit der Kittelschürze in einen Redeschwall aus, eine Art Strudel aus unverständlichen Worten, in dem zwischen vertrauten Namen englische und sogar französische Begriffe trieben: »Quirl«, »Surfen«, »Negligé«, »Gaudi«. Mit dem Wort: »Presssack« versiegte der Schwall, und Franzi erhob sich, angelte aus dem Regal über dem Kassentisch mehrere Dosen. »Hia!« Sie stellte die Dosen auf den Tisch und fiel mit einem Ächzen zurück auf ihren Stuhl. Hatte ich richtig gesehen, trug sie tatsächlich Leggins zu ihrem T-Shirt? Stretch-Leggins, auf denen sich verzerrte Posthörnchen tummelten?

»Des basst scho«, sagte sie. »Bloß weil er ned zur Negligéparty kumma ist, muaß er no lang ned arrogant sei. Woaßt was, i sog no zum Özcan, der Quirl braucht an Tiger-Surfanzug, der Özcan däd ihm auch einen ... Servus, Therese.«

Jetzt drehten sich alle zu Therese um, die in der Tür stand, einen Stapel DIN-A4-Umschläge unter dem Arm. Sie grüßte einmal in die Runde und zwinkerte mir zu.

»Bist fei ganz schön blass, Gina. Na, der Quirl sagt, es war spät gestern.«

Ich hätte genauso gut ein T-Shirt tragen können, auf dem stand: *Der Quirl hot mi gestern hoambracht.* Alle musterten mich mit größtmöglichem Interesse. *Aber es is nix passiert,* würde auf dem Rücken des T-Shirts stehen. Ich drehte mich um. Was stellten sie sich vor? Dass ich mich von jedem Landtierarzt und Freizeitsurflehrer ins Bett zerren ließ? Ich, die jeden Tag schmeichelhafte SMS von Mirko, dem Traum aller Frauen, bekam? Die letzte SMS war von gestern Nachmittag. Seitdem hatte er sich nicht mehr gemeldet. Warum? Hatte er etwa durch Telepathie von meiner Frisur erfahren? Oder, schlimmer, war er den Verführungskünsten eines seiner weiblichen Fans ... nicht weiterdenken. Ich riss mich zusammen und griff nach einer Salzbrezelpackung im obersten Regalfach, die einsam zwischen kleinen Schnapsfläschchen lag.

»Gina?« Franzis Stimme, hinter mir. »Sag amoi, was hast gestern glei gsagt, wer hat des entworfen, des Gwand von dera englischen Königin?«

Es grenzte an Artistik, sich auf Zehenspitzen nach einer Salzbrezelpackung zu recken, dabei zwei schwere Flaschen mit einer Hand festzuhalten, sich gleichzeitig halb umzudrehen, um auf eine Frage zu antworten. Ein Kunststück, das zu große Anforderungen an meinen noch vom Bier geschwächten Gleichgewichtssinn stellte: Ich suchte Halt, spürte im gleichen Augenblick einen scharfen Stich zwischen den Schulterblättern.

»Sarah Burton«, stöhnte ich mit letzter Kraft und fegte Salzbrezeln und Schnapsflaschen vom Regalbrett.

Als ich ins Haus zurückkehrte, hatte sich der Schmerz zwischen den Schulterblättern zu einem stechenden Hexenschuss ausgewachsen. Der Käfer war weg. Picco saß mit unschuldigem Gesichtsausdruck auf seinem Käfig und beantwortete Fragen meinerseits ausschließlich mit Gegenfragen.

»Picco, was ist mit dem Käfer passiert?«

»Zieh d' Latschn aus, wannsd reinkimmst, hosd mi?«

»Ich will dir wirklich nicht in deinen Diätplan reinreden, ich will nur wissen ...«

»Was hast, Picco, du gscherter Hund, was hast?«

»Hast du vielleicht noch mehr Käfer gesehen?«

»Picco, siehst du die Rute? Siehst du die Rute, Picco?«

Diese Frage stellte er mit hoher, strenger Stimme, in reinem Hochdeutsch, und ich zuckte zusammen. Picco sprach eindeutig wie meine Mutter. Was unmöglich war, weil er meine Mutter nicht kannte. Die einzig logische Schlussfolgerung daraus wollte ich nicht akzeptieren.

Ich ließ ihn sitzen, überzog unter stechenden Schmerzen im Nacken das Innere des Schrankes und das gesamte Planquadrat C4 mit Insektenspray und begann mit dem nächsten Quadrat.

Dabei zwang ich mich, nicht alle fünf Minuten eine Pause einzulegen und das Display meines Handys zu kontrollieren. Noch immer keine SMS von Mirko. Dafür fünf neue Nachrichten auf der Mailbox. Die sich jedes Mal abschaltete, wenn ich sie abhören wollte.

Ich rief die Hotline an, natürlich war niemand zuständig; ich googelte sämtliche Foren, ohne Ergebnis; all das dauerte gefühlte Ewigkeiten, und die Vormittagssonne schien immer gnadenloser durchs Fenster zu brennen. Nach einer scheußlichen Stunde war ich so weit, nur noch ins Wasser zu wollen. Oder zumindest ans Wasser. Ich war nicht der Typ, der gleich in jeden See sprang. Und wenn ich es tat, planschte ich nur in Ufernähe, möglichst mit Grund unter den Füßen. Unendliche Tiefe unter mir und nichts, woran ich mich festhalten konnte, machte mir Angst, auch in meinen häufigen Träumen vom Wasser. Laut Julias Traumdeutungsbuch ein Zeichen für sexuelle Hingabestörungen. Was in meinem Fall, ich hatte es Julia schon mehrfach erklärt, eine krasse Fehldeutung war. Alles, was mir fehlte, war das geeignete Objekt meiner grenzenlosen, ausufernden Hingabe. Mirko. Noch einmal kontrollierte ich mein Handy, dann zog ich meinen Bikini an, setzte die Silberkappe auf und ging hinunter zum See.

Weder Frösche noch Surfer waren zu sehen, und ich breitete mein Handtuch auf dem dünnen Sandstreifen neben dem Steg aus. Beide Füße im Wasser, massierte ich die schmerzende Schulter, dachte an vergangene, mehr oder weniger erfolgreiche Hingabeversuche meinerseits und an einstige Hexenschüsse. Genauer gesagt an einen, nie vergessenen Hexenschuss. In jener Chemiestunde. Wir waren im zehnten Schuljahr. So gut wie alle Mädchen der Klasse hatten schon mit Jungen geschlafen. Nur Julia und ich hatten es noch nicht geschafft, *vom Mädchen zur Frau zu werden,* wie es in den Liebesromanen hieß, die wir verschlangen, und hatten uns zu Silvester geschworen, dieses Jahr nicht als Jungfrauen zu beenden. Dieses Jahr, wir spürten es, würde er kommen, der Mann mit der Glut in den Augen, dem sensiblen Mund, den schönen, aber zupackenden Händen, dem kompakten Hintern, dem Waschbrettbauch, den Haaren und Tattoos an den richtigen Stellen, der Mann, der bis in unseren Herzensgrund blicken konnte, wo außer den mädchenhaften Veilchen unserer Sehnsucht auch orangerote Blumen der Lust blühten. Fünf Monate nach dem Schwur hatte ich mich damit abgefunden, dass es so etwas nicht gab, zumindest nicht in meiner näheren Umgebung, und dass ich alle anderen in Frage kommenden Objekte, die zwar nicht unbedingt meinem Traum entsprachen, aber gerade noch akzeptabel waren, schleunigst einkreisen musste, wenn es dieses Jahr noch etwas werden sollte mit der Einlösung meines Schwurs. Da ich noch nichts von der Jäger-und-Reh-Theorie wusste, dauerte es weitere zwei Monate, bis ich einen Jungen aus der Zwölften von meiner Paarungsbereitschaft überzeugt hatte. Als Stichlings- oder Pavianweibchen, die nur einen roten Bauch oder Hintern präsentieren mussten, hätte ich es leichter gehabt, aber schließlich war es so weit, ich lag, so weit ausgezogen wie nötig, auf der Patchworkdecke seines Bettes, aus den Boxen seiner Anlage säuselte deutscher Soft-Hip-Hop, der das laute Telefongespräch seiner Mutter im Flur nicht zu übertönen vermochte. »Nä, nä, nä«, sagte sie immer wieder, im Kölner Dialekt, während er »Ja, ja, ja« in mein Ohr hauchte und mich fragte, ob es auch schön für mich sei. »Ja, ja«, murmelte ich, etwas unkonzentriert, denn die ganze Zeit dachte ich an den nächsten Tag in der Schule und an das T-Shirt. Julias Vater arbeitete für eine Hotelkette, die ihren Werbeslogan *I've slept with the best* auf T-Shirts, Bettwäsche und Streichholzbriefchen druckte. Julia und ich hatten uns geschworen, unsere T-Shirts erst zu tragen, wenn wir unseren Schwur eingelöst hätten. Und so prangte die Siegesbotschaft auf meiner Brust, als ich in der ersten Stunde des nächsten Tages wund und erwartungsvoll im

Chemiesaal saß. Julia kam zu spät, murmelte eine schnelle Entschuldigung. Wie immer sah sie dabei so hilflos aus, dass der Lehrer schon bereit war, seine Bemerkung hinunterzuschlucken, wenn sie nur unauffällig zu ihrem Platz schlich, als sie plötzlich stehen blieb und mir mit offenem Mund auf den Busen starrte wie sonst nur die Jungen. Ich lächelte wissend und nickte. Die Bänke des Chemiesaals stiegen nach hinten an, und um Julia auf ihrem Platz schräg hinter mir alles zu berichten, hatte ich mich umdrehen und zu ihr aufschauen müssen. Und mir nicht nur einen Klassenbucheintrag geholt, sondern auch einen Hexenschuss.

»Na? Geht's besser?«

Ich fuhr herum. Und griff mir mit leisem Stöhnen in den Nacken. Quirin stand neben mir. Er trug ein T-Shirt mit dem Emblem der Tauchschule Engler, darunter knappe, enge Hosen, anscheinend das Unterteil eines Neoprenanzugs. Plötzlich hätte ich mein Gesicht wahnsinnig gern in kaltes Wasser getaucht. Aber ich saß steif auf meinem Handtuch und glühte unter meiner Glitzerkappe wie ein Leuchtturm, sichtbar von hier bis Grönland. Einen Moment erwog ich aufzuspringen und ins Haus zurückzurennen. Dann entschied ich mich für möglichst würdevolles Glühen. Quirin setzte sich neben mich, hob einen Stein auf, schnippte ihn über das Wasser. Schweigend. Als er den nächsten Stein aufhob, berührten sich unsere Ellbogen, weiche Härchen kitzelten meinen Unterarm. Gegen Verlegenheit, das wusste ich noch aus der Tanzstunde, half Konversation, lässige, nonchalante Konversation.

»Was ist eigentlich ein Soacha?«

Nicht gerade die Krönung der Lässigkeit, aber immerhin ein Versuch.

»Mei, wieso willst du denn das jetzt ... Halt ein Brunza. Äh ... also ... ein Seicher. Ein Pinkler.« Er warf den Stein, ließ ihn springen.

»Und ein bleeds Gfrias?«

»Alex Strobls Gesicht, besonders die Mundwerkzeuge.«

»Ein Zipfeklatscha?«

»Äh ... na ja. Ich glaub, das erkläre ich dir lieber nicht.«

»Ein Hallodri?«

Jetzt sah er mich an, ein blitzblauer Blick, der meinen festhielt. Mit Tief-in-die-Augen-Schauern hatte ich kaum Erfahrungen. Überhaupt hatte ich den Verdacht, dass es den reinen Typ des Augen-Schauers eigentlich gar nicht gab. Die meisten vordergründigen Augenschauer waren eigentlich Hinternfetischisten, die nur die Zeit herumbrachten, bis die Frau vorbeigegangen war. Allerdings behauptete Julia, das Karöttchen sei ein reiner Augenschauer. Und noch mehr, er könne auch ihre Seele und ihre Aura sehen.

»Hallodri? Wer hat das gesagt?«

»Äh ... Franzi.«

Zögernd berichtete ich ihm von dem Wortwechsel zwischen der Kittelschürze und Franzi im Edeka, ohne zu erwähnen, dass es vor allem darum gegangen war, dass er mich hoambracht hatte. Sein Blick wanderte über meine Arme und Schultern, verweilte kurz in meinem Ausschnitt, als ich von der Negligéparty und der Gaudi berichtete – sicherheitshalber ließ ich den Presssack weg –, und kehrte wieder in mein Gesicht zurück. Um seine Mundwinkel zuckte es amüsiert. Die Negligéparty, erklärte er mir, sei ein lange geplantes Event in der Kneipe beim Feuerwehrhaus gewesen, bei der Frauen in Nachthemden freien Eintritt gehabt hätten. Den Begriff Negligé könne man dabei übrigens weit auslegen.

»Des war mir a bissl ... mei, zu gefährlich.« Er lachte und stand auf. »Magst schwimmen gehn? Ist gut gegen Kater.« Er streckte mir die Hand hin, und ich stotterte etwas in der Art, dass ich nicht unbedingt der Typ sei, der neben ihm mit kräftigen Schlägen bis ans andere Ufer kraulte, und außerdem hätte ich nicht nur einen Kater, sondern auch einen ...

»Quirl!« Thereses Ruf unterbrach mich mitten im Satz. »Hier kommt dein Schnorchelkurs!«

Hinter uns am Strand standen Therese und fünf entblätterte Sachsen. Judda, die ins Braungohlemuseum gewollt hatte, präsentierte einen eingebrannten ziegelroten V-Ausschnitt auf der Haut über ihrem Bikinioberteil, Üwe hatte sein rotkariertes Hemd ausgezogen und trug eine knappe Badehose. Ein Platz im Schnorchel-Schnupperkurs sei überraschend frei geworden, eine Teilnehmerin habe abgesagt, meldete Therese. Alle – Therese, Quirin und sämtliche Sachsen – sahen mich auffordernd an.

»Gina? Was ist? Willst du nicht einspringen?«

Zehn Minuten später stand ich zwischen den Sachsen im hüfthohen Wasser und biss auf das Mundstück eines Schnorchels. Anscheinend gab es bestimmte Wörter, auf die ich reagierte wie ein Drogenhund auf den Geruch von Cannabis. *Notfall* war solch ein Wort, *dringend* ein weiteres, und wie es aussah, gehörte *einspringen* auch dazu. Großartig.

Ich hatte zu tun.

Ich musste ein Testament finden.

Mich um die Tourpläne meiner Künstler kümmern.

Meine Mailbox flottmachen.

Vielleicht hatte Mirko mir längst gestanden, mit einer vor Leidenssschaft heissseren SSStimme, wie der Sprecher der Gänsehaut-Reihe sagen würde, dass ihm SMS nicht mehr genügten, dass er sssich danach ssssehnte, meinen brünssstigen Leib an sssich zu presssen …

Bei dieser Vorstellung atmete ich schneller, durch den Mund, ein und aus, wie Quirin es vorgab. Alle um mich herum glubschten hinter riesigen Plastikbrillen mit Plastiknasenüberzügen hervor, ihre Lippen waren fixiert, um den Schnorchel herum, festgefroren in einem Ausdruck dümmlichen Staunens. Ich hatte keinen Grund anzunehmen, dass ich besser aussah, dass ich mit Maske, Schnorchel und Flossen nicht wie ein bekiffter Frosch unter künstlicher Beatmung wirkte. Umso mehr ärgerte ich mich über Quirin, der eine elegante Schwimmbrille ohne Nasenschutz trug, sein T-Shirt abgestreift hatte und sich im kurzärmeligen, glänzenden Neoprenanzug präsentierte.

Meine Flossen waren der ausgefallenen Teilnehmerin angemessen, die anscheinend riesige Füße hatte, Größe dreiundvierzig mindestens, als ich übte, mit ihnen zu fächeln, entschlüpfte mir die rechte Flosse, wurde aufgefangen von einem lächelnden Tauchlehrer. Der mich stützte, als ich sie wieder anzog. Auf einem Bein balancierend, klammerte ich mich an seine Schulter, roch seinen Schwimmbadduft aus nächster Nähe.

»Okay, Gina?«

»Schchchch«, sagte ich, legte mich wieder flach auf das Wasser, fächelte und atmete. Von angsterregender Tiefe war hier zum Glück wenig zu merken. Ich sah erstaunlich klar durch die Brille, sah Quirins Füße in Plastiksandalen, braun gebrannte, kräftige Füße mit gewölbtem Spann, außerdem sah ich Kronkorken zwischen ausgemergelten Pflanzen am Grund, eine aufgequollene Zigarettenpackung, Fetzen von Tempotaschentüchern und begann zu ahnen, warum die meisten Leute lieber an Korallenriffen schnorchelten. Nachdem wir uns auf alle möglichen Weisen lächerlich gemacht, mit zugehaltener Nase den Druckausgleich geübt und durch unsere Schnorchel geprustet hatten, um eindringendes Wasser auszublasen, waren wir bereit für die Krönung des Schnorchel-Erlebnisses: senkrecht nach unten abzutauchen, um uns dann in der Waagrechten wieder zu stabilisieren, uns gegenseitig im Auge zu behalten und flossenwedelnd um eine imaginäre senkrechte Achse zu kreisen.

Judda fächelte neben mir, mit dem Gesichtsausdruck einer paralysierten Gummipuppe, gemeinsam folgten wir Üwe, der sich anscheinend nicht mit imaginierten Achsen zufriedengeben wollte und flossenschlagend eine wirkliche senkrechte Achse fand: unseren Tauchlehrer. Vielmehr: den Unterleib unseres

Tauchlehrers. Um den wir uns auffächerten wie ein Blätterkranz. Im Uhrzeigersinn kreisten wir, und glasklar sah ich: ein festes Neoprenhinterteil und angespannte Oberschenkelmuskeln, die Biegung einer Hüfte, eine schwarzglänzende Vorderfront mit allem, was dazugehörte. Unpassenderweise fiel mir ein, dass ich immer noch nicht wusste, was der Presssack in der Negligé-Geschichte machte, und bevor mir endgültig die Luft wegblieb, verdeckte Quirin den Schoß mit einer Hand, gab mit der anderen das Zeichen zum Auftauchen. Ich schoss hoch, aus der Schwerelosigkeit in einen armrudernden und schmerzhaften Stand, riss den Schnorchel aus dem Mund, statt ihn, wie eben geübt, auszublasen, und stöhnte, als es in meiner Schulter stach.

»Alles okay?«

Ein rascher Griff nach meinem Arm.

»Nur mein Hexenschuss«, japste ich. »Und bei dir?«

»Super, danke.« Das Blitzen hinter seiner Angeberschwimmbrille. Ob er sich über meine Haare amüsierte? Er hatte mir verboten, meine Elfenkappe beim Tauchen zu tragen. Mit seiner lächerlichen Tauchlehrer-Autorität. »Hilft das?« Hände in meinem Nacken. Behutsam kreisend. Sein leises Lachen, dicht an meinem Ohr. Die Sonne, die auf meine Schultern brannte. Die Gänsehaut, die an meinen Armen hochkroch und sich über den *Balcon* ausbreitete. Auftauchende, Schnorchel ausblasende und Brillen spülende Sachsen um uns herum. Vom Ufer her rief Therese etwas, was ich nicht verstand, und Quirin ließ mich los.

Neben Therese, im Ufersand, stand ein Mann. In einem engen T-Shirt, rot, mit einem Aufdruck, der mir seltsam bekannt vorkam. Eine freche blonde Strähne fiel ihm in die Stirn, als er mit federnden Schritten auf das Wasser zuging. Unter dem T-Shirt spielten Muskeln. Muskeln, die mir nur allzu bekannt vorkamen, ebenso bekannt wie Mirkos Bühnen-T-Shirt. Wie in Trance bewegte ich mich auf ihn zu, keines Gedankens mächtig, ich sah nur seinen suchenden Blick, sein etwas zaghaftes Winken, als er mich erkannte. Anscheinend mit Mühe. Weil ich, oh mein Gott, immer noch eine Brille mit Nasenerker trug. Ich riss sie herunter, warf sie samt Schnorchel ins Wasser, was dem Tauchlehrer ein wütendes »Verdammt, Gina« entlockte, aber nichts konnte mir egaler sein, ich eilte ans Ufer, eine Nixe, die nicht schnell genug an Land kommen konnte. Erst am Ufer merkte ich, dass ich noch die Schwimmflossen trug.

7.

Es musste ein Alptraum sein. Ein Alptraum, in dem ich meine Elfenkappe verloren hatte und mit nassen, zerzausten, unmöglich geschnittenen Haaren und – zu allem Überfluss – auf viel zu großen Schwimmflossen auf den Mann meiner Träume zuwatschelte. Während ich versuchte, mir die Flossen von den Füßen zu zerren – ein Ding der Unmöglichkeit, die Riesenflossen waren an Land äußerst widerspenstig, und ich stolperte von einem Bein auf das andere –, wartete ich darauf, dass ich aufwachen würde. Aber ich wachte nicht auf. Ich sah Mirko so dicht vor mir, wie ich es mir immer erträumt hatte.

Er hatte seinen kleinen Lederkoffer bei sich, den er oft auf Tour mitnahm. Therese sah von ihm zu mir, halb fragend, halb belustigt. Kein Traum.

»Hi«, sagte ich, riss mir eine Flosse mit Gewalt vom Fuß, schleuderte sie in den Sand.

»Hi, Special Agent.«

Er lächelte sein freches Grübchenlächeln.

»Bei euch geht's ja beinahe zu wie bei James Bond in *Fireball.*«

»Ist nur ein … äh … Schnorchel-Schnupper-Kurs.«

Ich hatte es geschafft, mich auch der anderen Flosse zu entledigen. Hinter mir, im See, befahl Quirin den Sachsen, zum Steg zu schwimmen und Brillen und Flossen abzulegen.

»Ich muss weiter zu die Küh, ihr kommts scho zurecht, ha?« Neugierde blinkte in Thereses Augen. Ich nickte schwach.

»Yes, Ma'am, danke nochmals.« Mirko verbeugte sich vor Therese und sah ihr nach, als sie den Kiesweg hocheilte.

»Hab sie auf dem Parkplatz getroffen. Mein erstes Cowgirl. Mensch, Special Agent, ihr führt ja ein aufregendes Leben. Jetzt verstehe ich, warum du nicht zurückgerufen hast.«

»Meine Mailbox … Du hast mich *angerufen?*« Oh mein Gott, was denn sonst. Er hatte mich angerufen, und jetzt war er hier. Er war hier, so nah, dass ich den Duft des Weichspülers in seinem T-Shirt riechen konnte. Und ich stotterte herum wie die letzte Idiotin.

Ich hob die Silberkappe auf, schüttelte die Sandkörner heraus, richtete mich gerade auf.

»Du hast sicher eine anstrengende Fahrt gehabt. Möchtest du dich ausruhen?«

»Liebend gern«, sagte Mirko. Ich stülpte die Kappe über mein nasses Haar, schlang so würdevoll wie möglich ein Handtuch um die Hüften und versuchte, nicht hysterisch loszukreischen oder ohnmächtig zu werden, als Mirko mir spielerisch einen Arm um die Taille legte. Durch den Garten gingen wir auf das Haus zu.

»Wow«, sagte Mirko. Ich war nicht sicher, ob es ein Laut der Anerkennung war. Ob er die Blumen auf dem Balkon meinte, die, wie ich erst spät gemerkt hatte, aus Plastik waren. Oder den Sperrmüllberg. Seit Strobls Besuch hatte ich beschlossen, damit etwas lockerer umzugehen. Vielleicht ein wenig zu locker. Ich versuchte ein unbeschwertes Lachen.

»Äh, drinnen ist es ein bisschen … voll, weißt du. Und, na ja, erschrick nicht, da ist auch noch …«

»Picco hot oan fahrn lassn, hehehe! Brunza! Schau, dass d' Land gwinnst! Brunza!«

Ich hatte das Licht im Flur nicht angeknipst, das Chaos in gnädiger Dämmerung belassen wollen, ein Fehler, wie sich herausstellte, denn Mirko sah den Papagei, der ihm kreischend entgegenflatterte, erst im letzten Moment.

»Verdammt!« Beide Hände vor dem Gesicht, versuchte er auszuweichen, und ich wedelte mit der Hand: »Gschgschgsch! Mistvieh! Hau ab!«

Keckernd verschwand der Vogel im Dunkeln, nur um erneut auf Mirko loszufliegen, und blind tastete ich nach der Tür zum großen Zimmer, zog Mirko samt Koffer hinein, schlug sie zu. Mirko schaute sich mit wildem Blick im Raum um, in dem der Schrankinhalt von Planquadrat C4, Abschnitt 2a1 bis 2a5 immer noch auf den bekleckster Planen verstreut war.

»Was, bei allen Göttern, war *das?*«

»Ein ... äh ... na ja, ein Vogel, also ein Papagei. Er ist sonst nicht ganz so ...«

»Erst James Bond, dann Hitchcock. Das nennt ihr ruhiges Landleben?« Er ließ sich in den Sessel neben dem Käfig fallen. Nur um gleich wieder aufzuspringen und eins von Piccos grellbunten, hohlen Spielzeugförmchen auf den Boden zu werfen. Es hüpfte über den Boden, und aus ihm hüpfte der vermisste Käfer, schlitterte über die Plane und blieb liegen. Eindeutig tot. Trotzdem stieß ich einen kleinen Schrei aus.

»Gschtinkata Hundskrüppe, herglaffana! Kruzifixnoamoi!«, antwortete Picco von draußen, pfiff durchdringend und böse.

»Ein sympathisches Tier. Gehört der nicht hier hinein?« Mirko wies auf den Käfig, dessen Tür wie immer weit offen stand.

»Ja, natürlich, aber das ist ... na ja, nicht ganz einfach.«

»Du schaffst das schon, Special Agent.«

Er lächelte auf diese Art, die Frauen von Nord bis Süd wahnsinnig machte, angelte nach seinem Koffer. »Wo ist euer Gästezimmer?«

»Äh ... Gäste ... Ja, natürlich. Du kannst in meinem ... ja klar, in meinem Schlafzimmer ... äh ...« Ich verstummte. Mirko musterte mich. Jetzt erst bemerkte ich, dass ich immer noch nichts als einen Bikini und ein Handtuch trug. Und was um Himmels willen hatte ich eben gesagt?

»Äh, ich meine, das Praktischste ist, ich ziehe um, weißt du, mein Schlafzimmer ist der einzige Raum im Haus, der aufgeräumt ist, also annähernd, ich meine ... so ungefähr jedenfalls und ...« Ich verstummte beschämt.

»Der einzige Raum? Wirklich? Was treibt ihr denn hier?« Er fuhr sich durchs Haar. Seine Armmuskeln tanzten.

»Ich … na ja, ich find schon einen Platz.« Wo? Etwa im ersten Stock, zwischen überquellenden Müllsäcken, Mirls Kotztüten- und Urinflaschensammlung? Inmitten der Kollektion von Nachttöpfen aus aller Welt?

»Und natürlich kümmere ich mich um Picco.«

Was folgte, versuchte ich zu verdrängen, noch während es geschah. Und ich wusste, auch mein Unbewusstes war nicht interessiert an dieser Erinnerung, wie ich im Bikini, mit einem Vogelkäfig in der Hand, flötend und lockend in einem dämmrigen Flur herumlief und versuchte, einen kreischenden, schimpfenden, in seiner Aufregung über sein sonstiges Maß porösen Vogel hineinzulocken. Während der Mann meiner Träume mir kopfschüttelnd zusah. Um sofort wieder im Wohnzimmer zu verschwinden, weil Picco sich auf ihn stürzte. Krachend schlug die Tür hinter ihm zu, und Picco hatte nichts Besseres zu tun, als auf meiner Schulter zu landen. Mit einem fragenden, beinahe zärtlichen: »Siehst du die Rute, Picco?« in dem klaren Hochdeutsch, zu dem meine Mutter mich und meine Geschwister erzogen hatte, gegen alle Einflüsse von Rheinländisch sprechenden Spielkameraden. Noch nie war ich Picco so nahe gewesen. Seine Krallen kratzten auf meiner Haut, seine Schwanzfeder kitzelte meinen Nacken.

»Bist ein braver Vogel, sitz schön auf dem Stängchen. Gaaanz brav. Bleib bei Frauchen.« Unter diesen und ähnlichen schwachsinnigen Äußerungen schlich ich Richtung Küche. Kaum hatte ich den frei geschaufelten Gang zum Herd erreicht, zog ich die Tür hinter mir zu. Zum ersten Mal war ich Mirl dankbar, dass ihre Küchenfenster mit Kisten und Waschmittelgroßpackungen zugestellt waren, so dass niemand die schmerzhaften Verrenkungen sah, die ich machte, um den sich festklammernden und zärtlich an meinem Ohr pickenden Papagei wieder loszuwerden.

Wenn Gott, wie ich es im Religionsunterricht gelernt hatte, mein einziger Zeuge war, blieb ihm jetzt wohl nichts übrig, als fassungslos in sich hineinzukichern und sich wegzudrehen. Aber wie es aussah, half er mir trotzdem. Nach zehn Minuten schlich ich als Siegerin aus der Küche, mit zerkratzter Schulter und neu erwachtem Hexenschuss.

»Ich habe ihn eingesperrt. Du kannst rauskommen.«

Kurz darauf brachte Mirko seinen Koffer ins Schlafzimmer und ging ins Bad. Im Flur hörte ich, wie er die Dusche aufdrehte, wie das Wasser in die Wanne prasselte. Ich zwickte mich fest in den Arm. Und begrüßte sogar den stechenden Schmerz im Nacken. Der mir sagte, dass ich wach war. Hinter dieser Badezimmertür duschte Mirko. Splitternackt.

Kein Traum.

Vorhin am See hatte ich es noch nicht gerochen. Aber jetzt war er nicht mehr zu ignorieren, der Gestank nach frischer Gülle von den Feldern hinter dem Ortsschild her. Anscheinend hatten die Bauern der Umgebung beschlossen, extra zu Mirkos Ankunft etwas für die gute Landluft zu tun. Seit ich hier war, hatte es noch nicht so gestunken. Und noch nie hatten mich auf dem Rundweg am See so viele Mücken umschwirrt. Dies war nicht mehr nur die nette Insektengemeinschaft von Neuenthal, hier schien sich die Vereinigung der Stechmücken Bayerns zu ihrem Jahresausflug zusammengetan zu haben. Möglichst lässig schlug ich nach ihnen, versuchte, dabei nicht vor Schmerzen aufzustöhnen oder Mirko zu treffen, der aus irgendeinem Grund von ihnen unbehelligt blieb. Warum war ich nur so beschränkt gewesen, einen Spaziergang vorzuschlagen? Mirko hatte sich frischgemacht und sich dann in meinem Schlafzimmer ausgeruht. Es sei spät geworden, gestern, hatte er gesagt, er habe nach seinem Auftritt in Köln noch den Nachtzug genommen, morgen müsse er weiter nach München, er sei gleich wieder fit, müsse nur ein, zwei Stunden schlafen. In meinem Bett. Oh mein Gott. Allein die Vorstellung brachte mich fast um den Verstand. Aber ich musste mich zusammenreißen. Ich brauchte einen Plan.

Zuerst musste ich im Netz das Fernsehinterview finden, an das ich mich vage erinnerte. Ein Interview über Mirkos Liebesleben. Schon der Trailer brauchte Minuten, um sich aufzubauen, dann erschienen Mirko und eine Journalistin, unterhielten sich in abgerissenen, immer wieder von neuen Ladevorgängen unterbrochenen Sätzen. Perfektionist … verstand ich … Frau fürs Leben … natürlich … sportlich, ehrlich, treu, spontan, unkompliziert. Dann eine abgehackte, unverständliche Frage, Mirkos entwaffnendes Lächeln: Ja, häuslich … selbst viel unterwegs … kochen können … dabei noch geheimnisvoll … selbstbewusst …

Dementsprechend hatte ich mich vorbereitet, jetzt ging ich so selbstbewusst, wie es mir möglich war, neben ihm her, in meinem Jeansrock, einem Sportshirt und unkomplizierten, ehrlichen Sneakers. Unter meiner geheimnisvollen Paillettenkappe hatte ich mich dezent in Richtung Elfe zurechtgemacht. Mein Instinkt sagte mir, dass Männer eine unauffällig gepflegte Natürlichkeit wahrer Natur vorzogen. Um dem Güllegestank und der Mückenausflugsgruppe zu entgehen, andererseits dem See und seinen Tauchern und Surfern nicht zu nahe zu kommen, dirigierte ich Mirko auf den kleinen Weg, den ich am ersten Tag entlanggejoggt war. Nebeneinander überquerten wir die kleine Brücke über das Flüsschen, schlenderten Richtung Wiese, wo ich einst Regula getrotzt hatte. Von weitem sah ich den Stall, sah Kühe auf der Wiese.

»Puh – echt ländlich hier.« Mirko blieb stehen, schaute sich um. Was der Mückenausflugsgruppe Gelegenheit gab, uns einzuholen und an ihr All-you-can-eat-Buffet zurückzukehren. Ich spürte mindestens zwanzig feine Stiche. Auf all meinen unbedeckten Körperstellen. Aber ich hielt still. Denn Mirko sah mir in die Augen und strich mir eine Strähne aus der Stirn, die sich unter der Elfenkappe hervorgewagt hatte.

»Special Agent, ich wollte eigentlich nur in angenehmer Gesellschaft und Umgebung ein bisschen relaxen. Wenn ich gewusst hätte, dass ich in ein geruchsanimiertes James-Bond-Die-Vögel-Remake geraten würde ... Na, wenigstens mit schönen Frauen.« Er legte mir leicht den Arm um die Taille, und wir gingen weiter, auf die Wiese zu.

»Ganz im Ernst, Special Agent, ich fühl mich gerade echt ein bisschen urlaubsreif. Was meinst du, was in Köln abgeht: Diese CDU-Fregatte aus dem Landtag hat mir eine Unterlassungsklage und eine unverschämte Schmerzensgeldforderung angehängt, nur, weil ich ihr diesen Indianernamen gegeben habe: Die mit dem Gesicht verhütet. Und jetzt regen sich auch noch die Emanzen beim WDR darüber auf, sie wollen mir doch tatsächlich die Moderation bei *Köln lacht sich schlapp* entziehen, und Chris ... Holy Shit! Das glaub ich jetzt nicht.«

Ich konnte auch erst nicht einordnen, was ich sah: liegende Kühe auf der Weide. So weit nichts Besonderes. Aber an sie geschmiegt, kauerte irgendetwas. Menschen. Sachsen. Judda trug eins von Thereses Dirndln mit Camouflagemuster und lehnte rücklings an einer Kuh, in der ich Regula zu erkennen glaubte. Während Regula stur und konzentriert geradeaus glotzte, offensichtlich in komplizierte Gedankengänge vertieft, schien Judda jenseits aller Gedanken zu sein, blinzelte in den Himmel, mit einem so seligen Ausdruck im Gesicht, als hätte man ihr das Paradies versprochen. Oder ein Dauerbleiberecht in fürstlischen sanidären Onloochen. Üwe, jetzt wieder im rotkarierten Hemd, kniete vor seiner Kuh, einen Arm über ihre Flanke gelegt, schaute ihr in die Augen, als wollte er ihr einen Heiratsantrag machen. Aber seine Auserwählte ignorierte ihn und bewegte den Mund so gleichmütig wie gleichmäßig, eine blasierte Schöne, die ihren Kaugummi schon zu lange kaute. Bis auf zwei Pantolettinnen, die jede nur eine Rinderhälfte beanspruchte, kuschelte sich jeder an seine persönliche Kuh. Therese war kuhlos, saß auf einem Campingstuhl in der Mitte der Wiese.

»Wir spüren die Einheit mit unserer Kuh«, sagte sie, sanft und hochdeutsch. »Wir spüren den Rhythmus ihres Wiederkäuens. Den Pulsschlag der Natur.«

»Von wegen Natur«, murmelte Mirko. »Was eine Kuh so in einem Jahr an Methangas ausrülpst oder furzt, toppt nicht mal ein BMW.«

Als hätte sie ihn verstanden, hob Regula den Schwanz und schien den Beweis antreten und ein neues Ozonloch in die Atmosphäre pupsen zu wollen. Aber dann schlug sie nur fürsorglich nach einer Fliege, die sie anscheinend auf Juddas Ohr entdeckt hatte. Fast wünschte ich mir auch einen Kuhschwanz, denn die Mückengesellschaft hatte sich wieder auf mir niedergelassen, für einen Nachschlag.

»Jetza spürt eure innere Kuh«, sagte Therese. Was alle zum Anlass nahmen, sich noch inniger an ihre Kühe zu kuscheln. Judda summte leise ein Lied vor sich hin, und Regula wandte tatsächlich den Kopf, als ob sie in »Just the two of us« einstimmen wollte. Mirko winkte Therese lächelnd zu, und wir gingen weiter.

»Weißt du, was die dafür bezahlen?«, fragte er, als wir außer Hörweite waren. »Erst die innere Kuh entdecken, dann gemolken werden, ganz schön clever, dieses Cowgirl.« Sein Arm lag jetzt fester um meine Taille, meine Hüfte stieß an seinen Oberschenkel, und ich war viel zu sehr damit beschäftigt, weder zu schwitzen noch zu straucheln, dabei gleichmäßige Schritte zu machen und den Bauch einzuziehen, um richtig zuzuhören, geschweige denn zu antworten. Beinahe war ich froh, als er mich losließ, eine Margerite vom Grasstreifen am Wegesrand pflückte.

»Für dich, Special Agent.« Er überreichte mir die Margerite mit einer kleinen Verbeugung, legte zwei Finger unter mein

Kinn. Das Hämmern meines Herzens musste unter dem Top zu sehen sein. Trotz Güllegestank und juckenden Quaddeln an Armen und Beinen fühlte ich mich plötzlich wie mitten in einer Filmszene, in weiches Licht getaucht, mit zarter Musik im Hintergrund, eine Szene, auf die unweigerlich ein Kuss folgen musste. Und vielleicht auch gefolgt wäre, denn Mirko, verführerisch lächelnd, hob mein Gesicht noch ein wenig höher und sah durchaus kussbereit aus. Aber der Regisseur meines Lebens hatte an dieser Stelle etwas anderes vorgesehen: ein haariges, feuchtes, schlabberndes und begeistertes Inferno, ein zittriges »Oh verdammt, tu doch einer was, oh verdammt« von Mirko und so würdelose wie schmerzhafte Versuche meinerseits, einen kussbereiten Hund, halb Golden Retriever, halb Kaukasischer Owtscharka, abzuwehren.

»Aus, Floh. Komm her!«

Nur ungern ließ Floh von mir ab, ebenso ungern wie sein Besitzer sich zu einer Entschuldigung herabließ. Vor allem, weil Mirko ihn, mit immer noch zitternder Stimme und schwellenden Muskeln, zurechtwies: Wie man nur einen Hund dieser Größe frei laufen lassen könne, an einem öffentlichen Spazierweg, was Hundehalter sich überhaupt einbildeten – nicht nur, dass ihre Tölen an jede Straßenecke kackten, sie belästigten andere auch mit tage- und nächtelangem Gekläffe, ganz zu schweigen von tätlichen Angriffen wie diesem, und da sei eine Entschuldigung nun wirklich nicht genug.

»Bist fertig? Guad. Komm, Floh.« Der eingebildete Hundebesitzer bedachte erst Mirko, dann mich mit einem blitzenden Blick und verschwand samt Floh um die nächste Biegung des Uferwegs.

Wie unglaublich romantisch. Ich saß im großen Zimmer. Sah nichts anderes als die Margerite in einer Porzellanvase mit Marienbild, auf dem niedrigen Tisch vor dem Kamin. Hatte mir jemals ein Mann eigenhändig eine Blume gepflückt?

Noch einmal rückte ich die Margerite in ihrer Vase zurecht und schaute auf die Uhr. Was jetzt? Ich hatte etwa zwei Stunden Zeit. Mirko war in die Kreisstadt gefahren, zu dem Fitness-Studio, das ich rasch für ihn herausgesucht hatte. Nach dem Zwischenfall mit dem Hund hatte er unbedingt trainieren müssen, um sich abzuregen. Jetzt war es an mir, die Atmosphäre wieder zu romantisieren. Was gar nicht so einfach war in einem Haus, in dem ein Papagei schreiend in der Küche herumflog, überquellende Säcke ohne ersichtlichen Grund von Treppenstufen herunterfielen und eine Kistenlawine mitrissen, tote Käfer aus Förmchen fielen und lebende Käfer jederzeit auftauchen konnten. Aber an lebende Käfer wollte ich noch weniger denken als an Papageien oder Hunde. Ich brauchte eine Strategie. Eine Strategie zur Steigerung der Kusswahrscheinlichkeit um ungefähr neunzig Prozent. Abgesehen von der Wahrscheinlichkeit aller anderen, mich schwindlig machenden Möglichkeiten.

Ich öffnete mein Notebook, suchte, nachdem ich zugesehen hatte, wie die Startseite des Browsers sich in unendlicher Muße aufbaute, nach zwingend notwendigen Zutaten für einen unfehlbaren romantischen Abend. Und fand:

– das obligatorische Kerzenlicht (abgehakt, auch wenn Kerzen mit dem Bild des Papstes nicht ganz so romantisch waren)
– dezente Musik im Hintergrund (kein Problem und sowieso unerlässlich, um Piccos Gekreisch auszublenden)
– ein gemeinsames, entspannendes Bad (schon der Gedanke daran ließ mich sanft erglühen)
– einen Spaziergang vor dem Essen (bereits erledigt, wenn auch nicht unbedingt erfolgreich)
– ein verführerisches Negligé (es gelang mir, das aufsteigende Bild von Franzi in Reizwäsche auf der Negligéparty sofort wieder zu vergessen)
– und ein nicht zu schweres, nicht zu fettreiches, möglichst exotisches, durch bestimmte Zutaten sogar kreislaufanregendes

und durchblutungsförderndes, appetitlich angerichtetes, die Phantasie beflügelndes und Glückshormone förderndes Essen.

Gedankenverloren kratzte ich an den Quaddeln an meinen Beinen herum. Der letzte Abend, an dem ich für andere gekocht hatte, lag lange zurück. Unter anderem deshalb, weil meine Freunde alle weiteren Essenseinladungen meinerseits ablehnten. Aber es gab nichts, was Georgina Fernande Zuhlau nicht mit System und gutem Willen lösen konnte! Ich gab »romantischer Abend zu zweit – Rezepte« ein und tippte gleichzeitig Julias Nummer in mein Handy. Während ich über Kalbsmedaillons in Champagner, Carpaccio mit Sellerie, Wachteln auf Artischockenbett und Bananen in Schokosauce brütete, ließ ich erst das Telefon im Büro, dann, nach einem Blick auf die Uhr, ihren Apparat zu Hause, schließlich ihr Handy klingeln, endlos. Ich wollte schon aufgeben, als sie abnahm. Mit dieser sanften, etwas abwesenden Stimme, die mich schon ahnen ließ, was sich abspielte.

»Gina hier. Hat der Elefant die Lichtung schon betreten? Oder springt der Tiger gerade vom Schrank?«

»Wart mal.«

Etwas plätscherte.

»Was machst du?«

»Ich steig nur wieder in die Badewanne.«

»Ich frag lieber nicht, ob du allein bist.«

Erneutes Geplätscher, Gurgeln und Schwappen. Julia holte tief Luft. Nein, sie sei nicht allein, sie und das Karöttchen seien gerade dabei, eine Aquasutra-Übung auszuprobieren, das *Füttern der Brahma-Ente.*

»Ente. Das wäre auch eine Idee. Süße, bitte, hör mir zu, ich brauch deine Hilfe.« In Windeseile schilderte ich ihr das Problem. Erstens: Mirkos Anwesenheit in diesem Haus, die sie nicht weiter verwunderte, denn sie war es, die ihm die Adresse gegeben und mir daraufhin dreimal auf die Mailbox gesprochen hatte. Zweitens: meine Bemühungen um die Steigerung der Kusswahrscheinlichkeit. Und drittens: die Notwendigkeit des Kochens, trotz eines zickigen Papageis, der in einer Küche herumflog, für die die Bezeichnung Schlachtfeld eine Beschönigung war, und trotz der Abwesenheit jeglicher Kocherfahrung.

»Wie wäre es denn mit *Papagei im eigenen Federkleid?* Mensch, Pragit, das war nur Spaß!«

Aber Pragit, so nannte Julia das Karöttchen, das seinen richtigen Namen vor lauter Spiritualität längst hinter sich gelassen hatte, schien als Veganer keinen Papageien-Spaß zu verstehen. Bestimmt eine Minute hörte ich mir Julias Besänftigungsversuche unter Geplätscher an. Und spürte, wie auch in mir ein seltsames Bedürfnis aufstieg, Picco vor unfairen Bemerkungen zu schützen.

Einen Moment fühlte ich wieder seine Krallen auf meiner Schulter, hörte sein fragendes, fast zärtliches: »Die Rute, Picco, siehst du die Rute?« Und beschloss, ihn mit einer Extraration seiner geliebten Sonnenblumenkerne zu verwöhnen, falls es mir gelang, ein romantisches Dinner zu kochen.

»Im Ernst«, sagte Julia, »gibt es bei euch nirgendwo einen Asia to go oder so etwas? Du holst acht verschiedene Köstlichkeiten, und dann macht ihrs euch auf dem Sofa gemütlich. Oder in der Badewanne.«

»Aber Mirko steht auf Frauen, die kochen können!«

»Schrei doch nicht so!«

Erneutes Geplätscher, ein halblautes Gespräch, dann hörte ich die hohe, etwas krähende Stimme des Karöttchens: »Gina? Hast du was zu schreiben? Also, pass auf.«

8.

Erst als ich auf dem Parkplatz stand, fiel mir ein, dass ich Mirko den Bus geliehen hatte. Ein Taxifahrer hätte erst von der Kreisstadt herfahren müssen, Mirkos Trainingsbedürfnis war nach der Begegnung mit dem Hund anscheinend hochdringlich, und abgesehen von dem finanziellen Aufwand war sowieso kein Taxifahrer so eloquent wie Bruce. So weit die Argumente. Die mich hierhergebracht hatten, auf diesen leeren Parkplatz, mit einer langen Einkaufsliste, in der Zutaten wie »Kokosöl« verzeichnet waren. Abends um – ich schauderte, als ich auf mein Handy blickte – siebzehn Uhr sechsundfünfzig. Im nächsten Moment stürzte ich los. Normalerweise brauchte ich drei Minuten zum Edeka, jetzt kam ich, keuchend, wild meine Einkaufsliste schwingend, nach einer Minute dort an. Franzi saß seelenruhig am Kassentisch, beriet Judda und Üwe bei der Postkartenauswahl. Noch nie hatte mich ein Anblick so glücklich gemacht.

»Wennse gehne Guh-Bostgarde haben, dann nähm wir ooch'n Sonnenündergang«, sagte Judda, und eine Weile stand ich einfach nur da, schwer atmend, spürte, wie der Juckreiz in allen Gliedern und das Stechen im Nacken zurückkehrten, dachte darüber nach, wo in diesem Sortiment ich anfangen sollte, meine Köstlichkeiten zusammenzusuchen. Das Karöttchen, das ausschließlich vegetarisch kochte, hatte mir geraten, Karotten und Selleriestifte in Currysauce als Vorspeise zu reichen, aber da schon das Hauptgericht vegetarisch war, hatte ich mich entschlossen, ein Entree zu reichen, das bei *Chefkoch.de* als simpel klassifiziert war. In der Gefrierfleischtheke, auf die ich vorsichtig zuschlich, wühlte der Straßenfeger und Ganzkörperscanner in Hackfleisch und Hühnerschenkeln.

»Äh, entschuldigens, darf ich vielleicht …«

Er tauchte schnaufend auf.

»Was wuist?« Da er mich freundlich, wie mir schien, beinahe besorgt scannte, nahm ich an, dass es sich um ein höfliches Angebot handelte, mir behilflich zu sein.

»Wissen Sie, wo ich hier Garnelenschwänze finde?«

»Was wuist?«, echote Franzi, von der Ladentheke her. Und beugte sich vor, um mich näher in Augenschein zu nehmen.

»Mei, Gina, wie schaust denn du aus?«

Jetzt ließen auch Judda und Üwe von ihren Postkarten ab.

»Nu, meine Guddste! Sie ham aber süßes Blüt, newahr!«

Danach überschlug sich die Hilfsbereitschaft. Judda und Üwe empfahlen mir Spitzwäägerisch-Dinkduren, an die ich jetzt, bei um achtzehn Uhr schließender Apotheke im Nachbarort auf keinen Fall mehr herankommen würde, Franzi konterte, Sonnenöl würde auch gegen die mich anscheinend am ganzen Körper entstellenden Quaddeln helfen, der Ganzkörperscanner, der mittlerweile den gesamten Inhalt der Gefriertheke in seinen Einkaufswagen verfrachtet hatte, empfahl mir etwas, was ich als »Stellst di hoit amoi untern Rasensprenga« für spätere Übersetzung abspeicherte. Dann machten wir uns gemeinsam über meine Einkaufsliste her.

»Aba fix, in fünf Minutn holt mi der Özcan ab«, sagte Franzi, um mich dann zu mustern, immer noch mit diesem Der-Quirl-hat-sie-hoambracht-Ausdruck im Blick.

»Wem wuistn wos kochen?«

»Nu sischer dem Bräd Bidd vön der Guhweide! Den würd isch ooch nisch von der Beddgannde schübsen!« Judda hatte trotz Kuh-Euphorie offensichtlich sehr genau hingeschaut, erzählte der Runde von dem tollen Mann mit dem Muscleshirt. Was Üwe mit einem etwas gereizten Räuspern quittierte. Darauf folgte eine Woge der Solidarität und des raschen Herumsuchens in allen Regalen, getragen von erstaunlicher Kreativität: Statt

Kokosöl könne ich doch Sonnenöl nehmen, da sei auch Kokos drin, schlug Franzi vor, Judda und Üwe fanden, Knoblauch sei genauso gut wie Bärlauch, allerdings hatte Franzi auch keinen Knoblauch mehr.

»Mei, aber der Özcan … Sag amoi, Gina, wuist statt dem ganzn Schmarrn ned einfach a Haxn oder an Gyros bei eahm bstelln?«

Wie es sich herausstellte, war Franzi mit Özcan Breithuber verlobt, dem Betreiber des Döner 24, der Haxn-Hotline und einer kleinen Änderungsschneiderei, die Franzi immer mit den neuesten Modellen versah. Die Idee, einfach etwas Knuspriges, garantiert Gelungenes und noch dazu echt Bayrisches zu servieren, war in der Tat verlockend. Wenn ich nur gewusst hätte, ob Mirko Haxn mochte. Was ich bezweifelte, da ich seinen ausgewogenen Catering-Plan kannte. Und außerdem, teilte ich der gebannt lauschenden Gemeinde mit, musste ich selbst kochen, um diesen Bräd Bidd in die richtige Stimmung zu bringen. Was Franzi sofort verstand. Und ihrerseits mit einem Rezept beantwortete, für das sie alle Zutaten im Laden hatte. Ein Rezept, für das ich weder Bärlauch noch Shiitake-Pilze noch Mangold brauchte, sondern Bratwürstel und Bier, viel Bier.

»Kruzifix, wenn der Bräd Pitt für Bratwürscht zu fein ist, dann nimmst halt Poulardenschenkel, die hob i a no do.« In Windeseile hatten wir meine Einkäufe zusammen, samt einem erotisch animierenden Nachtischvorschlag von Üwe, Bananen und Ritter Sport. Alles, was es an kühlenden Cremes gab, war ebenfalls in meinem Wagen gelandet, und, getragen von dieser Welle der Solidarität, traute ich mich, nach dem zu fragen, was mir die ganze Zeit auf den Lippen brannte. Schon nach dem Spaziergang, als Mirko im Schlafzimmer in seine Sportklamotten schlüpfte, hatte ich darüber nachgedacht, und die Gedanken waren nicht zu vertreiben gewesen.

»Äh, habt ihr, also hast du … auch … äh … Kondome?«

Nur für alle Fälle, fügte ich hinzu, wobei ich eigentlich nur an Romantik dachte, aber vielleicht, es wäre doch schade, wenn wir … und dann nicht …

Franzi unterbrach mein Gestammel mit einem ruhigen »Freili« und einem sicheren Griff ins Regalbrett. Gefolgt von einem »Kruzifix, i hob ja nach der Negligéparty nimmer nachbestellt!« Dem folgte ein neuerlicher Ausbruch der Solidarität: »Üwe, ham wir irschendwö Göndöme?« Aber niemand hatte Kondome im Privatbesitz, mir blieb nichts als beschwichtigend abzuwinken, so wichtig sei das alles doch wirklich nicht, und mich für die Rezepte zu bedanken. Schnell und etwas verlegen schob ich meinen Wagen an den Verkaufstisch, als der Ganzkörperscanner sich zu Wort meldete: »Moanst Präserl? Freili, die kannst von mir kriagn.«

Zehn Minuten später stand ich im finsteren Gang der Kneipe beim Feuerwehrhaus. Es roch nach Bier. Nach Klostein. Und nach Urin. Die Tür zur Damentoilette war angelehnt. Hinter der Tür zur Herrentoilette machte sich der Ganzkörperscanner, der Anderl hieß – im Zuge der gemeinsamen Aktion waren wir alle beim vertrauten Du angelangt –, am Automaten zu schaffen.

»Wos wuist? King size? Mit Noppn dro? Oder …« Er schnaufte, hämmerte auf den Automaten. »Na, da Erdbeergschmack klemmt. An Deeptrot oder so was kannst ham, mei, muss des immer englisch sein, oder an Fun-Mix?«

Ich entschied mich für den Fun-Mix, gab Anderl einen Fünfeuroschein. Den er ablehnte.

»Passt scho, Madl, Gschenk vom Wirt. Wenn was fehlt, kannst jederzeit nachbestelln, i bin da.«

Dann ging ich, bepackt mit Bierflaschen, Bananen, Wein, Cremes, Poulardenschenkeln, Fun-Mix und mehreren Tafeln Schokolade zurück. Der Güllegestank hatte nachgelassen, und die Wolken über dem See färbten sich langsam rosarot.

Während die Poulardenschenkel in der Pfanne schmurgelten, von Picco misstrauisch bewacht, dachte ich über Küsse nach. Zungenküsse, darin war ich mir immer mit Julia einig gewesen, wurden überbewertet. »Er pressste ssseinen Mund auf ihre dürssstenden Lippen, und ssseine Zunge erforsssschte jeden Winkel ihresss Mundes.« Dies sagte der Sprecher der Gänsehautreihe so einfach, dabei wusste jeder, dass das Erforschen jeden Winkels des Mundes leicht mit Sabbern, Erstickungsanfällen und anderen Überraschungen einherging. Nach dem ersten Verklammerungs-Desaster im Alter von dreizehn hatte ich gedacht, alles würde besser, sobald ich nur meine Zahnspange los wäre. Aber auch die nächsten Erlebnisse hatten keine Freudenfeuer in mir entzündet. Dabei hatten wir geübt, Julia und ich. Mit Orangenhälften. So intensiv, dass meine Mutter sich Sorgen machte, ich könnte einen Vitamin-C-Schock bekommen wegen meiner plötzlichen Vorliebe für Südfrüchte. Bald fanden wir heraus, dass Orangen nur etwas für Anfänger waren. Die echte Herausforderung waren Grapefruits. Weil die Haut, die ihre Fruchtkammern teilte, härter war als die Fruchthaut von Orangen. Und wegen der Säure. Wer eine Grapefruithälfte knutschen konnte, ohne zu sabbern, war eine Königin des Küssens.

Anscheinend übten die Jungen weniger. Oder mit den falschen Früchten. Bei meinen weiteren Versuchen stieß ich auf wilde Freestyle-Züngler, die anscheinend mit Melonen geübt hatten, oder Übervorsichtige, spezialisiert auf Backpflaumen. Außerdem gab es die blinden Draufgänger, nach deren Ansturm man entweder in die Gesichtschirurgie oder zum Zahnarzt musste, die übereifrigen Forscher, die in der Tiefe des Halses nach versunkenen Schätzen suchten. Die Schlimmsten waren die Phlegmatiker, die ihre Zunge dem anderen Mund anvertrauten und dann die Verantwortung abgaben. In der neunten Klasse verbrachte ich etliche Mathestunden damit, eine Statistik über die verschiedenen Kussarten und Küsser anzufertigen. Eine Statistik, die mir der Lehrer kurz vor ihrer Vollendung abnahm. Er war ein Backpflaumenküsser, ich sah es an seinen Lippen, und es passte zu ihm und seinem verkniffenen Mund, dass er mir die Statistik nie zurückgab. Meine Hypothese, dass aus Kuss-Phlegmatikern Ehemänner wurden, die auf dem heimischen Sofa herumdümpelten, antriebslos wie ihre Zunge, konnte ich nie überprüfen. Unter meinen Küssern der vergangenen fünfzehn Jahre waren viele Phlegmatiker gewesen. Wenig Wilde. Ein einziger Könner. Ausgerechnet ein Musikwissenschaftler. Er spielte Trompete, übte jeden Tag drei Stunden und betrachtete das Küssen als zusätzliches Training der Lippen- und Zungenmuskulatur. Wir trainierten die gesamte Probewoche des Unichors im durchgelegenen unteren Bett der Jugendherberge Hürth, und seine muskulösen Lippen umschlossen meinen Mund, meine hingebungsvoll geöffneten, vielleicht zu wehrlosen Lippen. Nur wenig später hatte er eine geeignetere Sparringspartnerin gefunden, eine spitzmündige Oboistin, und ich hatte mich gefragt, ob ich das Blockflötenspiel vielleicht zu früh aufgegeben hatte. Wie würde Mirkos Kuss sein? Während ich gedankenverloren in der Pfanne rührte, ab und zu Bier zugab, wie Franzi es befohlen hatte, stellte ich mir Mirkos Lippen vor, weich und vollendet geformt, wie sie mit meinen Lippen verschmolzen, stellte mir vor, wie er meine Schultern küsste, die Arme ... oh mein Gott. Erstmals betrachtete ich meine Arme genauer. Und schließlich, unter Hexenschuss-Schmerzen, auch meine Schultern. Ich würde Kerzenlicht brauchen. Viel Kerzenlicht. Und ein phantastisches Make-up. Am besten am ganzen Körper. Plötzlich war die Zeit viel zu knapp. Hektisch wühlte ich im Sperrmüll nach Kerzen, in der Hoffnung, wenigstens eine zu finden, auf der nicht der Papst abgebildet war, duschte, versprühte an strategisch wichtigen Stellen Parfüm, rieb mich mit allen vorgeschlagenen Lotions ein, nahm Aspirin gegen den Hexenschuss und trug schließlich am gesamten Körper Bräunungscreme auf. Was sich als äußerst schmierige und den Juckreiz ins Unerträgliche steigernde Angelegenheit entpuppte, also wischte ich vorsichtig eine Schicht wieder ab, ließ mich beim anschließenden sorgfältigen Gesichts-Make-up von Piccos Geschrei nicht beeindrucken.

Bis ich den Grund seiner Schreie und warnenden Pfiffe roch. Die Poulardenschenkel klebten am Pfannenboden. Das Bier war verdunstet, und die ganze Küche stank nach Kneipe. Vor Aufregung hatte Picco einen grünen Klacks auf dem Schneidebrettchen hinterlassen, auf dem meine angeschnittene Zwiebel lag. Und wer wusste, wo noch. Die Kartoffeln, aus denen ich nach Franzis Rezept einen bayrischen Bier-Kartoffelsalat hatte machen wollen, waren zu Kartoffelbrei zerfallen. Nur die Schokolade war im Topf zuverlässig geschmolzen. Ich goss die Pampe über die bereit liegenden Bananen, als Picco aufflog, Richtung Küchentür, und erneut loskreischte: »Brunza! Schau, dass d' Land gwinnst, du Depp! Kruzifixnoamoi!«

Mirko stand vor dem Eingang, mit glänzenden, eingeölten Muskelpaketen.

»Ist doch gar kein Problem, mit dem Nachtisch anzufangen.« Er war so nett. Er sagte mir, dass er nach dem Abendtraining sowieso kurzkettige Kohlehydrate brauche, das hieß: Süßes!

Es mache gar nichts, dass ich nicht an seinen Joghurt gedacht hätte, er sei ja hier gewissermaßen im Urlaub. Immerhin brannten Kerzen. Mit Engelsflügeln und Papstbildern, andere hatte ich nicht gefunden. In der Aufregung hatte ich allerdings vergessen, den altertümlichen tragbaren CD-Player anzuwerfen und für anregende Musik zu sorgen. Aber wahrscheinlich hätte sowieso nichts Picco übertönen können, der in der Küche tobte und fluchte wie ein Bierkutscher. Wenigstens hatte ich in einem der Schränke im großen Zimmer altmodisches Porzellangeschirr gefunden, nur leicht angestaubt, hatte es während meines Kochversuchs in Spülmittel eingeweicht. Zwei Teller, darauf angerichtet jeweils ein Putenschenkel, die angebrannte Haut hatte ich so weit wie möglich heruntergekratzt, dazu ein Klacks der breiigen Kartoffeln, großzügig mit etwas bestreut, das ich in Franzis Laden für flachblättrige Petersilie gehalten hatte, das jetzt aber eher aussah wie zufällig aus dem Garten gepflückt. Über den Tellern schwebte der Geruch nach abgestandenem Bier. Nach den ersten Probebissen hatte sich Mirko dem verklebten Nachtisch zugewandt, sah sich im Zimmer um, lächelnd, schaute auf den gedeckten Tisch, dann wieder zu mir. Er hatte sich nach dem Training umgezogen, trug jetzt ein Muscleshirt und enge Jeans, die vorne und hinten an genau den richtigen Stellen spannten.

(»Oh, Liebsster!« Sssie betrachtete voll Verlangen ssseine Männlichkeit, die sssich unter seiner schlammbesssspritzten Hossse deutlich abzzzeichnete. Nicht eine Sssekunde länger konnte er sssich zurückhalten, sssie sah es in seinem glühenden Blick und sssank ssseufzend in ssseine Arme.)

Seit wir im großen Zimmer saßen, einander gegenüber, hatte sich der Sprecher der Gänsehaut-Reihe in meinem Kopf selbständig gemacht, hörte nicht auf zu lispeln. Mirko schien zum Glück keine Gedanken lesen zu können, er tauchte seelenruhig seinen Löffel in den Bananen-Schokoladen-Matsch.

»Wo treibt sich Chris eigentlich noch herum?«

»Ich nehme mal an, auf der … äh … Kulturmesse, in Luzern. Oder vielleicht schon in London, da beginnt bald die *Event Fair.*«

(Er öffnete ihre Blussse, unter der sssie keinen Büssstenhalter trug, spürte ihre Glut, als ssseine Zunge mit ihren Brussstwarzen ssspielte.)

Wie konnte ich ihn nur abstellen?

»Ich hoffe«, sagte ich in nüchternem Geschäftston, »danach kommt sie endlich her und kümmert sich.«

»Wie, sie ist gar nicht hier?«

Ich nickte. Schüttelte gleichzeitig den Kopf. Nahm schnell

auch etwas von der schokoladenüberzogenen Banane, leckte den Löffel ab, möglichst verführerisch, aber keinesfalls anbiedernd. Und versuchte im nächsten Moment, den Bissen nicht wieder auf den Teller zu spucken. Eine widerlich süße Masse mit winzigen, unbestimmbaren festen Teilchen, anscheinend war es keine gute Idee gewesen, Knusperkeks und Nuss zu mischen. Auch Mirko sah so aus, als würde er gern etwas ausspucken.

»Hast du mir nicht gesimst, sie wäre hier? Family Affairs und so?«

Ich schluckte. Und dachte an die Botschaften, die er mir gesimst hatte:

i am longing for your secrets. wir treffen uns heute nacht im traum

Laut sagte ich:

»Christianes Family Affairs löse ich. Allein.«

Er würgte an seinem Bissen herum, nahm einen Löffel zerfallener Kartoffeln. Dann lächelte er, sein freches, verführerisches Lächeln.

»Indem du Schnorchelkurse besuchst, Special Agent?«

»Sag ihr bloß nichts davon, bitte.«

»Hast du was zu trinken? Das Essen ist … vielleicht ein bisschen trocken.« Er hustete, und ich sprang auf. Wie konnte ich nur den Wein vergessen? Wein war für die Romantik doch fast noch wichtiger als Kerzen!

Ich stürmte in die Küche, beruhigte den schimpfenden Picco mit einigen Sonnenblumenkernen, die er wütend zerhackte und auf den Boden warf, suchte nach der Flasche Rotwein, die mir Franzi noch verkauft hatte, obwohl sie schwor, dass Bier viel romantischer sei. Einen Korkenzieher fand ich erst, als ich auf einen Tritthocker stieg und an der Tür eines noch unerforschten Oberschranks rüttelte. Unter einer prasselnden Flut von Korkenziehern – mit Horngriffen, mit Holzgriffen, aus reinem Edelstahl, vergoldet, mit und ohne Messerchen und Haltevorrichtungen – war ich geneigt, ihr zuzustimmen: Bier war auf jeden Fall ungefährlicher.

»Danke«, sagte Mirko, als ich mit der Flasche zurückkam, wie durch ein Wunder beinahe unverletzt. Es war mir gelungen, zur Seite zu springen, was mir erst mein Hexenschuss, dann mein Knöchel übelnahm, und als ich, zitternd und mich an die Spüle klammernd, noch einmal aufschaute, war ein hölzerner Korkstopfen nachgetrödelt. Ich hatte meine Nase schnell im Bad gekühlt, dann mein ohnehin nicht besonders gelungenes Make-up erneuert. Jetzt konnte mich nur noch das Kerzenlicht retten. Mirko schien nichts zu bemerken, trank einen Schluck Wein und schaute mich an, ohne zu lächeln. Mit diesem ernsten Ausdruck im Gesicht sah er noch hinreißender aus als vorhin auf der Wiese. Er nahm unsere Unterhaltung wieder auf, als wäre nichts geschehen.

»Weißt du, im Moment kann ich Chris gar nichts sagen. Sie redet nämlich nicht mit mir. Sie legt auf, wenn ich sie anrufe. Sie ist total sauer wegen der Nummer mit der Politikerin, sie war von Anfang an dagegen. Und jetzt noch die Sache mit der Moderation …« Er zuckte mit den Schultern, ertränkte den Rest seines Satzes in einem gewaltigen Schluck Wein. Wenn er auf Tour war, so viel wusste ich von seiner Cateringliste, trank Mirko wenig Alkohol. Aber hier war er ja gewissermaßen in den Ferien, er hatte es selbst gesagt. Ich lächelte ihm ermutigend zu.

(Der Wein ssstieg ihm rassssch inssss Blut. »Esss issst mir egal, ob ssssie unss auf den Fersssen ssssind«, sagte er. »Ich will dich jetzzzt.«)

Es war bestimmt nicht verkehrt, wenn wir beide durch Alkohol etwas lockerer würden. Meine Träume von Mirko waren längst nicht so anstrengend wie die Wirklichkeit. In der meine Nase schmerzte, mein Rücken stach, meine Quaddeln juckten und Mirko die ganze Zeit von Christiane redete. Obwohl ihm eine Elfe mit bombastischen Bommeln und einem goldenen

Herzen unter ihren C-Körbchen gegenübersaß, eine Elfe, die wenigstens in Ansätzen sportlich, ehrlich, spontan und unkompliziert war. Und für ihn auch einen Kochkurs machen würde.

Ich versuchte, mich zu konzentrieren auf das, was er zwischen eiligen Schlucken Wein und einem weiteren Löffel Schoko-Banane erzählte. Von seinen Anfangszeiten redete er, als Christiane ihn entdeckt hatte, in einem kleinen Club. Ich kannte die Geschichte, auch Christiane sprach gern von den legendären Anfangszeiten. In ihrem Büro hing ein Bild, aufgenommen in diesem Club für Newcomer, auf dem Mirko zwanzig war und aussah, als hätte ein Gremium von schwulen und weiblichen Göttern lange daran gearbeitet, ein solches Wesen zu erschaffen.

»Wie schön es war, weiß man immer erst hinterher«, sagte sie gern, um dann eine Weile vor dem Bild stehen zu bleiben, sich ein Glas Rotwein einzugießen. Jetzt goss ich uns beiden ein neues Glas Rotwein ein. Und ließ mich, schon vom ersten Glas beflügelt, ganz unkompliziert und spontan neben Mirko auf dem Sofa nieder. Was ihm zu gefallen schien. Er wandte mir sein Gesicht zu, sah mich ernst an.

»Die ersten Jahre ist sie zu jedem Auftritt mitgefahren, weißt du. Sie hat immer hinten gesessen, in der letzten Reihe«, sagte er leise. »Ich könnte sie dann nicht sehen, hat sie geglaubt. Ich hab aber immer gewusst, sie ist da.«

Seine Lippen waren jetzt gefährlich nah. Ich sah ihren schönen Schwung, sah seine perfekten Zähne aus schwindelerregender Nähe. »Nachher hat sie mir vorgelesen, was sie in der Show mitgeschrieben hat. Sie hat gnadenlos alles aufgedeckt, was nicht stimmte. Und weißt du was, Special Agent? Sie hat jedes Mal recht gehabt. Jedes gottverdammte einzelne Mal.«

»Glaub ich sofort«, hauchte ich.

»Und dann wurde verbessert. Wenn ich nicht mehr konnte, hat sie gesagt: Du schaffst das. Ich weiß, du schaffst das.«

Er räusperte sich.

»Chris bedeutet mir sehr viel, weißt du.«

»Ja, mir auch«, stammelte ich, und er hob die Hand, fuhr mit dem Daumen langsam die Kurve meiner Lippen nach.

»Zieh die Latschn aus, wannsd reinkimmst, hosd mi? Zieh die Latschn aus! Mistviech! Servus! Grüß Gott! Griaß di! Latschn aus!« Draußen rumpelte etwas, und Mirko zuckte zusammen, zog die Hand weg.

»Kruzifixnoamoi, mi leckst am Oarsch, varregg!« Eine weibliche Stimme. Von draußen. Etwas rumpelte, polterte, fiel. Eine männliche Stimme antwortete. Ebenfalls mit einem Fluch. Wieder das Rumpeln. Und Piccos Kreischen. Etwas krachte gegen die Tür, und ich rannte in die Küche. Als ich mich aus dem offenen Fenster beugte, ohne Rücksicht auf Picco zu nehmen – was war ein davonfliegender Papagei schon gegen Einbrecher –, sah ich zuerst nur Stühle und Lampenschirme auf dem Kiesweg, dazwischen chinesische Porzellandrachen. Und Hände, die versuchten, Stühle, Stehlampen und Drachen wieder so kunstvoll aufzuschichten, wie ich sie zurückgelassen hatte. Die Hände waren behaart und gehörten einem stämmigen, schwarzhaarigen Mann in einem pinkfarbenen Hemd. Franzi stand neben ihm, tadelnd:

»Mei, Özcan, ned so … Siaggst, jetzt fallt schon wieder alles umeinand.« Worauf Therese ihren Hut zurechtrückte und beherzt eingriff.

»Was … was wollt ihr hier?«

»Äh, Gina. Servus. Wie geht's? Guad?« Franzi winkte mir mit einer Bierflasche zu.

»Es is heit so a schöne Nacht, gä, Özcan?« Für ihre Verhältnisse sprach sie beinahe hochdeutsch. Der Schwarzhaarige nickte. Ebenso wie Therese, die sich nicht schämte, sich auf die Zehenspitzen zu stellen und in die Küche hineinzuspähen. Von Anderl keine Spur, auch Judda und Üwe schienen schon zu ihrer Pension im Nachbarort aufgebrochen zu sein.

»Dann störma ned weiter, was?«

Aber sie machten keine Anstalten zu gehen, spähten jetzt alle zum Küchenfenster hinein, ob der Bräd Bidd, den Judda nicht von der Bettkante schubsen würde, nicht doch noch hinter mir auftauchte. Ich sparte mir die Mühe, ihnen zu erklären, dass ein aggressiver Papagei ihn daran hinderte, die Küche zu betreten.

»Isa no do, dei Bsuch?«, traute sich Franzi schließlich. »Jo? Hot's geklappt mit'm Essen? Und mit'm Bia?« Einen Moment schnupperte Franzi in die Luft. Falls sie die verkokelten Poulardenschenkel roch, war sie zumindest höflich genug, es nicht zu sagen.

»Alles okay«, sagte ich schwach.

Ich hätte, sagte Franzi, wieder in bemühtem Hochdeutsch, aber auch solch interessante Sachen vor dem Haus. Ob dort drinnen denn noch mehr Antiquitäten stünden? Das habe sie ja gar nicht gewusst. Özcan würde es auch interessieren. Und tatsächlich hörte Özcan aufmerksam zu, als Therese berichtete, es sei ganz beachtlich, was die patente Gina dort drinnen schon geleistet habe. Das habe sie von Quirl gehört. Gleich hatten alle wieder diesen Der-Quirl-hot-sie-hoambracht-Blick. Der gleich einem neugierigen, fragenden Und-jetzt-sitzts-da-drinnen-mit-Bräd-Pitt-Blick wich. Aber natürlich wollten sie nicht stören.

Pause.

Franzi könne ja morgen noch einmal vorbeikommen.

Pause.

Erwartungsvolle Blicke.

Jetzt aber erst einmal eine gute Nacht.

Weiteres Spähen, umsonst.

Sie winkten noch einmal, wirklich so a schöne Nacht sei heute, also, alles Gute noch, und entfernten sich, ums Haus herum, Richtung See. Vermutlich, um einen Blick ins große Zimmer oder ins Schafzimmer zu werfen.

Als ich zurückkam, räkelte sich Mirko auf dem Sofa und gähnte, sang eine kleine Melodie dabei, die er mit einem halb erstickten Stöhnen abschloss. Es war vollkommen unpassend, dass ich ausgerechnet jetzt an Prinz Muffel dachte. Auch er hatte auf diese Weise gegähnt, hatte die Welt an seiner Müdigkeit ebenso teilhaben lassen wie an seiner Verdauung. Dies war allerdings die einzige Gemeinsamkeit. Und genau genommen stimmte auch das nicht. Bei Mirko wirkte sogar das Gähnen auf eine raubtierhafte Art sexy.

»Was war denn?«

»Nachbarn.«

Ich wusste nicht, ob ich mich wieder neben ihn auf das Sofa setzen sollte, blieb unschlüssig mitten im Raum stehen. Er schaute auf die Uhr.

»Gibt es hier eigentlich einen Fernseher, Special Agent?«

(Fast besssinnungslos vor Leidenssschaft klammerte sssie sich an ihn. Er hob sssie auf und trug ssie auf ssstarken Armen zum Bett.)

Es war wirklich eine schöne Nacht. Sterne und Mond spiegelten sich im Wasser, ungestört von Wolken, Wellen oder Surfern. Ich hielt die Margerite in der Hand. Ein Blütenblatt hatte ich schon abgezupft (er liebt mich), jetzt trieb das nächste auf dem See, kreiselte im Mondschein. Alles war in bester Ordnung. Ich war wertvoll. Zu schade für eine schnelle Nacht. Eine Margerite und ein Kuss auf die Wange statt nackter Tatsachen. Es war ritterlich von Mirko, die Situation nicht auszunutzen. Auch wenn es bedeutete, dass er allein in meinem Bett schlief und ich nur eine Decke auf dem Sofa im großen Zimmer hatte. Ich zupfte ein weiteres Blütenblatt ab. Was die Margerite gefasst hinnahm. Sie sah aus, als hätte sie die Phasen des Nichtwahrhabenwollens, des Zorns, des Verhandelns und der Depression längst hinter sich und befände sich mitten in der Phase des friedlichen Akzeptierens.

Wie still es am See war. Wie sehr ich mich schon an diese Stille gewöhnt hatte. Wie viel man ihr ablauschen konnte: das fragende Flüstern des Windes, die säuselnde Antwort der Bäume, das schnatternde Aufschrecken einer Ente aus einem Traum von Mr.-Erpel-Right. Andere Enten antworteten, eine flog auf, ließ sich auf dem Bootssteg nieder. Etwas näherte sich spritzend. Einen Moment dachte ich an eine bayrische Version des Ungeheuers von Loch Ness. Aber was die Fluten mit gewaltigen Schlägen teilte, schwamm in einem perfekten Kraulstil. Wenn es ein Riesenkrake war, dann eine Spezies mit nur zwei Tentakeln. Er schwamm quer zum Ufer, am Steg vorbei, auf dem die aufgeregte Ente saß, näherte sich zügig dem dünnen Sandstreifen. Die Haare schüttelnd, entstieg er dem Wasser. Er hatte kein Handtuch bei sich. Er trug eine altmodische Badehose mit kurzen Beinen. Und hatte eine beachtlich gute Figur, um die ihn Dreißigjährige vermutlich beneideten. Eine Weile standen wir einander gegenüber, schweigend. Hartl triefte. Musterte mich und die Margerite.

»No? Kummer?«

Vermutlich wusste er längst Bescheid über das Abendessen, die Kondome und den Brad Pitt, der in meinem Schlafzimmer ruhte.

»Alles supi«, sagte ich. »Alles perfekt. Ich kann nur nicht schlafen.«

»So? No.« Er hörte nicht auf, mich zu betrachten, forschend, fragend. Dabei hätte ich zu fragen gehabt. Was er mitten in der Nacht im See suchte, zum Beispiel. Aber ich fragte nicht. Es war ja sein See. Gewissermaßen.

»Nimms ned schwer, Madl, weißt, Kummer oder Freud, ois geht eh vorbei.«

Er sah mich ernst an, streckte den Arm aus und legte seine nasse Hand auf meine Kappe aus Silberpailletten, als wollte er mich segnen. Dann drehte er sich um und verschwand über den Uferstreifen.

9.

Am nächsten Morgen fuhr ich Mirko in die Kreisstadt, zum Bahnhof. Vor Probenbeginn im Fernsehstudio war ein Interviewtermin angesetzt, von dem er am Vortag nichts gesagt und ich auch nichts gewusst hatte. Plötzlich hatte er es eilig, wollte keinen Instant-Latte, keine aufgebackenen Brötchen. Was angesichts des gestrigen Abendessens und des Zustands der Küche, samt eines kriegerischen, zum Äußersten entschlossenen Vogels, kein großes Wunder war. Auf dem Bahnsteig versprach ich ihm, mit Christiane über alles zu reden.

»Ich weiß, dass sie auf dich hört, Special Agent. Sie hält so viel von dir. Man könnte fast eifersüchtig werden.«

Er legte einen Arm um meine Schultern, ohne mich zu küssen.

»Schön war's. Ich denk an dich.«

»Ich dich auch.«

Noch zehn Minuten später, als der Zug längst abgefahren war, glühte mein Gesicht röter als das Signallämpchen über dem Gleis. Mirko hatte galant so getan, als bemerke er meinen Versprecher nicht, der genau genommen kein Versprecher, sondern eine astreine Freudsche Fehlleistung war. Wie aus dem Lehrbuch meines Pflichtseminars in Psychologie. In dem Seminar war es um Freudsche Fehlleistungen im Gerichtssaal gegangen: Ein Zeuge oder der Angeklagte versprach sich und sagte aus Versehen, was sein Unbewusstes wirklich von der Sache hielt.

Mein Unbewusstes war sogar noch einen Schritt weiter, brachte mich nicht nur dazu, peinliche Wahrheiten aus Versehen auszusprechen, es antwortete sogar auf niemals geäußerte Liebeserklärungen.

»Bei Gina war alles wie bei ihren Geschwistern«, sagte meine Mutter gern, wenn es um Kinderkrankheiten, die Schmerzen bei der Geburt oder Schulprobleme ging, »nur schlimmer.« Warum wunderte ich mich, dass auch mein Unbewusstes schlimmer war als das anderer Leute?

Zerknirscht fuhr ich zurück zum Haus. Vor dem wieder aufgeschichteten Stapel aus Stühlen, Lampenschirmen, Dekofiguren und Kisten kniete jemand. Von hinten sah ich nur ein schwarzes Kleid und dünne, kunstvoll gelockte Haare.

Die alte Frau, die ich von der Nail-Art-Metzgerei kannte, kniete auf einem Kissen, schwenkte etwas hin und her – ein Kruzifix, sah ich im Näherkommen –, mit dem anderen Arm ruderte sie in der Luft herum, rang offensichtlich um ihr Gleichgewicht. Überall um sie herum flackerten Kerzen.

»Mei, Burgl, bist narrisch, willst das Haus anzünden?« Vom Café her eilte Therese mit energischen Schritten auf die alte Frau zu, und auch ich rannte jetzt. Die Kerzen standen beängstigend nahe am Sperrmüllhaufen.

»Ihr werds eich alle no wundern, ihr Gottverlassnen!« Die Alte ließ sich nicht stören, schwang das Kruzifix, hob etwas auf, das auf dem Weg lag. Der Teifi müsse ausgräuchert werrn, ausbrenna müsst man ihn! Dazwischen murmelte sie wild Worte und Sätze, die ich nicht verstand, fiel dabei fast in die flackernden Kerzen. Therese war als Erste bei ihr, packte sie an der Schulter. Als ich näher kam, sah ich, was auf dem Weg lag. Und Burgl sah mich.

»Da Teifi hot's gschickt! De gamsige Britschn! Da schau her!« Burgl hielt ein giftgrünes Kondom in die Höhe, zeigte es Gott, dem Kiesweg, dem Parkplatz, dem ankommenden Kleinbus mit dem Emblem der Tauchschule, aus dem schon die ersten Schaulustigen stiegen. Ich hatte das Päckchen gestern Nacht noch in die Kiste mit dem Kleinabfall geworfen, die neben dem Sperrmüll stand. In einem Anfall wütender Ernüchterung, auf dem Rückweg vom See, nachdem das Margeritenorakel mir verraten hatte, dass Mirko mich nicht liebte. Was natürlich kompletter

Unsinn war, ich glaubte weder an Margeritenorakel noch an die geheimnisvollen Kräfte des Universums.

Hübsch machten sich die Kondome in esoterischem Violett, frechem Rosa, elegantem Schwarz, mit Noppen, Rillen und Spiralen zwischen den Kruzifixen und den Kerzen. Vom Parkplatz her näherten sich Hartl und Quirin, gefolgt von den Sachsen und anderen, die ich nicht kannte. Hektisch bückte ich mich, raffte Lila, Rosa und Schwarz an mich, versuchte, sie schnell in die Tasche meines Jeansrocks zu stecken. Als mir auffiel, dass ich den eleganten, taschenlosen Jil-Sander-Rock trug, standen sie schon hinter mir.

»Burgl, jetzt hörst aber auf!« Therese versuchte vorsichtig, die alte Frau in den Stand zu ziehen. »Du kannst doch ned einfach mit Ginas Präserl rumspieln, und mit die Kruzifixe erst recht ned! Und scho gar ned auf am fremden Grundstück!«

»Da Kirch ghörts! Da Kirch! Ihr werds eich alle no wundern, wanns zruckkimmt!«

»Burgl, die Mirl kimmt ned zruck«, sagte Therese sanft.

»Oder wenigstens ned in der Form, wie du dir des vorstellst«, ergänzte Hartl.

Worauf Burgl herumfuhr.

»Und du, Früchterl, di wird's a no einholn! Der Herrgott siaggt ois!«

Sie schwang das Kruzifix in seine Richtung, die Gruppe hinter uns tuschelte und kicherte, und ich nutzte die Gelegenheit, die Kondome wieder in der Abfallkiste zu verstauen. Quirin und Hartl wechselten einen Blick.

»Fahr du sie hoam, wir gehen schon mal ins Café.« Quirin hob den Daumen, unter Wasser das Zeichen zum Auftauchen, drehte sich um, und die Gruppe folgte geschlossen.

»Mei! Mein Essen!«

Therese warf sich herum, rannte über den Parkplatz. Aus der offenen Hintertür des Cafés quollen fettige Qualmwolken.

»Gina, es ist sakrisch nett von dir, dassd mir aushilfst.«

Therese hatte den Notfall-Schlüsselreiz bei mir ausgelöst, und mein Gewissen, Christiane und meinen Pflichten gegenüber, war so schwarz wie die Kruste der verbrannten Fischfilets, die Therese in den Müllsack schüttete, den ich ihr aufhielt.

»Meinst, a Seemannsüberraschung könnten auch a paar Spiegeleier mit Würstl sein?«

Ohne meine Antwort abzuwarten, griff sie zu einem Kochtopf, füllte ihn mit Wasser. Zum Auftakt eines jeden neuen Tauchkurses, erklärte sie mir dabei, gehöre das traditionelle Essen in ihrem Café.

»Weißt, das ist ein Gesamtpaket. Tauch- und Surfkurs bei Hartl und Quirl, Brotzeit, Sightseeing und Erlebnisshopping bei mir und seit neustem Kuscheln mit Kühen. War gar ned einfach, mir die Küh zusammenzuleihen. Ich bin ja auch koa Bäuerin. Und jetzt, wo's grad laufen duad, springt mir die Susn ab.«

Beide, Susn und Quirin, hätten versprochen, erzählte Therese, über die Ferien herzukommen und zu arbeiten. In der Tauchschule, im Modegeschäft und im Café.

»Und dann rennts weg, i weiß ned, was los ist, sie will ned mit mir reden, dabei hab ich ihr gar nix getan, der Quirl sagt kein Wort. Und das in der Hochsaison. Danke, Gina.« Sie nahm mir die riesige Pfanne ab, die ich mit der Bürste bearbeitet hatte, bis von verbranntem Fisch nichts mehr zu ahnen war, stellte sie auf zwei Herdplatten und gab ein gewaltiges Stück Butter hinein.

»Geh, frag amoi drinnen, wie viele a Seemannsüberraschung wollen. Und wie viele a Divers Dream.«

»Was ist ein Divers Dream?«

Sie sah mich einen Moment nachdenklich an. Dann lächelte sie.

»Würstl mit Brot.«

Von der Hochsaison war im Café nicht allzu viel zu spüren. Nur zwei Tische waren besetzt, an einem unterhielt sich Alexander Strobl mit zwei älteren Männern in Trachtenhemden, den anderen, größeren Tisch teilten sich die Teilnehmer des Tauchkurses, bestehend aus Üwe, Judda und den Pantolettinnen, die gestern beim Schnorcheln dabei gewesen waren, aufgestockt durch ein dünnes Mädchen und einen Mann mit dicken Fischlippen, eindeutig ein phlegmatischer Küsser. Alle schauten mir erwartungsvoll entgegen, Quirin mit einem etwas spöttischen Lächeln, Judda und Üwe mit einem deutlichen »Na? War Bräd Bidd nü eine Granade öder ein Rohrgrebierer?« im Blick und einem noch deutlicheren »Nu, unn was wor eben mit den Göndömen lös?«. Dass auch die anderen wissend schauten, diese Wahrnehmung konnte nur Paranoia sein. Trotzdem drehte ich mich um, ging zuerst zu dem hinteren Tisch, von dem Alexander Strobl erfreut winkte.

»Frau Zuhlau! Was für eine Überraschung! Was macht eine Frau wie Sie an einem Ort wie diesem?«

Sie wollten weder Divers Dream noch eine Seemannsüberraschung. Sie wollten eine Haxe. Mit Semmelknödeln und Kraut. Wenn es in diesem Café, das die Wirtin selbst als Touristenmagnet bezeichne, keine ordentliche bayerische Haxe gebe, könne es mit der Anziehungskraft ja nicht allzu weit her sein, sagte einer der älteren Männer. Zu einer grau umkränzten Glatze trug er einen etwas verwegen aussehenden Seelöwenbart, und sein Trachtenhemd ließ freie Sicht auf eine bepelzte Brust.

»Es gibt nur Divers Dream oder Seemannsüberraschung«, sagte ich in meinem eisigsten Geschäftston, und Alexander Strobl gönnte sich einen raschen Blick auf meine Schuhe.

»Dann bringen Sie uns halt den peinlichen Anglizismus. Gina, das ist übrigens mein Vater. Veit Strobl. Und unser Herr Bürgermeister. Meine Herren, Frau Zuhlau, die Angestellte der Grundstückserbin. Warum sie sich neuerdings als Bedienung einspannen lässt, müsst ihr sie schon selbst fragen.« Wozu die Multitasking-Fähigkeit der Herren glücklicherweise nicht ausreichte.

Sie waren vollends damit ausgelastet, mich von Kopf bis Fuß anzustarren. Eindeutig hatte Alexander Strobl seinen Hang zu Füßen von seinem Vater geerbt oder übernommen. Ob kleine Jungen sich ihren bevorzugten Frauenkörper-Fokus tatsächlich von ihren Vätern abschauten? Oder wurde man damit geboren? Gab es ganze Dynastien von Fuß- oder Torsotypen? Ließ sich diese Theorie auch an Quirin und seinem Vater überprüfen? Aber Hartl, der die zeternde Burgl in den Kleinbus verfrachtet hatte, war noch nicht zurückgekehrt, und Quirin sah an mir vorbei, funkelte Strobl an, der diesen Moment zu genießen schien. »Übrigens, Frau Zuhlau, wir unterhalten uns gerade über das Grundstück. Ich war nämlich heute auf dem Gemeindeamt und habe mich außerdem ein bisschen umgehört. Habt ihr eigentlich auch Sekt hier in diesem … hmm … Café? Einen guten Sekt, meine ich? Es gäbe durchaus einen Anlass für ein Gläschen, das Grundstück ist nämlich größer, als wir gedacht haben.« Er räusperte sich, schaute sich um, ob auch alle zuhörten. »Auch ein Teil dieser, nennen wir es, Tauchreviere gehört dazu. Und der Sandstreifen, den die Herren von der Tauchschule vereinnahmt haben, als die alte Dame noch lebte. Interessant wäre es zu wissen, ob die alte Dame dem überhaupt jemals zugestimmt hat, oder ob …«

»Wennsd nicht glei die Pappn hältst, wird's richtig interessant. So interessant, dass du glei alle Sterne von deim Hotel siaggst und no a paar dazu.« Quirin war aufgesprungen, stand neben mir. Er trug das gleiche T-Shirt wie die Kursteilnehmer, auf allen leuchteten das Logo und der Schriftzug der Tauchschule, in Rosa. Und es schien diese Shirts nur in einer Größe zu geben: eng.

»Oh, der reizbare Herr Engler, gleich auf hundertachtzig, wie früher auf dem Schulhof. Ich dachte, beim Tauchen und Surfen müsste man besonnen sein. Jedenfalls, Frau Zuhlau«, Alexander Strobl sprach einfach weiter, als stünde Quirin nicht am Tisch, mit wutblitzenden Augen und geballten Fäusten, »wäre es schön, wenn wir die Angelegenheit bald klären könnten. Auch der Herr Bürgermeister sieht das so. Ansonsten fällt das Grundstück nämlich an den Staat, und das würde zu erheblichen Verzögerungen führen. Niemand will das, nicht wahr, Herr Bürgermeister?«

Der silberhaarige, kompakte Mann neben dem Seelöwenbart nickte bekräftigend und äußerte etwas, das wie »Freili, und vielleicht trink ma alle mitananda erstmoi an Obstler drauf« klang.

»Ihr könnts trinken, was ihr wollt, ich sauf ned am Mittag. Vor allem ned mit so am Hosenbiesler.« Quirin wandte sich ab, setzte sich wieder zu seinen Schülern. An deren Tisch ich gleich darauf trat.

»Divers Dream oder Seemannsüberraschung?«

Er hätte auch nichts gegen eine Haxe, sagte der Mann mit den Fischlippen, und das dünne Mädchen fragte, ob es die Seemannsüberraschung auch vegetarisch gebe. Alle anderen bestellten Divers Dream, nur Quirin schwieg, blitzte wütend zum Tisch der Strobls herüber. Seine Augen wirkten nicht mehr kornblumenblau, sondern violett, ein sich verdunkelnder Gewitterhimmel. Während ich »7 x Divers Dream, Haxe?« und »vegetarisch?« auf meinem Block notierte, spürte ich Quirins Blicke auf meinem Gesicht, meinen schlecht übertünchten Stichen, der zum Glück nur leicht geschwollenen Nase unter der Elfenkappe.

»Einen netten Abend verbracht, *Frau Zuhlau*?«

Diesem Provinz-Surflehrer fiel es anscheinend schwer, sein brodelndes Testosteron auf kleinere Flamme zu schalten. Aber das war nicht mein Problem.

»Danke, grandios«, sagte ich, so kühl wie ich konnte, schnappte meinen Block und marschierte zurück in die Küche.

Nach einer Stunde hektischen Brotschneidens, Kraut- und Würstchenkochens standen Therese und ich mit einem Berg Geschirr in der Küche. Das Café war leer. Ich zückte meinen Block.

»Der Mann, der die Haxe wollte, hat gesagt, eine Überraschung hätte er sich anders vorgestellt.«

»Ha! Wer sagt denn, dass a Überraschung immer guad sei muss?«

Therese fegte Eier- und Würstchenreste von seinem Teller, räumte ihn in die Spülmaschine. Die Strobls hatten ihren Divers Dream unangetastet zurückgehen lassen, garniert mit Alexander Strobls galanter Bemerkung, hier handele es sich wohl eher um Divers Nightmare.

»Wundert mich ned. Auch an Likör?«

Therese holte eine Flasche vom Bord über der Spülmaschine, füllte zwei Schnapsgläser mit etwas Grünlichem.

»Der tuat nix, der hat nur fuchzehn Prozent.« Sie kippte ihren Likör mit einem Satz.

Was Alexander Strobl eigentlich plane, fragte ich, im Ort hätte ich etwas über ein Ferienzentrum gelesen.

»A Feriensiedlung und an Hotelkomplex mit Sauna und allem Firlefanz. Der junge Strobl is a bissl größenwahnsinnig, und der Alte ziaggt mit. Scho allein, um mir eins auszuwischn. Wenns damit durchkommen, kann ich mit meinem soften Tourismus einpacken.«

Ich nippte von dem Likör. Er schmeckte gesund, eher nach Kräutern als nach Alkohol.

»Wieso, was hat er gegen dich?«

»Ach, das is a alte Geschichte, a ganz alte. Ich war amoi mit eahm verlobt.« Therese lachte, goss sich ein neues Glas ein. »Und dann hab ich nein gsagt. Im letzten Moment. Im allerletzten, verstehst. Er wird's wohl nie verwinden. Is jetzt a Art Sippenhaftung draus geworden. Wie in am Mafiafilm, weißt.« Sie hob ihr Glas. »Prost. Dank dir für deine Hilfe, Gina. Deine Chefin weiß sicher, was sie an dir hat.«

Einen Moment wurde mir eng im Hals. Christiane lobte mich selten. Sie hielt Überstunden, Notfalleinsätze und gute Arbeit für selbstverständlich. Wie eigentlich jeder in meiner Umgebung. Schnell kippte ich den Likör, und Therese füllte mein Glas wieder auf. Eine Weile schwiegen wir, dann fragte Therese: »War ned der volle Erfolg gestern, ha?«

Ich zuckte nur mit den Schultern.

»Mei, 's is immer dasselbe mit die Mannsbilder: Entweder sans zu fesch oder zu greislich, und wenns koans von beiden san, dann sans langweilig, hosd mi?«

Es war zweifellos Erfahrung, die aus Therese sprach, und bevor ich darüber nachdachte, war mir, vielleicht beflügelt vom Likör, schon eine Frage herausgerutscht.

»Woran erkennt man eigentlich, dass ein Mann verliebt ist?«

»Des fragst ernsthaft?« Therese trank ihr Glas halb aus, stellte es in den Sonnenstreifen auf dem Tisch und musterte mich mit zusammengekniffenen Augen.

»Er steigt dir nach. Er kann ned aufhörn, dich anzulachen, und in seinen Augn kannst a Gedicht lesn, a Gedicht nur für dich. Seine Finger san so zart wia die Flügl von am Schmetterling, er kann gar ned genug kriagn von deinen Lippn und deinem Gsicht und all deinen Schmankerln, er hält dich fest, die ganze Nacht, und du bist glücklich, so glücklich, dassd weinen mechst und lacha zugleich, die Nacht ist wia a Blütn, die sich öffnet, und ihr beide lassts euch neifalln, und dann liagts aufm Grund von dera Blütn, mittn im Duft und behütet von der Liab, und ois is Schwingen, woaßt, Schwingen im Wind – dann ist er verliebt. Und du auch. Ois andere ist Schmarrn. Oder nur a Probn für den Ernstfall.«

Dann war es bei Prinz Muffel jedenfalls keine Liebe gewesen. Aber das hatte ich vorher schon gewusst. Einen Moment überlegte ich, ob ich Therese fragen sollte, wer der Glückliche gewesen war. Vermutlich nicht Strobl mit dem Seelöwenbart und dem Pelz auf der Brust. Therese trank ihr Glas leer, schaute auf die Uhr.

»Ich muss jetzt zu die Küh, nachher ist Kuh-Erlebnis-Spaziergang. Willst mitmachen?«

»Nein, ich hab zu tun.« Ich stand auf, goss den Rest des Likörs in die Spüle.

»Hast noch nix gefunden, ha?«

Ich schüttelte den Kopf.

»Weißt, die Mirl war so wunderlich am Schluss, ich glaub ned, dass sie an Testament gemacht hat.«

»Meine Chefin sagt, sie ist sicher, dass es eins gibt.«

»Seltsam, wo's die Mirl nie besucht hat. Aber mei, was geht's mich an? Vor Jahren hats wohl die Mirl mal auf a Reise mitgenommen, davon hat die Mirl uns jahrelang vorgeschwärmt. Die Mirl hat ja immer reisen wollen. Aber der Picco hat sich immer wiera Wilder aufgeführt, wenns nur an Koffer ogschaut hat. Und dann hat's sich doch gegen ihn durchgesetzt und die Kreuzfahrt gemacht. Wir ham alle gedacht, der Vogel geht ein. Aber dann war's doch ned der Vogel, den's troffen hat. Und jetzt geht alles so schnell mit'm Haus und den Strobls, es ist kaum zu fassn, und des, wo die Mirl no ned mal unter der Erde is …«

»Die Mirl ist … was?«

»Ja, hat dir des deine Chefin ned erzählt? Sie hat veranlasst, dass sie überführt wird, aus der Karibik oder was weiß ich, mit einem Beerdigungsinstitut. Es hieß, die Urne wird geschickt.«

Sie zog das Kopftuch, das sie heute anstelle des Cowboyhuts trug, aus ihren Haaren, schüttelte sie zurecht.

»Bisher is noch nix gekommen.«

Picco saß inmitten der Trümmer des gestrigen Abends und empfing mich mit einem zärtlichen Gurren. Während ich die Weingläser spülte, die klebrige Schokoladen-Bananen-Mischung aus der Schale kratzte und die Pfanne einweichte, wich er nicht von meiner Seite. Er hatte es sich auf meiner Schulter bequem gemacht, zwitscherte vor sich hin, flötete ab und zu ein sanftes, fragendes »Picco hot oan fahrn lassn« in mein Ohr. Alle meine Versuche, ihn loszuwerden, plötzliches Ducken, ruckartiges Herumfahren, Hindurchgehen unter der tief hängenden Lampe, führten nur zu kleineren Katastrophen in der näheren Umgebung, wie dem Herunterreißen eines Müllsacks voller Topfreiniger, unter deren Beschuss mir das Wort »Glitzi-Schwemme« einfiel, und einem rieselnden Rundkornreisabgang. Picco flatterte kurz auf, sah sich keckernd die Bescherung an, um umso sicherer wieder auf meiner Schulter zu landen und einen Pfiff auszustoßen, der eindeutig nach Anmache klang. Der erste Ton war kurz, der zweite beschrieb einen gleitenden Melodiebogen von den tiefsten zu den höchsten Tönen und wieder zurück. Ein Bauarbeiter auf einem Gerüst, unter dem eine Frau in einem gürtelgroßen Ledermini entlanggging, hätte es nicht besser gekonnt.

Allmählich machte mir diese unverhoffte Zuneigung Angst. Nachdem ich den freigelegten Part der Küche wieder in seinen vorigen Zustand gebracht hatte, schlich ich, den nach wie vor verträumt gurrenden Papagei auf der Schulter, vorsichtig ins große Zimmer, Richtung Käfig.

»My home is my castle, Piccolein«, säuselte ich. »Ein eigener Herd ist Goldes wert, daheim bist du König, trautes Heim, Glück allein, mit Vorhängeschlösschen, feines, feines Vorhängeschlösschen.« Unter Absonderung dieser und ähnlicher Peinlichkeiten bückte ich mich, damit Picco ganz leicht von meiner Schulter auf seine Käfigstange klettern konnte, verharrte mit zitternden Knien. Bestimmt eine Minute. In der nichts passierte. Picco verharrte regungslos auf meiner Schulter, besaß wahrscheinlich sogar die Frechheit, sich aufzuplustern. Eine Weile betrieben wir diesen Sport, mit Pausen, in denen ich mich stöhnend aufrichtete, eine Runde durchs Zimmer ging, meine Beine ausschüttelte, Picco die größten Herrlichkeiten vorlog, die er in seinem Käfig finden würde. Worauf er nur mit einem fragenden »Mistviech?« antwortete, gefolgt von einer Reihe Bauarbeiterpfiffe und einem neuen Satz, den er noch nie gesagt hatte, mit einer sanften, hohen Stimme: »Haallo Mama, Mama liab.« Dann bückte ich mich wieder, und alles ging von vorne los: Verharren, Zittern, Plustern.

Dabei hatte ich mir heute das Balkonzimmer im ersten Stock vorgenommen. Im Erdgeschoss war nach meinem Gefühl nichts mehr zu finden. Auch wenn es noch unzählige unerforschte Reiche gab, vor allem in der Küche. Würde jemand ein Testament in einem Kühlschrank hinterlegen? Im Eisfach? Der Flaschen- und Dosenwall wirkte, als sei er seit mindestens zehn Jahren nicht mehr durchbrochen worden.

Gebückt vor dem Käfig stehend, einen verträumt plappernden Papagei auf der Schulter, rief ich Christiane an, sprach auf ihre Mailbox. Und stellte mir ihr Gesicht vor, wenn sie die Nachricht abhörte:

»Chris? Ich muss dich dringend erreichen. *Haallo Mama. Mama liab.* Ruf mich doch mal zurück, und sag mir, wann genau deine Tante dir gesagt hat, dass es ein Testament gibt. Ich muss wissen, ob es mehr als zehn Jahre ... *Picco hot oan fahrn lassn?* ... Die Nachbarin sagt, ihre Asche ist noch nicht einmal ... *bewundernder Pfiff* ... Picco, gssch, schööner Käfig. Chris, da ist noch etwas, Mirko ... äh ... also, es macht ihm total viel aus, dass ihr ... *Mama liab ... Mama liab* ... Im Käfig, Picco, die Mama ist im Käfig. Halt mich jetzt nicht für verrückt, Chris, ich hab nur einen Papagei auf der Schulter. Chris, das hier schafft niemand alleine, ich bin noch nicht mal im ersten Stockwerk, weißt du, wie viel Arbeit ... *Mam...* Es reicht! Picco! Wenn du mich noch ein einziges Mal Mama nennst, dann reiß ich dir jede Feder einzeln aus, du aufgeplustertes, nutzloses, poröses ...« Beim Abhören würde spätestens an dieser Stelle Christianes Augenbraue endgültig unter den Ponyfransen verschwinden. Es war schier unvorstellbar: die patente Georgina, die bei den cholerischsten Veranstaltern und unmöglichsten Künstlern gelassen blieb, schluchzte, wenn auch unterdrückt, ihr Schluchzen wurde sofort wieder übertönt von einem besorgt fragenden *Picco hot oan fahrn lassn? Ha? Picco hot oan fahrn lassn, hosd mi?*, darauf der plötzliche Abbruch des Gesprächs. Eine halbe Stunde später, nach einem langen Papageien-Abschüttel-Tanz, einem wunderbar angerichteten Teller voller appetitlicher Bananenstücke an Schokoladebröseln mit Sonnenblumenkernen, einer Versuchung, der Picco schließlich erlag – warum hatte ich es nicht geschafft, für Mirko etwas nur halb so Ansprechendes herzurichten? –, rief ich Christiane noch einmal an. Gefasst entschuldigte ich mich, stellte alle Fragen erneut, bat um Aufklärung, Unterstützung und darum, mit Mirko zu reden, und legte auf. Um eine weitere halbe Stunde später, einen gurrenden Papagei auf der Schulter, den Tierarzt anzurufen.

»Ganz einfach, er ist verknallt.« Der Tierarzt hatte die Frechheit zu grinsen.

»Er ist ... was?« Ich starrte Quirin an, anscheinend so fassungslos, dass er loslachte. Als er mein Gesicht sah, hörte er schnell wieder damit auf, pflückte den Papagei vorsichtig von meiner Schulter. Er hatte vorsorglich einen Handschuh angezogen, nicht ohne Grund, denn Picco hackte nach ihm, weniger rücksichtsvoll als sonst.

»Mei, du blöder Hammel«, sagte Quirin, zauste Piccos Gefieder, und Floh, der mich wegen Piccos anhänglicher Anwesenheit kühler als gewöhnlich begrüßt hatte, drehte sich prompt um. Was immer man gegen Floh sagen konnte, in seiner Abneigung gegen Picco war er konsequent.

»Er betrachtet dich als sein Weibchen. Und alle anderen als Konkurrenz.«

»Aber ...«

»Ich weiß, ich weiß, jetzt kommt das, was Frauen immer sagen: Ich hab mich nicht aufreizend angezogen, ich hab nicht provoziert, das bisschen bauchfrei und die Highheels zum Minirock, also bitte, und da pfeift dieser unverschämte Kerl mir nach ... Okay, Gina, das war blöd. Entschuldige. So was kommt bei Papageien vor. Er ist verknallt und spielt jetzt den Chef. Ich nehm an, dass er auf deinen Muskelmann auch nicht gerade begeistert reagiert hat?«

»Er ist auf ihn losgegangen.«

»Aha.« Quirin biss sich auf die Lippe. Lachte er etwa? Bevor ich es feststellen konnte, drehte er sich um, trug Picco zu seinem Käfig.

»Picco, du alter Bock, nach mir musst ned hacken, ich will nix von deiner Liebsten. Schau mal, du musst einen Stock nehmen, so geht er rein.«

»Ich bin nicht seine Liebste, er nennt mich Mama.«

»Dann ist er wohl schon auf dem besten Weg vom Gspusi zu einer ernsten Beziehung.« Jetzt zuckten seine Mundwinkel, er versuchte, sich zu beherrschen.

»Am besten, wir behalten ihn ein paar Tage im Käfig. Damit er ein bissl runterkommt, der Arme. Versetz dich halt mal in seine Lage. Warst noch nie aussichtslos verknallt? Picco, du Hallodri, ich fürcht, wir müssen dir die Tür verriegeln, hast irgendwo an Stück Draht, Gina?«

Eine Hand an der Käfigtür, schaute Quirin sich im Zimmer um. Ich hatte die Weingläser weggeräumt, aber die Decke, unter der ich geschlafen hatte, lag noch auf dem Sofa, die Papstkerze, in deren Schein ich schlaflos in Zeitschriften geblättert hatte, bis der Kopf des Papstes weggeschmolzen war, stand auf dem Tisch. Daneben die Keksdose aus Steingut. Die ich gestern Abend noch auf dem Kaminsims gesehen hatte, ich erinnerte mich genau. Jetzt hatte Picco einen seiner grünweißen Flecken auf ihr hinterlassen. Ich griff nach dem Vorhängeschloss auf dem Tischchen, auf dem Piccos Spielzeug herumlag, verstreut wie immer. Aber war der Tisch nicht ein Stückchen verrückt, weg vom Kamin?

»Wann kommt er denn wieder, dein Mister Universum?«

Quirin nahm das Vorhängeschloss, bedachte mich mit einem spöttisch blitzenden Blick.

»Ich wüsste nicht, was dich das anginge.« Es war etwas unfreundlicher herausgekommen, als ich beabsichtigt hatte, aber Quirin zuckte nur mit den Schultern, brachte das Schloss am Käfig an.

»Siaggst, Picco, so geht's im Leben, du verliebst di ned in die netten Madln, sondern in die zickigen, und ruckzuck sperrn's dich ein. Aber es ist ned für lang, ich versprech's.«

»Wer hat eigentlich alles einen Schlüssel für dieses Haus?«

»Wieso?«

»Weil ich den Verdacht habe, dass außer mir noch jemand sucht.«

»Mei, Gina, das ist doch Schmarrn, wer soll denn das sein?«

»Dein Vater müsste doch sehr daran interessiert sein, dass der Strobl hier kein Hotel hinsetzt. Vor allem nach dem, was der Strobl über das Stück Ufer gesagt hat, das eigentlich zu diesem Grundstück hier …«

»Und das glaubst ihm, ja? Na, er ist ja dein Geschäftspartner.« Vor dem Käfig stehend, atmete Quirin einmal tief ein und wieder aus. Ich sah nur seinen Rücken, seine Schulterblätter unter dem engen T-Shirt. Dann dreht er sich um. »Du kommst her und hast von nix eine Ahnung, aber verdächtigst ganz gemütlich meinen Vater, sich Grund und Boden unter den Nagel gerissen zu haben, der ihm ned gehört, und ein Testament stehlen zu wollen.«

»Ich hab niemanden …«

»Bemüh dich nicht. Glaub, was du willst. Also, am besten, du nimmst dir feste Zeiten, in denen du dich hersetzt und ein bisschen mit Picco schwatzt. Grad, wenn er im Käfig sitzt, braucht er mehr Ansprache als sonst. Dreimal am Tag. Mindestens.«

»Klar, ich hab ja sonst nichts zu tun. Und über welche Themen soll ich mit ihm reden? Politik? Bücher? Königshäuser?«

Mir reichte es jetzt auch. Was bildete sich dieser arrogante Kerl in diesem albernen Tauchschul-T-Shirt eigentlich ein, mich so zurechtzuweisen?

»Euch zwei wird schon was einfallen. Von mir aus auch über Bodybuilding. Komm, Floh.«

Nachdem der Tierarzt weg war, inspizierte ich noch einmal das Erdgeschoss, schnupperte misstrauisch. Roch es vielleicht nach Zitrone, und ich hatte es in meinem Eifer, Picco loszuwerden, nicht bemerkt? Aber ich roch kein Zitronenaroma, nur Kerzenwachs, einen Hauch von verbrannten Poulardenschenkeln und einen frischen Sommerduft. Im Schlafzimmer war ein Handtuchberg umgefallen, Bügelbretter umgestürzt, die Bettdecke lag auf dem Boden. Am Morgen, als Mirko unter der Dusche stand, hatte ich einen kurzen Blick in das Schlafzimmer geworfen: Mirkos Koffer, offen, neben dem Bett, das kein bisschen zerwühlt, sondern ordentlich aussah, mit sorgfältig zurückgeschlagener Decke und kaum zerdrücktem Kissen. Das Mirko anscheinend nicht im Schlaf umarmt hatte, weil ihm etwas fehlte. Jetzt lag das Kissen mitten auf dem Bett, das Laken war zerknittert, als hätte jemand die Matratze herausgenommen und alles hastig wieder zurechtgestopft. Ich ging zurück ins große Zimmer, rief Christiane an, erzählte ihrer Mailbox von meinem Verdacht. Picco, kleinlaut und zerzaust auf seiner Stange, hörte zu, ohne dazwischenzuflöten. So, etwas bedröppelt in seinem Käfig, war er viel sympathischer.

»Brav, Piccolein. Siehst du, es geht doch. Und damit hat es jetzt auch ein Ende.« Ich nahm die Planen vom Boden und die bekleckste Keksdose vom Tisch, trug alles nach draußen, zum Sperrmüll.

10.

Zwei Tage später rief Julia mich an. »Du wirst es nicht glauben! Ich darf zu dir kommen! Süße, was sagst du jetzt?« Was bei Christiane gewirkt hatte – mein Geständnis, ich käme allein nicht zurecht, der Verdacht, jemand suche das Testament, oder meine irren Gespräche mit dem Papagei – wusste Julia auch nicht. Nach ihrer Rückkehr von der *Event Fair* hatte unsere Chefin nur verkündet, Julia solle mir helfen, so schnell wie möglich. Warum sie nicht selbst fuhr, hatte sie nicht gesagt. Christiane sei, beklagte sich Julia, überhaupt äußerst schlecht gelaunt, sie tippe auf Beziehungsprobleme. Worauf sich mein Gewissen wieder meldete.

In den letzten Tagen hatte mein iPhone mehrmals den verheißungsvollen Hupton in den Raum geschmettert, in dem ich gerade unter Hexenschuss-Schmerzen gegen plötzlich einstürzende und alles unter sich begrabende Regalbretter oder verliebte Papageien kämpfte, und jedes Mal war ich mit klopfendem Herzen auf das Telefon zugestürzt. Zweimal fragte mich Mirko, ob ich schon mit Christiane geredet hätte, er denke an mich, und es sei doch ein lustiger Abend gewesen. Die anderen SMS waren von Ralli. Ob ich mit ihm den Göttern der Liebe und des Begehrens dienen wolle, eine Frage, die ich mit einem eindeutigen: *lass mich in ruhe* beantwortete, was ihn anscheinend so aufstachelte, dass er mir mitten in der Nacht ein längeres Gedicht schickte, irgendetwas über eine Schäferstunde auf dem Land, ich las es nur flüchtig. Als ich Julia am Telefon davon erzählte, beruhigte sie mich.

»Wieso schlechtes Gewissen? Chris ist doch selbst schuld, wenn sie mit ihrem Freund solche Abmachungen trifft. Wie war das noch, was du erzählt hast: Nur wer frei ist, kann auch fliegen?

Vielleicht ist er jetzt davongeflogen. Süße, ich freu mich so auf dich!«

Ich freute mich auch. Und wie ich mich freute. Seite an Seite würden wir in den Planquadraten arbeiten, mindestens doppelt so schnell vorankommen, beflügelt von unseren Gesprächen. Abends würde ich ihr bei einer kalorienreduzierten Pizza und Aperol Spritz meine Hoffnungen, Wünsche und Ängste wegen Mirko anvertrauen – gut, ich hatte es auch schon am Telefon getan, aber das war nicht dasselbe –, und sie würde mich trösten, mich dann kichernd bitten, ihr noch einmal von meinem Kochexperiment zu erzählen, und alles wäre nur noch halb so schlimm. Vor mich hin pfeifend sichtete ich eine beachtliche Sammlung von Nachttöpfen in allen Größen und Farben, mit oder ohne Deckel, mal mit Rosenmuster, mal cremeweiß, dazu Urinflaschen aus Kunststoff oder Glas, mit hochgerecktem oder abgeflachtem Hals, mit oder ohne Griff, Pfropfen oder Plastikverschluss. Ich packte alles in Kisten, klebte die Kisten zu, falls die alte Burgl noch einmal vorhatte, dem anwachsenden Sperrmüllberg einen Besuch abzustatten. Stundenlang trug ich im Balkonzimmer Stapel von Beistelltischchen und Schränkchen ab, rückte verstaubte Sessel in den Flur. Mit Franzis schnaufender Hilfe schleppte ich alles die Treppe hinunter. Was denn jetzt mit dem Bräd Pitt sei, wollte sie wissen, sie habe gehört, ich hätte eine geschwollene Nase gehabt. Und ob Burgl wirklich die Kondome vor dem Haus verstreut habe? In ihrer Frage schwang unüberhörbar ein »Wirklich alle Kondome, oder ham ned doch oans oder zwoa gefehlt? Es geht mi ja nix an, aber …« mit, und ich war froh, dass ein sich überraschend entleerender Müllsack allen Fragen ein Ende machte. Bestimmt zweitausend Korken prasselten und hüpften um uns herum, immer treppab, begleitet von Piccos begeisterten Schreien und Pfiffen. Vermutlich bedeutete es einen Fortschritt, dass Picco nun auch Franzi nachpfiff, vielleicht lag es auch an ihrem Outfit: Posthörnchen-Leggins, Pantoletten und ein Shirt, auf dem sich zwei gewaltige Weißbiergläser in die Breite zogen, die Schaumkronen passgenau auf Franzis Vorbau platziert.

Darüber stand: *Duttln und Bia, des rat i dia.* Ich belohnte Picco mit frischen Erdbeeren dafür, dass er bereit war, seinen Horizont zu erweitern, und während er sie in aller Manierlichkeit verzehrte, bestaunte Franzi das Mobiliar im und vor dem Haus.

»Am Zwoarazwanzigstn schauma ma, gä?«, sagte sie, bevor sie ging. Was sie damit meinte, wusste ich nicht, aber am nächsten Tag, als ich zum Bahnhof aufbrach, um Julia abzuholen, sah ich die golden eingerahmte Zahl Zweiundzwanzig auf dem Kalender neben der Haustür. Ich hatte diesen Kalender, vermutlich von Mirl selbst dort hingehängt, von mir in mühsamer Kleinarbeit freigelegt, nie besonders beachtet, das umkränzte Datum nicht bemerkt. Hätte Mirl an diesem Tag Geburtstag gehabt? Und plante das Dorf etwa eine posthume Feier, womöglich eine Überraschung? Ich nahm mir vor, Therese bei Gelegenheit danach zu fragen, und stieg in den Bus.

Bruce hatte immer noch ein Problem damit, zuzugeben, dass er nicht zwischen Parkplatz und See unterscheiden konnte. Er schwieg die ganze Strecke über, egal, wie oft ich säuselte, er möge es mir doch bitte nicht übelnehmen, dass ich mich seinen herrischen Befehlen, zu wenden, widersetzt hatte und mich, verdammt noch mal, an dieser neuen Straßensperre vorbei zur Schnellstraße leiten. Als wir endlich vor dem Bahnhofsgebäude parkten, waren wir beide erschöpft, und der Regionalzug stand bereits auf dem Gleis. Ich erkannte Julia schon von weitem im Pulk der Ankommenden an dem leuchtend grünen Tuch, das sie sich um den Kopf geschlungen hatte, rannte auf sie zu, sah, wie sie winkte, schon fiel ich ihr um den Hals, gerührt, den Tränen nahe, wie ein Forscher, der in einem fremden Land die Ankommenden eines Schiffes aus der Heimat begrüßt. Sie erwiderte meine Umarmung. Um sich gleich darauf daraus zu lösen.

»Ich hoffe, es ist okay, dass Pragit mitgekommen ist.«

»Es ist ... was? Wer?«

Einen Moment weigerte sich mein Gehirn, den Anblick des Karöttchens unter der Kategorie »bekannte Gesichter« einzuordnen. Das Karöttchen trug einen Rucksack mit eingerolltem Schlafsack und lächelte unter seinem Tim-Mälzer-Kinnbärtchen, das eher nach vergessener Rasur als nach einem ernst zu nehmenden Bart aussah. Neben seinem Ohr baumelte ein dünnes, geflochtenes Zöpfchen herunter, ansonsten waren seine Haare kurz, so kurz, dass die leicht abstehenden Ohren freilagen, dezent gepiercte, dünnwandige Ohren. Ich atmete ein, tief in mein Sonnengeflecht, wie ich es in einem lange zurückliegenden Yoga-Kurs gelernt hatte, und zählte langsam bis zehn.

»Chris hat nichts dagegen, dass er uns hilft, und er hört sowieso im Meatless Meeting auf. Stell dir vor, sie wollen dort jetzt Fischgerichte anbieten.«

»Nicht nur das, sie denken sogar über Hühnchen nach«, sagte das Karöttchen, und beide schüttelten sich in gemeinsamem Abscheu.

»Hühnchen, tatsächlich? Wie grauenhaft.« Ich wusste, dass Ironie an Julia verschwendet war, sie hatte neben ihrer Vorliebe für Thai-Hühnchen auch weite Teile ihres Humors verloren, seit sie mit dem Karöttchen zusammen war.

»Ja, schlimm«, sagte sie. Und lächelte. »Mensch, du siehst toll aus mit dieser Kappe. Siehst du, so hat der Haarschnitt doch noch sein Gutes.« Damit nahm sie die Hand ihres Liebsten, und gemeinsam schlenderten wir auf den Ausgang zu. Um die aufsteigenden Tränen der Wut und Enttäuschung zu verbergen, blickte ich nach unten, auf die bestrumpften Füße des Karöttchens in lederfreien Gesundheitsschlappen mit Korksohle. Ich fühlte mich wie der einzig übrig gebliebene Singlestrumpf nach einer großen Wäsche.

Die nächsten Tage waren anstrengend. In Köln hatte ich Julia und das Karöttchen nie so lange zusammen erleben müssen. Ich besuchte Julia möglichst nicht, wenn ich wusste, dass das Karöttchen bei ihr war, und hatte auf mindestens einem karöttchenfreien gemeinsamen Abend pro Woche bestanden. Die wenigen Wochenenden, die wir zu dritt verbracht hatten, gehörten nicht zu meinen schönsten Erinnerungen. Als wir das Aura-Sehen geübt hatten, war ich schon ziemlich weit in der Planung eines Mordes gewesen.

Das Karöttchen konnte, vermutlich dank seiner Ernährung, die Aura anderer Menschen sehen, und Julia hatte es unbedingt auch lernen wollen. Mit mir als Studienobjekt. Man solle, so die Regeln irgendwelcher Auraseher-Gurus, an einem Menschen üben, den man gut kannte. Also harrte ich ein Wochenende lang vor der weißen Wand in Julias Wohnung aus, während das Karöttchen ihr immer wieder erklärte, dass sie mich ansehen, aber gleichzeitig an mir vorbeischauen müsse, bis die Aura aufscheine. Kurz bevor ich alle erdenklichen bombensicheren Alibis des geplanten Karöttchen-Mordes in Gedanken durchgespielt hatte, war es passiert: Julia hatte mit zitternder Stimme verkündet, meine Aura sei Rot-Orange. Und das Karöttchen hatte genickt und wissend gelächelt.

Rot-Orange. Oha.

Zwar war ich überzeugt, dass jeder Augenarzt sofort erklären könnte, warum alles, was man stundenlang anstarrte, einen rotorangen Schimmer bekam, trotzdem hatte ich später heimlich nachgelesen, was eine Aura war: eine Art sichtbarer Ausdruck des Astralleibs, der unseren Körper wie eine unsichtbare Hülle umgab. Und eine Aura in Rot-Orange wies darauf hin, dass ihr Besitzer bodenständig, praktisch, aber im untersten Chakra befangen war. Ich hatte darauf verzichtet, nachzuschlagen, was das unterste Chakra bedeutete. Jetzt, da es keine karöttchenfreien Abende mehr gab, noch nicht einmal karöttchenfreie Stunden, fühlte ich, wie meine orangerote Aura immer wütender zu glühen begann. Julia und das Karöttchen beteiligten sich an der staubigen Ausgrabungsarbeit innerhalb der Planquadrate nur sporadisch, gingen lieber am See spazieren, fanden die Natur unglaublich idyllisch und verliebten sich in jeden Grashalm. Die Umstände unserer ersten Besichtigungstouren waren, im Vergleich zu dem Spaziergang mit Mirko, traumhaft. Keine Gülle, keine Mücken, ein friedlicher See mit Surfern. Es tat der Schönheit des Sees keinen Abbruch, dass diese Surfer Sachsen waren und dass Üwe im Neoprenanzug auf einem Surfbrett ein Fest für jeden Scherenschnittkünstler gewesen wäre. Quirin mit seiner Angeberschwimmbrille rauschte allen voran und protzte mit dem funkelnden See um die Wette. Auch die Kühe, diesmal ohne kuschelnde Menschen, rülpsten in aller Idylle ihre klimakillenden Gase in die Atmosphäre, vor der Kneipe am Feuerwehrhaus kehrte Anderl, grüßte uns mit einem grunzenden Urlaut, bestaunte kurz das baumelnde Zöpfchen des Karöttchens, scannte Julia und mich in einem Aufwasch und widmete sich geruhsam und an diesem Tag sogar vor sich hin summend wieder seiner Tätigkeit. Franzi saß an ihrer Kasse und beriet das Karöttchen liebenswürdig.

»A Sojawurst? Nimm lieber a Weißwurscht. Ach … gar koa Fleisch? Auch koa Wurscht? Noch ned amoi a Hendl?« Darauf überlegte sie eine Weile. Sie hatte wieder ihr Shirt mit den Biergläsern an, und das Karöttchen starrte auf die Schaumkronen. Vielleicht auch nur auf die Aura der Schaumkronen. Die Franzi ihm lächelnd und siegesgewiss entgegenreckte. Wie es aussah, war sie zu einem Ergebnis gekommen: »Aber an Fisch isst scho, gä?«

Draußen waren sich Julia und das Karöttchen sofort einig, dass Franzi wie so viele zwar ein Opfer ihrer grauenvollen Ernährung, aber trotzdem eine reizende Person sei. Übrigens mit einer grünen Aura, wie das Karöttchen erstaunt anfügte. Vollkommen ungewöhnlich bei Menschen, die Totes aßen. Ich verkniff mir die Frage, ob er sicher sei, dass ihre Aura nicht doch weißblau sei, und schwor mir grimmig, meine Männer-Excel-Tabelle nicht seinetwegen um die Kategorie Auraseher zu erweitern.

Außer mir schienen alle das Karöttchen zu mögen. Therese gab ihm und Julia bereitwillig ihr Rezept für ihren Apfeldatschi und lud sie zum Kuhkuscheln ein. Selbst Picco gab sich Mühe. Bei der Ankunft hatte er sich mit einem Pfiff und einem barsch vorgetragenen »Zieh d' Latschn aus, wannsd reinkimmst« begnügt, was, wie ich inzwischen wusste, der freundliche Gruß war. Für Konkurrenten, die er ernster nahm, hatte er ein »Schau dass d' Land gwinnst, Hundskrüppe, gschtinkata« und Schlimmeres reserviert.

Warum das arme Tier im Käfig eingeschlossen sei? Natürlich musste das Karöttchen solch eine Frage stellen. In anklagendem Ton. Und natürlich nahm Picco sofort seinen Vorteil wahr, pfiff melodisch, legte den Kopf schief, eine Kralle von der Stange gehoben, die Parodie eines armen, dressierten Zirkusvogels. Es sei der Tierarzt gewesen, erklärte ich, der ihm Isolation verordnet habe, wegen einer unglücklichen romantischen Raserei. Was das Karöttchen mit einem ungläubigen Blick und der Bemerkung, einen Papagei allein zu halten sei sowieso Tierquälerei, aufnahm. Am nächsten Tag erwischte ich das Karöttchen dabei, wie es zwischen dem Spielzeug im Wohnzimmer etwas suchte. Ob der Tierarzt denn ausdrücklich ein Vorhängeschloss verordnet habe? Nach dem kleinen Schlüssel in meiner Hosentasche tastend, bejahte ich. Immerhin war es keine wirkliche Lüge, Quirin hatte nach einem Stück Draht verlangt. Darauf weiteten sich die Augen des Karöttchens, schöne braune Augen, fast hatten sie auch etwas von einem Tier. Er habe immer gewusst, dass Tierärzte Barbaren seien, besonders auf dem Land. Was ich nur bestätigen konnte. Unsensibel, besserwisserisch und arrogant.

Von diesem Gespräch an verbrachte das Karöttchen viel Zeit in angeregter Unterhaltung mit dem armen Gefangenen. Er reichte ihm frisches Bio-Obst durch die Stäbe, wofür sich Picco mit einem sanften »Halt die Goschn!« bedankte, nach der zweiten Fütterung von Kiwi an einem Dreierlei von frisch gepflückten Waldbeeren sogar, ohne zu hacken. Dafür hackte er nach mir, als ich heimlich seinen Käfig aufschloss und seinen Wassernapf auffüllte, spät abends, während Julia und das Karöttchen längst im Balkonzimmer etwas übten, das sich nach dem *Eber, der im Unterholz nach einer Perle stöbert* oder Schlimmerem anhörte und Julia dazu veranlasste, unablässig jenen Satz zu wiederholen, den sie am hellen Tag auch immer wieder zum Karöttchen sagte, nur mit anderer Betonung: »Du bist so gut. Du bist sooo guuut!« Worauf das anscheinend äußerst beschäftigte Karöttchen wenig zu entgegnen hatte.

Es war lächerlich, eifersüchtig zu sein. Nicht auf das allabendliche Kamasutra aus dem Balkonzimmer. Und schon gar nicht darauf, dass Picco bald das Karöttchen angurrte und ihm mit schräg gelegtem Kopf die intimsten Dinge anvertraute: »Picco, die Rute, siehst du die Rute?«

»Woher hat er das?«

»Keine Ahnung.«

»Aber er klingt wie du, Gina.«

»Unsinn, er klingt wie meine M… Das bildest du dir nur ein.«

Damit begab ich mich zurück in den ersten Stock, um mich im Eckzimmer in Planquadrat C1, Abschnitt 3b4, Kiste, oberstes Achtel, einer beachtlichen Sammlung aneinanderklebender Kotztüten fernöstlicher Fluggesellschaften zu widmen. Während Julia und das Karöttchen sich seelenruhig zu ihrem nächsten idyllischen Spaziergang aufmachten, Cappuccino, Kuhkuscheln und Apfeldatschi inbegriffen.

»Jetzt noch amoi langsam, Anderl.« Therese stemmte die Arme in die Hüften. »Du laufst nach vorne, bleibst einen Moment stehen und schaust a bissl nett ins Publikum. Dann drehst dich um und laufst zruck, was ist daran so schwer?«

Wir standen im Lodenmodenladen. Therese, Julia und das Karöttchen hatten Paravents zum Umkleiden aufgestellt und auf dem Boden einen Laufsteg eingezeichnet. An dessen erster Kreidelinie Anderl verharrte, in Kniebundhosen aus Leder und einem karierten Trachtenhemd.

»Also, worauf wartest noch? Oans, zwoa, drei, los!«

Bestimmt drei Sekunden tat sich gar nichts, dann latschte Anderl nach vorne, stand mit hängenden Armen an der vorderen Linie des Laufstegs, schaute wild um sich.

»Musik wär vielleicht eine gute Idee«, sagte Julia, und Anderl fuhr herum, artikulierte einen Satz, aus dem ich das Wort »Ballettschwuchtl« herauszuhören meinte. Ich sah Quirin neben mir fragend an, doch er winkte nur ab.

»Du sollst kein Ballett tanzen, des is a Modenschau, und a Dressman is was ganz Normales, kreizkruzifixnoamoi!«

Therese raufte sich die Haare. »Jetzt ihr, Kathi und Pragit! Oans, zwoa, drei!« Aber nur das Karöttchen machte einen vorsichtigen Schritt über die Linie, das Mädchen aus der Nail-Art-Metzgerei rührte sich nicht von der Stelle, wiegte sich zu ihrem eigenen Beat aus ihren Ohrstöpseln, vollends ausgelastet damit, eine riesige Kaugummiblase zu produzieren.

Es war Julias Schuld, dass wir hier standen und nicht unseren Aufgaben in Planquadrat C2 Eckzimmer, erster Stock nachkamen. Schon bei unserem ersten gemeinsamen Besuch im Laden hatte sie Therese ausgefragt, nach Lieferanten, Stoffqualität, Modellen, und später hatte Therese ihr und dem Karöttchen anvertraut, dass sie eine Modenschau plane. Wegen der unerbittlichen Konkurrenz. Die aus niemand anderem als Özcan Breithuber bestand. Seit er neben seinem Döner 24 und seiner Haxn-

Hotline auch eine private Schneiderei betrieb, waren ihr viele Stammkunden weggelaufen. Sogar Touristen interessierten sich schon für seine Kreationen. Dass Franzi als amtierende Bierkönigin sich nicht von ihr einkleiden lassen wollte, machte alles noch schlimmer. Seit der Negligéparty, bei der auch Özcans Modelle getragen wurden, plante sie ihre Modenschau, hatte Anderl, Kathi vom Frisiersalon, Nat Wildmoser, Quirin und Susn gewonnen. Und jetzt war Susn weggelaufen, die nicht nur bedienen, sondern auch besser kochen konnte als Therese. Dabei noch die Kühe. Julia war strahlend von ihrem Besuch bei Therese zurückgekommen und hatte mir begeistert eröffnet, dass alles geregelt sei: Das Karöttchen würde die Küche im Café übernehmen, während sie Therese bei der Inszenierung der Modenschau hilfreich zur Seite stehen wollte.

»Und du läufst natürlich mit, Therese meint, du hast die absolut angesagte Dirndlfigur!« Auf meinen vorsichtigen Einwand, ich hätte noch ungefähr achtzigtausend Planquadrate abzusuchen, übrigens mit ihrer Hilfe, hatte sie mich nur verständnislos angesehen: »Aber Gina, das ist ein Notfall.«

Vor mir eierte Kathi über den Steg, hinter dem Karöttchen her, das sich freiwillig als Model zur Verfügung gestellt hatte, allerdings als Veganer nicht für Lederhosen, und ich rückte den Schleier zurecht, den Julia und Therese mir gemeinsam verpasst hatten. Zu einem weißen Seidendirndl. Einen Brautschleier. Natürlich war auch hier meine Gegenwehr vergebens gewesen. Susn hätte es tragen sollen, es war das Prachtstück der Modenschau. Die Schau stand und fiel mit dem Hochzeitsdirndl, und das Ganze war *dringend*, ein *Notfall*, und jemand musste unbedingt *einspringen.*

»Auf geht's, Quirin und Gina, ned so steif, vergessts ned, ihr seids a Hochzeitspaar, ned zwei Ölgötzn! Ihr müssts im Gleichschritt laufen, links, links, links! Und jetzt drehts euch!« Therese hatte mir hochhackige Sandalen verpasst, die wohl auch dieser

Susn gehörten, sie waren mir zu weit, hatten eine Ledersohle, und als ich schwungvoll Thereses Befehl befolgte, geriet ich auf dem glatten Boden ins Schlittern.

»Nanu, Frau Zuhlau!« Beide Arme um mich gelegt, stabilisierte mich Quirin im letzten Moment.

»Entschuldigung.« Ich ärgerte mich, dass ich mich haltsuchend an seine Schultern geklammert hatte, machte mich los. »Es geht schon wieder, es sind nur die verdammten ...«

»Drecksglump, dreckertes! Therese, die Hosn ist nie und nimmer Größe L, und wenns zehnmal draufsteht!«

»Ich helf dir!« Aus dem Augenwinkel sah ich, wie Julia, ein Päckchen Sicherheitsnadeln in der Hand, in Richtung des Paravents entschwebte, hinter dem Nat Wildmoser seit geraumer Zeit eine Hose anprobierte.

»Gehen wir, Frau Zuhlau?« Quirin legte, völlig unnötig, seinen Arm um meine Taille, und zurück flanierten wir im Gleichschritt, links, links, links, Hüfte an Hüfte.

»Was macht übrigens der werte Geliebte?«, fragte Quirin. »Hält er sich tapfer im Käfig? Ich muss wohl demnächst mal nach ihm ...«

»Ach, Sie sind der Tierarzt?« Das Karöttchen hatte sich vor uns aufgebaut. Es ertrank fast in viel zu weiten Seppelhosen aus Loden und warf einen angeekelten Blick auf Quirins Hirschlederhose.

»Ihr sollts ned ratschn!«, rief Therese dazwischen, aber das Karöttchen achtete nicht auf sie.

»Was bilden Sie sich eigentlich ein? Wie können Sie einfach ein Vorhängeschloss an einem Käfig ...«

»Kreizteifikruzifixhalleluja, mi leckst am Oarsch!« Nat Wildmosers Schmerzensschrei ließ uns herumfahren, und Therese marschierte beherzt auf das Paravent zu, riss den Eingang auf, enthüllte ein Bild, das uns alle für einen Moment sprachlos machte. Nat Wildmoser stand breitbeinig in knallengen Lacklederhosen, mit rotem Kopf und mühsam eingezogenem Bauch. Vor ihm kniete Julia.

»Es hat keinen Sinn, du brauchst XXL.« Sie zog die Sicherheitsnadeln heraus, die die Hose zusammenhielten, und Nat Wildmoser atmete aus.

»Was hast denn für ein Problem mit dem Vorhängeschloss?«, wandte sich Quirin an das Karöttchen, aber das Karöttchen hörte nicht zu, stand starr und bleich, sah mit aufgerissenen Augen zu, wie Nat Wildmoser seinen Massen freien Lauf ließ und Fleischberge über prall gespanntes Leder quollen.

»Äh, ich zieh mich mal um. Ich hab noch zu tun.« Bei weiteren Gesprächen über Vorhängeschlösser wollte ich nicht unbedingt anwesend sein und verzog mich in die Küche, um endlich das Brautkleid loszuwerden. Aber sie redeten nicht über Vorhängeschlösser. Durch die angelehnte Tür hörte ich Therese lamentieren, so werde es nie etwas mit der Modenschau, hörte, wie Julia beruhigend auf sie einredete: »Das wird schon. Zuerst brauchen wir ein gescheites Motto. Schatz, was hast du, ist dir nicht gut?«

»Was für a Motto?«

Ich zog den Brautschleier vom Kopf.

»Alle Modenschauen haben ein Motto. ›Die Farben des Sommers‹ zum Beispiel«, erklärte Julia »Oder ›Cool und chillig‹. Für uns vielleicht eher etwas wie ›Trachtenträume‹. Oder wie wär's mit ›Trendige Trachten‹? Aber dafür bräuchten wir was Frecheres, Mädels in Lederhotpants. Vielleicht auch Jungs im Dirndl.«

»Ich finde nicht, dass man überhaupt Leder braucht, Leder ist barbarisch.«

»Ja, Schatz, du hast natürlich recht. Wir sollten mit anderen Materialien experimentieren, wir sollten …«

»Madln in Lederhotpants? Loss i mir scho gefolln – aber a Mannsbild im Dirndl?« Anderls Stimme, empört, dann Julia: »Was hat er gesagt?«

»Er hat gesagt, er zieht es vor, kein Dirndl zu tragen«, sagte

Quirin. »Und wenn's recht ist, geh ich jetzt auch, ich hab noch an Kurs.«

Seine Schritte, die zufallende Tür, dann Thereses Seufzen.

»Du wirst deine Show haben, Therese.« Julias Stimme, engelhaft wie gewohnt, dabei entschlossen. »Ich werde mir etwas einfallen lassen, ich versprech's.«

Nein, ich würde mich nicht ärgern. Es war albern und unter meiner Würde, mich zu ärgern. Darüber, dass Picco das Karöttchen angurrte, sogar neue Wörter von ihm lernte und nicht mehr seinen Bauarbeiterpfiff ausstieß, wenn ich vorbeiging. Nach der Modenschau-Probe, als Julia und Karöttchen einkaufen gefahren waren, hatte ich einen unwürdigen Versuch gestartet, war einige Male an Piccos Käfig vorbeistolziert, hatte mich sogar dabei erwischt, wie ich mich um besonders gezierte Schritte bemühte. Worauf Picco sich noch ein wenig mehr aufplusterte und den Kopf wegdrehte. Für das, was ich dann getan hatte, schämte ich mich immer noch. Es war kindisch, einen Schlüssel vor einem Papageienkäfig zu schwenken. Und noch kindischer war es, dem Papagei dabei die Zunge herauszustrecken. Was Picco auch zu finden schien.

Jetzt gurrte Picco wieder. Vor seinem Käfig, im Schaukelstuhl, kuschelten Julia und das Karöttchen, schmiedeten Pläne. Bei offener Tür, damit ich es, alleine schuftend in Planquadrat C2, Abschnitt 1.1, auch ja mitbekam.

»Was meinst du, vielleicht doch ein gewagteres Motto, wie ›Lodernde Loden‹?«

»Was hältst du von vegetarischem Thai-Huhn in Kokossauce? Oder von Fettuccine mit gebratenen Früchten?«

»Halt die Goschn.«

»Also nicht. Picco, was ist mit indischem Gemüse mit Couscous?«

»Kusskuss. Mama liab. Picco liab. Kusskuss.«

»Hör mal, Engel, er hat Couscous gesagt.«

»Wie süüüß!«

»Dabei ist er so unglücklich in seinem Käfig. Lange schau ich mir das nicht mehr an!«

»Ach, Schatz, du bist so gut!«

Irgendwer im Universum musste etwas gegen mich haben. Planquadrat C2 war voller Papier, Staub und kleinen, schwarzen Körnchen, über die ich lieber nicht genauer nachdachte. Der Staub löste Dauerniesanfälle bei mir aus. Mirkos SMS wurden immer spärlicher und unpersönlicher. Selbst Picco hatte das Interesse an mir verloren. Niesend blätterte ich mich durch das zwanzigste Album mit eingeklebten Blumen, setzte meine Ohrstöpsel ein gegen das fröhliche Geplauder der glücklichen Familie mit Papagei unter mir. Die Zeiten, in denen ich ein Zimmer pro Tag geplant hatte, waren ferne, verklärte Vergangenheit. Außer Blumenalben und tonnenweise verstaubtem Geschenkpapier stapelten sich im Eckzimmer des ersten Stocks Reiseprospekte und Kataloge, Stöße von vergilbtem Schreibmaschinenpapier und unbenutzten Durchschlägen. Ich rammte meine Ohrstöpsel tiefer ins Ohr, drehte den Sprecher der Gänsehaut-Reihe lauter und schlug das nächste Blumenalbum auf. Gleich das erste Bild war eine Margerite. Entnervt blätterte ich um, während der lispelnde Sprecher sich in immer detaillierteren Beschreibungen dessen erging, was die verfolgten Liebenden in der Hütte auf der Klippe taten und welch erssschütternde Leidenschaft sie dabei erlebten. Eine Leidenschaft, die ich noch nicht einmal ansatzweise kannte.

Wenn ich die Jahre und die Männer Revue passieren ließ, fielen mir entweder langweilige, peinliche oder katastrophale Ereignisse ein. Vielleicht wurden manche Menschen so geboren, mit Rezeptoren, an denen das Peinliche andocken konnte. Vielleicht sollte ich mich Forschern als Versuchsobjekt zur Verfügung stellen. In meinem Bett bekamen Männer Wadenkrämpfe, verloren nicht nur die Beherrschung, sondern auch Kondome, kostbare Ohrringe und Zahnkronen. Die erste Nacht mit Prinz Muffel hatte beim Notzahnarzt geendet. Was im Vergleich zu den nächsten zwei Jahren noch das Spannendste war, was wir miteinander beim Sex erlebten. Mein einziger Versuch eines Seitensprungs hatte im Anschluss an ein Unifest stattgefunden. Wir hatten uns in Trance getanzt, der junge, begehrte Gastdozent für Verfassungsrecht und ich, und ich spürte die neidischen Blicke meiner Kommilitoninnen, als er mich an sich zog, dabei war die Musik kein Blues, eher ein Oldie, mit aufreibendem Rhythmus und noch aufreibenderem Text: »Urgent, so urgent«, raspelte ein heiserer Sänger, und wie auf Befehl taumelten wir weg von der Tanzfläche, weg von dem Fest, *urgent, so urgent* war es, er konnte gar nicht schnell genug ein Taxi heranwinken, immer noch hämmerte der unerbittliche Rhythmus des Liedes in meinem und bestimmt auch in seinem Kopf, wie im Rausch taumelten wir aus dem Taxi, durch ein Treppenhaus in eine dunkle Wohnung. Überall standen Glaskästen, auf jeder freien Fläche, jedem Regalbrett. Er machte kein Licht, nur die Strahler über den Glaskästen leuchteten.

»Sie sind Nachttiere, wie wir«, flüsterte er, seine Hände nestelten schon am Verschluss meines BHs. Wir standen vor einem dieser Glaskästen, aber ich sah keine Tiere, nur Bambusstöcke und Pflanzen in einem beinahe unheimlichen, grünlichen Licht.

»Es sind Zwerggeckos. Blaue Zwerggeckos. Wenn sie sich paaren, trillern sie. So: Trrrrriiiii, trrrriii, triiii.« Schon war es weniger *urgent,* zumindest bei mir. Während es bei ihm gerade umgekehrt zu sein schien. Auf seinen Boxershorts tummelten sich kleine Croissants, dazu, ich sah es im Licht der Strahler, wurde in mehreren Sprachen ein guter Morgen gewünscht. Gerade, als ich überlegte, wie ich am besten aus dieser Situation herauskäme, trillerte es tatsächlich, aus mehreren Kästen gleichzeitig: triii triii triii! Dazu Schnalzlaute. Die mein Dozent verzückt erwiderte.

Davon anscheinend endgültig in Fahrt gebracht, warf er mich auf ein Bettsofa, sprang ungestüm über mich, während es um uns herum schnalzte und trillerte, anscheinend schien es bei den Geckos genauso *urgent* zu sein wie bei uns, vielmehr bei ihm, noch in Shorts arbeitete er sich an mir ab, schnaufend und so ungestüm, dass das Bettsofa ins Quietschen und Wackeln geriet, während ich darüber nachdachte, dass ich bisher gut gelebt hatte, ohne zu wissen, ob Zwerggeckos bei der Paarung trillerten, schnalzten oder *God save the Queen* sangen.

Wie es passiert war, konnte ich nachher nicht mehr rekonstruieren: Vielleicht war sein Tritt gegen das wacklige Regal hinter dem Sofa zu heftig, vielleicht waren die trillernden Zwerggeckos im Glaskasten auch selbst schuld. Ich sah das, was uns entgegensegelte, wie in Zeitlupe, bevor es über uns kam: ein dürrer Baumstamm, Korkstücke und etwas, das blitzschnell davonhuschte, zwischen den Ritzen des Sofas verschwand. Plötzlich war es *urgent,* an die frische Luft zu kommen, jedenfalls für mich.

Ich hatte ihm die Suche nach seinen kostbaren Zwerggeckos überlassen, und die Note meiner nächsten Klausur in Verfassungsrecht gab den Ausschlag, mein Studium abzubrechen und meine intellektuellen und praktischen Fähigkeiten ausschließlich der *Lachschmiede* zu widmen.

Ich blätterte die Seite im Blumenalbum um, starrte auf gepresste Rosenblätter, ohne etwas wahrzunehmen. Vielleicht war Mirko einfach zartfühlend, wollte uns all diese Peinlichkeiten ersparen? Eigentlich hatte ich allen Grund, ihm dankbar zu sein. Wenn man es so betrachtete … Ich legte das Blumenbuch beiseite, stürmte die Treppe hinunter, um Julia von meiner neuen Erkenntnis zu berichten. Egal, ob das Karöttchen zuhörte.

Sanft hin- und herschaukelnd, den Kopf an die schmächtige Karöttchenbrust geschmiegt, lauschte Julia geduldig, als ich ihr zum ungefähr zehnten Mal von der Margerite, dem gescheiterten Kussversuch und Mirkos romantischem Wangenkuss erzählte.

Ob sie nicht auch meine, dass unsere Liebe vielleicht eine Art spirituelle Liebe sei?

»Süße, du kannst den Sex erst transzendieren, wenn du ihn hattest, verstehst du.« In ihrem Lächeln lag eine Spur Mitleid.

»Gerade Leute mit einer orangeroten Aura sollten nicht versuchen, die Ebene ihres Wurzelchakras zu überspringen«, steuerte das Karöttchen bei. »Sex ist eine wichtige Stufe auf dem Weg zum Nirwana.«

Ich wusste zwar nicht, was Wurzelchakra bedeutete, aber ich hatte immerhin gelernt, dass das Nirwana die höchste Stufe der spirituellen Erleuchtung war und nicht, wie es sich anhörte, ein öder Ort in Lappland. Julia richtete sich auf und sah mich ernst an.

»Süße, warum fragst du ihn nicht einfach mal ganz direkt, was er eigentlich von dir will?«

»Und was hab ich davon?«

»Die Wahrheit. Pragit hat mir ganz zu Anfang ehrlich gesagt, dass er mit mir das unterste Chakra erforschen will.«

»Aber dann ist die Kundalini aufgestiegen, und auch das Herzchakra hat sich geöffnet«, ergänzte das Karöttchen träumerisch.

»Kundalini? Sind das die Nudeln, die du morgen kochst?«

»Ach, Gina, mach's doch einfach.« Julia lächelte, schmiegte sich wieder an das Karöttchen. Und Picco ließ es sich nicht nehmen, auch noch seinen Senf dazuzugeben:

»Picco liab. Siehst du die Rute, Picco? Du bist so guuut!«

Ich drehte mich um, ging zurück zu Planquadrat C2, setzte die Ohrstöpsel wieder ein. Was oder wer immer mich quälte, er hatte noch nicht genug. Ich hatte den Sprecher nicht abgeschaltet, er war schon bei der nächsten leidensschaftlichen Begegnung, unterbrochen durch Schießereien, und zur Untermalung der immer wieder aufgeschobenen Eksstase wurde im Hintergrund reißerische Musik eingeblendet: Die ersten Takte von: »It's urgent«.

11.

»Das kann doch gar nicht sein, Gina. Ich meine, ihr seid zu dritt!«

»Du hast keine Ahnung, wie es hier …«

»Jetzt komm mir nicht immer damit! Ich weiß, dass meine Tante nicht die ordentlichste Person auf Erden war, aber das bisschen Aufräumen müsstet ihr doch längst geschafft haben.«

»Therese sagt, du hast deine Tante nie besucht.«

»Gina! Hättest du die Güte, mir zu sagen, was diese Therese das angeht?«

Aber Christiane ließ mir keine Zeit, es auch nur zu versuchen, und während sie sich aufregte, über diese Therese und unsere Arbeitsmoral, beobachtete ich Piccos Flug von der Küche durch den halbwegs aufgeräumten Flur ins große Zimmer und zurück. Am Morgen, als ich das aufgesägte Schloss gefunden hatte, war ich versucht gewesen, dem stolzen Karöttchen und Retter aller Papageien den Schlüssel zu präsentieren, hatte es aber mit Rücksicht auf den häuslichen Frieden unterlassen. Seitdem lagen die Planen wieder herum, denn sogar der große Vogelfreund hatte nach dem ersten grünweißen Klacks in seinem Müsli eingesehen, dass ein Papagei nicht stubenrein wurde.

Während ich ein Planquadrat nach dem anderen abhakte, während Julia zeichnete, schneiderte und bastelte und das Karöttchen vegetarische Kochbücher studierte, flog Picco fröhlich herum, landete mal auf der einen, mal auf der anderen Schulter, bevorzugt, wie mir auffiel, auf der Schulter des Karöttchens. Das ihn ständig fütterte. Obwohl ich ihn schon darauf hingewiesen hatte, der Tierarzt sei dagegen. Doch bei der bloßen Erwähnung von Quirin bekam das Karöttchen rote Ohren und gab Picco die nächste Erdbeere.

Christiane hatte sich etwas beruhigt, und ich versuchte vorsichtig, ihr klarzumachen, dass der Sperrmüllberg vor dem Haus immer weiter zunahm, proportional zur Spaziergängerdichte auf Kiesweg und Parkplatz. Wobei nichts wegkam. Nur die Keksdose aus Steingut hatte Franzi mitgenommen, mit meiner Erlaubnis, sie sei *so a schönes Stück, fast wia a Skulptur.* Aber Christiane ließ mich nicht ausreden, regte sich auf, Alexander Strobl habe sie angerufen, er wolle das Grundstück neu vermessen lassen, brauche einen Termin, habe aber niemanden im Haus angetroffen. »Wo zum Henker seid ihr alle?«

Diese Frage konnte ich Christiane unmöglich beantworten. Wir waren im Café und halfen Therese. Die Neuigkeit, Therese habe einen neuen, äußerst seltsamen Koch, hatte sich in Windeseile herumgesprochen. Wenn auch nicht unbedingt positiv. Aber das Café platzte aus allen Nähten, aus allen umliegenden Orten kamen die Gäste. Die Nail-Art-Metzgerin hatte Therese angeboten, zum Couscous Mediterran eine Lammschulter zu liefern, Lamm mit Minze passe phantastisch zu solchem Vogelfutter. Therese hatte herumgedruckst: »Es geht ned. Er macht koa Lamm. Er is …«, sie räusperte sich, bevor sie es herausbrachte, »… a Vegetarier.«

»Ach so.« Die Metzgerin stierte sie an, mit aufgerissenen Augen, senkte ihre Stimme. »A Vegetarier.« Es hörte sich an wie etwas Anstößiges, etwas, worüber man nicht sprach. Das aber womöglich ansteckend war.

Therese gab es nicht auf, das Karöttchen immer wieder zu beknien: »Kannst ned einmal an Schweinsbratn machen? Nur einen ganz klitzekleinen? Mit Semmelknödeln? Morgen kommt doch der Bürgermeister, woaßt. Oder, woaßt was, mach doch wenigstens Leberknödel. Des bissl Leber do drinna, des ist doch nix, des merkst doch gar ned.«

Das alles konnte ich Christiane unmöglich erzählen. Deshalb brachte ich das Gespräch auf Picco. Um dann so schnell wie möglich auf Mirko überleiten zu können.

»Ein Papagei? Ja, sicher, sie hatte immer einen Papagei. Seit ich mich erinnern kann. Immer denselben? Meinst du? Wie alt werden denn diese Tiere? Bist du dir sicher, dass es sich nicht um Picco Nummer siebzehn handelt? Egal, es gibt doch Tierheime, die kümmern sich darum.«

Obwohl ich auf Picco nicht unbedingt gut zu sprechen war, zog es mir das Herz zusammen, als ich ihn mir in einem großen Raum voller Vögel vorstellte, einsam und zerzaust auf einer Stange, ein vorsichtiges, Kontakt aufnehmendes »Picco hot oan fahrn lassn, hehehe« in den Raum schickend, das niemand übersetzen konnte.

Von Mirko wollte Christiane nichts wissen. Ich solle mich jetzt bitte nur auf meinen Job konzentrieren, und das bedeute, endlich dieses Testament zu finden, verdammt noch mal. Wenn das Haus an den Staat falle, werde alles eine Ewigkeit dauern.

»Hast du schon mal darüber nachgedacht, was mit diesem Uferstreifen passiert, wenn du an Strobl verkaufst? Er will einen riesigen Hotelkomplex bauen, und hier gibt es ein ganz uriges Café und eine kleine Tauchschule, und die müssten dann ...«

»Gina! In welchem romantischen Heimatfilm bist du denn? Mach jetzt bitte den Termin mit Strobl.«

»Okay. Ich ruf dich dann zurück.«

Ich vergaß, sie nach der fehlenden Urne zu fragen, ob sie überhaupt davon wisse, legte auf. Und begab mich auf schnellstem Weg in das kleine, urige Café. Wo ich dringend gebraucht wurde. Als Bedienung beim mittäglichen Touristenansturm, für neunfuchzg die Stunde, den gleichen Lohn, den diese Susn erhalten hätte. Das Karöttchen bekam einen Euro mehr. Julia arbeitete umsonst, als Praktikantin, schnitt schon vormittags summend Obst und Gemüse, rannte zwischendurch, einer neuen künstlerischen Eingebung folgend, nach draußen, holte einen Schwung Wäscheklammern herein, befestigte sie an einem Müllsack, den sie auf dem Ladentisch ausbreitete. Als Therese misstrauisch fragte, was das denn gebe, sagte Julia: »Die werden sich alle noch wundern bei der Modenschau, du wirst schon sehen.«

»Meinst?« Therese schaute sie so an, wie sie in letzter Zeit öfter schaute. Als wäre ihr irgendwas nicht geheuer. »Aber, gä, du steckst koa Mannsbild in a Dirndl? Also, ned wegen mir, mir ist das eh wurscht, es ist ja alles ganz natürlich, gä, es gibt ja alles. Aber der Herr Bürgermeister, i glaub ned, dass er scho so weit ist, woaßt.«

Julia nickte dann huldvoll, nein, sie habe sich etwas viel Besseres überlegt. Dann ging sie zurück ins Café, um meditativ Gemüse zu schneiden und sich ab und zu mit dem Karöttchen zusammen in die Schönheit eines Broccoliröschens zu vertiefen. Wofür Therese weniger Sinn hatte.

»Freili is des schön, so a Broccoli. Dazu passt a Rindfleisch. Wuist ned doch a klitzekleines bissl Rindfleisch machen?«

»Du bietest Kuhkuscheln an und redest von Rindfleisch?« Um ein Haar hätte das Karöttchen seinen Job gekündigt. Er und Julia hatten schon zweimal am Kuhkuscheln mit anschließendem Kuh-Erlebnis-Spaziergang teilgenommen und waren nach diesem überwältigenden Erlebnis stundenlang wie weggetreten gewesen. Alle hatten mich bekniet, mitzumachen, aber ich hatte eine Kuh-Allergie vorgeschützt, Julia und Therese zuliebe versucht, von der anderen Seite des Zauns mit zu meditieren, die Liebe und die Wärme der Kuh zu spüren. Wovon mich in erster Linie die mich emsig umschwirrenden Insekten abgehalten hatten. Ohne Mirko, der mir romantisch in die Augen schaute, war ich weit weniger tolerant gegenüber Mücken und ihren Stichen.

Mirko war das nächste Problem. Als ich über den Parkplatz zum Café eilte, vorbei am Sperrmüll, der sich vom Kiesweg bis zum Parkplatz ausgebreitet hatte, verfluchte ich mich ein weiteres Mal dafür, dass ich auf Julia gehört und ihm tatsächlich, nach mehreren Versuchen, ihn anzurufen, auf seine Mailbox gesprochen hatte: dass es sehr schön gewesen sei, dass ich noch oft an unseren Spaziergang und die Margerite denken würde, wobei ich mich, noch während ich es aussprach, vor Peinlichkeit wand, als ich an meinen Versprecher am Bahnhof dachte: *Ich dich auch.*

»Also, versteh mich nicht falsch, ich meine das nicht so ... Also, ich meine, ich denke einfach gerne daran, es war doch ... haha ... lustig.« Diesen Moment hatte sich Picco ausgesucht, um kreischend auf meiner Schulter zu landen, und so kam es, dass Mirko auch noch einen kleinen Live-Papageien-Abschütteltanz mitbekam, inklusive des Anbietens einer Auswahl besonders süßer Erdbeeren mit erlesenen Nüssen. Selbst der größte Optimist hätte nicht angenommen, dass Mirko gern an Picco zurückdachte, und so stotterte ich erst eine Reihe Entschuldigungen, bevor ich zum Kern der Sache vordrang. Die Frage, was jetzt eigentlich mit uns sei, kam mir, weil sie mich so viel Überwindung kostete, eher schroff über die Lippen. Was mich wiederum zu einer solchen Orgie von Erklärungen und Entschuldigungen hinriss, dass sich seine Mailbox schließlich genervt abschaltete.

Seitdem hatte ich nichts mehr von ihm gehört.

Ich schluckte die aufsteigenden Tränen zusammen mit der Wut auf Julia hinunter – was hatte ich von dieser Wahrheit? – und betrat die Küche durch die Hintertür.

Das Karöttchen bot an diesem Mittag zweierlei vegane Variationen an: Basmatireis mit indischem Gemüse und vegetarisches Thai-Huhn in Kokossauce.

»Willst mi dableamln? Des Hendl is gar koa Hendl? Des Hendl is aus Saubohnen?« Anderl scannte Julia, die seinen Teller abräumte, so aufmerksam wie immer, vielleicht sogar eine Spur gründlicher, ob sich nicht irgendwo etwas Beunruhigendes hinter ihrer zarten blonden Erscheinung verbergen könnte, etwas, das sie auf die Idee brachte, Mannsbilder in a Dirndl zu stecken.

Er spülte das falsche Huhn mit einem Schnaps herunter, winkte das Karöttchen zu sich.

»Hast eigentlich gwusst, dass wir Menschen verkümmerte Reißzähne ham, wiera Wolf, da, die Eckzähne, schaug amoi.« Er entblößte ein prachtvolles Gebiss.

»Wir miaßn Fleisch essen, das hast ned gewusst, ha? Ois andere is ned gesund. Also, machst halt morgen wenigstens amoi Weißwiarschtl, ha?« Anderl klappte seinen Mund mit den Reißzähnen wieder zu und verkündete, dass er auch zur heutigen Probe im Laden kommen werde, natürlich, er wolle ja sehen, was die junge Frau sich da ausgedacht habe.

»Heut is a Probn im Laden? Wofür denn?« Franzi, die auch ihr veganes Huhn gegessen hatte, aber Anderl zustimmte, dass das Ganze irgendwie nicht gesund sein könne, kam neugierig näher. Sie trug die neueste Kreation von Özcan: ein stahlblaues Trikot mit einem überdimensionalen bayrischen Löwen auf der Brust und einem weißblauen Umhang in der Art von Superwoman, und alle im Lokal drehten sich nach ihr um.

»Ach nix.« Therese machte eine wegwerfende Handbewegung. »Nur a kleine Zusammenkunft. Oh, hallo Nat. Was a Zufall.«

»Zufall? Is heut keine Probn?« Nat Wildmoser stand mitten im Raum, schnupperte. Hinter ihm schnupperten die Männer, die mit ihm gekommen waren. »Riacht guad. Was gibt's denn?«

»A Hendl, des aus oam Keim von oaner Saubohne is«, sagte Anderl, und Nat lachte.

»Veroarschn kann ich mich allein. Therese, ich hab a paar Spezln mitgebracht. Wegen der Musik.«

»Musik?« Therese hatte wieder diesen Es-ist-mir-nicht-geheuer-Blick, und ich stapelte schnell die leeren Teller, trug sie in die Küche.

»Die Julia hat doch gesagt, es fehlt a Musik auf der Modenschau«, hörte ich noch.

»Ach, a Modenschau?«, fragte Franzi.

Ich zog schnell die Tür hinter mir zu. Das Karöttchen saß auf der Bank, beide Ellbogen auf den Tisch gestützt, und brütete über einem Block. Über meinem Block, sah ich im Näherkommen, dem Block, den ich für das Essen mit dem Tauchkurs benutzt hatte. 7x Divers Dream, stand darauf. Und darunter: Haxe? Vegetarisch?

Ich räumte das Geschirr in die Maschine. Hinter mir riss Therese die Tür auf, stellte ein Tablett leerer Schnapsgläser auf den Tisch.

»Aber morgen machst doch was Richtiges? Morgen kommt der Bürgermeister, weißt, der denkt ned so kompliziert. Da wär a Leberkas scho … oder an Hackbraten vielleicht, a Gehacktes schaut doch noch ned amoi aus wie Fleisch.«

Das Karöttchen sprang auf, pfefferte den Block auf den Tisch.

»Ich werde euch etwas kochen, dass ihr nie wieder Fleisch vermisst!«, sagte es feurig, drehte sich um und verließ die Küche.

Als wir in den Laden kamen, waren die Paravents schon aufgebaut. Nat Wildmoser und seine Freunde standen um den eingezeichneten Laufsteg herum und summten vor sich hin. Alle trugen Jeans und T-Shirts, die sich über gewaltigen Bäuchen wölbten. Sie hätten des Karöttchens wegen ihre Ledersachen zu Hause gelassen, sagte Nat Wildmoser, normalerweise trügen sie beim Singen Leder. Aber es ginge auch so, was zähle, sei die Musik.

»Was machts denn für Musik?«, fragte Therese. »Wieso kenn i euch denn ned?«

»Wir san halt noch ned so oft aufgetreten. Also, wenn man's so will, noch gar ned. Wir sind a Männerchor. Also, a Hardrock-Männerchor.«

»Seids ihr denn sicher, dass so was zu einer Modenschau passt? Quirin, was sagst denn du?«

»Es ist eure Show.« Quirin war mit Floh gekommen, der sich vor dem Ladentisch ausgestreckt hatte, Julia zwang, über ihn zu steigen, einen Stapel ihrer neuesten Kreationen auf dem Arm. Ich hatte einige gesehen und bewundert. Und konnte mir vorstellen, wie zumindest Anderl schauen würde, wenn er seine neuen lederfreien Kniebundhosen anprobieren sollte. Julia räusperte sich und lächelte sanft: »Unser Motto ist: ›Trendige Trachten‹. Da erwartet man natürlich auch neue Trends. Und deshalb …« Sie räusperte sich nochmals. »Hier ist das erste Modell für die Damen: das gepiercte Müllsack-Dirndl mit Wäscheklammern. Und hier die etwas härtere Version, das Müllsack-Sadomaso-Dirndl.«

Bestimmt drei Sekunden herrschte Totenstille. Dann passierte alles gleichzeitig:

Julia sagte: »Gina, bitte, zieh du das Sadomaso-Modell an. Und jetzt die Hosen für die …«

»Mei, und was ist jetzt mit meine schönen Klamottn?«, jammerte Therese.

Anderl äußerte schnaufend etwas, das ich vermutlich falsch interpretierte, etwas, das wie »Die Röcke san doch vui zu lang für a gscheits Sadomaso« klang.

Und Nat Wildmosers Männer stampften gleichzeitig erst mit dem rechten, dann mit dem linken Fuß auf die bebenden Holzdielen des Ladens: BUMM-BUMM-KLACK. Wie ein Mann rissen sie ihre Bierdosen auf, stampften wieder: BUMM-BUMM-GLUCK, alle tranken gleichzeitig, dazu sang Nat Wildmoser mit hoher Stimme darüber: »We will, we will rock you …«

Und Floh winselte mit.

»Stopp, stopp, stopp! Ned so laut.« Therese wedelte mit der Hand. Ich ging schnell an ihr vorbei, in die Kabine. Hinter dem Paravent neben mir zog Quirin sich um, streifte sein Hemd ab, ich sah einen Unterarm, eine Hand. Und nach und nach, während Therese sich mit Nat Wildmoser stritt, ob sie nicht später singen könnten, außerdem müsse er doch mitlaufen, sah ich Quirins Kleidungsstücke an der Wand des Paravents hängen, erst ein Hemd, dann ein T-Shirt, dann die Hose. Auf die Boxershorts wartete ich vergebens. Ich hörte Müllsäcke rascheln, ein unterdrücktes Lachen, ein gemurmeltes: »Mei!«, und Quirin verließ das Paravent. Ich legte mein Top und den Rock auf den Stuhl, der freundlicherweise in der improvisierten Kabine stand, und schaute mir das Müllsack-Dirndl näher an. Julia hatte es mir schon einmal kurz gezeigt. Die Schürze war mit Stacheldraht befestigt, auf Schaumstoff, die Müllsäcke waren durch und durch mit Sicherheitsnadeln gepierct. Von draußen Gemurmel, anscheinend hatten sich auch die anderen hinter ihre Paravents begeben. Nat Wildmosers Männer waren ruhig, nur dezentes Klackern der Bierdosen war noch zu hören. Und ein lauter Hupton.

Mein Telefon. In meiner Handtasche. Draußen, auf dem Ladentisch. Eine SMS. Oh mein Gott! Eine SMS! Von Mirko! Eine Antwort!

Schon war ich hinter dem Paravent hervorgestürzt, auf meine Tasche zu. Und erstarrte mitten im Raum. Nat Wildmosers Männer glotzten. Quirin stand vor seinem Paravent. In einem kurzärmeligen Trachtenhemd und einer Art Müllsack-Lendenschurz. Erst in diesem Moment wurde mir klar, dass ich nur BH und Slip trug. Aber für einen Rückzug war es zu spät, ich stieg über Floh, der den Anstand besaß, dezent zur Seite zu blicken. Im Gegensatz zu seinem Besitzer. Aber was kümmerte mich das jetzt.

Ich griff nach dem Handy, schaute aufs Display.

»Vögelchen, glaubst du, ich gebe so schnell auf?«

Die SMS war noch länger, wieder irgendetwas von Schäfern und Wollust. Ich las nicht weiter, fragte mich einen Moment dumpf, ob Wollust nicht mit drei l geschrieben werden müsste, ob Ralli Schafswolle meinte, warum er es in letzter Zeit dauernd mit Schafen hatte, dann erst spürte ich die Enttäuschung in mir aufsteigen und schluckte schwer. Nicht Mirko. Ralli.

»Keine gute Nachricht?« Quirins Blick. Fragend, neugierig.

Und bemüht, in Augenhöhe zu bleiben. Was ihm nicht ganz gelang. Aber es war mir egal, ob ich hier in Unterwäsche stand, ob Quirin und zehn fette bayrische Rocker mich angafften.

Ralli. Nicht Mirko.

Ich lächelte unverbindlich, ja, ja, alles supi, und ging zurück zu meinem Paravent.

Wir würden mit einer Meditationsübung anfangen, sagte Julia. Therese ging durch den Laden, zog überall Vorhänge zu.

»Die drücken sich da draußen die Nasn platt«, murmelte sie. Wir standen um den Kreidelaufsteg herum, Kathi aus der Nail-Art-Metzgerei schien schon zu meditieren, über einer gewaltigen Kaugummiblase, sie trug das harmlosere Mülldirndl, ohne Stacheldraht, dafür standen von ihrem Körper an jeder möglichen und unmöglichen Stelle Wäscheklammern ab. Anderl neben ihr murmelte immer wieder: »Es ist doch a Schand« und blickte an sich hinunter. Seine Hose war knalleng und mit Klammern getackert, darüber trug er ein rotkariertes Trachtenhemd. Das Karöttchen hatte seine Modeltätigkeit vorübergehend an den Nagel gehängt und war zu Julias Assistenten ernannt worden. Dafür hatte sich Nat Wildmoser umgezogen. Die Müllsack-Hotpants passten ihm besser als die Lacklederhosen. Ein Oberteil schien für ihn nicht vorgesehen zu sein. Er kriege später noch ein Accessoire, sagte das Karöttchen, etwas Besonderes, aber erst solle er wie alle die Augen schließen und tief atmen, um sich auf den Raum und das Ereignis einzustimmen.

»Einstimmen? Wos wuist?« Ich hörte Anderls Stimme nur, hatte die Augen schon geschlossen, bereit, gegen meine Enttäuschung anzuatmen: Ralli, nicht Mirko. Nach meinem Gestotter würde Mirko sich nie mehr melden und, schlimmer, bei all unserer vernünftigen Kommunikation, seinen Tourplan, Fitness-Studios und Joghurt betreffend, würde immer ein peinlicher Unterton mitschwingen.

Jetzt blinzelte ich doch und sah: Anderl, in seinen knallengen Hosen, die Arme in die Hüften gestemmt, die Augen weit offen; die Männer des Hardrock-Chors, darum bemüht, ihr Bier so meditativ wie möglich zu trinken; Quirin, die Augen zwar geschlossen, aber ein amüsiertes Zucken in den Mundwinkeln. »Jetzt erfahrt euch selbst im Raum. Spürt ihn!«, rief Julia, und das Karöttchen machte uns vor, was sie darunter verstanden. Kurz darauf hopsten zu Flohs großer Verwunderung vier Müllsäcke durch den Laden, jeder in seiner ganz eigenen Bewegungssprache, misstrauisch beäugt von Anderl, der sich große Mühe gab, nicht zu tanzen. Langsam wärmte sich der Hardrock-Männerchor wieder auf, alle stampften und tranken, und darüber sang Nat Wildmoser, während er sich selbst im Raum erfuhr, die erste Strophe von »We will rock you«. Das Karöttchen klatschte begeistert Beifall. Nat habe beim Accessoire die Wahl, sagte es, entweder Messer oder Axt, sein Outfit sei seine Idee gewesen, es liebe die Halloween-Horror-Filme. Worauf Therese noch einmal alle Vorhänge überprüfte. Dort draußen, behauptete sie, lauerten nicht nur Franzi und Özcan, sondern auch ganze Touristengruppen, und ob wir sicher seien, dass die trendigen Trachten wirklich die richtige Linie seien? Statt einer Antwort drückte ihr einer von Nat Wildmosers Jungs eine Bierdose in die Hand, auch Anderl verlangte nach einem Bier, und wenig später ging Therese hinüber ins Café, zapfte eine Runde für alle. Was die Models erheblich lockerer werden ließ. Sogar Kathi nahm ihren Kaugummi aus dem Mund und die Stöpsel aus den Ohren, verkündete, das Müllsack-Dirndl sei richtig cool, und eine Weile eroberten wir bierselig den Raum zur Musik, auch Anderl wagte einen Hopser.

»Befreit eure Kundalini!«, rief das Karöttchen dazwischen, Julia rannte von einem zum anderen, steckte um, zurrte fest. Quirin, steinzeitlicher Jäger mit Plastiklendenschurz, griff nach meiner Hand, schwang mich herum in einer wilden Rock'n'Roll-

Parodie, Nat Wildmosers Männerchor war entfesselt, stampfte, brüllte, gluckerte, und für einen Moment vergaß ich, dass Mirko mir nie wieder eine SMS schicken würde, ich hüpfte, tanzte, stampfte wie die anderen, die ihre Kundalini befreiten und, wie es aussah, richtig Spaß dabei hatten.

Alle, bis auf Therese.

»Wenn des mal guad geht, Jesses, Maria und Josef.« Sie lehnte am Ladentisch, schüttelte ab und zu den Kopf, fassungslos, dann verbarg sie das Gesicht wieder in den Händen.

Als die Probe zu Ende war, schwitzten wir alle in unseren Müllsäcken. Ich griff mir Rock und Top, ging zum Umziehen in die Küche. Nachdem wir den Raum erobert hatten, waren wir in Zweierreihen über den Steg gelaufen, in unterschiedlichen Konstellationen, jede Konstellation, sagten das Karöttchen und Julia, sollte eine andere Geschichte erzählen. Die Domina und der Trachtenwirt, zum Beispiel. Wofür sich Anderl über seine engen Hosen eine Müllsack-Schürze hatte umbinden müssen. Bereitwillig war er neben mir hergelatscht, immer noch bemüht, nicht aus Versehen einen Tanzschritt zu machen, und wieder schnaufte er, für a gscheites Sadomaso seien unsere Kleider eh viel zu brav.

»Woher weißt denn das?« Therese, ihre Arme in die Hüften gestemmt, sah ihn mit der Steigerung des Das-ist-mir-nicht-geheuer-Blicks, dem Ich-habe-all-die-Jahre-neben-einem-Monster-gelebt-Blick an.

»I hob halt a an Fernseher.« Damit bot der Trachtenwirt der Domina galant den Arm und geleitete sie über den Laufsteg. Im Lauf des Spätnachmittags, der langsam in den Abend überging, war Anderl immer mehr aus sich herausgegangen, war übergesprudelt vor Inszenierungsideen, Nat als Halloween-Mörder könne Kathi, die Unschuld, ruhig a wenig fester anpacken. »So was sehns gern, die Leit, hosd mi?« Auf Thereses Blick hatte er lächelnd seine Reißzähne entblößt, was Julia sofort auf eine neue Idee gebracht hatte: »Vampire! Ich könnte ein Vampirdirndl kreieren, wie findet ihr das? Vampire sind total in! Oder Werwölfe!«

Jetzt, während ich mich schnell über dem Spülbecken wusch, das Müllsack-Oberteil schon heruntergestreift, dachte ich an Thereses Blick, und ein Kichern stieg in mir auf. Obwohl sich Mirko wahrscheinlich nie mehr melden würde. Obwohl ich immer noch erst bei Planquadrat D5, erster Stock war und es aussichtslos schien, jemals ein Testament zu finden, obwohl Christiane mich deswegen vielleicht feuern würde, und wenn nicht deswegen, dann sicher wegen Ralli. Obwohl das einzige Wesen, das sich in letzter Zeit in mich verliebt hatte, ein Papagei war, und selbst der wandte sich schon wieder von mir ab und betrog mich mit dem Karöttchen.

»Ist jemand da drinnen?« Die Tür hatte sich geöffnet, nur einen Spalt, jemand schlüpfte herein, schloss sie wieder. »Oh, entschuldige.« Im trüben Licht der Lampe über dem Herd standen Quirin und Floh. Quirin trug immer noch seinen Lendenschurz und war anscheinend auf die gleiche Idee gekommen wie ich. Hastig, aber immer noch irre kichernd, wandte ich mich ab, schlüpfte schnell in mein Top. Quirin verharrte regungslos, nur Floh winselte sehnsüchtig, schaute auf zu seinem Besitzer und schlich verstohlen näher.

»Geh ab, Floh.«

Quirin packte den Hund am Halsband, gab ihm einen sanften Schubs, und Floh seufzte, streckte sich neben dem Herd aus. Empört sah er zu, wie sein Herrchen das tat, was er ihm gerade verboten hatte: Mit zwei großen Schritten war Quirin am Spülbecken, blieb vor mir stehen.

»Soll ich dir helfen, Domina?« Um seine Augen Lachfalten, in seinem Blick noch die Ausgelassenheit der Probe.

»Pass auf, ich bin eingezäunt.«

»Na und?« Das warme Aufleuchten in seinen Augen. »Weißt was? Die Klamotten passen zu dir. Mei, die ist straight, hab ich gedacht, als ich dich mit dem Strobl-Brunza gesehen habe.«

»Das war mein Geschäfts…, ich … ich bin gar nicht so, wie ich aussehe, ich meine … nicht so straight. Oder doch …«

Wieso fing ich an zu stottern? Nur, weil seine Hände jetzt auf meinen Hüften lagen? Er zuckte kurz zurück, als er in den Stacheldraht griff, dann zog er mich näher zu sich heran.

»Weißt du, dass du verdammt süß bist? Jedenfalls manchmal.«

Vom Laden her die Stimmen der anderen, vom offenen Fenster das leise Glucksen der Wellen, eine nach der anderen plätscherte bedächtig an den Strand, Frösche quakten und balzten, vollzogen ihr gesamtes Paarungsritual, vom Vorspiel bis zum verlegenen Gespräch danach auf einem Seerosenblatt, während wir uns küssten, seine Lippen erst vorsichtig anfragten, seine Zungenspitze suchte und fand. Als was würde er sich entpuppen, als Freestyle-Küsser, kühner Surfer in fremden Gewässern oder – man wusste ja nie – als unsportlicher Phlegmatiker, der seine Zunge auf All-Inclusive-Urlaub schickte? Ich tat mein Bestes, sein Kussverhalten rational zu analysieren, für meine Statistik, aber mein Verstand hatte sich gemeinsam mit meinem Gleichgewichtssinn vorübergehend beurlaubt. Ich fühlte mich wie in einer Achterbahn. Auf himmlischer Talfahrt. Mein Ohr meldete Atem, fremden Atem, eigenen Atem, nicht mehr zu unterscheiden, meldete einen unterdrückten Schmerzenslaut und ein hilfloses Seufzen, mit dem Quirin mich noch fester umschloss, während er seine Zunge auf Entdeckungsreise schickte, mit der Neugier eines Forschenden, der Verspieltheit eines Könners. Meine Hände ertasteten Nackenwirbel, erstaunlich fein, einen offenen Hemdkragen, unter dem sie gern verschwunden wären, aber ein letzter Wachtposten in meinem Hirn erließ ein Verbot, ich parkte sie auf verblüffend breiten Schultern.

Und dann meldete mein Bein etwas. Etwas Feuchtes, das mich vorwurfsvoll anstupste, wieder und wieder.

»Sitz, Floh, sei nicht solch eine Diva!« Quirins Stimme klang brüchig, und ich hörte, wie er tief und zittrig einatmete. Langsam, sehr langsam kehrte mein Verstand zurück. Und dummerweise sprach ich das aus, was mir als Erstes durch den Kopf huschte: »Du spielst nicht zufällig Trompete?«

12.

Den ganzen Abend arbeitete ich in Planquadrat D5, Abschnitt 2b1 gegen meine Verwirrung an, gegen die Ganzkörpergänsehaut, die mich gegen meinen Willen überlief, wenn ich an den Kuss dachte. Es war ein vergleichsweise friedlicher Abend, Julia brütete im großen Zimmer über ihren Modellen, und das Karöttchen werkelte verbissen in der engen Küche. Mit aufgeschlagenem Rezeptbuch und einem gurrenden Papagei auf der Schulter. Es schien schon mehr als Freundschaft zwischen ihnen zu sein. Mit Interesse, ja, sogar Bewunderung im Ausdruck seiner hellen Augen sah Picco dem Karöttchen zu, wie es Gemüse und Tofu schnetzelte, nahm bereitwillig und gesittet jedes Stückchen an, das ihm sein neuer Gönner anbot. Es fehlte nur noch, dass er sich mit einem Kratzfuß dafür bedankte. Als ich mich an ihnen vorbeizwängte, um mir ein Glas Wasser zu holen, kreischte Picco empört auf.

»Wenn du ihn weiter so vollstopfst, wird er vermutlich bald nicht mehr fliegen können. Von mir hat er nämlich heute Vormittag schon eine XXL-Portion Bananen mit Haferflocken und Erdbeeren bekommen.«

Das Karöttchen sah mich nur abwesend an und steckte Picco noch ein schnabelgerechtes Stück Tofu zu. Ich nahm mein Wasserglas, begab mich zurück zu meiner Kuss-Verwirrung und Planquadrat D5, das Zimmer neben der Treppe.

Stofftiere. Schaukelpferde. Kissen. Bären in Seppelhosen. Puppen. Während ich Plüschbären in Wäschekörbe verfrachtete, dachte ich an das, was nach dem Kuss passiert war: Therese, die ohne Vorwarnung die Tür aufriss, sie dem Karöttchen aufhielt, das mit dem Tablett voller Biergläser hereinkam, es auf dem Tisch abstellte. Zum Glück begrüßte Floh das Karöttchen wedelnd, und Quirin trat schnell ans Spülbecken, hielt seine Hand unter fließendes Wasser.

»Hast du dir … hast du dir weh getan?«

Er tupfte seine Hände ab, am Handtuch blieb etwas Blut. »Sagen wir, das war es wert.« Er lachte. Das Karöttchen musterte ihn, schaute dann mich an, wortlos, ging zurück in den Laden, ohne die Tür hinter sich zu schließen, und Quirin räusperte sich.

»Entschuldige. Es … ist mir einfach passiert. Ich wollte nicht …«

»Ich auch nicht«, sagte ich schnell. Dann folgte ich dem Karöttchen, ohne mich noch einmal umzudrehen. Quirin hatte sich bald darauf zum abendlichen Surfkurs verabschiedet, und ich war verwirrt neben Julia und dem Karöttchen über den Parkplatz getrottet, zurück ins Haus.

Jetzt hörte ich die beiden auf der Treppe reden, sie wünschten mir eine gute Nacht, und ich begann, den nächsten Korb zu füllen. Ich hatte alle Teddys entsorgt, war bei Stoffhunden und Hasen angelangt, als ich das vertraute »Oh, du bist so guuut!« hörte, das Picco freudig aufnahm und in mehreren Tonlagen variierte. Ich warf den letzten Stoffhasen, hellblau, mit besonders vorwurfsvollen Knopfaugen, in den Korb, ging die Treppe hinunter in die Küche. Vom offenen Fenster her der Duft nach Kamille, die Bäume rauschten im leisen, lockenden Wind. Ich nahm mir eine Dose Bier aus dem Sixpack, den Nat Wildmoser uns mitgegeben hatte, und verließ das Haus. Warum hatte Quirin mich geküsst? Weil seine Freundin weggelaufen war? Und worüber hatten sie eigentlich gestritten? Hatte sie einen anderen? Dunkel erinnerte ich mich an das, was Strobl zu ihm gesagt hatte, in der Nacht im *Biafuizl,* bevor Quirin ihn nach draußen verfrachtet hatte. »Glaub nicht, ich hab sie gezwungen« – oder etwas Ähnliches.

Hatte seine Freundin etwa was mit Strobl? Drohte Quirin ihm

deshalb dauernd Schläge an? In Gedanken bog ich vom Uferweg ab, überquerte die kleine Brücke. Dahinter verausgabten sich Nachtfalter an einer einsamen Laterne. Es war Zufall, dass ich auf den Weg stolperte, den ich am ersten Morgen entlanggejoggt und später mit Mirko gegangen war. Vielleicht auch nicht, vielleicht hatte es mein Unbewusstes geplant, ohne dass ich davon etwas ahnte. Aber darauf kam es jetzt auch nicht mehr an. Die Kühe waren nicht im Stall, sie lagen auf der Wiese, Schatten, noch dunkler als die Dunkelheit. Vorsichtig ging ich näher heran. Es hatte etwas. Durchaus. Der Duft nach Gras. Die friedlichen, schlafenden, schweren Körper hinter dem Zaun. Es war warm, so warm, dass noch Grillen zirpten. Ich öffnete meine Bierdose. Noch vor gar nicht langer Zeit hätte ich mir nicht vorstellen können, nachts woanders herumzustehen als beruflich auf einem Empfang nach einer Premiere, privat in der Disco oder in meinem liebsten Szenecafé in der Körnerstraße, einen Prosecco-Erdbeer-Cocktail in der Hand. Jetzt hielt ich ein Bier in der Hand. Und stand auf einer Kuhweide. Oder immerhin dicht davor. Vorsichtig ließ ich mich im Gras nieder, machte mir nicht die Mühe, den Boden vorher nach eventuell zu weit gezielten Kuhfladen zu überprüfen, es hätte sowieso nichts genützt, es war zu dunkel, so dunkel, wie es in der Stadt niemals werden konnte. Die vordere Kuh schlug mit dem Schwanz. Es sah freundschaftlich aus, einladend. Und kam mir bekannt vor.

»Regula? Bist du's?«

Bejahender Schwanzschlag. Anscheinend schlief sie nicht. Vielleicht meditierte sie. Ich nahm einen großen Schluck Bier. Um mich herum die Grillen. Die Mücken hatten anscheinend anderswo zu tun. Regula lag bewegungslos. Aufmerksam. Als ob sie wartete. Darauf, dass ich etwas sagen würde.

»Ich habe heute den besten Kuss meines Lebens bekommen. Und nicht von Mirko.« Seltsam, dies ausgesprochen zu hören, von meiner eigenen Stimme, hier. Regula zwirbelte sanft ihr Ohr.

Als ob es sie interessierte, was ich nun sagen würde. Als ob, dachte ich nach einem weiteren Schluck Bier, sie nichts auf der Welt mehr interessierte. Siebenhundert Kilo liegende Aufmerksamkeit.

»Und ich verstehe überhaupt nicht, was mit mir los ist. Ich bin doch in Mirko verliebt.«

Schweigen. Sanftes, ohrzwirbelndes Schweigen. Kam es mir nur so vor, oder enthielt es einen Zweifel?

»Ich weiß gar nicht mehr, wie es ist, nicht von ihm zu träumen. Und ich weiß auch nicht, ob sich das jemals ändern wird.«

Jetzt schlug sie mit dem Schwanz. Anders als vorher, ungeduldig, wie mir schien, vielleicht sogar eine Spur missbilligend.

»Du meinst, ich will gar nicht, dass es sich jemals ändert?«

Schweigen. Großmütig. Voller Verständnis für alle Schwächen der Menschheit.

»Weißt du, was das Verrückte ist? Als er hier war, hat mir die Sehnsucht nach ihm gefehlt. Aber, was soll ich denn jetzt machen? Regula! Du willst doch nicht sagen, ich soll stattdessen von einem Surflehrer vom Land träumen, nur weil er küssen kann?«

Wenn eine Kuh sich mit verschränkten Armen hätte zurücklehnen können, ich war sicher, sie hätte es in diesem Moment getan.

»Er hat mich bestimmt nur aus Eifersucht geküsst, weil seine Freundin was mit Strobl hat.«

Schweigen. Regula teilte offensichtlich meine Empörung nicht, und sofort beruhigte ich mich auch wieder.

»Als Mirko mich berührt hat ... es hat sich ganz anders angefühlt. So fremd.«

Daraufhin schwiegen wir gemeinsam einige Minuten, ohne dass es peinlich wurde. Zwischen uns gab es etwas Tieferes als Worte, ich wusste, dass Regula in mein Herz sah, das Durcheinander wahrnahm, das Quirins Kuss angerichtet hatte.

»Aber es ist doch sowieso alles verfahren, ich verhandle schließlich mit seinem ärgsten Feind. Was soll ich denn anderes machen? Chris ist meine Chefin. Ich muss doch loyal sein.«

Schweigen. Ein Schweigen, das alles offenließ. In jeder Richtung. Ein Schweigen, von dem mir schwindlig wurde.

»Ja, ich geb's zu, ich fühle mich schon ein bisschen von ihr im Stich gelassen.«

Dafür hatte Regula einen sanften, verständnisvollen Rülpser übrig. Dann schwiegen wir wieder. Ich fühlte mich verstanden. Mehr als das, erkannt. Irgendwo schrie ein Vogel. Meine Bierdose war fast leer. Regula wandte den Kopf, ein Zeichen, dass meine Kuh-Zeit um war, und ich stand auf, getröstet und gerührt.

Auf dem Rückweg versuchte ich mir einzureden, dass nichts Mystisches an der ganzen Sache war. In Köln wäre ich zum Nachdenken in mein Lieblingscafé gegangen. Hier ging man eben zu einer Kuh. Aber im Stillen wusste ich, dass mehr passiert war. Ich war vielleicht dabei, mich aus Versehen in einen Surflehrer vom Land zu verlieben. Und ganz sicher hatte ich mich in eine Kuh verliebt.

Am nächsten Tag war das Café bis auf den letzten Platz besetzt. Auch Alexander Strobl war erschienen, mit seinem Vater und dem Bürgermeister. Franzi und Özcan saßen am Ecktisch mit der Nail-Art-Metzgerin, Kathi und Anderl.

»A Probn?«, hörte ich im Vorübergehen, während ich die ersten Bestellungen aufnahm.

»Ja, für a Modnschau. A Sadomaso-Dirndl, gä, Kathi? Doch, des is wahr.«

So viel zu Thereses Geheimhaltungsstrategie. Die mich jetzt nicht groß kümmerte. Ich hatte genug damit zu tun, die Bestellungen am Tisch der Tauchschule aufzunehmen, ohne rot zu werden, wenn mein Blick sich zu Quirin verirrte. Quirin trug ein Tauchschul-T-Shirt, Größe Supereng, hatte seine Sonnenbrille in die Stirn geschoben und sah aus wie die reine Idee eines Surflehrers. Zusammen mit dem dünnen Mädchen, das nach der vegetarischen Seemannsüberraschung gefragt hatte, studierte er die Speisekarte des Karöttchens: Fettuccine mit gebratenen Früchten in Kokossauce. Vegetarisches Gyros mit Fladenbrot.

»Hast du dich entschieden?« Er lächelte dem Mädchen liebenswürdig zu. Was sie zum Anlass nahm, noch etwas dichter an ihn heranzurücken. Wahrscheinlich gehörte sie zu den Frauen, die es bis zur Perfektion verstanden, dekorativ von Surfbrettern zu fallen. Was nach der Jäger-und-Reh-Theorie das Vernünftigste war, was sie tun konnte.

»Gut, dann zweimal das vegetarische Gyros.«

Konnte es sein, dass er blass unter seiner Surferbräune wurde, als er mich ansah? So blass, dass etwas in mir entschied, jetzt doch zu erröten? Was würde Regula mir raten? Auf jeden Fall, die Contenance zu bewahren.

»Zweimal das Gyros also.« Ich schaute hinüber zu Judda und Üwe, die keine Speisekarte vor sich hatten.

»Es gibt auch ... äh ... Kundalini mit fetten Früchten ... äh, ich meine ... gebratenen Früchten.« Ich würde noch viel von Regula lernen müssen. Aber warum sah Quirin mich jetzt so an, mit diesem belustigten Leuchten in den Augen?

»Noch einen schönen Abend verbracht, Frau Zuhlau?«

»Meine Guddsde, Nüdeln mit Öbst, das is nischt für uns, wir nähm lieber die Brötfladen. Aber ohne das Döfü.«

»Ich ... äh ... hatte eine Verabredung.«

»Eine Verabredung? Mit wem denn?«

»Also Fladen. Zweimal. Mit ... mit einer Kuh.«

»Fladen mit Guh? Nu, meine Guddsde ...«

Ich starrte Üwe an, ohne irgendetwas zu verstehen, und Quirin starrte seinerseits mich an, nestelte dabei an den Pflastern um seine Finger. Erst jetzt fiel mir auf, dass seine ganze rechte Hand verpflastert war. Ich notierte das, was ich verstanden hatte, und flüchtete in die Küche. Das Karöttchen rührte in der riesigen Pfanne, mit freiem Oberkörper und frenetisch schwingendem Zöpfchen. Beim Kochen, ich hatte es in den letzten Tagen beobachtet, veränderte er sich, bekam etwas Konzentriertes, Bestimmtes.

Etwas – der Gedanke war nicht von der Hand zu weisen – Männliches. Wenn er kochte, war er nicht das Karöttchen, auch nicht Pragit, sondern durch und durch Lutz. Dies war der Name, den er hinter sich gelassen hatte, um sich Pragit zu nennen, er hatte es mir während eines gemeinsamen Kartoffelschälmarathons verraten. Jetzt wies Lutz Julia an, die Nudeln abzugießen, und wandte sich an mich: »Gina, du kannst schon servieren.«

Folgsam nahm ich die ersten beiden Portionen Gyros und trug sie in den Gastraum. Die nächste halbe Stunde war ich zu beschäftigt, um nachzudenken oder Quirin und das Mädchen, das freiwillig vom Surfbrett fiel, zu beobachten, ich trug volle Teller hin und leere zurück, auch halbleere. Und unangetastete. Ich war schnell wieder in meine geübte Bedienungsroutine hineingekommen, freundlich, aber bestimmt, bemüht, alle Gästewünsche zu erfüllen. Auch den Wunsch, den Koch kennenzulernen. Geäußert, wen wunderte es, vom Strobl-Tisch. An dem Lutz gleich darauf stand. So, wie er gekocht hatte, mit freiem Oberkörper. Auf seinem Rücken, zwischen den Schulterblättern, die hervorstanden wie Flügelansätze, war ein Schmetterling tätowiert. Alexander Strobl zog belustigt die Augenbrauen hoch, musterte ihn von oben bis unten. Der Bürgermeister schob das vegetarische Gyros an den Tellerrand.

»A Weißwurscht habts zufällig ned? Von mir aus auch vegetarisch?«

»Das ist doch eine ganz andere Küche.« Alexander Strobl polkte in seinen Fettuccine herum, betrachtete angewidert eine Dattel. »Unentschlossen multikulti. Mit einem Hauch Wüstennomade.«

Ich stellte die halb abgegessenen Teller aufeinander, ignorierte das Winken der Sachsen vom Nebentisch, in dem merkwürdigen Bedürfnis, das arme Karöttchen nicht alleinzulassen.

»Aber genau so a lasches Multikulti brauch ma hier ned.« Veit Strobl riss sein Hemd noch ein bisschen weiter auf, zeigte seinen Brustpelz. »Dattln san was für Weiberleit. Ha! Ma könnt fast sogn …«, er lachte vorausschauend über seinen eigenen Witz, der anscheinend so lustig war, dass es ihn fast zerriss: »Dattln für Duttln! Ha! Dattln für …« Als keiner lachte, alle ihn nur entgeistert ansahen, schloss er, etwas bescheidener, mit einem: »A Mannsbild wui a Haxn aufm Tisch! Oder wenigstens an Leberkas. Mit Erdäpfelsalat. Hosd mi?«

»Wosd recht hosd, hosd recht«, mischte sich Franzi vom Nebentisch ein, »wenn ma scho a Tradition hot, muss man's auch hochholtn.« Im folgenden Wortschwall wirbelten die Wörter: Döner, Türkei, vegetarisch, anpassen, Özcan und – immer wieder – Haxe durcheinander. Was anscheinend ein Stichwort für Anderl war, der aufstand, sein Gebiss mit den verkümmerten Reißzähnen entblößte. Aber er kam nicht zu Wort. Denn das Karöttchen war nicht länger das Karöttchen, es war Lutz der Koch, der sich vorbeugte und zu einer flammenden Verteidigungsrede ansetzte. Wobei sein Zöpfchen mehr als einmal durch die verschmähten Fettuccine von Alexander Strobl wischte. Er fing an mit einem Vortrag über die Küchen der Welt, über vegane Traditionen der letzten Jahrhunderte, über Essen und Meditation, der in einem kühnen »Erleuchtung geht durch den Magen!« gipfelte.

»Aber wenn ihr das Regionale hochhalten wollt, bitte«, er richtete sich auf, nahm sein Zöpfchen aus Strobls Fettuccine, »dann mach ich euch einen Leberkäse und Weißwürste aus Weizeneiweiß, einen veganen Schweinsbraten und Veggie-Hendl à la Bavaria mit Pommes weißblau!« In Rage warf er sein bekleckertes Zöpfchen zurück, und Therese, unterwegs mit einem Tablett voller verdauungs- und versöhnungsfördernder Schnäpse, duckte sich. Einen Moment war es still im Café. Dann schob Strobl angewidert seine Fettuccine zurück und murmelte: »Da sind wir ja mal sehr gespannt.«

Anderl sagte: »Also, ehrlich, mir hots gar ned so schlecht gschmeckt«, und Franzi strich ihr Superwoman-Cape glatt, lächelte und zwinkerte dem von seiner eigenen Rede gebeutelten Lutz zu: »Aber ned die Haxn vergessn, gä?«

Lutz drehte sich wortlos um, zeigte allen seinen Schmetterling. Der verfilzte Vorhang zitterte, als er dahinter verschwand.

»Na, Frau Zuhlau, Sie schauen so böse? Ihre Chefin hat mich übrigens angerufen. Könnten wir vielleicht noch heute den Vermessungstermin ausmachen, wenn wir uns schon mal treffen? Falls Sie Ihren Nebenjob für einen Moment vergessen könnten?«

Ich nickte, lächelte unverbindlich, kein Problem, und wir verabredeten uns für den übernächsten Tag. Dann stellte ich seinen Teller auf den Stapel und trug alles in die Küche. Wo Julia die Nachspeise in Schälchen füllte und Lutz müde auf einem Hocker saß. Ich holte tief Luft und tat etwas, an das ich noch vor kurzem noch nicht einmal im Traum gedacht hätte: Ich legte meine Hand auf seine knochige Schulter. »Du bist wirklich gut, Lutz.«

Das Café war leer, und Therese hatte das Geschlossen-Schild an die Tür gehängt. Alle hatten ihren Nachtisch gegessen, Cappuccino oder Schnaps getrunken und Apfeldatschi vertilgt. Der gesamte Tauch- und Surfkurs hatte sich zur Siesta zurückgezogen, nur die beiden Tauchlehrer saßen noch am Tisch. Irgendwie war ich neben Quirin auf der Bank gelandet. Er hatte mich mit einem Lächeln begrüßt: »Nette Unterhaltung gehabt, Frau Zuhlau?« Ich atmete tief durch und hörte auf Regulas Rat, einfach nichts zu sagen, obwohl alles in mir sich wünschte, ihm zu verstehen zu geben, dass mich dieser ganze Frau-Zuhlau-Quatsch auf die Palme brachte, und ihn zu fragen, wann er mich endlich wieder küssen würde. Ich hielt mir den Mund zu, um es bloß nicht aus Versehen auszusprechen, klammerte mich mit der anderen Hand an meinen Cappuccino. Wir waren noch nicht zum Essen gekommen, Therese schnitt für uns in der Küche Apfeldatschi auf. Aber ich hatte sowieso keinen Hunger. Julia, mir gegenüber, streichelte die Hand des erschöpften Karöttchens. Quirin unterhielt sich mit seinem Vater über die Strobls.

»Den Alex, weißt«, sagte Hartl, »den nehm ich gar ned ernst. Den hat der Alte nur abgerichtet. Und jetzt springt er wie a Kampfhund auf alles los, was mit Therese irgendwie zu tun hat.«

»Des kannst laut sagen«, murmelte Quirin. »Und wenn er noch einmal draufspringt, der Bock, sorg ich dafür, dass er aus der Nasn weint.«

»Des is scho a Ding mit eahm und der Susn«, sagte Hartl. Ich nahm noch einen Schluck aus meiner Tasse, mit leicht zitternder Hand. Also stimmte es. Sie hatte etwas mit Strobl oder hatte etwas mit ihm gehabt, und Quirin war außer sich vor Eifersucht. Warum, kruzifixnoamoi, musste ausgerechnet er meine Lippen mit einem Kussss versssiegeln, der mich alle Zzzweifel vergesssen liesss?

»Therese kommt«, sagte Quirin und legte einen verpflasterten Finger auf seine Lippen. Ich wusste nicht, was Therese nicht hören sollte, ich konnte auch nicht darüber nachdenken.

Quirin war näher gerückt, sein Bein berührte meins. Ich stach meine Kuchengabel in den Apfeldatschi, führte sie zum Mund, aber es gelang mir nicht, etwas zu schmecken, mein gesamtes Bewusstsein war in mein rechtes Bein gewandert, die Nervenzellen meiner Haut flüsterten mit seinen, beanspruchten dafür anscheinend neunzig Prozent meines Gehirns, während der Rest von mir dümmlich lächelnd am Tisch saß.

»Was meint ihr, hots dem Bürgermeister gschmeckt?« Therese setzte sich ächzend ans Tischende. »So was hams im Campingrestaurant ned, hat er gesagt.«

»Therese.« Hartl schob seinen Kuchenteller weg, so fest, dass er über den Tisch schlitterte. »Jetzt hör scho auf, dich so beim Bürgermeister anzubiedern, das ist ja lächerlich. Wenn der Strobl uns schaden will, kannst eh ned so viel machen.«

Er warf mir einen Seitenblick zu. »Wenn die Erbin verkauft, dann machma eh zu. Und dann schauma mal, wie's weitergeht.«

»Aber das ist ja furchtbar.« Julia beugte sich vor. »Hast du das gewusst, Gina?«

Ich schaffte es gerade noch, mit den Schultern zu zucken.

»Was hat der denn bloß gegen euch?« In Julias Stimme lag das mitfühlende Interesse, mit dem sie sonst immer zuhörte. Sogar das Zöpfchen des Karöttchens baumelte betroffen. Ich sah es und sah es nicht, mein Hirn registrierte diese Eindrücke in meiner Abwesenheit. Auf meinem Oberschenkel lag eine Hand. Quirins linke, unverpflasterte Hand. Sanft, sehr sanft, fing sein Daumen an, über mein Bein zu streichen, respektierte die Grenze meines Rocksaums, machte sich auf Richtung Knie, forschte, bekam Gesellschaft, Finger, die blütenzart die weiche Innenseite des Beins ertasteten.

»… warn verlobt, Therese und Veit Strobl«, sagte Hartl. »Und sie hat im letzten Moment nein gesagt. Im allerletzten, verstehst. Vor dem Altar.« Hartl lachte.

Einen Moment verharrten Quirins Finger still auf meinem Knie, dann wanderten sie langsam nach oben.

»Ach, jetzt fang doch ned mit den alten Geschichten an«, sagte Therese, etwas verlegen, aber Julia und das Karöttchen wollten sie unbedingt hören, die alten Geschichten, und Hartl erzählte, dass Veit Strobl schon einmal geschieden gewesen sei, als er um Thereses Hand angehalten habe.

»Der Alex, der war ja in Quirls Alter. Stell dir vor, Quirl, beinahe wär der Alex so was wie dein Cousin geworden, ha?«

Hartl wandte sich zu uns um, grinste boshaft, und Quirin brachte es fertig, ein fast normal klingendes »Ja, schrecklich« zu äußern. Seine Fingerspitzen verharrten, versprachen, nicht mehr zu wollen, nicht hier, ich fragte mich, ob meine Haut nicht längst heimliche Verabredungen mit ihnen getroffen hatte: auf ein nächstes Mal, ein heimliches Mal, bei dem wir allein sein würden. Wann und wie immer das sein sollte, und ob es überhaupt sein sollte. Warum Quirin das alles tat, und, schlimmer, warum ich es mir gefallen ließ, im wahrsten Sinne des Wortes, darüber würde ich später nachdenken. Falls ich jemals wieder denken konnte.

»Mehr als hundert Gäste«, sagte Hartl. »Feier im *Grünen Baum.* Da hams sich noch nach Jahren drüber die Mäuler zerrissen.«

»Aber wieso?«, fragte Julia, etwas atemlos, »warum, Therese?«

»Müssma da jetza drüber redn? Ich war halt verliebt. In einen anderen.« Therese stand auf, holte die Flasche mit dem Kräuterlikör.

Quirins Finger brachen das selbstauferlegte Versprechen, eroberten einen weiteren Quadratzentimeter Haut, und ich wusste nicht, was ich als Nächstes tun würde. Würden sich meine Hände selbständig machen, sich auf seinen Oberschenkel legen oder nach seiner Hand tasten? Würde ich seufzend an seine Schulter sinken?

»Therese! Seids noch do?« Jemand riss die Tür des Cafés auf. Franzi. Außer Atem. Sie hielt eine Dose aus Steingut hoch. Eine Dose, die mir bekannt vorkam. Alle sahen ihr entgegen, als sie näher kam, die Keksdose von sich weghaltend wie einen Pokal, der ihr nicht zustand. Der Deckel wies keine Spur von Piccos Hinterlassenschaft mehr auf, glänzte frisch poliert.

»Gina?« Sie trat an unseren Tisch und Quirin nahm seine Hand von meinem Oberschenkel.

»I bring dir die Dosn zurück. Ich hab vorhin amoi neigeschaut. Mei.«

Sie stellte die Dose ab, zückte ein Taschentuch, wischte sich den Schweiß von der Stirn.

»Wie's ausschaut, ist die Mirl längst zruckkemma. Ich hoff, es fehlt nix.«

13.

Noch am selben Abend rief ich Christiane an. Obwohl Julia dagegen war. Wir könnten, meinte sie, auch noch etwas warten. Bis nach der Modenschau vielleicht.

»Weißt du was, Gina? Ich wünsche mir, dass sie das Haus nicht geerbt hat. Es ist einfach nicht gerecht, dass die Tauchschule zugrunde geht und Thereses ganzes Tourismusprogramm, weil Christiane nur an sich denkt.«

»Das kommt daher, weil sie zu viel Fleisch isst«, sagte Lutz, um gleich darauf wieder vor sich hin zu brüten und das nächste Kochbuch aufzuschlagen. »Pommes«, murmelte er. »Pommes weißblau.«

Ich nahm mein Telefon, drückte auf Christianes Handynummer.

»Chris?«

»Ja?«

»Weißwurst. Veganes Hendl. Mit Pommes.«

»Die Keksdose ist zurück … Also, ich meine, die Urne … sie ist gekommen.«

»Gina, kannst du mir das genauer erläutern oder mir stattdessen erklären, wer oder was dich um den Verstand bringt?«

Ich entschied, dass es zu kompliziert war, meiner Chefin beizubringen, dass ein irre vor sich hin murmelnder Vegan-Koch und die Hand eines Surflehrers auf meinem Bein vermutlich zu gleichen Teilen für den Verlust meiner Vernunft verantwortlich waren, ging hinaus in den Flur, konzentrierte mich auf meine innere Kuh und fing geduldig noch einmal von vorne an. Wobei ich die kleine Nebensächlichkeit, dass die Urne schon lange hier herumgestanden und ich sie vorübergehend an die amtierende Bierkönigin verschenkt hatte, außer Acht ließ. Regula in mir raunte, dass diese Erklärung Christianes Horizont übersteigen und sie unnötig aggressiv machen würde. Ich verschwieg auch die Tatsache, dass niemand der Nachbarn wusste, wann die Urne angeliefert worden war. Und dass Hartl einmal kurz das Gesicht in den Händen verborgen hatte, als würde ihm alles zu viel.

Nachdem ich aufgelegt hatte, ging ich zurück ins große Zimmer. Julia, über ihre Müllsack-Modelle gebeugt, verdrehte die Augen, als ich Christianes Ankunft ankündigte. Lutz schien mich gar nicht zu hören, er war aufgestanden, tigerte auf und ab.

»Die Haxe. Das ist die Herausforderung! Die Haxe.« Er blieb vor mir stehen, sah mich aus glühenden Augen an. »Ich soll sie machen. Ich muss sie machen. Das Universum will diese Haxe von mir.«

»Was hat das Universum mit deiner Haxe zu tun?« Ich wollte es gar nicht wissen, dachte an Christianes Augenbraue, die nicht nur unter den Stirnfransen verschwinden, sondern erstmalig das Gebiet ihres Hinterkopfs erobern würde, wenn sie die Küche sähe, dachte an Quirin, seine Hand auf meinem Bein und wie verwaist sich mein Oberschenkel angefühlt hatte, als er sie wegzog.

»Jetzt passt alles zusammen. Die Wünsche. Die Botschaft. Haxe vegetarisch. Und große Fragezeichen.«

Mir fiel mein Bedienungsblock wieder ein, den ich für das erste Essen des Tauchkurses benutzt hatte und über dem ich Lutz hatte brüten sehen: 7 x Divers Dream. Haxe? Vegetarisch? Ich machte mir nicht die Mühe, ihn aufzuklären, wünschte ihm eine gute Nacht und zog mich zurück in mein Schlafzimmer.

Ein Schrei riss mich aus meinem Traum. Einem friedlichen Traum von einer Pfanne, in der langsam ein Stück Butter schmolz. Ich setzte mich auf. Hinter dem Fenster fahles Licht. Erstes, schüchternes Gezwitscher. Und wieder ein Schrei. Auf den ein infernalisches Geprassel folgte. Mit einem Satz war ich aus dem Bett und rannte in die Küche. Wo Lutz schreiend und um sich schlagend gegen eine Übermacht von Plastikflaschen kämpfte. Er trug nichts als eine Unterhose, sein Zöpfchen schwang wild hin und her und bestätigte meinen Verdacht, dass er es niemals löste, auch nicht beim Haarewaschen.

Eine Stunde später, als wir mit Julias Hilfe den größten Teil der Flaschen in Müllsäcke gesteckt und vor das Haus gestellt hatten, erklärte uns Lutz, dass er eine schlaflose Nacht verbracht und in aller Frühe beschlossen habe, sich in der Küche Platz zum Experimentieren zu verschaffen. Er wolle den Kühlschrank aktivieren für die Weizeneiweiß- und Tofuvorräte, die er brauchen würde, um das Rätsel der veganen Weißwurst, des vegetarischen Leberkäses und der Krönung von allem, der Haxe, zu lösen. Und jetzt würde er den Kühlschrank öffnen. Sein Zöpfchen schaukelte kampflustig, als er sich umdrehte, auf den brummenden Eisschrank zuging. Seine Boxershorts, ich hatte es schon die ganze Zeit gesehen, aber jetzt erst drang es in mein Bewusstsein, hatten ein Leopardenmuster. Und waren mindestens eine Nummer zu klein. Schon rüttelte er an der Kühlschranktür, ruckelte, zog, hackte schließlich sogar mit einem Messer auf die Eisschicht zwischen Tür und Dichtungsgummi ein. Die Eisbrocken flogen, und voller Bewunderung sahen Julia und ich zu, wie Lutz fluchte, kämpfte, wie die Muskeln seines Rückens sich spannten und damit auch die Flügel seines Schmetterlingstattoos, wie er den Griff mit harter Hand packte, nicht aufgab, bis die Tür mit einem beinahe überraschten Schmatzen nachgab und er auf den Rücken fiel. Wir traten näher, hielten uns vorsorglich die Nase zu. Es war bestimmt ein Jahrzehnt her, seit diese Tür das letzte Mal geöffnet worden war.

Das Licht innen brannte noch, beleuchtete ein Telefon ohne Funkstation, eine Brille, einen Plastiknapf voller Vogelfutter und ein Paar nicht fertig gestrickter Wollsocken – in einem steckten noch vier Stricknadeln –, dazu ein vereistes Wollknäuel. Sonst nichts. Keine verdorbenen Nahrungsmittel. Kein Testament.

Weder im Kühlschrank noch im Eisfach, das Lutz gleich darauf mit dem Hackmesser bearbeitete. Über die Jahre war es zu einer Art Miniaturarktis geworden, einer Landschaft mit Eisbergen, Schneefeldern, Gletschern, aus der Lutz mehrere Packungen Fischstäbchen mit Haltbarkeitsdatum des Jahres neunundneunzig barg, außerdem Pizzakartons, Rahmspinat und einen Damenrasierer. Alles zum Glück steinhart gefroren. Auch danach hatte sein Tatendrang kein Ende, er stellte eine Schüssel Kartoffeln auf den Tisch, wies uns an, den Boden zu schrubben, Brotmaschinen und Toaster zum Sperrmüll zu bringen. Er führte sich auf wie Bruce in seinen ungnädigsten Zeiten, und ich gehorchte ihm nur, weil sich damit Planquadrat A3, Abschnitt 5c1 bis 5 g4, das Planquadrat meiner Alpträume, wie durch ein Wunder erledigte. Zusammen trugen wir einen der vielen überzähligen Tische und vier Stühle herein, schleiften alles unter die Lampe. Zum ersten Mal sah dieser Raum annähernd wie eine Küche aus. Ich war Lutz dankbar. Obwohl er nicht aufhörte, uns herumzukommandieren.

»Ich mach den Leberkäs und die Weißwurst, ihr schält die Kartoffeln für die Pommes. Nach dem Schälen schneidet ihr sie in dünne Streifen. Aber gleichmäßig!« Er knallte einen Klumpen Tofu auf den Tisch, stellte den Herd an und klatschte einen Klacks Margarine in eine Pfanne. Mir fiel mein Traum wieder ein, aus dem er mich geweckt hatte.

»Was bedeutet es eigentlich, wenn man von schmelzender Butter träumt?«

»Du bist bereit, die Kontrolle aufzugeben«, erklärte Julia sanft, aber bestimmt. Julia besaß mehrere Traumbücher, und oft schlugen wir morgens im Büro mögliche Deutungen nach, in uns hineinkichernd und nur gestört von Christiane, die uns mahnte, dass solche Bücher nichts als laienpsychologisches Geschwätz seien, und im nächsten Atemzug wissen wollte, was ein Flugzeugabsturz bedeutete.

»Butter?« Lutz hatte Scheiben von dem Tofuklumpen heruntergeschnitten, gab jetzt Zwiebeln in die Pfanne. »Tierisches Eiweiß zum Braten, weißt du, wie schädlich das ist? Nimm lieber Margarine. Aber keine Halbfettmargarine.«

»Schatz, das ist nur ein Traumsymbol. Margarine bedeutet, sich mit Ersatz zufriedenzugeben.«

»Dann nimm halt Olivenöl in deinem nächsten Traum.«

Vorsichtig legte Lutz eine Tofuscheibe nach der anderen auf die dünstenden Zwiebeln. Ich schluckte. War ich mir sicher, dass ich wirklich von Butter geträumt hatte? Wie überprüfte man, ob das, was in der Traumpfanne schmolz, Butter oder Margarine war? Was wollte mein Unbewusstes mir sagen? Dass Quirin die Margarine in meinem Leben war, Margarine, von der ich noch nicht einmal wusste, was sie von mir wollte? Oder war ich für ihn nichts als Margarine? Vor dem Küchenfenster versammelten sich bereits die ersten frühen Pilger zur Anbetung unseres Sperrmülls, und einen Moment bedauerte ich, dass wir im Zuge der Aufräumaktion auch die Fenster frei gemacht hatten. Es war heiß in der Küche, Lutz trug nach wie vor nur seine Leopardenshorts, auch Julia hatte das T-Shirt von sich geworfen und stand in Unterwäsche neben der Pfanne. Die ersten Sperrmüllanbeter stellten sich auf Zehenspitzen, und Lutz winkte, zeigte auf den Herd.

»So, hier habt ihr euren veganen Leberkäse. Jetzt mach ich die Weißwürste. Die Form ist kein Problem! Nur die Pelle … die Pelle ist eine Herausforderung.«

»Die Pelle«, wiederholte Julia träumerisch. »Die Pelle.« Dann schrien beide gleichzeitig auf: »Gelieren!«, juchzte Lutz, und Julia rief: »Oh Gott! Ich habe eine wunderbare Kostümidee!«

Ich beschloss, dass es höchste Zeit war, Christianes Zimmer herzurichten, und verließ die Küche. Da ich das Balkonzimmer leichtfertig an Julia und Lutz vergeben hatte, blieb nur der von Plüschtieren überladene Raum nebenan. Christiane würde dort

Kamasutra live und aus nächster Nähe erleben, aber ich konnte es nicht ändern. Das Obergeschoss, ein riesiger Speicher, war nach wie vor unbegehbar, und der dritte Raum im ersten Stock war komplett zugestellt von Nähmaschinen in allen Formen und Größen, Plastikweihnachtsbäumen, Schlitten und Skiausrüstungen für mehrere Großfamilien. Nach einer Stunde hatte ich im Plüschzimmer unter einem Berg aus flauschigen Hunden, Kängurus mit Jungen im Stoffbeutel und einer Herde Frotteekühe ein Bett ausgegraben. Schmal, aber einigermaßen akzeptabel. Während ich es frisch überzog, hörte ich unten Töpfe klappern, hörte, wie Lutz in Rage auf und ab rannte, um seine Kreationen ringend. Er verscheuchte sogar Picco, der in aller verliebten Freundschaft und in Aussicht auf eine kleine Tofumahlzeit vorbeischaute.

»Nicht jetzt, Picco. Pommes. Weiß. Blau. Was ist blau? Blaukraut. Nein. Pflaumen. Trauben. Unmöglich! Blaue Kartoffelsorten. Schmeckt nicht.« Schritt, Schritt, Schritt. »Picco, weg von meiner Weißwurst! Weiß. Weiß.« Die Schritte hielten an. Ein Moment der Stille, der Ruhe vor einem Sturm. Dann überschlug sich seine Stimme:

»Ajoli! Ajoli! Ajoli!« Als nähme er an einem Jodelkurs teil. Auch Picco schien beeindruckt zu sein, stieß einen bewundernden Pfiff aus.

»Ajoli und Lebensmittelfarbe! Wir brauchen Sojamilch! Lebensmittelfarbe!« Ich hörte Lutz' Schritte im Flur, hörte, wie er irgendwo herumkramte und Julia, halb abwesend, »Schatz? Was ist?« rief, dann hörte ich die Haustür. Und wieder Schritte. »Wo willst du hin? Wart auf mich!«

Als ich die Haustür aufriss, taumelte Lutz schon in Trance über den Kiesweg zum Parkplatz, in Leopardenhöschen und lederfreien Gesundheitssandalen, einen Geldschein schwenkend, und Julia, nur bekleidet mit BH und Shorts, bemühte sich, ihn einzuholen. Aber er war schon in den Bus gesprungen, ließ den

Motor an. Die gesammelte Sperrmüllgemeinde schaute ihm nach, als er vom Parkplatz fuhr. Eine ältere Frau bekreuzigte sich. Ich zog Julia zurück ins Haus und schloss die Tür.

»Warum jetzt? Warum kannst du nicht warten?«

Wenigstens hatte ich dafür gesorgt, dass Julia sich anzog. In einem blasslila Sommerkleid ging sie neben mir den Uferweg entlang, um die Haare ein Tuch in der gleichen Farbe.

»Ich muss es jetzt wissen. Du sagst, es gibt echt keine Apotheke?«

»Im nächsten Ort. Es wird doch nicht so lange dauern, bis Lutz wiederkommt, warte doch einfach noch …«

»Nur mal probieren, ob es was taugt. Ob es mit diesem Schnitt funktioniert. Wenn du nicht mitkommst, geh ich allein. Ach, Gina, es ist so eine tolle Idee!«

Anscheinend setzten Kamasutra-Übungen eine außergewöhnliche Kreativität frei. Ich hatte Julia schon lange nicht mehr so aufgeregt und glücklich erlebt, und der Zustand des Karöttchens grenzte schon an Schöpferwahn. Während ich nur daran denken konnte, wie viel bis zu Christianes Ankunft noch zu tun war. Wenn ich nicht gerade verwirrt an Surflehrer dachte.

Der Surfkurs war schon auf dem Wasser, sie übten Wendemanöver, dicht am Ufer, weiter draußen kreuzte Hartl mit einem Boot voller Tauchwilliger. Quirin paddelte neben dem dünnen Mädchen her, das natürlich vom Surfbrett gefallen war. Was mich am meisten daran ärgerte, war die Tatsache, dass ich vermutlich mit Leichtigkeit von Surfbrettern fallen könnte, besser als jeder andere, wenn ich nur meine Angst vor dem tiefen Wasser überwinden und an einem Surfkurs teilnehmen würde. Aber dafür hatte ich keine Zeit.

Auch Julia hatte es eilig, stürmte auf die offene Tür des Edekas zu. Niemand saß an der Kasse, und wir gingen durch zu den Flaschen. Stimmen, von irgendwo hinter dem Regal. Therese und

Franzi unterhielten sich in schnellem Bayrisch. In meinem letzten Frankreichurlaub, leider mit Prinz Muffel, hatte ich mehr verstanden.

»Apfeldatschi«, sagte Therese, »für alle Fälle. Wos woaß denn i, wos er wieda zsammkochn duad.« Dann rollte einige Male das Wort »Urne« mit mächtigem r zwischen Urlauten heran, das Nächste, was ich verstand, war: »Naa, ned mit Absicht« und etwas Empörtes, das wie »Wos denkstn von uns, ha!« klang.

»I hab doch da Hartl im Haus gesehn«, sagte Franzi, schickte ein »Legal is des fei ned, gä« hinterher, worauf ein empörter Wortschwall folgte, in dem Therese mehrfach auf Hartl, Haus, Quirl hinwies, der immerhin das damische Viech versorgt habe.

Julia befreite knisternd zwei Flaschen aus einem Sechserpack, und ich legte rasch einen Finger auf die Lippen. Aber Julia war schon auf dem Weg zur Kasse, die Flaschen in der Hand.

»Hallo, ist da jemand?« Wenn sie wollte, konnte ihre zarte Stimme äußerst durchdringend sein. Franzi und Therese kamen gleichzeitig hinter dem Regal hervorgeschossen.

»Seids scho lang da?« Therese musterte uns misstrauisch.

»Eben erst gekommen«, sagte ich in so unschuldigem Ton wie möglich, fragte mich, wie ich das Gehörte deuten sollte, soweit ich es mir übersetzen konnte.

»Was denkst denn du von uns, ha?«

»Legal ist das fei nicht.«

Was das Wort »fei« genau bedeutete, wusste ich immer noch nicht, und was mit dem Haus, Hartl, Quirl und dem damischen Viech gemeint war, konnte ich nur ahnen. Ich dachte an den Zitronenduft im Haus, die umgefallenen Handtuchberge, Hartls gestrigen Gesichtsausdruck, daran, wie entschieden Quirin meinen Verdacht abgewehrt hatte, Hartl habe nach dem Testament gesucht. Hatte er vielleicht selbst danach gesucht? Um es vor Christiane zu verstecken? Es heimlich zu vernichten? Hatten sie am Ende etwas gefunden? Sollte ich mich vielleicht wie eine

Spionin im Film an Quirin heranmachen, um es herauszubekommen?

Franzi hatte sich schnaufend hinter den Kassentisch begeben, und Julia legte die Mineralwasserflaschen und einen Fünfzigeuroschein auf die Theke, mit jenem Lächeln, wegen dem Christiane sie eingestellt hatte. »Kannst du mir in Zweieurostücken rausgeben? Wir brauchen Kleingeld.«

»Wos wuistn damit?« Franzi griff schon nach den Kleingeldrollen.

»Ich habe eine großartige Idee für die Modenschau.«

»Für wos?« Franzi blitzte Therese an, die auf ihre Äpfel und die Zuckerpackung hinunterschaute.

»Ach, nix weiter, nur so a Gedanke, weißt«, murmelte Therese in den Zucker hinein.

»Die Modenschau, die wir in Thereses Laden machen«, erläuterte Julia, immer noch lächelnd. »Wie wär's, wenn wir den Samstag in vierzehn Tagen nehmen, Therese? Dann ist noch genügend Zeit für die Werbung.«

»Und wieso fragts mi und den Özcan ned, ob wir mitmachn, ha?«

Franzi schob die Kleingeldrollen über den Tisch, und ich steckte sie schnell ein, zog Julia am Arm.

»Also … wir müssen dann mal weiter.«

»Ja, rüber zum Automaten.« Julia lächelte selig. »Ich hab die Idee, die Therese zum Durchbruch verhelfen wird. Zum ganz großen Durchbruch.« Sie richtete sich auf, rückte ihr Tuch zurecht. »Das erste Kondomdirndl der Welt!«

»Nicht, Picco!« Schon wieder kreiste er provozierend über der Urne auf ihrem Ehrenplatz auf der Kommode, und ich wedelte verzweifelt mit der Hand. Julia saß auf dem Boden, über ein Schnittmuster gebeugt, zwischen bestimmt dreihundert Kondomen in den verschiedensten Farben.

»Kannst du mir sagen, wie ich sie vor ihm schützen soll, verdammt? Ich kann doch nicht den ganzen Tag hier Wache stehen.«

Sie blickte auf, musterte mich und den schon wieder heranflatternden Picco mit einem abwesenden Ausdruck, als hätten wir uns aus einer anderen Welt materialisiert, dann hielt sie fragend ein Kondom hoch. Eine Sekunde schauten wir uns an, dann das Kondom und die Urne. Und schüttelten beide gleichzeitig den Kopf. Womit die Angelegenheit für Julia erledigt zu sein schien. Sie beschäftigte sich wieder damit, die eingerollten Kondome auf dem Schnittmuster aneinanderzufügen wie Pailletten. Von der Küche her hörten wir Lutz murmeln. Nach dem mittäglichen Achtungserfolg seiner veganen Weißwürste und den Pommes mit weißblauer Ajoli – der Bürgermeister hatte gesagt, es schmecke *interessant* –, hatte er sich jetzt der Herausforderung der Haxe gestellt. Schon den ganzen Nachmittag über versuchte er, die Form einer Haxe aus Tofu nachzubilden. Und meditierte über das richtige Gemüse, an dem er die Tofumasse befestigen wollte. »Lauch?« Schritt, Schritt, Schritt, Schritt. »Zu scharfer Eigengeschmack. Fenchel? Zu viel Yin-Energie. Zucchini? Zerfällt.« Pause.

Picco kreiste über der Urne, höhnisch pfeifend. Ich scheuchte. Und bastelte weiter an meiner Konstruktion zum Urnenschutz aus Bleistiften und einem Stück Müllsack.

»Kohl!«, rief Lutz. »Weißkohlblätter!« Schritt, Schritt, Schritt, zu uns ins Zimmer. Picco flog kreischend auf. »Ich wickle den Tofu in Weißkohlblätter, und alles wird fest verschnürt. Was haltet ihr davon?«

»Sehr schön, Schatz«, murmelte Julia abwesend. »Wie findet ihr Rosa und Violett fürs Oberteil? Oder wirkt das schwul? Morgen müssen wir dringend in den Großmarkt fahren, ich brauch mehr Pastellfarben.«

»Findet ihr einen Baldachin für die Urne pietätlos? Sollte ich ihr vielleicht lieber einen Carport basteln?«

Christianes Anruf bereitete unserer geballten Kreativität ein jähes Ende. Wo zum Teufel wir denn seien? Ihr Navi blicke nicht durch.

Eine Minute später stand sie fassungslos vor dem Sperrmüll. Die üblichen Pilger, darunter Franzi, zogen vorbei, vom See her näherten sich Quirin und Hartl. Alle musterten Christiane äußerst interessiert, sahen ihr zu, wie sie die Ansammlung von Stühlen, Sesseln, Schränkchen, Buddhafiguren, Drachen, Fröschen, Gießkannen, Toastern, Brotmaschinen, Bügelbrettern und Stehlampen anstarrte. Christianes Kostüm war von der Fahrt kaum zerknittert, sie war perfekt geschminkt, die kupferroten Haare, vom Friseur mit den bebenden Nasenflügeln makellos gelegt, schmiegten sich wie eine schimmernde Kappe an ihren Kopf, sie stand auf hohen, glänzenden Pumps, eine Hand am Griff ihres Lederkoffers.

»Wie sieht es denn hier aus? Und ... wie seht ihr denn aus?«

Ich griff schuldbewusst nach meiner Paillettenkappe. Ich hatte mich noch nicht umgezogen, trug meine verschmutzten Kampfleggins und mein ältestes T-Shirt – was gegen Lutz und Julias Anblick beinahe Haute Couture war: Lutz, der in der Küche den Backofen in Betrieb genommen und anscheinend seinen Kopf in etwas Verrußtes gesteckt hatte, ähnelte mit geschwärztem Gesicht, schweißglänzendem Oberkörper und Leopardenshorts einem Stammeskrieger. Julia, in kurzen Turnhosen, hatte das schnell geschneiderte, ärmellose Dirndlmieder aus aneinandergefügten eingerollten Kondomen selbst anprobiert, darunter trug sie nichts.

»Sag mir, dass das ein Traum ist, Gina«, murmelte Christiane, machte einige zögernde Schritte auf das Haus und uns zu, und wie an meinem ersten Tag bockte ihr Rollkoffer im Kies, schlingerte und warf sie aus der Bahn, sie knickte um, rang mit einem Schmerzenslaut um Gleichgewicht. Eine Sekunde zu spät lösten wir uns aus unserer Erstarrung, Julia, Lutz und ich. Es war Hartl, der sein Surfbrett fallen ließ und zuerst bei ihr war.

»No? Geht's? Ich bin Ihr Nachbar.« Er bot ihr seinen Arm, griff mit der anderen Hand nach ihrem Koffer und geleitete sie zum Haus.

»Warum sagt dieser Papagei ständig: Du bist so gut?«

Christiane strich sich die Ponyfransen aus dem Gesicht, kniff die Augen zusammen, riss sie wieder auf. Was sie schon die ganze Zeit tat. Als könnte sie irgendetwas nicht glauben.

»Das … na ja, das wirst du schon noch rausfinden. Ich zeig dir mal, wo du schläfst, ja?«

»Du bist soooo gut!« Picco flatterte auf, kreiste eine Runde durch die Küche, landete auf der Schulter seines Beschützers, Freundes und Hauptfutterlieferanten, der wieder vor dem Backofen hockte und gebannt hineinblickte.

»Oder willst du erst das Wohnzimmer sehen? Die – ähem – Urne?«

Vielleicht war es doch keine so gute Idee gewesen, für die Urne einen kleinen Baldachin zu bauen, zumal es sich eher um einen wackligen Behelfsbaldachin handelte. Vier Bleistifte, ein Stück Müllsack. Worauf Picco eben ein Andenken hinterlassen hatte. Christiane stand eine Weile davor. Schweigend und kopfschüttelnd. Es sah nicht so aus, als ob sie trauerte. Ebenso kopfschüttelnd stand sie wenig später in dem Zimmer, das ich für sie hergerichtet hatte.

»Was ist das?« Sie hielt den Bären in Seppelhosen hoch. Den Bären, der mich so vorwurfsvoll und flehend angesehen hatte, dass ich es nicht übers Herz gebracht hatte, ihn wie die anderen zum Sperrmüll zu geben. Wie ich auf die Idee gekommen war, ihn auf Christianes Kopfkissen zu setzen, konnte ich jetzt, neben Christiane in ihrem Kostüm, ihrer makellosen Bluse, mit ihrem ebenso makellosen Make-up, duftend und perfekt, nicht mehr verstehen. Verlegen schaute ich auf den Boden. Den Picco auch schon befleckt hatte.

»Äh, vielleicht willst du dich erst mal frischmachen?« Etwas Besseres als das, was in Filmen in solchen Situationen gefragt wurde, fiel mir nicht ein. Ich war schon öfter mit meiner Chefin in Hotels gewesen, zu Messezeiten oder wenn einer unserer Künstler einen wichtigen Fernsehauftritt hatte. Normalerweise buchten wir Vier- bis Fünfsternehotels, und abends besprachen wir Geschäftliches an der Bar. Es konnte sein, dass Christiane auch einmal privat wurde, was sich darin äußerte, dass sie mir Vorträge hielt, dann fuhren wir mit dem Aufzug in unser Stockwerk und verabschiedeten uns vor der jeweiligen Zimmertür. Teure Hotels waren niemals hellhörig, und was immer Christiane danach tat, ob sie sich über die Schokoladenvorräte aus der Minibar hermachte, mit Ralli am Telefon turtelte oder die ganze Nacht Opernarien sang, ich bekam nichts davon mit. Jetzt hatte sie ihre Pumps abgestreift. Auf Strümpfen wirkte sie kleiner, aber dennoch wie aus dem Ei gepellt. Sie betrachtete noch einmal das Bärchen, dann mich, ließ ihre Augenbraue langsam sinken und lächelte.

»Weißt du was, Schorschelchen, am besten *du* machst dich jetzt erst mal frisch und Julia auch, und wenn ihr wollt, auch dieser … Ähem. Ja. Und dann gehen wir essen. Ich hätte Lust auf Salat mit Shrimps und ein Glas Rotwein.«

»Äh … Essen? Ja. Essen. Ja. Natürlich. Essen. Haha.«

Jetzt sah sie mich mit Thereses Es-ist-mir-nicht-geheuer-Blick an. Dabei stotterte ich nur, weil ich rasend schnell die Möglichkeiten durchspielte, die uns blieben: Döner 24, das *Biafuizl,* das Campingplatzrestaurant und Anderls Kneipe am Feuerwehrhaus. Wo es abends ab und zu warmes Essen geben sollte, Wildgerichte, zumindest hatte Therese so etwas erwähnt. Thereses Café hatte nur tagsüber geöffnet. Und war auch nicht unbedingt die Location, in der ich Christiane sah. Auf einem Campingplatz sah ich Christiane allerdings erst recht nicht. Ich versuchte, mich zu fassen.

»Wir können in die Kreisstadt fahren. Oder um den See, es gibt sicher irgendwo …«

»Ach, ich bin schon den ganzen Tag gefahren. Gibt es nicht hier am Ort irgendwo einen Italiener? Es muss nicht gehoben sein.«

»Äh, Chris, ich dachte, es ist deine Tante, also, ich meine, du warst doch sicher öfter hier?«

»Das ist ewig her, Gina. Als Kind vielleicht. Danach war meine Tante immer bei mir, Weihnachten und so weiter. Also?«

Dass Lutz auch gut kochte, dies zu sagen hätte ungefähr den gleichen Effekt erzielt, wie wenn ich ihr gesamtes Bett mit rosa Plüschbären bestückt hätte. Oder mit Kakerlaken.

»Äh … also direkt italienisch wird eher schwierig. Aber vielleicht … äh … regionale Küche?«

»Was ist nur los mit dir, Gina? Bist du verliebt?«

»Ich? Verliebt? Seh ich so aus? In wen? Er hat mich nur gek… Äh, ich wollte mit dir sowieso mal über Mirko reden.«

Sie musterte mich von oben bis unten, fast meinte ich, Besorgnis in ihrem Blick zu lesen, dann schüttelte sie den Kopf.

»Da gibt's nicht viel zu reden, Gina. Ich werde ihn feuern. Und jetzt mach dich frisch, ja?«

14.

Eine halbe Stunde später machten wir uns auf den Weg zum Feuerwehrhaus. Lutz war nicht mitgekommen, er zog es vor, in hockender Stellung vor dem Römertopf zu verharren, einen Papagei auf der Schulter, der für Christiane nach der ersten freundlichen Begrüßung jetzt doch ein feindseligeres, dennoch wie nebenbei hingeworfenes »Brunza!« übrig hatte.

»Was ist eigentlich mit Picco Siebzehn? Warum ist er nicht in seinem Käfig?«, fragte Christiane.

»Äh, weißt du, Papageien sollten schon frei fliegen können«, hörte ich mich sagen, zu meinem eigenen Erstaunen. »Papageien sind neugierig und müssen sich bewegen. Alles andere ist …«

»Tierquälerei«, vollendete Julia mit ihrem engelhaftesten Lächeln.

Darauf gingen wir eine Minute schweigend nebeneinander her. Alle drei auf Highheels. Ich hatte die Echsenledernen an, Julia trug rote, glänzende Pumps, unverkennbar Leder, in denen das Karöttchen sie bestimmt nicht gern sah, und Christiane stöckelte auf den Schuhen, in denen sie vorhin auf dem Kiesweg umgeknickt war. Das Klacken unserer Absätze hallte weithin in der Stille, bestimmt bis zum gegenüberliegenden Seeufer.

»Meine Güte, ist das ein Kaff«, sagte Christiane. »So schlimm hab ich's dann doch nicht in Erinnerung. Na ja, ehrlich gesagt, habe ich gar keine Erinnerung.«

»Wenn du erst mal alles gesehen hast, wird es dir bestimmt gefallen. Sie bieten hier sogar Kuhkuscheln an«, sagte Julia und schloss etwas lahm, als Christiane stehen blieb und sie mit hochgezogener Augenbraue ansah: »Die Leute hier sind wirklich sehr nett.«

Wenige Meter entfernt, auf dem Uferweg, gingen Quirin und

Die-vom-Surfbrett-fällt lässig nebeneinander her. Was mich so aus dem Konzept brachte, dass ich auf Christianes fragenden Blick nur stottern konnte: »Die … äh … Kühe auch.«

Sogar Julia sah mich befremdet an. Jetzt erst bemerkte ich den fischlippigen Mann und die Gruppe der Sachsen hinter den beiden, es musste sich um einen abendlichen Tauchschulausflug handeln. Um meine Verwirrung wieder wettzumachen, klatschte ich wie eine überfröhliche Reiseleiterin in die Hände: »Ja. Dann wollen wir mal.« Und schritt forsch auf den in der Tür lauernden Anderl zu, der nicht wusste, wohin mit seinen Blicken. Christiane trug ihr graues Kostüm und eine weiße, hochgeschlossene Bluse, Julia ein enges, elegantes Kleid in glänzendem Schwarz, ich einen etwas gewagten Lederrock und eine busenfreundliche Jacke über einem weißen Top.

Anderl scannte Julia und mich eindringlich, beinahe glühend, als ob er uns für später auf seine Festplatte bannen wollte, um sich Zeit zu lassen, Christiane ausgiebigst zu betrachten. Ich spürte, wie sich die Luft um meine Chefin mit Wut auflud, je länger der Prozess dauerte, und sagte schnell: »Hallo Anderl, wir würden gern …« Weiter kam ich nicht, denn Anderl unterbrach mich mit einem genuschelten Satz, in dem die Wörter »Toilettn« und »Automatn« vorkamen und der mit »Es san fei noch koane frischn Präserl do« endete. Vorsichtshalber zog ich den Kopf ein. Immerhin hatte Christiane eine bayerische Tante, kannte das Wort »Schafszipfi«, war vielleicht irgendwo in Bayern aufgewachsen. Aber sie gab kein Anzeichen des Verstehens, und Anderl bleckte die Zähne. Sein Raubtierlächeln wich jedoch einem bestürzten Ausdruck, als wir selbstverständlich auf die Stufen zugingen, die in sein Lokal führten.

»Jo mei, wos isn des jetza, wos gibtn des?«

»Essen«, sagte Christiane, setzte ihren schwarzen Lackschuh auf die erste Stufe, und Anderl trat prompt einen Schritt zurück in den Gastraum. Der eher dunkel gehalten war und noch rustikaler als das Café. An den Wänden hingen Geweihe. Auch ganze, stumpf glotzende Hirschköpfe, zwischen Bildern, allesamt Gruppenfotos: die freiwillige Feuerwehr Neuenthal, der Kegelclub, eine Rudermannschaft, vielleicht auch Surfer. Pokale standen auf Brettern, darüber hingen Wimpel. Was hinten im Raum im Halbdunkeln saß, schien auch zum Inventar zu gehören. Erst als wir etwas weiter ins Dämmrige vordrangen, erkannte ich, dass es sich um Karten spielende Menschen handelte, die allerdings ihr Kartenspiel vorübergehend aufgegeben hatten, um unseren Eintritt gebührend zu würdigen.

»Grüß Gott«, sagte Christiane in aller Selbstverständlichkeit und steuerte auf einen runden Tisch in der Mitte zu. Wir folgten ihr, und wieder einmal bewunderte ich meine Chefin für ihr perfektes, bestimmtes, dabei immer lässiges Auftreten.

»Ich nehme ein Helles«, sagte sie zu Anderl, nickte zu Julia und mir herüber. »Ihr auch? Nach einem Wein zu fragen ist ja wohl sinnlos. Also drei Helle. Haben Sie eine Speisekarte?« Anderl murmelte irgendetwas, das klang wie »Muss i schaun, ob die Oide noch in der Kuchn is«, und entschwand. »Hat er jetzt die alte Speisekarte gemeint oder seine Frau?« Christiane lächelte zu den Kartenspielern hinüber, die sich noch nicht entschieden hatten, ob sie ihr Spiel wieder aufnehmen oder, Rücken zum Tisch, unseren Anblick genießen wollten wie ein etwas überkandideltes, aber gleichwohl fesselndes Fernsehprogramm. Niemand antwortete ihr, und ich versuchte, mich zu konzentrieren. »Was ist jetzt mit Mirko? Warum willst du ihn rausschmeißen?«

»Ganz einfach.« Christiane rubbelte mit einem Papiertaschentuch an der verschmierten Tischplatte herum. »Weil er sich nichts sagen lässt, sich zu viel erlaubt, weil er frauenfeindlich ist, weil er mir zu teuer wird, wenn es so weitergeht mit den Schmerzensgeldforderungen, entzogenen Sendungen und Konventionalstrafen. Weil er sich selbst ins Aus manövriert hat und nicht auf mich hören wollte, weil man irgendwann einmal einen Schlussstrich ziehen muss, so weh es ... Danke.« Sie nickte Anderl zu, der drei Biergläser vor uns abgestellt hatte, von der Größe, die man hier Hoibe nannte. »Und? Was gibt's zu essen?«

»Aber du kannst doch Mirko nicht einfach ...«

»Wenns koa Fleisch essts, wird's ned so leicht.« Anderl zupfte an dem fleckigen Geschirrhandtuch herum, das er über dem Arm trug.

»Wieso kein Fleisch?«

»Ihr seids doch alle Veganer, ha?« Er schaute von mir zu Julia, zu Christiane, dann bleckte er sein Gebiss: »Es gibt a Reh.«

»Wunderbar«, sagte Christiane. »Geschossen oder überfahren? Ach, egal, wir nehmen es.«

Während sie, Julia und Anderl über Fleisch diskutierten, über Beilagen und einen Kartoffelsalat für Julia, die keine Ausnahme machen wollte, nur, weil das Karöttchen nicht dabei war, versuchte ich, wenigstens einen der Gedanken einzufangen, die mir durch den Kopf schossen, in wildem Durcheinander: Hatte Mirko schon gewusst, dass Christiane ihn rauswerfen wollte, als er herkam? Verstand Christiane doch, was Anderl sagte, immerhin hatte sie eben darauf geantwortet? Und was war eigentlich zwischen ihr und Mirko?

Etwas, was ich mich auch früher schon oft gefragt hatte. Gedankenverloren schaute ich an Julia vorbei auf ein Bild an der Wand neben der Tür, das weniger vergilbt wirkte als die anderen Fotografien, weniger alt, eigentlich recht neu. Und auf dem Bild waren – ich reckte den Hals – ausschließlich Frauen zu sehen, genau konnte ich es aus der Entfernung nicht erkennen. Anderl kam mit Julias Kartoffelsalat, und Julia rückte ein Stück näher zum Tisch, verdeckte das Bild. Ich sah es erst wieder, als wir aufbrachen: Es war tatsächlich eine Gruppe Frauen, in Nachthemden, alle hielten Sektgläser in der Hand und sahen aus, als wäre dies nicht ihr erster Sekt an diesem Abend. Ganz vorne präsentierte sich die Nail-Art-Metzgerin mit hochtoupierter Frisur, in etwas Schwarzem, Netzartigem, daneben die blondierte Frau, die ich zuletzt in einer Kittelschürze gesehen hatte, im Edeka. Auf dem Foto trug sie einen durchsichtigen Unterrock, darunter sah man pralle Airbags, gehalten von einem Spitzen-BH, so viel konnte ich im Vorbeigehen erkennen, stehen bleiben wollte ich nicht, um nicht unnötig Christianes Aufmerksamkeit darauf zu lenken, zumal ich, mit einem letzten Blick, Franzis imposante Umrisse erhaschte. Sie explodierte aus einem Spitzenkorsett, und neben ihr, sah ich richtig …? Vorbei. Anderl hielt uns die Tür auf, verabschiedete Christiane in aller Liebenswürdigkeit und mit gewählten Worten: Es freue ihn, dass ihr der Rehbraten gemundet habe. Er sagte tatsächlich: gemundet, und Christiane nickte, gemessen lächelnd, und schritt durch die aufgehaltene Tür. Als sie schon auf der Treppe war, packte Anderl Julia am Ellenbogen: »Gä, Madl, des mittm Sadomaso lasst dir no amoi durchn Kopf gehn, des muass scho kürzer sein, des Kleid.«

Sie werde es sich überlegen, bestätigte Julia etwas verlegen, dann verschwand Anderl wieder im Lokal, und Christiane drehte sich zu uns um, nicht mehr lächelnd, mit hochgezogener Augenbraue: »Präserl und Sadomaso – ich glaube, ihr habt mir einiges zu erzählen.«

Auf dem Rückweg am See entlang war es vor allem Julia, die erzählte. Nicht das, was Christiane wissen oder auch nur hören wollte. Julia hielt eine flammende Rede über die schreiende Ungerechtigkeit hier am Seeufer, die protzige, naturfeindliche, großkapitalistische Hotelkette, die Strobl bauen wollte, über den Untergang einer Tauchschule, eines Cafés und eines Trachtenladens, der kurz vor seinem großen Durchbruch stehe, denn es gebe bald eine Modenschau, auf der Modelle gezeigt würden, die …

»Ich hab es dir ja schon am Telefon angedeutet«, unterbrach ich sie, bevor sie auf die Idee kam, vor Christiane das Wort

Kondomdirndl auszusprechen. »Es wäre wirklich schade, wenn …«

»Wenn eine Tauchschule *untergeht?*« Christiane lachte, dieses ungläubige, fassungslose Lachen, das ich an ihr kannte, das Lachen der einzigen Person, die noch bei Verstand war, inmitten einer Horde Wahnsinniger.

Julia ließ sich von diesem Lachen nicht beeindrucken, redete weiter: »Wenn du an Strobl verkaufst, hast du einen unschuldigen Uferstreifen auf dem Gewissen.«

Bevor Christiane wieder in ihr Allein-unter-Irren-Lachen ausbrechen konnte, versuchte ich, sie sachlich und bestimmt ins Bild zu setzen, nannte Fakten, die ich von Strobl gehört hatte. Dass die Tauchschule, vermutlich unwissentlich, einen Teil des Grundstücks nutze, es sei wohl größer als angenommen, deshalb käme Strobl morgen zum Vermessen. Man könne sicher über dies alles verhandeln, wobei diese Strobls tatsächlich nicht die angenehmsten Zeitgenossen seien und das Ganze noch durch eine alte Feindschaft zwischen den Strobls und den Nachbarn erschwert werde … Ich unterbrach mich, kniff die Augen zusammen, denn ich glaubte, nicht recht zu sehen: Vom See her näherte sich eine Kette Riesenglühwürmchen. Julia und Christiane hatten sie auch erspäht, und zusammen schauten wir zu, wie sie näher kamen, über den dunklen Strand, Menschen mit Stirnlampen, in Badekleidung und Neoprenanzügen. Zwei von ihnen winkten: Judda und Üwe.

»Mal langsam, Gina.« Christiane strich sich eine Ponyfranse aus dem Gesicht, anscheinend erleichtert, dass ich noch halbwegs bei Vernunft war. »Jetzt macht das Ganze langsam Sinn. Du hast ja schon gesagt, dass Leute im Haus herumschnüffeln. Es würde mich nicht wundern, wenn das zufällig diese Nachbarn, die *unwissentlich* – Gina, ich muss doch sehr bitten! So naiv bist du doch sonst nicht – also die Nachbarn wären, die unwissentlich das Grundstück …«

»Aber das stimmt doch gar nicht«, mischte sich Julia ein, und Christiane schaute zweifelnd zwischen uns hin und her, dann wieder auf die Näherkommenden mit ihren Stirnlampen, während ich von meinem Verdacht erzählte: »Die Keksdose … äh, die Urne … war nicht an ihrem Platz, als ich von der Nail-Art-Metzgerin zurück …«

»Die Urne? Ich dachte, die ist erst gestern gekommen?«

»Äh, natürlich, gestern, ich meinte tatsächlich eine Keksdose, haha, sie sah ganz ähnlich aus wie eine Urne, so ein Zufall! Und die Matratze, also, das Bett, ganz zerwühlt, an dem Morgen, als Mirko … Äh, außerdem hat es nach Zitrone gerochen …« Jetzt sahen mich beide, Christiane und Julia, auf die gleiche Art an, halbwegs erwartete ich, dass sie mich von beiden Seiten vorsichtig unterhaken würden, um mich nach Hause zu bringen, ein »Jetzt schläfst du erst mal schön, und morgen kommt der Arzt« auf den Lippen. Aber der Arzt war schon da. Zumindest der Tierarzt. In seiner Gestalt als Surflehrer. Oder als Schwimmlehrer. Oder als was auch immer er hier in Badehosen, mit Stirnlampe und Angeberschwimmbrille am See fungierte, immerhin abends nach zehn. Judda und Üwe erklärten es uns: »Nachtschwimmen!« Es sei sooo romandisch, schwärmten sie, viel besser als eine Nachtwanderung, und sie würden demnächst auch nachtschnorcheln gehen, was sicher noch romandischer wäre. »Willst du nicht mitmachen, meine Guddsde? Du hast doch schon mal mitgeschnorscheld!« Glücklicherweise ging Juddas Bemerkung in der Begrüßung unter Nachbarn unter. Erst schüttelte Quirin Christiane die Hand, ernst und dafür, dass er nichts als eine Badehose und ein Handtuch trug, doch recht förmlich, dann trat ein charmant lächelnder Hartl vor, ebenfalls in Badehose, schob die Stirnlampe zurück ins Haar und ergriff ihre Hand. Er hoffe, sagte er in bestem Hochdeutsch, sie habe sich schon etwas eingelebt?

»Ja, ich glaube, das habe ich.« Christiane betrachtete den halbnackten Hartl von oben bis unten, in aller Ruhe und Genüsslichkeit. Was ihm nichts weiter auszumachen schien.

Souverän ließ er ihr Zeit, sich sattzusehen, hielt dabei ihre Hand fest in seiner, zeigte sich als galanter Augenschauer. Als er sie endlich losließ und wir weitergingen, blieb er einen Moment stehen und gönnte sich einen dezenten Blick auf ihren bemerkenswerten Pfirsichhintern in ihrem engen, geschlitzten Rock, bevor er wieder zu ihr aufschloss. Im Weitergehen unterhielten sie sich, Christiane lachte einige Male ihr tiefes Lachen, und als er kurz vor dem Kiesweg vorsorglich stützend nach ihrem Ellenbogen griff, ließ sie es sich gefallen. Worüber sie sprachen, hörte ich nicht, denn Julia erzählte dem Fischlippigen und dem dünnen Mädchen, das von Surfbrettern fiel, von der kommenden Modenschau, von der sie gerüchteweise gehört hatten.

»Heute ganz offiziell, Frau Zuhlau?« Ich spürte Quirin neben mir, seinen Arm, noch kalt vom Wasser, dicht an meinem, und mir fehlte die Kraft, meine innere Kuh zu aktivieren und gelassen zu bleiben.

»Lass doch mal diesen Quatsch!«

»Welchen Quatsch?« Er legte seine Hand auf meine Schulter, und unmerklich blieben wir einen Schritt zurück … Aber schon drehten sich die Sachsen um, Üwe rief, dass seine Tauchlehrer ja immer so edebedede seien, was Effgaga betreffe, Nachtschnorcheln, da gönnd man ja gleich Naggdschnorcheln, und alles lachte. Einen Moment legte Quirin seinen Arm um meine Taille, leicht, beinahe spielerisch, beugte sich zu mir.

»Welchen Quatsch soll ich lassen?«

»Diesen Frau-Zuhlau-Quatsch.« Dummerweise fing mein Herz von einem Moment auf den anderen an, so schnell zu schlagen wie sonst nur nach einem einstündigen Step-Aerobic-Workout, und ich entzog mich seinem Arm.

»Du bist so süß, wennsd so straight bist«, flüsterte er, ich spürte seinen Atem an meinen Ohr, Schwimmbadduft. Bevor mir eine Antwort einfiel, drehte er sich um, und ich ging hinter den anderen her ins Haus.

»Zieh die Latschn aus, wannsd reinkimmst, hosd mi?«

In der Küche brannte noch Licht, und es roch nach Kohl. Von Lutz keine Spur. Das Haxnexperiment schien misslungen zu sein. Auf dem Tisch stand der Römertopf, gefüllt mit einem Gemisch aus verbrutzeltem Tofu und zerfallenem Kohl. Picco kreiste darüber und zeigte uns, was er davon hielt.

Am nächsten Tag präsentierte ich Christiane meinen gezeichneten Plan des Hauses, die abgehakten Planquadrate, und wir besprachen das weitere Vorgehen. Christiane lobte meine Einteilung, schickte uns nach oben zu den Planquadraten D6 bis E6, die wir zu dritt, sagte sie, wohl an einem Tag bewältigen könnten, richtete im großen Zimmer ihr Büro ein und wies uns an, ihr alles, was mit beschriebenem Papier auch nur ansatzweise zu tun hatte, sofort zur näheren Untersuchung zu bringen. Wir verbrachten den Vormittag in einträchtiger Arbeit, nur unterbrochen von einem Ausbruchsversuch von Lutz, den wir zu zweit daran zu hindern versuchten, die Küche zu stürmen.

»Meine Haxe … Ich muss zu meiner Haxe.«

»Schatz, Chris ist es sicher nicht recht, wenn du jetzt kochst, es ist schließlich ihr Haus, und sie ist unsere …«

»Lass mich zu meiner Haxe!«

»Schatz, bitte! Hör mal, warum gehst du nicht ins Café und experimentierst da ein bisschen?«

»Aber verschwinde unauffällig, ja«, fügte ich hinzu, und Lutz schlich die Treppe hinunter, zog leise die Haustür hinter sich zu. Im großen Zimmer versuchte Christiane, mit Picco klarzukommen.

»Das glaub ich jetzt nicht. Du hast jetzt nicht auf mein Telefon gekackt.«

»Du bist so guuuut!«

»Oh, ja, wo du das her hast, weiß ich, mein Lieber. Jetzt aber husch! Husch! Husch! Hier geht's zum Käfig! Sonst lass ich dich ausstopfen.«

Keckern, das erstaunlich echt nach Lachen klang. Dann ein Bauarbeiter-Pfiff.

»Husch! Hier ist dein Platz!«

»Picco hot oan fahrn lassn, hehe. Halt die Goschn?«

»Hat dir Tante Mirl das beigebracht? Das sieht ihr ähnlich. Komm, mach Platz jetzt, ich sag's dir im Guten.«

»Schau, dass d' Land gwinnst, Hundskrüppe, gschtinkata!«

»Hör mal, du Viech, so redet man nicht mit einer Dame! Ich kann auch anders! Jetzt hopp!«

Keckern. Kreischen. Pfeifen.

»Was willst du denn noch hören? Gurrgurr, dutzi, dutzi? Himmel, ich mach mich hier doch nicht zum Affen! Und ihr da oben«, jetzt erschien sie auf den ersten Treppenstufen, perfekt gestylt, in einem ihrer pfirsichfarbenen Hosenanzüge, »ihr da oben, hört sofort auf zu kichern! Ich geh jetzt einkaufen, vielleicht gibt es ja irgendwo Salat mit Shrimps. Und Gina, vielleicht bittest du diesen Tierarzt, mal zu kommen. Und zwar sofort.«

Damit schlug sie die Haustür hinter sich zu. Wir hörten den Kies unter ihren Schritten knirschen, dann das gebieterische Klackern ihrer Absätze auf dem Parkplatz. Julia steckte die Girlande Weihnachtsschmuck, die sie gerade in der Hand hielt, in eine Mülltüte, zog sich Turnschuhe und Jacke an.

»Wo willst du hin?«

»Ich muss zu Therese und Pragit.«

»Bist du wahnsinnig? Wenn Christiane das ...«

Aber sie stürmte schon die Treppe hinunter. Mit einem äußerst unguten Gefühl gab ich Picco seine Ration Erdbeeren mit Datteln, überlegte, wie ich den Papageienzuständigen am besten erreichen könnte. Sollte ich zum See gehen, mit klopfendem Herzen am Ufer warten, bis er auftauchte oder anlegte? Die halbe Nacht war seine geflüsterte Bemerkung »Du bist süß, wennsd so straight bist« durch meine Gedanken gegeistert, bis ich endlich einschlief. Und von ihm träumte. So, dass ich jetzt noch rot wurde.

Mitten in meinen Überlegungen riss Christiane die Tür auf.

»So ein Kaff! Mittagspause! Von …«, sie lachte ihr Allein-unter-Irren-Lachen, »… zwölf Uhr dreißig bis fünfzehn Uhr! Mittwochnachmittag geschlossen! Na los, wir gehen rüber ins Café.«

»Äh, zum nächsten Supermarkt sind's nur acht Kilometer, und da gibt's auch …«

»Ach was, irgendein Sandwich werden die schon haben.«

»Es gibt auch noch den Döner 24.«

»Gina, was ist denn los? Gestern habt ihr mir dieses gefährdete Café noch angepriesen. Also los, wo ist Julia?«

»Die ist … kurz mal spazieren. Stauballergie, glaub ich. Das Café ist übrigens mittags immer überfüllt. Wir bekommen bestimmt keinen Platz mehr und …«

»Das will ich erst mal sehen. Stauballergie!« Kopfschüttelnd stürmte Christiane voraus, und mir blieb nichts übrig, als hinterherzutrotten.

Der Tauchkurs war nicht zum Essen erschienen, der große Tisch war leer. In der Mitte des Lokals saß Alexander Strobl mit zwei Männern. Franzi, Özcan, die blondierte Frau vom Edeka, die Nail-Art-Metzgerin und Kathi, die, wie ich jetzt erst begriff, nicht nur ihr Lehrmädchen, sondern anscheinend auch ihre Tochter war, teilten sich den Ecktisch.

»Na, von wegen überfüllt«, murmelte Christiane und steuerte auf den großen Tisch zu, gerade als sich der verfilzte Vorhang teilte und Julia mit einem Tablett voller Teller heraustrat. Sie sah uns nicht, bog direkt ab zum Ecktisch.

»Fünfmal Pommes weißblau. Für wen war der vegane Leberkäse?«

»Das glaub ich jetzt nicht!«

»Christiane, da ist ja Alexander Strobl! Wie praktisch!« Und schon hatte ich meine Chefin am Ellenbogen gepackt und führte sie an Strobls Tisch. Alexander Strobl begrüßte mich mit einem breiten Lächeln: »Was sehe ich, Frau Zuhlau, heute als Gast, nicht in Ihrer Tätigkeit als …«

»Oh, Herr Strobl, was für ein Zufall, darf ich Ihnen Frau Breitner vorstellen?« Meine Zunge, vielleicht noch trainiert von Quirins Küssen, überschlug sich fast. Wie um alles in der Welt konnte ich ihn davon abhalten, das Wort Bedienung auszusprechen?

»Herr Strobl, Frau Breitner, die – äh – Erbin. Das sieht aber ansprechend aus, haha, auf Ihrem Teller, das ist sicher der Leberkäse?«

Ich mied Christianes Blick, sah stattdessen Alexander Strobl an, erst flehend, dann beschwörend.

»Ach, wissen Sie, Frau Zuhlau, dieser Möchtegern-Leberkäse ist ebenso unspannend wie die Menschen, die solche Absurditäten zu sich nehmen. Schön, Sie endlich kennenzulernen, Frau Breitner. Die Herren hier sind übrigens meine beiden Bekannten, die gleich das Grundstück vermessen werden …«

Während er uns die Männer vorstellte, fixierte ich ihn, versuchte fieberhaft, mich an Hypnose-Sendungen im Fernsehen zu erinnern. Vielleicht würde es auch ohne Pendel gehen:

Alexander, du bist ganz entspannt. Tiiief entspannt. Du wirst jetzt gleich vergessen, dass du Georgina Fernande Zuhlau jemals als Bedienung hier gesehen hast.

»… wann glauben Sie denn, ist die Testamentsangelegenheit endlich geklärt?«

»Ich denke, spätestens in zwei Tagen. Jetzt, wo ich hier bin und einiges in Ordnung bringen kann.« Christianes missbilligender Blick brannte auf meinem Gesicht, aber ich sah sie nicht an, versuchte, Julia per Fernhypnose dazu zu bringen, in der Küche zu bleiben, von mir aus mit dem Karöttchen Kamasutra-Übungen zu machen oder, noch besser, durch die Hintertür zu entwischen. Dann würde die nächste Übung sein, den Anblick von Julia mit Tablett aus Christianes Hirn zu tilgen. Aber Julia machte das unmöglich, teilte lächelnd den Vorhang, sah uns, stutzte und verschwand wieder, obwohl Alexander Strobl winkte: »Hallo, bitte, ich hätte gern noch eine Apfelschorle! Frau Breitner, ich kann Ihnen diesen Pseudo-Leberkäse eher nicht empfehlen, höchstens die Pommes frites, so was bekommt ja noch jeder hin. Wissen Sie, welches Gericht es als Alternative gibt, Frau Zuhlau? Sie kennen sich ja aus, Sie haben ja hier Erfahrung als …«

»Weißwurst! Vegane Weißwurst!« In meiner Aufregung hatte ich gebrüllt, als müsste ich die frohe Weißwurst-Botschaft den Hungrigen am anderen Seeufer mitteilen, und alle starrten mich an, auch Therese, die gerade hinter dem Vorhang hervortrat, ein Blech Apfeldatschi auf der Theke abstellte.

»Mei, Gina. Und Sie sind sicher …«

»Christiane Breitner.«

Darauf hielt Therese einen kleinen Vortrag, wie viel Gina schon im Haus geschafft habe, Christiane könne sich kein Bild davon machen, wie es dort ausgesehen hätte. Sie selbst habe sich ja um die alte Dame gekümmert, so weit es ihr möglich gewesen sei, nicht nur sie, auch ihr Bruder, Hartl, und ihr Neffe, zumindest in den Ferien. Aber gegen die jahrzehntelange Sammelwut der alten Dame hätten sie auch nichts unternehmen können. Gina habe Wunder gewirkt, sei überhaupt so tüchtig und so nett.

Ich hatte nicht gewusst, dass Hartl Thereses Bruder war, wirr dachte ich darüber nach, tatsächlich, sie sahen sich ähnlich, um die Augen, und Quirin war dann ihr …

»… macht ja auch bei der Modenschau als Model mit«, sagte Therese gerade, und ich schrumpfte unter Christianes Blick zusammen.

»Ja, sehr tüchtig, unsere Frau Zuhlau«, fiel Alexander Strobl in die Lobeshymne ein, und ich gab meine Hypnoseversuche endgültig auf, jetzt war es auch schon egal.

»Ich habe sie ja die letzten Tage hier im Café erlebt …«, ruhig war ich jetzt, ganz ruhig, wie nur hatte ich glauben können, dass es möglich war, vor Christiane die Notfälle zu verheimlichen, die mich vom Suchen abgehalten hatten,

»… als außerordentlich talentierte Bedienung«, schloss Alexander Strobl.

15.

Den Rest des Tages verbrachten wir in der Strafkolonie der Planquadrate D6 bis E6, mit Schlitten, Skiausrüstungen, Rentieren und Weihnachtsschmuck. Es war heiß im ersten Stockwerk, und Lutz, der uns widerstrebend half, hatte sich bald wieder bis auf sein Leopardenunterhöschen ausgezogen. Für Julia hoffte ich, dass er mehrere davon besaß. Wir arbeiteten schweigend, sahen uns nur ab und zu an, wobei Julia immer wieder mit den Augen rollte und kopfschüttelnd die Wangen aufblies, um das, was im Café geschehen war, zu kommentieren. In ihrem zuckersüßesten Tonfall hatte Christiane verkündet, dass sie ihre Angestellten nicht dafür bezahle, in einer Caféhütte, und möge sie auch noch so urig sein, zu bedienen, auch nicht dafür, an einer Modenschau mitzuwirken, worauf Therese mit einem »A, gä, ich bezahls ja auch. Neunfuchzig die Stund« auftrumpfte und mit einem: »Die Madln werrn scho selbst wissen, was sie tun« die Arme vor ihrem gewaltigen Balkon verschränkte.

»Neunfuchzig die Stunde, ich glaub's einfach nicht.« Christiane hatte zu ihrem Allein-unter-Irren-Lachen angesetzt, es aber gleich wieder heruntergeschluckt, als Julia ein vorsichtiges, dennoch beherztes »Aber die Moden… Au!« in den Raum zu werfen wagte, gestoppt von meinem Tritt auf ihren Fuß.

Jetzt, während sie wütend einen übergroßen Plastikweihnachtsmann zur Treppe zerrte, zischte Julia mir zu: »Aber die Modenschau ist mir wichtig!«

»Ich weiß. Sie wird sich schon wieder beruhigen, lass uns einfach mal einen Tag machen, was sie will, du kennst sie doch.«

»Habt ihr ihre Aura gesehen?«, mischte sich das Karöttchen ein. »Schlammbraun.« Was Julia ihm auf der Stelle bestätigte. Man musste kein Aura-Seher sein, um zu erkennen, dass Christiane tatsächlich düster umwölkt war. Sie lief von einem Zimmer ins nächste, öffnete Schubladen in Planquadraten, die ich längst durchsucht hatte, drohte Picco mit immer phantasievolleren Strafen, falls er sich nicht sofort in seinen Käfig begab. An die Wand nageln, jede Feder einzeln ausrupfen und ihn an den nächsten Hähnchengrill verkaufen waren dabei noch die harmlosesten. Picco, erfreut über die Ansprache, antwortete mit Bauarbeiter-Pfiffen, hemmungslosem Gekecker und verliebtem Gurren, das mich vermuten ließ, dass er eine devote Ader hatte, zumindest bei Frauen. Je schlimmer Christianes Drohungen wurden, desto animierter wurde sein Gurren, und ich wollte mir nicht ausmalen, was passierte, wenn er auf ihrer Schulter landen, seine Krallen in ihre Seidenbluse graben würde.

Draußen hörten wir Alexander Strobl seine Männer an den Vermessungsgeräten befehligen, durchs Fenster sah ich ihn wichtigtuerisch herumstolzieren, mit glänzender Glatze, und als es klingelte, vergrub ich mich grimmig tiefer in Planquadrat E2. Das Letzte, was ich jetzt brauchte, war Alexander Strobl. Aber als Christiane öffnete, hörte ich nicht Strobls Stimme, sondern die des Tierarztes. Der nur einmal schnell vorbeikam, um sich nach Picco zu erkundigen.

»Sie sind Tierarzt? Sie sind derjenige, der dieses vermaledeite Federvieh in- und auswendig kennt? Dann tun Sie mir einen Gefallen, stecken Sie ihn in den Käfig, wo er hingehört.«

»Sehen Sie, ein Papagei gehört nicht in einen Käfig, er …«

»… ist neugierig und möchte frei fliegen, das habe ich schon von Gina gehört. Und jetzt stecken Sie ihn bitte in den Käfig.«

»Wenn Sie meinen. Na, komm, Picco, du armer Hund, bist halt zu gefährlich für die Weiberleit, es ist immer dasselbe.«

»Wollen Sie mich jetzt veralbern?«

»Wieso? Nehmens halt ein Stück Draht, er befreit sich sonst. Gina hatte auch amoi ein Vorhängeschloss … ist sie eigentlich da?«

»Oben, wir haben heute viel zu tun.«

»Ja, wir auch. Ich muss gleich wieder weg.«

Ich hörte, wie er auf die Treppe zuging, und mein Herz setzte zu einem Sprint an. Er sollte mich so nicht sehen, in meiner Kampfkleidung, ohne Silberkappe, vollkommen verstaubt, nicht nach dem, was er mir gestern noch ins Ohr geflüstert hatte. Hastig verschanzte ich mich hinter einem Berg Schlitten, mähte dabei einen Skistockwald um.

»Gina? Ist was passiert?«

»Nein, nein, alles supi, ich kann nur grad nicht runterkommen.«

Sein Kopf erschien, oben an der Treppe, hinter ihm Christiane.

»Hast Lust, heute Abend mitzuschnorcheln? Du hast ja den Grundkurs, und …«

»Sie hat den Grundkurs? Im Schnorcheln?« Christiane lachte irre auf, beherrschte sich im letzten Moment. »Wir arbeiten heute den ganzen Abend, tut mir leid.«

»Na prima«, knurrte Julia. Ich duckte mich hinter meine Schlitten, und Quirin zuckte mit den Schultern, machte sich wieder auf den Weg nach unten.

»Na, dann hat sich das andere ja auch erledigt. Ich sollte Ihnen nämlich ausrichten, von meinem Vater … Ach, mei, ist ja jetzt wurscht. Machens den Draht gut fest, aber auf Dauer müssens sich schon was überlegen.«

»Wir haben das hier in spätestens zwei Tagen gelöst, keine Sorge. Dann werde ich schauen, was wir mit dem Vogel machen.«

»Sie meinen, in zwei Tagen hams was gefunden? Und wenn nicht?«

»Das lassen Sie mal meine Sorge sein. Ich habe aber meine Gründe, ein, sagen wir, positives Ergebnis zu erwarten.«

»Und ohne Ergebnis lassens diesen Brun…, diesen Strobl schon mal das Land vermessen? Interessante Vorgehensweise.«

»Einen schönen Tag noch.«

»Ebenfalls.« Seine Schritte, Richtung Tür.

Christiane hielt ihn zurück: »Wenn's Ihnen nichts ausmacht: Was hat Ihr Vater mir denn nun ausrichten lassen?«

»Ich glaube, ich habe es gerade vergessen.«

Die Tür fiel zu.

Den ganzen Abend, während wir stumm und verbissen nebeneinander arbeiteten, wartete ich auf Christianes Strafpredigt, aber außer: »Damit wir uns verstehen: Bedienen im Café und Schnorcheln war gestern. Ganz zu schweigen von dem, was ihr mit Sadomaso und Präserl vorhattet. Nein, Julia, ich will es nicht genauer wissen«, sagte Christiane nicht viel. Sie hatte sich umgezogen, trug Jeans zu einer Bluse, deren Ärmel sie aufgekrempelt hatte, und schleppte gemeinsam mit Lutz ein Sofa nach dem anderen nach unten, nicht ohne es vorher genauestens abzuklopfen und zu untersuchen. Ich hatte meine Chefin noch nie so gesehen, schwitzend, mit gerötetem Gesicht und verlaufender Schminke, die sie irgendwann einfach mit einem Papiertaschentuch abwischte. Wir leerten das gesamte Weihnachtszimmer, legten unter einer Sammlung verrosteter Badezimmerarmaturen, alten Toilettenschüsseln und Wannen das Bad im ersten Stock frei, stellten Klobrillen, Schlitten und Skiausrüstungen aus mindestens fünfzig Jahren zum Müll, vor den Augen der versammelten Sperrmüllgemeinde. Die üblichen Verdächtigen flanierten vor dem Haus auf uns ab, bewunderten hier einen Spiegel, dort einen Schlitten mit Rentieren oder einen zierlichen Porzellanklosettspülkasten mit Kette. Franzi, am Arm von Özcan, hatte sich zur Feier des Abendspaziergangs besonders in Schale geworfen. Sie trug einen goldglitzernden Minirock zu blauweiß gerauteten Strumpfhosen, dazu ihr Duttln-und-Bier-T-Shirt, winkte fröhlich zu Therese hinüber, die im Eingang ihres Cafés stand und rauchte. Einen Moment dachte ich wieder an das Foto bei Anderl: War es tatsächlich Therese gewesen, die neben Franzi ihr

Sektglas geschwenkt hatte, etwas verschämt lächelnd, mit hochgesteckten Haaren, in einem rosafarbenen Negligé mit schwarzer Spitze?

»Wannsd noch a Model brauchst, woaßt ja, wo d' mich findst, gä?« Franzi nickte Therese nachdrücklich zu, rief ein »Na, wie weit bist denn damit?« zu Julia herüber, glücklicherweise, ohne das Wort Kondomdirndl auszusprechen, vielleicht aus Rücksicht auf die alte Burgl, die am Arm der Nail-Art-Metzgerin am Sperrmüll entlangflanierte und Christiane zornblitzende Blicke zuwarf.

»Flitscherl, du wirst scho sehn, der Kirch ghörts«, zischte sie, und die Metzgerin packte ihren Arm fester.

»Gä, Burgl, wannsd di ned benimmst, bring i di ned mehr her.«

»Wer ist das denn?«, flüsterte Christiane.

»Meinst du die Ex-Klassenkameradin von deiner Tante, die Metzgerin mit dem Nail-Art-Studio, die nebenberuflich als Friseurin arbeitet, oder die amtierende Bierkönigin vom Landkreis?«

»Oh, du meine Güte«, murmelte Christiane, lächelte Franzi an, die ihr »Herzliches Beileid, wenn auch a bisserl spät« wünschte und irgendetwas von einem »tragischen Versehen mit der Urne« und »wos meinens, wos des für a Schock war, als i die Keksdosn aufgemacht hab« hinzufügte, zum Glück unverständlich, falls man nicht sowieso ahnte, was sie sagen wollte, zumindest hoffte ich das.

Vergeblich.

»Eine Keksdose?« Christiane lächelte zuckersüß zu Franzi hinüber und warf mir einen weniger zuckersüßen Blick zu. »Hast du nicht gestern auch dauernd von einer Keksdose …?«

»Ich … äh … ich wollte dir nur von Franzis Rezept erzählen … für … für … für Bierkekse!« Ich schickte einen verzweifelten Hypnoseblick zu Franzi. Einen Blick, der erstaunlicherweise wirkte. Franzi überschüttete meine immer noch zuckersüß lächelnde Chefin mit Rezepten für Biergebäck und Poulardenschenkeln in Bier, nicht ohne mir wissend zuzuzwinkern. Worauf ich das Gespräch endgültig auf ein ungefährlicheres Thema brachte, mit einer lobenden Bemerkung über das Wetter, das bis jetzt gehalten habe, und darüber, dass von all den Herrlichkeiten, die wir auf den Kiesweg gestellt hatten, noch nichts weggekommen war, haha, ob das nicht großartig sei? Christiane bedachte mich mit einem langen, nachdenklichen, beinahe besorgten Blick.

»Ja, bei uns wären sie längst mit Bussen vorgefahren. Vielleicht ist das einer der großen Vorteile des Landlebens. Ich wusste ja gar nicht, dass du dich so sehr für Keksrezepte interessierst, Gina.«

Mit einer großzügigen Bewegung in Richtung Sperrmüll wandte sie sich darauf den Flanierenden zu.

»Wenn Sie irgendetwas haben wollen, seien Sie nicht schüchtern, nehmen Sie es sich ruhig mit!«

Worauf die versammelte Mannschaft der Sperrmüllbetrachtenden innehielt und sie anstarrte.

»Aber doch ned vor dem Zwoarazwanzigsten«, sagte Franzi, und Therese, in der Tür des Cafés, trat ihre Zigarette aus.

»Wer des bestimmt, wolln wir erst amoi sehn«, sagte sie, drehte sich auf dem Absatz ihres Cowboystiefels um und ging zurück ins Café.

Gegen elf Uhr waren wir bei Planquadrat E6 angelangt. Zu viert, in dem von Christiane vorgegebenen Tempo, ging es beschämend schnell. Unsere Chefin, anscheinend nicht halb so erschöpft wie wir, hatte dabei sogar noch den Atem für zwei kleinere Vorträge. Im ersten, kürzeren, ging es darum, wie wenig man doch seine Mitmenschen kenne, dargestellt am Beispiel ihrer Angestellten Gina und ihrem plötzlichen Interesse für Schnorchelkurse und Kochrezepte. Der zweite Vortrag, für den sie in ihrer Arbeit innehielt, während wir die Anfänge der Treppe in den zweiten Stock freilegten, war eher ein einsames Brainstorming zum Thema »gewinnbringende Kosten-Nutzen-Rechnung und Organisation einer Tauchschule mit angeschlossenem Café an einem idyllischen Uferstreifen«. Sie war mitten in der Konkurrenzanalyse, als das Telefon in der Diele ein heiseres Klingeln von sich gab. Ich hatte das vorsintflutliche Zifferntelefon mit dem Überzug aus geblümtem Stoff gleich zu Anfang ausgegraben, unter Kisten voller chinesischer Porzellandrachen, und hatte ihm nicht zugetraut, dass es überhaupt klingeln konnte, wenn auch hörbar ungeübt. Noch weniger hatte ich meiner Chefin das rasante Tempo zugetraut, mit dem sie die Holztreppe hinuntergaloppierte, auf Ledersohlen durch die Diele schlitterte, um den Hörer an sich zu reißen. Und schon gar nicht ihren säuselnden Tonfall, nachdem sie sich gemeldet und eine Weile gelauscht hatte.

»Oh, ja? Natürlich. Aber ja. Was für eine wunderbare Idee. Und *wie* gerne. Doch wirklich. Ich brauche nur einen Moment.« Sie legte den Hörer auf, rief uns, jetzt wieder im Befehlstonfall, zu, wir sollten die letzten Müllsäcke nach unten schleppen, dann könnten wir Feierabend machen, und verschwand im Bad. Zehn Minuten später rauschte sie aus dem Haus, nur leicht geschminkt, in frischen Edeljeans und sportlicher Bluse. Nachdem wir fluchend und mit schmerzenden Muskeln mehrere Müllsäcke voller alter Schrauben, verrosteter Zangen und anderer Eisenteile entsorgt hatten, duschten Lutz und Julia. Zusammen. Es dauerte, vielleicht fütterten sie noch eine schnelle Brahma-Ente. Als ich endlich aufbrach, duftend, mit Silberkappe und Bikini unter Rock und Bluse, wusste ich, dass ich zu spät kam. Am Nachthimmel hing eine fahle Mondsichel. Nur eine einzige Grille war noch auf dem Posten und zirpte in voller Lautstärke, als ob sie den Job für zehn andere mitmachen müsste. Die Frösche ruhten erschöpft, ließen die Insekten unbehelligt ausschwärmen zu den wartenden Blüten. Und zu mir. Stillvergnügt plätscherte der See vor sich hin, keine Haifischflosse teilte die glatte Wasserfläche, kein sächsischer Schnorchel tauchte auf. Nirgendwo eine Spur einer wilden »Effgaga«-Party mit Taucherbrille und Schwimmflossen. Nur weit entfernt, beinahe am anderen Ufer, dümpelte ein Boot, in dem zwei Schatten saßen. Mann und Frau vielleicht, es war nicht zu erkennen. Einen dummen, eifersüchtigen Moment dachte ich an Quirin und Die-vom-Surfbrett-fällt, dann drehte ich mich um, ging zurück zum Haus. Es war lächerlich von mir anzunehmen, dass Quirin auf mich warten würde, nachdem ich mich panisch hinter Skistöcken und Schlitten versteckt hatte, als er nach mir fragte.

Ich schlich durch den Flur. Von Julia und Lutz war nichts zu hören, auch nicht von Picco. Erst jetzt merkte ich, dass mir ein bewundernder Pfiff, ein »Zieh d' Latschn aus, wannsd reinkimmst« oder wenigstens ein kleines »Brunza!« als Begrüßung selbstverständlich geworden war. Aber Picco saß auf seiner Stange, den Kopf eingezogen, beobachtete mich misstrauisch, als ich an seinen Käfig trat. Er wirkte auf diese zerzauste Art deprimiert, wie in den ersten Tagen, in denen er verwirrt und ziellos umhergeflogen war.

»Sei nicht so bedröppelt, Picco, du kommst schon wieder raus. Und morgen kriegst du was ganz Feines, ja?«

»Picco hot oan fahrn lassn.« Es klang nicht besonders fröhlich.

»Erdbeeren mit Sonnenblumenkernen. Oder Gurke. Picco? Du liebst doch Gurke?«

Aber Picco war nicht zum Reden aufgelegt. Er zog den Kopf tiefer in die Federn und stieß einen Gurrlaut aus, der nach großer Einsamkeit und schwerer Depression klang. Der Boden seines Käfigs war mit verschmähten Obststücken übersät. Dazwischen die Kleckse. Viele Kleckse. Auf alten, fast grauen Sägespänen. Piccos Käfig war zweifellos verdreckt. Ich hatte ihn bisher nur oberflächlich gereinigt, weil Picco nach mir gehackt hatte, und auch Lutz, der große Vogelversteher, hatte sich nicht bemüßigt gefühlt, säubernd einzugreifen. Vermutlich glaubte er, ein Leben im Dreck sei das Natürlichste für einen Papagei

Picco stieß wieder diesen einsamen Gurrlaut aus, schaute an mir vorbei aus dem Fenster. Mit einem, ich konnte es nicht anders sagen, sehnsüchtigen Ausdruck in den Augen. Falls Christiane ihn tatsächlich erbte, müsste er wohl ins Tierheim. Und falls nicht, vermutlich auch. Picco wirkte, als ob er dies alles längst wüsste und sich hier im Käfig schon auf den endgültigen Verlust seiner Freiheit einstellte. Einen Verlust, den er in tiefer Demut und aufgeplusterter Würde anzunehmen versuchte.

Ich konnte es nicht länger mit ansehen. Genau genommen war dies ein Notfall.

Fünf Minuten später flatterte Picco dankbar durch das Zimmer, landete ab und zu auf meiner Schulter, gurrte mir zärtlich ins Ohr, während ich die Stangen des Käfigs abwusch, die Späne vom Boden zusammenfegte und frisches Wasser in seinen Napf füllte. »Gehst du nachher brav wieder rein? Über das Stöckchen, wie bei Quirin?« Ob ich jetzt immer dieses Schulmädchen-Herzklopfen bekommen würde, wenn ich nur seinen Namen aussprach? War es nicht unfair von den Nervenzellen meiner Haut, sich heimlich mit seinen Fingerspitzen zu verabreden und ein immer größeres Sehnsuchtsareal in meinem Gehirn zu beanspruchen? Warum …? Ich hielt inne. In Gedanken hatte ich heftig an den zähen Klecksen auf dem Käfigboden herumgeschrubbt, jetzt quietschte etwas, der ganze Boden wackelte. Quirin hatte irgendetwas von einem zweiten Boden erzählt, den jeder Papageienkäfig haben sollte, und tatsächlich schien sich, je mehr ich schrubbte, der gesamte untere Teil des Käfigs zu lockern. Vielleicht konnte man ihn abnehmen? Während ich am Käfig rüttelte, umflatterte Picco mich pfeifend, schien sich mit jeder Sekunde in Freiheit seiner alten Form anzunähern. Und wurde mir schon wieder zu viel. Nach einigen Sekunden des Geruckels schaffte ich es, den oberen Teil des Käfigs anzuheben, ihn vom Unterteil zu trennen und ihn, keuchend vor Anstrengung, auf dem niedrigen Tisch abzustellen. Das Unterteil war aus Plastik und beinahe unbekleckst. Der zweite Boden war mit einem Stück Pappe bedeckt. Auf dem Picco zielsicher landete.

»Husch, husch, weg mit dir, Mistvieh.«

Aber er blieb, wo er war, den Kopf schief gelegt, ein freches Funkeln im Blick.

»Picco? Versteckst du da etwas?«

»Brunza! Halt die Goschn!« Nichts mehr von stiller Demut. Es klang selbstbewusst. Fast ein wenig streitsüchtig. Als ich nach der Pappe griff, schien Picco einen Moment zu überlegen, ob er nach mir hacken sollte, aber anscheinend malte ihm sein Rest gesunder Papageienverstand mögliche Konsequenzen aus, und er entschied sich für Auffliegen unter protestierendem Gekecker. Unter der Pappe lag ein Umschlag. Mit zitternden Fingern zog ich ihn hervor.

»Picco, hast du davon gewusst? Du willst doch nicht sagen, das hier ist …?«

Picco wollte gar nichts sagen, zog es vor, mich unter drohendem Gepfeife zu umkreisen, dabei ab und zu einen Scheinangriff auf den Umschlag zu starten, als ob er ihn mir wieder entreißen wollte. Man brauchte keine sechs Semester Jurastudium, um zu erkennen, dass dieser Umschlag das enthielt, was wir suchten. Er war versiegelt. Christianes Name war darauf geschrieben, in einer fahrigen, altmodischen Handschrift, darunter ihre Adresse. Ich säuberte ihn von Staub und Sägemehlresten, hinderte Picco daran, sein eigenes Siegel darauf zu hinterlassen, und verließ das Zimmer.

Ich hatte von Julia und Lutz noch kein »Du bist soo gut« gehört, vermutlich waren sie nach der Arbeit erschöpft eingeschlafen, vielleicht von Sojahaxn und Kondomdirndln träumend. Träume, aus denen ich sie jetzt wecken musste. Mit der Realität eines Testaments, das unsere momentane Lage drastisch verändern würde. Julia und Lutz, schlaftrunken, mit verwuschelten Haaren, begriffen auf der Stelle: Wenn Christiane geerbt hatte, würden wir hier rasch alles regeln und zurück nach Köln fahren. Wenn sie nicht geerbt hatte, würden wir noch schneller aufbrechen. Was Julia und Lutz auf keinen Fall wollten. Nicht vor der Modenschau. Nicht vor der Haxe.

Zu meiner eigenen Verwunderung verstand ich sie vollkommen. Ich wollte auch nicht zurück nach Köln. Nicht jetzt, mit Quirins Kuss auf den Lippen, der Erinnerung an seine Fingerspitzen, schmetterlingszart, auf meinem Bein. Verdattert angesichts dieser Erkenntnis saß ich im dämmrigen Balkonzimmer, in dem Müllsäcke, Stoffe, die Kondome für das Dirndl und Kochbücher in wüstem Durcheinander lagen, und bevor ich es mir anders überlegen konnte, hatte ich Julia und notgedrungen auch Lutz von Quirins Kuss erzählt.

»Na endlich!« Julia setzte sich kerzengerade auf. »Wow, Süße, ich dachte, du wärst so blind vor Verknalltheit in Mirko, dass du nichts merkst. Er hat dich schon auf der Probe so angesehen … He, endlich mal ein Fortschritt! Wie war's? Ich will alle Einzelheiten!«

»Es war phantastisch.« Mehr würde Julia von mir nicht erfahren, solange Lutz dabei war. »Aber er hat eine Freundin.«

»Und wennschon.« Julia strahlte. »Geh aufs Ganze, greif an!«

»Seh ich aus, als hätte ich's so nötig?«

Julia und Lutz schauten mich an, dann auf irgendetwas hinter mir. Wortlos. Dann sahen sie einander an. Und nickten. Worauf ich gekränkt meine orangerote Wurzelchakra-Aura um mich raffte.

»Also, was machen wir jetzt mit dem Brief?«

»Wollen wir vielleicht … erst einmal nachschauen und dann entscheiden?«, fragte Julia zögernd.

»Er ist doch versiegelt. Christiane bringt uns um.«

»Und was passiert mit Picco?«

Auf diese Frage von Lutz schwiegen wir bedrückt. Julia war die Erste, die redete: »Wir könnten ihn einfach wieder verstecken. So, dass sie ihn garantiert nicht findet. Oder wir könnten ihn …« Sie griff nach dem Brief, aber ich war schneller.

»Ich hab ihn gefunden. Ich behalte ihn. So lange, bis wir … bis wir alle hier fertig sind, okay?«

Julia und Lutz nickten, einträchtig, in vollendeter Harmonie, und ich trug den Brief in mein Schlafzimmer, versteckte ihn in meiner Laptoptasche, zwischen Checklisten und Mirkos Autogrammkarten.

16.

Die ganze Nacht hatten kleine Teufel an meinem Bett gesessen und auf mich eingeflüstert: Sie ist deine Chefin. Du machst dich strafbar, wenn du ihr den Brief nicht zeigst. Ist es überhaupt ein Testament? Vielleicht ist es nur eine Sammlung besonders geliebter Kochrezepte. Oder Piccos Familienstammbaum. Du wirst es nie wissen, wenn du den Brief nicht ... Was ist beim Naggdschnorcheln passiert? Wer saß wohl gestern in diesem Boot? Vielleicht küsst Quirin jeden Tag eine andere Surferin. Georgina, mach dich nicht lächerlich!

Dieser letzte Teufel hatte die Stimme meiner Mutter und trieb mich aus dem Bett. Draußen bejubelten die Vögel den anbrechenden Tag, als wäre es der erste Morgen der Weltgeschichte. Vielleicht wurde nachts die Tatsache, dass es einen neuen Tag geben würde, aus ihren Vogelhirnen gelöscht? Vielleicht könnte ich mein Hirn dazu bringen, die Erinnerung, dass ich einen versiegelten Brief in meiner Laptoptasche versteckte, ebenso zu löschen?

Ich versuchte es mit Joggen, am Ufer entlang, ließ mich danach, angenehm erschöpft, auf dem Bootssteg nieder. Um mich herum summten und taumelten Insekten, vermutlich in der Chill-out-Phase nach der nächtlichen Blüten-Bestäubungsparty. Für einen Moment dachte ich tatsächlich weder an das Testament noch an irgendetwas anderes, hatte nichts zu tun, als der Sonne beim Aufgehen zuzusehen. Während in Köln zur gleichen Zeit U-Bahnen klingelnd in Schächte rasten und Autofahrer einander anhupten, spielte hier das Licht in aller Ruhe mit dem See, tanzte auf der eben noch grauen, glatten Fläche. Auf der etwas trieb. Ein schwarzer Punkt. Ich kniff die Augen zusammen. Schaute genauer hin. Ein Kopf. Eindeutig. Keine Schwimmbewegungen, nichts, was spritzte, das Wasser teilte. Sofort fielen mir sämtliche Rettungsanweisungen ein, die ein Bademeister mit Goldkettchen über dem Bierbauch in einer Fernsehsendung erläutert hatte: Wenn ein Ertrinkender nicht mehr schwamm, auch nicht mehr winkte, war höchste Eile angesagt. Aber für eine erbärmliche halbe Minute war meine Angst vor dem tiefen Wasser stärker, und ich wartete klopfenden Herzens, hoffte, dass sich der Kopf doch noch aus dem Wasser heben oder sich als Holzstück entpuppen würde. Es blieb ein Kopf. Und da ich entsprechende Sendungen im Fernsehen immer mit einem gewissen Schaudern, dafür umso aufmerksamer verfolgte, wusste ich genau, was zu tun war: den zu Rettenden mit einem Achselgriff stabilisieren, sich vor der Umklammerung des Ertrinkenden in Acht nehmen, ihn vorsichtig ziehen. Was man tun sollte, wenn man sich selbst vor lauter Angst am liebsten an den Ertrinkenden klammern würde, hatte der Experte nicht gesagt.

Vermutlich war das Letzte, was der arme Mensch da draußen brauchte, eine Retterin wie mich. Egal – hier trieb jemand, der sich nicht von der Stelle bewegte, nicht einmal mehr imstande war zu winken. Hoffentlich war es noch nicht zu spät. Entschlossen zog ich die Schuhe aus, sprang in T-Shirt und Shorts in den See. Das Wasser war kalt. Mir war kalt. Meine Kleider waren schwerer, als ich gedacht hatte. Ich hatte Angst. Trotzdem kraulte ich stetig voran, wenigstens mit den Armen. Wie man die Beine beim Kraulen bewegte, war mir immer ein Rätsel geblieben, ein Rätsel, das ich jetzt bestimmt nicht lösen würde. Egal – es ging um ein Menschenleben. Ich kraulte, den Kopf unter Wasser, zählte meine Schläge, gegen die Angst, zwanzig, und noch einmal zwanzig, dann hob ich den Kopf aus dem Wasser.

»Interessanter Schwimmstil«, sagte jemand.

Mein Herz setzte einen Schlag aus. Ich schnappte nach Luft, verschluckte mich. Und als mein Herz wieder einsetzte, in doppelter Geschwindigkeit, wurde mir klar, dass ich im Wasser war. Im kalten Wasser. Weit vom Ufer entfernt. In nassen Kleidern, die mich nach unten zogen. Und das Wesen, das mit mir sprach, war kein Gespenst. Sondern ein lebendiger Surf-, Tauch- und Schnorchellehrer. Samt Angeberschwimmbrille.

»Vielleicht würde dir eine Privatstunde im Schwimmen … He, ist dir nicht gut? Ganz ruhig, versuch, einfach auf dem Wasser zu liegen.«

Schon hatte er mich im Achselschleppgriff und zog mich, ich spürte die Bewegung seiner Beine unter mir und seinen Atem an meinem Gesicht. Ich lag ruhig im Wasser, wie Quirin es verlangte, ließ mich tragen, treiben, es tat gut, so zu treiben, schwerelos, aufgefangen, geborgen.

»Gut, du machst es sehr gut, Gina, ganz regelmäßig atmen, keine Angst, wir sind gleich am Ufer. Mei, was machst denn auch so früh am Morgen schon im See?«

»Das fragst du mich?«

Empört drehte ich mich zu ihm um. »Ich wollte dich retten!«

»Du? Mich? Interessante Idee.«

Er hatte jetzt Boden unter den Füßen, ließ mich jedoch nicht los, anscheinend glaubte er noch nicht an meine wiedererwachten Lebenskräfte. Und ich fühlte mich tatsächlich schwach nach dem Abenteuer, wie ein Kind ließ ich mich von ihm aus dem Wasser tragen.

»Wo ist dein Handtuch?«

»Ich h…hab kein H…H… Handtuch. Ich w…wollte d…doch gar nicht ins … Ww…«

Das Zähneklappern war nicht zu unterdrücken, und Quirin stellte mich auf die Füße, legte den Arm um mich.

»Komm mit.« Wir gingen schnell, einige Meter am Strand entlang, bogen ab zu einem großen Haus hinter Büschen, das ich bisher nur aus der Entfernung gesehen hatte. An der Hauswand lehnten Surfbretter und Pressluftflaschen, die Terrasse war mit

Palmen in Kübeln bepflanzt, der Balkon darüber war überladen mit blühenden Blumen, auch rechts und links der Glastür wucherten Pflanzen aus Körben, rankten sich an Stäben sonnenwärts, lugten über Kästen. Ich bibberte immer noch, hielt mich an Quirin fest, und in perfektem Gleichschritt, viel gekonnter als auf der Probe, überquerten wir die Terrasse.

»Mei, komm schnell, rein mit dir.« Quirin öffnete eine Glastür, schob mich in einen dämmrigen Raum. Es roch nach Gummi. Im Halbdunkeln sah ich Taucheranzüge, Surfbretter, Reifen. Er nahm ein Badehandtuch von einem Stapel, legte es mir um, aber das Zähneklappern hörte nicht auf, und er griff nach meiner Hand, zog mich durch einen Flur. Das Badezimmer, in das er mich führte, groß und türkisblau gekachelt, hatte etwas von einem Schwimmbecken. An der Tür hing ein Bademantel.

»Ist meiner, frisch gewaschen. Am besten, du ziehst die nassen Klamotten aus.«

Er drehte sich um, zum Waschbecken. Er trug nur eine nasse Badehose, auch sein Oberkörper triefte. Glatte Haut, unter der sich Rippen und Schulterblätter abzeichneten. Seine Muskeln spielten ein bescheideneres Spiel, das trotzdem kraftvoller wirkte als bei Mirko, echter, ehrlicher. Die Tür zum Flur stand halb offen, irgendwo winselte Floh, und während ich noch darüber nachdachte, ob es so etwas wie ehrliche Muskeln gab, zerrte ich mir schon das nasse T-Shirt und die Hose vom Leib und schlüpfte in den Bademantel. Weich, schwer, viel zu groß. Unter dem Bademantel nestelte ich an meinem BH und der Unterhose. Quirin, mit dem Rücken zu mir, trocknete seinen Oberkörper mit größter Hingabe ab, als gebe es nichts Wichtigeres auf der Welt, rubbelte, als wollte er sich die Haut abschaben.

»Was hast du eigentlich im See gemacht? Noch dazu mit dem Kopf unter Wasser?« Der Bademantel war warm, allmählich ließ das Zähneklappern nach und ich konnte wieder sprechen.

»Ich hab ein bisschen auf den Grund geschaut. Ich musste …

ich hab über etwas nachgedacht. Weißt, ich denk gern im Wasser, jedenfalls, wenn ich hier bin.«

Er schlang das Handtuch um seine Hüften, drehte sich um, bemüht, mir in die Augen zu schauen.

»Was ist eigentlich mit Mister Universum?«

Sein Blick verirrte sich, verweilte in meinem Ausschnitt, und in diesem Moment durchfuhr es mich wie ein Blitz. Ich war allein mit ihm. Er trug nichts als ein Handtuch und nasse Badehosen. Und ich war nackt unter dem Bademantel. Oh mein Gott. Und was hatte er gleich gefragt?

»Äh ... Universum? Glaubst du auch an einen solchen Qu..., äh ... ich meine ... ach so, haha, du meinst Mirko?«

Unter seinem Blick raffte ich den Kragen zusammen, aus Angst, der Bademantel könnte von allein hinunterrutschen.

»Er war doch in deinem Bett?«

Der Bademantel duftete nach Schwimmbad und schien immer schwerer zu werden. Ich hielt ihn fest, während Quirins Blick vom Ausschnitt zu meinen Beinen wanderte, über die ganze Fläche des Bademantels, und wieder zurück in mein Gesicht.

»Aber ... ich war nicht in meinem ... Ich meine, ich hatte nur eine Decke ... im großen Zimmer ... äh ... Aus romantischen Gründen haben wir uns erspart, dass ...« Was, um Himmels willen, redete ich da? Ich atmete tief ein und wieder aus, und wenigstens ein Rest Vernunft fand sich wieder ein, zusammen mit meiner Würde.

»Und was ist eigentlich mit dir?«

Ich sah, wie er sich vom Waschbecken löste, einen Schritt auf mich zukam, dann den nächsten.

»Mit mir? Mei, Gina ...«

Sein Lächeln. Das Leuchten in seinen Augen. Fahrig rückte er das rutschende Handtuch zurecht, das er sich um die Hüften geschlungen hatte, über die bestimmt immer noch nassen Badehosen. Ob ihm nicht kalt sei, hätte ich fragen können, oder warum er jetzt rot wurde, aber ich fragte nicht, erstens, weil ich es selbst nicht ausstehen konnte, wenn jemand mein Erröten kommentierte, und zweitens, weil ich den Grund genau sah, selbst unter dem dicken Frotteetuch.

Seine Hände, jetzt auf dem Kragen meines Bademantels, glitten tiefer, und bevor ich fragen konnte, warum er dies alles tat, ob er mich aus Eifersucht an sich presste, hatten sich meine Arme schon um seinen Hals gelegt, mein Körper verriet mich, wollte keine Fragen, keinen Aufschub, tat alles, um es den Händen, die am Gürtel des Bademantels nestelten, leichter zu machen. Irgendwo draußen hörte ich Stimmen, eine männliche und eine weibliche, mehr registrierte ich nicht, eine Tür schlug, Schritte auf einer Treppe, weit entfernt, in einem anderen Land. Hier wuchsen meine Lippen seinen entgegen, hier begrüßten sich unsere Zungen, als hätten sie Jahre auf diesen Moment gewartet, hier durchrieselten mich Schauer, als der Bademantel von meinen Schultern rutschte, und Quirin mit einem Stöhnen seine Hände auf …

»Hartl, Quirl, wo seids denn? Habts schon wieder verschlafen? I hab Semmeln mitbracht und Marmelade, jetzt machts amoi hi!«

»Mei, so früh?« Hartls Stimme, etwas verärgert. Dann eine andere Stimme: »Ich geh mal eben ins Bad.«

»Kreizkruzifix!« Quirin ließ mich los, und ich fing den rutschenden Bademantel mit letzter Kraft.

»Mei«, sagte Hartl. Er stand in der offenen Tür, in Boxershorts. Christiane sagte gar nichts, schaute nur von Quirin zu mir, dann wieder zu Hartl. Sie trug auch einen Männerbademantel, dazu Plastikbadeschlappen, viel zu groß, ihre Haare waren nicht so perfekt frisiert wie sonst, und sie hatte nur das Nötigste an Schminke aufgelegt. Trotzdem sah sie überraschend gut aus. Jünger. Und fremd.

»I hab do ned ewig Zeit«, rief Therese im Flur. »Hartl? Oh,

hallo, Gina. Und … mei … was … was machen … äh … Grüß Gott.«

»Was ich hier mache? Keine Angst, ich will Ihre Besprechung nicht stören. Wir gehen schon. Komm, Gina.«

Damit nahm Christiane mich am Ellenbogen, führte mich durch den Flur, zur Haustür.

Der morgendliche Sperrmülltourismus hatte noch nicht eingesetzt, niemand war Zeuge, wie meine Chefin und ich in zu großen Herrenbademänteln – auf Christianes Mantel war sogar hinten das Emblem der Tauchschule gedruckt – über den Uferweg auf das Haus zuschlichen. Christiane sah mich mehrmals von der Seite an, bevor sie sich räusperte. »Also, du hast auch dort … übernachtet, ja? Ich wusste gar nicht, dass sie zusammen wohnen, Vater und Sohn, unter einem Dach. Wo war denn sein Zimmer? Auch im ersten Stock?«

»Keine Ahnung. Ich … Ich komme … aus dem See. Es war … ein … ein … na ja … Badeunfall. Ja. Ich wollte ihn retten, und dann hat er mich …«

»Gerettet? Mei, Schorschelchen, das ist aber romantisch.« Sie lachte, wie mir schien erleichtert. Wir gingen durch den verwilderten Garten ums Haus herum. Schweigend. Dabei hätte es durchaus das eine oder andere zu sagen gegeben.

Und wie war es bei dir? War es nicht romantisch? Oder: Ich habe übrigens dein Testament gefunden.

»Weißt du irgendwas über diese Besprechung, Schorschelchen?«

Ich schüttelte den Kopf, Therese sei, wie es ausgesehen habe, doch einfach zum Frühstück gekommen.

»Ha! Frühstück!«, knurrte Christiane. »Schlachtpläne schmieden wäre vielleicht die passendere Bezeichnung. Weißt du, Leonhard hat mir gesagt, diese Therese wollte vor der Arbeit noch schnell etwas besprechen, und es wäre …«, sie lachte, »… es wäre vielleicht nicht so geschickt, wenn wir uns über den Weg laufen würden. So hat er sich ausgedrückt.«

»Leonhard?«

»So heißt er richtig. Ein schönerer Name als dieses naturburschenhafte Hartl, findest du nicht? Er passt zu seinen Augen.«

Ich musterte meine Chefin verstohlen von der Seite, aber sie sah mich nicht an, sie blickte auf den Boden, auf ihre Füße mit den sorgfältig lackierten Zehennägeln in zu großen Badeschlappen.

»Schorschelchen?« Christiane war vor der Sperrmüllausstellung stehen geblieben.

»Du machst dir doch keine Illusionen, oder? Dieser gutaussehende Retter und Papageienflüsterer verführt dich natürlich in einer gewissen Absicht. Denk einfach dran, für diese Leute hier steht viel auf dem Spiel.«

»Du … du glaubst, er und … auch Hartl …?«

»Sei doch nicht so naiv, Gina. Ja, das glaube ich. Und ich genieße es trotzdem. Und gleichzeitig kann ich auch noch die Gelegenheit nutzen und Leonhard ein bisschen ausfragen, ob er vielleicht etwas gefunden hat. Er riecht tatsächlich nach Zitrone. Hast du nicht kürzlich davon gesprochen?« Damit schlappte sie die letzten Schritte über den Kiesweg, drückte die Türklinke … ohne etwas zu bewirken. Ich hatte vor dem Joggen abgeschlossen, aus alter Gewohnheit, auch wenn man hier seine Türen und Fahrräder unverschlossen ließ. Aus ebenso alter Gewohnheit griff ich in die Tasche von Quirins Bademantel. Aber ich fand nur einen winzigen Stoffhund. Das typische Geschenk einer verliebten Frau. Ich ließ ihn wieder in die Tasche fallen.

»So ein Mist, der Schlüssel ist in der Tauchschule.«

»Was soll's.« Christiane drückte auf die Klingel. Mehrmals.

Es war Lutz, der den Ersatzschlüssel aus der Box am Eingang hervorkramte, öffnete und uns von oben bis unten musterte. Erst mich, nur kurz, dann Christiane. Gründlicher. Aus der Küche duftete es.

»Sag jetzt nichts!« Christiane raffte ihren rutschenden Bademantel, ich tat es ihr nach, und wir rauschten an ihm vorbei, verschwanden in unseren Schlafzimmern.

»Es ist ihre Aura«, flüsterte Lutz später. »Wahnsinn.« Wir hatten die Treppe zum zweiten Stock freigelegt, arbeiteten wie immer, brachten Christiane alles, was annähernd nach Papier aussah, als ob es den versiegelten Brief in meiner Laptoptasche nicht gäbe. Das zweite Stockwerk war eine neue Herausforderung. Ein riesiger Speicher, geteilt in zwei Räume, beide voller Koffer, Truhen, Fischernetze, Taue, Angeln, Gummistiefel und jeder Menge ausgestopfter Tiere. Einer oder mehrere von Mirls Vorfahren mussten leidenschaftliche Fischer und Jäger gewesen sein. Mit einer deutlichen Vorliebe für Wildschweine. Von überallher glotzten uns stumpfe Eberaugen an, während wir Truhen und Koffer öffneten, uns verstohlen verblichene Abendkleider an den Körper hielten, eine Sammlung alter Schminkkästen, Nageletuis, Fächer aus Pfauenfedern und eine riesige Kollektion Alben mit Bananenaufkleberchen aus aller Welt entdeckten.

»Sie ist nicht mehr schlammbraun«, flüsterte er. »Sie ist glühend rot.« Und war schon auf dem Weg in die Küche, um von der barbarischen Ausstellung toter Tiere wegzukommen und seinen neuesten im Römertopf brodelnden Haxnversuch zu überwachen. Christiane thronte im großen Zimmer, ließ sich jedes Stück Papier zeigen. Und überraschte uns nach einer Stunde mühsamen Auf-und-ablaufens mit der Ankündigung, sie müsse jetzt gehen, sie mache einen Tauchkurs. Eine Ankündigung, die zur sofortigen Auflösung unseres Suchtrupps führte.

Lutz bewachte die Lauchstange im Topf, begurrt von Picco, mit dem wir abgesprochen hatten, dass er bei nahender Gefahr sofort und ohne Umschweife wieder seinen Käfig aufzusuchen habe, sonst hätten Flugfreiheit, Naschfreiheit und Klecksfreiheit schnell ein Ende. Julia übernahm den Wachtposten auf dem

Balkon, bastelte allerdings so konzentriert an ihrem Kondomdirndl, dass wir Christiane bestimmt verpasst hätten, wenn ich nicht, in der offenen Haustür stehend, den Parkplatz im Auge behalten hätte. Ich sah Lutz, der den Römertopf mit der Lauchhaxe ins Café hinübertrug, ich sah, wie der Bus mit dem Logo der Nail-Art-Metzgerei neben Christianes Cabrio parkte. Aus dem Auto stieg Kathi, die für Julia als Bedienung einspringen sollte, winkte mir zu und verschwand im Café. Ich hatte das Notebook auf der Kommode im Flur abgestellt, erledigte nebenbei die dringendste Geschäftspost. Und bestellte die weiße Blume ab, die nach wie vor in Mirkos Garderobe geliefert wurde. Falls sie ihm fehlte, würde ich es vermutlich nicht erfahren. Was wohl genau zwischen ihm und Christiane vorgefallen war? Ich hatte schon längere Zeit den Verdacht gehabt, dass er und Christiane ein Paar gewesen sein könnten, damals in den legendären Zeiten, von denen Christiane so gern erzählte. Sie war, ich konnte nur grob rechnen, da ihr Alter nicht unbedingt zu Christianes Lieblingsthemen gehörte, ungefähr fünfzehn Jahre älter als er, vielleicht hatte sich der zwanzigjährige Mirko unsterblich in die fünfunddreißigjährige Chris verliebt und … Verdammt! Ich schreckte hoch, beinahe hätte ich über den Gedanken an Mirko das Ereignis verpasst, wegen dem ich hier ausharrte: die Ankunft des Tauchkurses vor dem Café. Sonnenbrandrot, plaudernd, pilgerten sie Richtung Eingang, Üwe trug lässig seine Flossen, Die-vom-Surfbrett-fällt hielt eine Wasserpflanze in der Hand, vermutlich vom Seegrund gepflückt, zeigte sie Quirin mit einem glücklichen Lächeln. Ein ebenso glückliches Lächeln – oder täuschte ich mich? – brachte Quirins Augen zum Leuchten, als er mich sah.

»Hallo, Frau Zuhlau. Erwarten Sie Besuch? Doch nicht etwa Herrn Strobl?«

Ich war ganz entspannt und würde nicht rot werden. Auf keinen Fall.

»Ich … nein, ich stehe nur zufällig hier … Ich meine, es ist doch so schönes Wetter, und im Haus ist es …«

Anscheinend war ich in Selbsthypnose nicht viel erfolgreicher als in Fremdhypnose. Ich spürte, wie ich unter meiner Elfenkappe erglühte. Ich musste noch nicht einmal an seine Lippen denken, an seine Hände auf meinem Bademantel, an alles, was ich noch gespürt hatte, als ich mich – schamlos? – an ihn gepresst hatte, anscheinend dachte er ebenfalls an etwas in dieser Richtung, auch sein Gesicht glühte sanft. In seinen Augen ein Glitzern.

»Verstehe, die Chefin hat dir Arrest verordnet.«

»Ich hab noch was von dir, also deinen …« Angesichts der gesammelten Aufmerksamkeit des Tauchkurses verschluckte ich das Wort »Bademantel«.

»Ja, vielleicht sollten wir das eine oder andere austauschen.« Jetzt zuckte es amüsiert in seinen Mundwinkeln. »Ich hab heut um acht den letzten Kurs. Wie wär's, wennsd ihn nachher einfach mitbringst?«

Hieß das, wir hatten eine Verabredung? Einen Moment ging mir durch den Kopf, was Christiane gesagt hatte: *Sei doch nicht so naiv, Gina. Er verführt dich in einer gewissen Absicht.* Und: *Ich genieße es trotzdem.*

»Also, bis dann, ja?«

Therese war in der Tür des Cafés aufgetaucht, blickte mit zusammengekniffenen Augen zu uns herüber, und Quirins Schützlinge folgten in geschlossener Reihe den Düften, die herausdrangen. Jetzt erst sah ich, dass Hartl fehlte.

Den Rest des Tages arbeitete ich wie in Trance, und ab sieben Uhr brütete ich vor dem Kleiderständer in meinem Schlafzimmer. Hier, vor all meinen Röcken, Hosen, Blusen und Tops, vor allen möglichen Outfits für eine Verabredung, blitzte kurz die Vorstellung auf, wie eine Bettkatastrophe mit Quirin aussehen könnte. *Du bist so süß, wennsd so straight bist.* Vielleicht stand er auf strenge Erziehung. Immerhin hatte ich sechs Semester Jura studiert, könnte problemlos Frau Zuhlau, die gnadenlose Staatsanwältin, spielen. In Bluse, Kostümjacke, engem Rock und Stiefeln. Die Bluse bis oben zugeknöpft. Er würde einen Knopf nach dem anderen öffnen, in quälender Langsamkeit, während ich ihm juristische Fachbegriffe ins Ohr hauchte, er würde vor mir knien, mit den Fingerspitzen die schnurgerade Naht meiner Seidenstrümpfe entlangfahren, mir mit rauher Stimme all seine größeren und kleineren Vergehen gestehen. In meinem eisigsten Geschäftstonfall, in dem ich sonst nur mit Alexander Strobl sprach, würde ich zehn Jahre Zuchthaus beantragen, während er schon, bebend vor Verlangen …

Was für eine köstliche, wünschenswerte Katastrophe. Zehn Minuten später stöckelte ich, durch und durch auf Karrierefrau gestylt, auf Echsenledernen den Kiesweg hinunter. Quirins Bademantel über meinem Arm beeinträchtigte den Gesamteindruck vielleicht ein wenig, aber es war zu spät, noch einmal umzukehren und ihn in eine Tasche zu packen, schon sprang mir Floh entgegen, begeistert wedelnd, als wäre ich seit Wochen vermisst gewesen und mein Auftauchen das größte Wunder. Ein Wunder, das sein Herrchen nicht bemerkte. Er stand bis zur Hüfte im Wasser, um ihn versammelt war der neue Schnorchel-Schnupperkurs, zehn bekiffte Frösche, die sich dem üblichen Zirkus hingaben, Mundstücke ausbliesen, Nasenerker zuhielten, flossenfächelnd auf dem Wasser lagen und versuchten, entspannt weiterzuatmen. Plötzlich erschien mir mein Business-Outfit so unangebracht wie ein Taucheranzug in einer Konferenz. Auf meinen Absätzen eierte ich ein paar Schritte zurück. Halbwegs verborgen hinter den Bäumen sah ich zu, wie Quirin die Bewegungen zum Auf- und Abtauchen demonstrierte, während hinter ihm Üwe, in einem figurbetonten Ganzkörpertauchanzug, mit Pressluftflaschen auf dem Rücken, den Steg zum Beben brachte, watschelnd Anlauf nahm, mit einem »Damen uffgebasst, ich gomme!« über den Schnorchelkurs hinweghechtete.

»Ned reinspringen, Kruzifix!«

Quirins Rücken, als er sich umdrehte, dem kleinlauten Üwe eine mit bayrischen Flüchen gespickte Strafpredigt hielt. Seine zornblitzenden Augen hinter der Brille, als er sich wieder seinen Schülern zuwandte. Am liebsten hätte ich meine Echsenledernen von mir geworfen, wäre in Kostüm und Bluse ins Wasser gerannt, hätte ihm seine Angeberschwimmbrille in die Stirn geschoben und ihn geküsst. Aber ich traute mich nicht, streichelte stattdessen Floh, kraulte ihm sogar den Nacken, und Floh schmiegte sich entzückt an mein Bein, ließ es sich mit ergebenem Seufzen gefallen. Bis er sich plötzlich aufrichtete, witterte und aufjaulend davonstürmte. In Richtung einer anderen Vermissten. Einer noch länger Vermissten, eines noch größeren Wunders. Die lockige Schönheit im langen Rock kam von der anderen Seite, sie trug einen Rucksack und hielt ihre Sandalen in der Hand. Flohs umwerfende Begrüßung ließ sie lachend über sich ergehen, winkte Quirin lässig zu. »Hier seids!« Von Floh begeistert umtanzt und umspritzt, tat diese Susn, was ich eben noch hatte tun wollen, lupfte ihren Rock, rannte einige Schritte ins Wasser. Samt Rucksack. Und fiel Quirin, der ihr langsam entgegenlief, seine Augen mit der Hand gegen die Sonne beschirmend, um den Hals. Stürmisch, wie Floh. Ohne darauf zu achten, dass ihr Rock wieder ins Wasser sank und die Schnallen ihrer Sandalen wahrscheinlich über Quirins bloßen Rücken kratzten. Was ihm sicher nichts ausmachte.

Ich sah es nicht, ich sah überhaupt nichts mehr, wollte nichts sehen von der wogenden, überwältigenden, schäumenden Wiedervereinigung zweier getrennter Liebender, in engem Rock und Highheels stolperte ich über die Wiese, einen Bademantel über dem Arm.

17.

Der Himmel über der Kuhweide war überzogen mit roten Schlieren. Es roch nach trockenem Gras und dezent nach Natur. Die Kühe hatten es sich beim Stall bequem gemacht, nur eine Kuh lag in der Nähe des Zauns. Regula. Ich erkannte sie an ihrem auffordernden Schwanzschlag, obwohl sie mir den Rücken zugewandt hatte, heute anscheinend Stallblick bevorzugte. Vorsichtig eierte ich auf meinen Echsenledernen näher zum Zaun. Noch immer traute ich mich nicht, die Weide zu betreten. Aber es ging auch so.

»Regula?«

Bejahender Schwanzschlag. Schweigen. Wartend. Auffordernd. Geduldig. Mütterlich.

»Warum muss ausgerechnet mein Liebesleben immer eine solche Katastrophe sein?«

Schweigend lud sie mich ein, noch etwas näher zu kommen.

»Es ist ungerecht, Regula, Regi, sag, dass es nicht fair ist.«

Regula sagte nichts, schien dafür die Frage aufzuwerfen, ob es im Leben jemals fair zuginge. Was mich empörte.

»Prinz Muffel, Regi, kannst du mir sagen, womit ich so was wie ihn verdient hatte?«

Ohrzwirbeln, das eine mögliche Antwort andeutete.

»Ja, du hast recht, er war ein lethargischer Küsser, ich hätte es wissen müssen. Niemand sollte mit einem lethargischen Küsser zusammenziehen, die sind alle gleich. Alles, was über eine simple Daumenbewegung auf ihrer Fernbedienung hinausgeht, ist ihnen zu viel, und ihr wildester Traum ist wahrscheinlich eine Fernbedienung für Frauen. Nach dem Sex abschalten, zum Aufräumen wieder ein. Aber jetzt sag mir bitte, woher ich hätte wissen müssen, dass dieser Dozent auf Zwerggeckos fixiert war?

Regula, ich wette mit dir, wenn dieser Typ nachts mit ihnen alleine ist, lässt er sie auch über die kleinen Croissants auf seinen Boxershorts laufen. Ja, ich wusste, du würdest es auch grauenhaft finden. Und jetzt meinst du, es könnte nicht schlimmer kommen? Ha!«

Ich schniefte, und Regula schlug mit dem Schwanz, und jemand oder etwas – eine der anderen Kühe vielleicht? – lachte unterdrückt. Sicher nur Einbildung, außerdem war ich zu sehr in Fahrt, um darauf zu achten. An meinen Tränen schluckend, erzählte ich ihr von Mirko, der weißen Blume, die ich ihm ein Jahr lang in die Garderobe hatte schicken lassen, von Rallis Versuch, meine unglückliche Liebe abzuschaben wie Wachs von einem Täfelchen, und seinen Angeboten, mir wieder eine archetypische Überwältigungserfahrung zu bescheren, eine Erfahrung, die ich nicht gewollt hatte und heute noch bereute. Ich berichtete der aufmerksam lauschenden und ab und zu mit dem Schwanz schlagenden Regula auch von Mirkos Besuch und meinen Kochversuchen, sogar von der Margerite, die er für mich gepflückt hatte. Und Regula verstand, auch wenn für eine Kuh eine Margerite vielleicht weniger romantisch war als für mich.

»Aber er hat mich auch nur ausgenutzt, Regula. Wie es aussieht, bedeutet ihm Christiane alles, und ich bin nur ein billiges Mittel zur Versöhnung. Aber wer weiß, vielleicht wäre er auch nur ein Backpflaumenküsser gewesen, glaubst du nicht auch?«

Regula glaubte es, und ich trocknete meine Tränen mit einem Ärmel von Quirins Bademantel, den ich, ich hatte es gar nicht bemerkt, immer noch über dem Arm trug. Jetzt kam der schmerzlichste und wichtigste Teil meines Berichts, aber Regulas ruhiger Rücken sagte mir, dass wir auch das zusammen durchstehen würden.

»Weißt du, jetzt war ich über ein Jahr in Mirko verliebt, und dann, Regi, hat mich ein einziger Kuss davon kuriert. Aber es ist nicht nur Sex, glaub mir. Gibt es so etwas, dass man sich zu Hause fühlt in einer Umarmung? Oder dass man, jetzt halt mich nicht für albern, in einem Lächeln wohnen kann? Ach, das ist alles Quatsch. Er liebt nur seine Freundin, nicht mich. Chris hat recht, er will mich bestimmt nur verführen, um an irgendwelche Informationen heranzukommen. Und ich kann es noch nicht mal genießen, ich hab mich einfach nur in ihn verliebt und … Regula, was soll ich nur machen?«

Meine Tränen flossen in den Bademantelärmel, verschwommen sah ich Regulas Rücken, sah, wie sie den Kopf hob, zustimmend vermutlich, sah, wie sich hinter ihrem Rücken – es konnte nicht sein, aber es war so – ein Arm hob, eine Hand, die mir zuwinkte. Regula schnaufte, blieb aber unbeweglich liegen, als Christiane aufstand und beruhigend ihren Rücken tätschelte.

»Duuuu hast keine Probleme mit deinen Lovern, du alte Kuh, was? Du liegst hier mitten in deiner Mahlzeit und die Kerle können dir egal sein, nicht wahr?«

»Äh … Chris … was … was … oh mein Gott … was machst du hier?«

Christiane klopfte Gras von ihrer Bluse. »Kuhkuscheln vermutlich.«

»Äh … du? An einer … einer …?«

»Kuh, ja. Weißt du, Gina, ich bin in einer bayrischen Kleinstadt aufgewachsen. Nicht auf dem Dorf, aber immerhin nahe genug am Ländlichen. Als Kind habe ich meine Ferien auf dem Bauernhof verbracht. Und damals hab ich mich oft bei den Kühen ausgeheult, wenn ich Kummer hatte, oder sie einfach gestreichelt. Ich hab nur nicht gewusst, dass man ein Geschäft daraus machen kann. Clevere Idee, muss man dieser Therese lassen. Wenn sie auch noch gut organisieren könnte … Setz dich her, ich hab Rotwein. Wie es aussieht, haben wir sowieso die eine oder andere Kleinigkeit miteinander zu besprechen.«

»Aber …« Was, um Himmels willen, hatte ich gesagt? Was hatte ich über Ralli erzählt? Hatte ich tatsächlich den gesamten

Ablauf unserer Begegnung geschildert, samt meinem Verdacht, dass er ein Busenfetischist war?

»Ich … äh … ich hab Angst vor Kühen.«

»Dafür bist du mit dieser hier aber ganz schön vertraut. Wie nennst du sie? Regula? Auf, steig rüber. Setz dich wenigstens auf die Wiese.«

Sie klopfte auf Regulas Flanke, ließ sich dann wieder an ihrer Seite heruntergleiten. Einen Moment stand ich reglos, schaute in den Abendhimmel, wartete darauf, dass sich aus der Dämmerung ein Raumschiff manifestieren würde, auf der Suche nach Erdenbürgern, denen das Leben auf ihrem Planeten zu kompliziert geworden war. Aber nichts passierte, nur Regula schlug auffordernd mit dem Schwanz: Jetzt reiß dich mal zusammen, Gina Fernande Zuhlau! Ich trocknete mein nasses Gesicht mit dem Bademantelärmel ab und stieg über den Zaun.

Es konnte kein Traum sein. Dafür waren die Grillen zu laut, die taumelnden Nachtfalter zu nah und Regulas Verdauung zu rhythmisch. Es war Wirklichkeit, ich lag dicht, freiwillig und wundersamerweise völlig angstfrei am Puls der Natur. Auf einem Bademantel. Neben meiner Chefin, die ihrerseits auf einem Bademantel lag und Rotwein aus einer Flasche trank. Warum sie den Bademantel nicht zurückgegeben, sondern sogar mit hierhergenommen habe, war die erste Frage, die mir stammelnd herausgerutscht war, und Christiane hatte erst mich angesehen, dann irgendetwas hinter mir, mit leicht verschwommenem Blick.

»Dasselbe könnte ich dich fragen, Gina. Weil er gut riecht, nach Zitrone. Na ja, jetzt nicht mehr. Aber er ist eine gute Unterlage.«

Danach lauschten wir eine Weile stumm auf das, was sich in Regulas Innerem abspielte, grummelnd und gluckernd. Ein Wunder der Natur: Gras wurde durch Mägen geschleust, kraftvoll verdaut, umgewandelt zu Milch. Und Rindfleisch. In diesem

Augenblick verstand ich Lutz. Und gelobte mir, nie wieder einen Hamburger anzurühren. Ein Versprechen, das ich wahrscheinlich wieder brechen würde, in einem schwachen Moment. Regula schnaufte. Einmal. Dann ein weiteres Mal. Es klang etwas ungeduldig. Und es galt mir, ich spürte es. Ich holte tief Luft, sagte Christiane, wie sehr ich bereute, was mit Ralli passiert war, dass ich es nicht gewollt hatte, mir immer noch nicht verzeihen konnte, dass ich zu schwach gewesen war, mich zu wehren …

»Ich weiß, Gina. Du hast es eben schon der Kuh gesagt.«

Sie trank einen Schluck Rotwein, schaute nachdenklich die Flasche an.

»Weißt du, ich hatte schon so etwas geahnt. Er ist nach dem Agenturfest ziemlich spät zurückgekommen. Und er war extra charmant, wie immer, wenn er mich mal wieder betrogen hat.«

Sie nahm noch einen großen Schluck, hielt Regula spielerisch die Flasche hin, aber Regula lehnte das Angebot in all ihrer Kuhwürde ab.

»Er hat seine ständigen Affären als Ausdruck der großen Freiheit deklariert, *love the one you're with* und so einen Quatsch.«

»Crosby Stills Nash & Young.«

»Genau. Meine Güte, Gina, warum hast du es mir nicht einfach gesagt? Ich … ach, natürlich war ich wütend, sogar sehr, ich hatte mir schon überlegt, dich … Aber mei, du bist eine ziemlich gute Arbeitskraft.«

Regula stieß einen zarten, zustimmenden Rülpser aus, mit dem sie Christiane einerseits das Recht auf ihre Wut zusprach, mich aber, ich spürte es genau, zugleich aufforderte, meine Version zu erzählen. Von einem Schwanzschlag angefeuert, erging ich mich in einer Kaskade von Beteuerungen und Entschuldigungen, Bekenntnissen, wie gern ich bei Christiane arbeite, dass ich es ihr immer hätte sagen wollen, aber in letzter Zeit habe sie mich ständig nur in ihr Büro zitiert und mit Aufträgen überschüttet, und irgendwie sei nie der richtige Moment gekommen … Regula wandte den Kopf, wie um Christiane das Zeichen zu geben, dass sie wieder an der Reihe war, und Christiane gehorchte:

»Ja, vielleicht war ich etwas … gestresst in letzter Zeit. Das stimmt. Manchmal geht mir das alles so auf die Nerven, ich … wie auch immer, ich habe mit ihm Schluss gemacht. Das war auch ein Grund, warum ich dich hier so lange allein gelassen habe. Aber nicht der einzige. Willst du auch einen Schluck?«

Ich nahm die Flasche. Der Wein brannte in meinem Hals. Wieder wurde mir die Ungeheuerlichkeit klar: Ich lag in meinem besten Kostüm auf einer Weide, an eine Kuh geschmiegt, teilte mir eine Flasche Rotwein mit meiner Chefin, die sich aufrecht hingesetzt hatte und der Kuh in die sanften, schön bewimperten Augen schaute. Ziemlich lange. Es war nicht Regula, die zuerst den Blick senkte.

Christiane starrte eine Weile ins Gras, dann sank sie aufseufzend zurück an Regulas warmen Leib.

»Schorschelchen, es gibt noch etwas, was ich dir sagen muss.« Verwirrt darüber, dass sie mich jetzt, nachdem sie alles wusste, noch Schorschelchen nennen konnte, trank ich einen weiteren, großzügig bemessenen Schluck Wein. Der mir in den falschen Hals geriet, als ich verstand, was Christiane jetzt erzählte: dass es der *Lachschmiede* sehr schlecht ginge, schon seit längerem. Es liege an der vergangenen Wirtschaftskrise, Firmen, die ihre Rechnungen nicht bezahlten, weil ihre Kunden die Rechnungen auch nicht bezahlten. Geplatzte Kredite und, wie ich ja sicher mitbekommen hätte, geplatzte Großevents. Auf den Messen habe sie noch versucht, das eine oder andere zu retten, aber jetzt seien auch noch zwei der Hauptsponsoren abgesprungen … Sie brach ab, und Regula seufzte mitfühlend, gleichzeitig ermutigend. Christiane holte tief Luft: »Schorschelchen, wenn nicht ein Wunder geschieht, stehe ich kurz vor der Insolvenz. Bei allen Göttern, wie kann man sich nur so verschlucken?«

Sie klopfte mir auf den Rücken, während ich hustete, nach

Luft rang, wieder hustete, erzählte mir dabei, heute, hier bei der Kuh, habe sie begriffen, dass es wohl klüger sei, die Hoffnung auf ein Wunder, sprich das Testament, aufzugeben. Wenn wir es bis jetzt nicht gefunden hätten, auf dem Dachboden werde es wohl auch nicht sein. Oder wenn, dann jedenfalls nicht auffindbar.

»Was meinst du, Schorschelchen, kannst du dir noch einen Platz vorstellen, wo es sein könnte?«

»Ich … ich hab keinen Job mehr?«

Endlich war ich wieder zu Atem gekommen, und Christiane hörte auf zu klopfen.

»Wenn kein Wunder geschieht.«

Eine Weile schwiegen wir beide. Regula hob ihren Schwanz und ließ dezent einem Wind freien Lauf, vielleicht, um uns daran zu erinnern, dass alles eben kam, wie es kommen musste, dass der Mensch jenseits seines begrenzten Egos, seiner ehrgeizigen Kämpfe um Macht, Ansehen, Geld und Liebe Teil von etwas Größerem war, aufgehoben in der mütterlichen, allumfassenden Natur. Christiane trank den letzten Schluck Rotwein, ohne mir noch einmal die Flasche anzubieten.

»Weißt du was, Schorschelchen?« Ihre Wörter klangen an den Enden schon ein bisschen ausgefranst. »Seit meinem Studium habe ich nur gearbeitet und gearbeitet. Manchmal frag ich mich, wozu das alles gut ist. In letzter Zeit ist mir oft der Verdacht gekommen, ich hätte irgendwas verpasst.«

»Äh … verpasst?«

»Auch, was die Liebe betrifft. Als ich mir anhören musste, was sich in unserem Haus so abspielt, wär ich fast neidisch geworden.«

»Du meinst die Kamasutra-Übungen?«

»Was war eigentlich mit diesen Zwerggeckos? Das klang auch interessant.«

Ich antwortete nicht, schluckte an dem Kloß in meinem Hals.

Wie konnte Christiane so herzlos sein, von Zwerggeckos zu reden, jetzt, da ich vermutlich bald keinen Job mehr haben würde. Quirin hatte mich auch nur ausgenutzt, und ich war darauf hereingefallen. Und vielleicht war selbst Regulas Zuneigung nicht echt. Bei diesem Gedanken schluchzte ich auf, und Christiane sah mich an, mit einem etwas verschwommenen Blick.

»Nimm es nicht so schwer mit diesem Hallodri, Gina. Du hast dir die Sache mit Mirko schon so zu Herzen genommen, dabei hat er das gar nicht verdient. Übrigens hat er sich bei der Konkurrenz beworben, nachdem ich ihm ein für alle Mal klargemacht hab, dass wir nicht mehr zusammenarbeiten. Und was weiß ich, was er jetzt über mich erzählt. Merk dir eins, Schorschelchen, ein Mann kann nett sein, charmant, sexy, ausnahmsweise vielleicht interessant, in den seltensten Fällen auch toll. Aber er ist niemals, ich wiederhole: niemals!, ein Lebensinhalt. Auch, wenn es noch so schön mit ihm ist, auch wenn man erschüttert feststellt, wie viel man versäumt hat, bevor man ihn …« Sie hielt inne, richtete sich auf. »Was ist? Wollen wir langsam?«

Doch Regula machte ihrem Versuch, aufzustehen, mit einem warnenden Muhen ein Ende. Es gab noch etwas zu erledigen. Von meiner Seite aus. An Regulas Flanke dachte ich an Julia und Lutz, an alles, was wohl nicht mehr stattfinden würde, die Modenschau, die Haxe und die Küsse. Dann dachte ich an das Wunder, meinen Job, Christianes Not und ihre Großmut. Regula ließ mir Zeit, all das zu bedenken, dann schnaufte sie auffordernd, und ich setzte mich auf.

»Chris? Da ist noch etwas. Ich … äh … ich hab was gefunden.«

Als wir wieder am Haus anlangten, außer Atem, die Bademäntel über dem Arm, mit Grasflecken auf den Blusen, schaute uns die Sperrmüllgemeinde erwartungsvoll entgegen. Julia stand in der Tür, und selbst Lutz spähte durchs offene Küchenfenster, durch den aufsteigenden Dampf aus Kochtöpfen. Vor dem Sperrmüll hatte sich Therese aufgebaut, den Cowboyhut im Nacken, neben ihr trat der Bürgermeister verlegen von einem Fuß auf den anderen.

»Äh, da sans ja, Frau Breitner, guad, dass Sie kommen.« Er rieb sein gerötetes Gesicht.

»Was ist los? Ich hab es eilig. Sehr eilig.« Christiane machte mir Zeichen, ins Haus zu gehen, aber ich blieb stehen.

»Es geht um Ihren Müll«, sagte der Bürgermeister, strich sich über sein silbriges Haar, schwitzend bemüht um amtliches Hochdeutsch. »Also gewissermaßen darum, dass dieser Müll … Ja, unsre Mitbürgerin hot mich richtig drauf hingewiesen, wenns ned erben duan, also ich mein, wenns ned erben, dann gehört des Haus und damit auch dieser Müll ja gewissermaßen dem Staat, und dann ist es fei ganz schwierig mit dem Abtransport, also dann müssens gewissermaßen …«

»Bitte?« Christiane trat einen Schritt vor. Von ihrem leichten Schwips war nichts mehr zu spüren. »Was wollen Sie mir denn damit sagen?«

Der Bürgermeister rieb sich wieder die Stirn, holte Luft, aber bevor er ein Wort herausbrachte, sagte Therese: »Der Müll wird ned abgeholt. Der Müll kommt wieder rein. Ganz einfach. Entschuldigens, Herr Bürgermeister.«

Ein Raunen ging durch die Sperrmüllgemeinde, und der Bürgermeister hob seine Stimme: So sei es, das Haus müsse vorübergehend versiegelt werden, die Frist seit Mirls Tod – er sei Therese dankbar, dass sie ihn darauf aufmerksam gemacht habe – sei fast verstrichen, und noch sei ja nichts geklärt …

»Einen Moment«, unterbrach Christiane, mit ihrer tiefsten, vollsten Chefinnenstimme. »Vielleicht ist schon mehr geklärt, als wir denken. Gina, würdest du bitte das holen, wovon wir eben gesprochen haben?«

Die Laptoptasche hing am Kleiderständer. Mit zitternder

Hand griff ich danach, rannte an Julia und dem lauschenden Lutz vorbei, wieder nach draußen. Erst, als ich vor der schweigenden Menge stand, fiel mir auf, dass ich den Bademantel immer noch über dem Arm trug. Ebenso wie meine Chefin. Beinahe gleichzeitig legten Christiane und ich unsere Bademäntel auf eins der Sofas, ich fischte den Brief aus der Tasche, und Christiane nahm ihn, zerbrach das Siegel, entfaltete ein Blatt. Während sie las, war es still, alle hielten den Atem an, die Augen auf ihr Gesicht gerichtet, nur die alte Burgl zischte einmal: »Es ghört ois der Kirch! Britschn! Hur!«

»Gä, Burgl, stad jetzt«, flüsterte es von mehreren Seiten. Dann sah Christiane auf, lächelnd. Mehr als das, strahlend. Als wäre ein Wunder geschehen. Sie räusperte sich.

»Als Erstes möchte ich Ihnen sagen: Der Müll bleibt, wo er ist. Bedienen Sie sich also! Soweit ich weiß, sind es noch zwei Tage bis zum Termin, am Zweiundzwanzigsten ist doch Sperrmülltag, nicht wahr, Herr Bürgermeister?« Allgemeines bestätigendes Murmeln, Nicken, dann verstummte die Gemeinde wieder erwartungsvoll. »Ich habe hier ein handgeschriebenes, unterschriebenes Testament. Kommen Sie nur, Herr Bürgermeister, schauen Sie selbst, Sie sind mein Zeuge.« Der Bürgermeister rückte folgsam näher an Christiane heran, warf einen Blick auf das Blatt und nickte.

»Geerbt haben folgende Personen«, erklärte Christiane. »Quirin Engler: einen Papagei und fünftausend Euro, für die liebevolle Pflege bisher und das weitere Futter. Therese und Leonhard Engler: fünftausend Euro, mit Dank für die Hilfe in Haus und Garten. Ein weiterer Geldbetrag, den ich hier nicht nenne, und das Haus gehen an …«, sie machte eine Pause, atmete einmal tief ein und aus, »… mich. Und jetzt vergnügen Sie sich in aller Ruhe weiter.«

Sie nahm beide Bademäntel vom Sofa, winkte mir, und wir gingen zusammen ins Haus.

18.

Die Nacht war voller Schleifgeräusche und geflüsterter Befehle, gemischt mit Piccos empörtem Pfeifen. Ich setzte die Ohrstöpsel ein, hörte die finale Folge der Gänsehaut-Reihe: Während unten im Tal die letzten Schüsse verhallten, fand oben auf der Klippe der Held endlich den G-Punkt der Heldin. Die Beschreibung ihrer Reaktion darauf klang nicht unbedingt wie etwas, was man selbst erleben wollte. Es sei denn, man sehnte sich nach einer Explosion, gewaltig genug, um die Erde aus ihrer Umlaufbahn zu bringen. Unter der säuselnden Nachspielmusik schlief ich ein, erschöpft von verschmähter Liebe, Kuherlebnis, Geständnissen, den wütenden und vorwurfsvollen Blicken von Julia, ihren flammenden Reden: Christiane dürfe jetzt nicht herzlos sein und die Romantik dem Kommerz opfern. Ich hatte für Vernunft plädiert, vielleicht ließe sich eine zufriedenstellende Lösung für alle finden, zwischendurch war Lutz immer wieder nach unten gerannt, um nach der nächsten Haxnkreation zu schauen.

»Ich glaube, ich muss jetzt ins Bett«, war alles, was Christiane dazu gesagt hatte. Julia war ihr gefolgt, ohne mich eines weiteren Blickes zu würdigen, Lutz an der Hand hinter sich herziehend, und hatte die Tür des Balkonzimmers zugeknallt. Ich würde ihr gleich heute Morgen erklären, dass Christiane ein Wunder brauchte, um unsere Jobs zu retten. Aber als ich aufwachte, war es still im Haus, Julia und Lutz waren weder in der Küche noch in ihrem Zimmer. Auf der Kommode im Flur lag ein Zettel.

»Gina! Bin heute länger unterwegs, muss u. a. zum Notar und die Beerdigung organisieren. Bitte pass gut auf das Haus auf. Chris.«

Das Wort »gut« war dick unterstrichen. Was immer Christiane

mir damit sagen wollte. Und bedeutete »u. a.« einen Termin mit Strobl?

Durchs Küchenfenster sah ich den Sperrmüll, einige Schränke fehlten, der Stehlampenwald hatte sich deutlich gelichtet. Anderl lud Müllsäcke voller Kuscheltiere auf einen Handkarren, Franzi und Özcan hatten sich vor dem Schlittenwall postiert, vor der Klobrillensammlung flanierten Üwe und Judda, schauten immer wieder herüber zum Haus. Pantolettinnen fotografierten, die anderen Teilnehmer des Tauchkurses standen herum. Als ob sie auf etwas warteten. Ich zog mich an, schminkte mich dezent auf Elfe und nahm meinen Instant-Latte mit nach draußen. Worauf die Gemeinde einen Moment erstarrte. Um gleich darauf in plötzliche Aktivität auszubrechen. Duschköpfe wurden untersucht, Kommoden gestreichelt, Üwe versank in Anbetung einer Klobrille aus Massivholz.

»Guggema, Judda, Eische, das schmeicheld dem Bö…«

»Wieso taucht ihr heute nicht?«

»Och, nu ja, immer under Wasser, das ist ooch nüscht. Da wachsen einem noch Schwimmflössen, newahr, Judda?« Er zwinkerte seiner Frau verschwörerisch zu, was Judda übersah. »Nu, wir warten auf das Event, die Därese hat …«

»Judda! Bis dänne, wir sähn uns.« Üwe hakte seine Frau energisch unter, schleppte sie weg von der eben noch bewunderten, poschmeichelnden Eichenholzbrille, und ich ging den Stimmen nach, die ich von hinten hörte, vom Garten her. Event? Hatte ich etwas nicht mitbekommen? Die Modenschau war doch erst für den nächsten Samstag …

»Sie will wirklich, dass wir Zelte aufstellen?« Susn hatte sich vor Quirin aufgebaut, tippte sich an die Stirn. »Die ist doch völlig gschert, komplett damisch ist die!«

Heute trug sie keinen langen Schlabberrock, sondern knielange, abgeschnittene Jeans. Dazu ein eng anliegendes, blütenweißes T-Shirt, das einen Blick auf ihre wohlgeformten B-Körbchen geradezu einforderte. Diese Susn hatte eine hervorragende Figur. Wahrscheinlich schwamm und surfte sie gemeinsam mit ihrem Freund. Ich musste schlucken, schaute auf den Boden. Im Gras lagen Pfähle, Stangen, Planen, auf denen sich Floh vergnügt wälzte. Um sofort aufzuspringen, als er mich bemerkte. Quirin zerrte ihn am Halsband von mir weg.

»Aus, Floh. Wo warst denn gestern?«

Sein aufblitzendes Lächeln, von dem ich mich nicht mehr täuschen ließ. Dazu sein Blick, etwas verlegen. Er war blass. Am Kinn hatte er einen Schnitt vom Rasieren. Vielleicht hatte ihn seine Freundin auch gekratzt, im Rausch der Liebesnacht, die ihrem stürmischen Wiedersehen gefolgt sein musste. Gegen meinen Willen fiel mir die letzte Folge der Gänsehaut-Reihe ein. Vielleicht war ja die Erde längst aus der Umlaufbahn geraten und trudelte verloren durchs All?

Vielleicht entfernten wir uns gerade von der Sonne, und binnen weniger Tage wäre die Erde von einer Eisschicht überzogen, Wissenschaftler träfen sich zu hektischen Konferenzen, Städte lägen im Dunkeln, der amerikanische Präsident würde versuchen, die Welt zu retten. Wen kümmerte es angesichts dessen noch, ob ich am See gewesen war, noch dazu mit Quirins Bademantel? Ich murmelte irgendetwas von geschäftlichen Verpflichtungen und nahm mir vor, Christiane zu bitten, mich nach Köln vorausfahren zu lassen. Noch beschien die Sonne unseren Planeten, noch gab es die *Lachschmiede,* und im Büro war eine Menge zu tun.

»Gina, du kennst Susn? Susn, das ist Gina, ich hab dir ja erzählt, sie hat dich so gut vertreten, dass du nur a bissl gefehlt hast.«

Was hatte er wohl noch von mir erzählt? Und was meinte er mit: vertreten? Als Bedienung, bei der Modenschau, oder besaß er etwa die Unverschämtheit, etwas anderes anzudeuten? Susn lächelte, betrachtete ihre Konkurrenz von der Elfenkappe bis zu den Sneakers, gelassen, neugierig, freundlich, anscheinend ihrer Liebe sicher. Quirin trat verlegen von einem Bein aufs andere.

»Mei, Gina, es ist … mei, was für a blöde Situation.«

Was wollte er, hatte er etwa vor, hier im Garten ein Dreier-Gruppengespräch zu führen? Womöglich mit Lutz, der gerade um die Hausecke bog, als Mediator? Aber Lutz bemerkte uns kaum, schoss an uns vorbei, murmelte »Minze, Minze, Minze«, wie ein Mantra, und ich beschloss, der unwürdigen Situation ein Ende zu machen:

»Wenn du ihn brauchst …« – ich würde mich nicht so weit erniedrigen, das Wort Bademantel auszusprechen – »… kannst du ihn dir jederzeit abholen.« Ich drehte mich um und ging ins Haus, ersparte mir zu erwähnen, dass besagter Bademantel zwischendurch nicht nur als Taschentuch für meine Tränen und einen Teil meiner Wimperntusche, sondern auch als Unterlage auf einer Kuhweide gedient hatte. Ich würde ihn waschen müssen. Eine Aufgabe. Eine sinnvolle, würdevolle Aufgabe. Ich stopfte den Bademantel in die Waschmaschine, die ich gleich zu Anfang im Bad unter dem Pröbchenmeer freigelegt hatte. Als ich sie einschaltete, hörte ich die Haustür zuschlagen. Lutz. In den Händen etwas Grünes, Feinblättriges.

»Minze. Minze. Minze. Nimmt den Eigengeschmack von Lauch.«

»Lutz, was ist hier los? Wo ist Julia?«

»Im Café. Sie machen die Transparente. Und wenn Lauch trotzdem nicht die Lösung ist?«

»Welche Transparente?«

»Ich spür es, nein, ich weiß es: Lauch ist keine Lösung, Lauch ist keine Lösung!« Er raufte sich die Haare, warf verzweifelt das Zöpfchen zurück. Gestern, ich hatte es nur am Rand mitbekommen, hatte er seinen Haxnversuch im Café serviert und nichts als Spott geerntet. Vor allem von Özcan und Franzi. Es war ihm sehr nahegegangen, den Rest des Tages hatte er mit glühenden

Augen in der Küche gewütet, erschaffen, verworfen, sich die Haare gerauft und sogar gebetet. Aus ihm würde ich nichts herausbekommen, so wie er jetzt auf und ab tigerte, mit der Minze wedelnd, die ihren Duft in der Küche verströmte. Ein Duft, der Appetit machte. Sogar Hunger.

Seit gestern hatte ich kaum etwas gegessen, erst vor verliebter Aufregung, dann aus Verzweiflung, jetzt überfiel mich plötzlich eine drängende Sehnsucht nach einem tröstlichen Produkt von Regula. Ich öffnete den übervollen Kühlschrank, durchwühlte ihn, packte Tofu, Fenchelknollen und Piccos gesundes Futter, Gurken und Möhren, auf den Tisch. Hinter den Sojamilchpackungen fand ich unsere trotz veganen Protests angelegten Käsevorräte, toastete Brot im schönsten Exemplar der Toastersammlung, während Lutz verstört hinter mir Minze hackte, »Lauch ist keine Lösung« murmelnd, und sich draußen noch mehr Publikum versammelte. Julia war vor dem Sperrmüll aufgetaucht, rückte hier ein Schränkchen zurecht, dort eine Vase, drapierte einen Duschvorhang künstlerisch über einem Sofa, stellte Buddhas und Marienfiguren dekorativ auf Tische und Kommoden. Ich vergaß meinen Käsetoast und stürmte zur Tür.

»Was machst du da? Was soll das alles?«

»Gina!« Sie sah mich mit flehendem Blick an. »Du musst zu uns kommen! Bitte! Du kannst einfach nicht mehr zu Chris halten, du kannst das doch nicht zulassen!«

Gemurmel im Publikum. Aus dem Kombi der Tauchschule stieg Hartl, lud zwei dick umwickelte Spulen aus. War es tatsächlich Stacheldraht? Sollten die Sadomaso-Dirndl etwa in Massenproduktion gehen?

»Zulassen? Was denn? Julia, Süße, können wir nicht vernünftig …«

»Es geht nicht mehr um Vernunft! Es geht um Kommerz oder Natur!«

Erstes, zögerndes Beifallklatschen von Üwe, andere ließen sich mitreißen.

»Sag mir doch bitte endlich, was hier los ist!«

»Chris ist schon bei Strobl! Wir wollen das Ufer retten, und du musst …«

»No, no, no, ihr werds doch ned streitn, Madln!« Einen Stoffhasen in der Hand, entblößte Anderl seine Reißzähne und drohte uns spielerisch mit dem Finger, aber Franzi brachte ihn mit einem energischen »Sei stad!« zum Schweigen.

»Woher weißt du denn, dass Chris bei Strobl ist? Und wie wollt ihr …?«

»So, jetza!« Alle wandten die Köpfe, ein Raunen ging durch die Versammelten. Therese näherte sich mit wehender Schürze. Und blieb vor mir stehen.

»Gina.« Sie sah mich ernst und feierlich an. Die folgenden Sätze sprach sie in korrektestem Hochdeutsch, mit stolz erhobenem Kinn. »Wenn du deine Chefin und die Strobls immer noch unterstützen willst, dann muss ich dich bitten, das Haus zu verlassen. Dies ist eine Hausbesetzung!«

»Kein Luxushotel. Wir lassen uns nicht vertreiben!«, stand auf dem Laken, das Hartl und Quirin über der Tür anbrachten.

»Des gibt's doch ned, wie damisch ist das denn?« Susn lachte gackernd. Therese bedachte sie mit einem funkelnden Blick, der sie vollkommen kaltzulassen schien. Kopfschüttelnd tippte sie sich an die Stirn, und ich dachte verschwommen, dass sie sich ziemlich viel herausnahm, immerhin war Therese ihre Arbeitgeberin. Aber was kümmerte es mich, ich hatte genug damit zu tun, den Rest des Geschehens zu fassen: Julia, die von innen Transparente an den Fenstern befestigte, alle mit kunstvoll ausgestalteten roten Buchstaben beschriftet. Hartl, der von der Leiter kletterte, auf Thereses Befehl die Stacheldrahtspulen abrollte und anfing, einen Pfahl in den Boden zu schlagen. Quirin, der plötzlich neben mir stand und erneut von der blöden Situation anfing, was bildete er sich ein, was bildeten die beiden sich ein, er und seine Freundin, die nicht aufhören konnte, ständig zu gackern wie eine Henne auf Ecstasy?

»Lass mich in Ruhe!«, fauchte ich, schüttelte seine Hand von meiner Schulter.

»Pass gut auf das Haus auf«, hatte Christiane geschrieben. Und noch war sie meine Chefin. Meine Chefin, mit der ich eine Bademantelerfahrung, eine Kuherfahrung und eine Ralli-Erfahrung teilte, etwas, worauf sie großmütig reagiert hatte, bewundernswert großmütig. Außerdem teilte ich mit ihr ein unerfreuliches Geheimnis. So bald wie möglich würde ich Julia davon erzählen, sie damit hoffentlich zur Vernunft bringen.

Aber vorher musste ich die rasende, von den Schaulustigen beklatschte Entwicklung der Dinge vor Ort stoppen: Hartl hatte den ersten Pfahl eingeschlagen, trieb den zweiten in den Boden. Unter dem erregten Getuschel der Menge ging ich auf den ersten Pfahl zu, zerrte, rüttelte und wackelte, aber Hartl hatte ganze Arbeit geleistet, der Pfahl ließ sich nicht herausziehen. Um mich herum klickten Fotoapparate und surrten Filmkameras, hielten den Anblick einer rot angelaufenen, schwitzenden Beinahe-Elfe für die Ewigkeit fest. Wieder spürte ich Quirins Hände auf meinen Schultern: »Gina, hör mir zu …«

»Mei, halt sie scho auf, Quirl!«, rief Therese, schon dabei, den Stacheldraht abzurollen, und ich ließ den Pfahl los, entwand mich Quirins Griff.

»Lass mich! Fass mich bloß nicht mehr an!« Auf keinen Fall würde ich mich von Quirin wegzerren lassen, vor den Augen seiner gackernden Freundin. Auch sonst würde ich es nicht zu Handgreiflichkeiten kommen lassen. Wir alle waren erwachsen, der Sprache mächtig. Mehr als das, sogar der kontroversen Diskussion.

Verschwommen dachte ich an ein lang zurückliegendes Seminar an der Uni, an These, Prämisse, Argumentationskette. Ich ging zu Hartl, tippte ihm auf die Schulter. »Das ist doch lächerlich!«

Nicht das beste Argument, wie ich sofort einsah, aber immerhin wirkte es. Er hielt kurz inne, schaute zu mir auf. Mit einem unergründlichen, beinahe wehmütigen, kornblumenblauen Blick.

»Ja? Moanst? Hast scho recht.« Damit wandte er sich wieder seinem Pfahl zu.

»Warum wartest du nicht, bis Chris wiederkommt, man kann doch reden!«

»Freili.« Hartl zog weiter zum nächsten Pfahl, und Therese, in Handschuhen, mühte sich ab, den Stacheldraht zu befestigen.

»Gina, es gibt nix zum Reden, glaub mir, i woaß, wia Widerstand funktioniert. Ich war damals in Wackersdorf dabei, gegen die Atomkraft! Mei, des warn Zeitn! Des habts ihr ned erlebt!«

»Jetzt fängts wieder damit an«, hörte ich diese Susn stöhnen, hatte aber keine Zeit, darauf zu achten, ich folgte Hartl, der schon den nächsten Pfahl in den Boden trieb, unter Anfeuerungsrufen des Publikums. Zwischen zwei Schlägen drehte er sich zu mir um.

»Des wird scho, des kriag ma scho.«

Hinter uns rumpelte und scharrte es, weitere Schaulustige holten Stühle vom Sperrmüll, ließen sich nieder, entspannt plaudernd. Es sei, sagte Üwe zu dem fischlippigen Mann neben ihm, bis jetzt ein wirklich gelungenes Event.

»Ooch wenn ich Dransparende nicht so gern seh«, sagte Judda, aber Üwe wies sie zurecht: »Deng nicht an den ersten Mai, Judda, deng an die Mondagsdemonstrationen.«

»Aber die genn ich nur ausm Westfernsähn. Broover Hund.« Jutta streichelte Floh, der durch die Reihen schlich, hier und da etwas zugesteckt bekam.

»Üns hammse immer vergackeiern wölln, glückliche Zügünft mit der Sowjetuniön und so«, erklärte Üwe dem Fischlippigen, wurde aber unterbrochen, als Lutz unter allgemeinem Applaus in der Dachluke auftauchte, das Dach erklomm und ein weiteres Transparent entrollte: »Rettet die Romantik!« Die Buchstaben bestanden aus weißblauen Rauten, wahrscheinlich von Julia kunstvoll gefertigt, und alle rissen ihre Fotoapparate hoch. Es lohnte sich.

Lutz trug nur sein Leopardenhöschen, hatte ein Seil um seine Brust geschlungen, es an der Luke befestigt und kletterte wie in einem Bergfilm auf dem Dach herum, ließ sich nicht stören von den Rufen der Menge, von Quirins: »Seids ihr alle wahnsinnig?«, von Susns Gegacker. Er befestigte das Transparent, richtete sich auf und blieb einen Moment stehen, leicht schwankend, wartend, bis die Menge sich beruhigte. Lächelnd winkte er zu uns herunter, legte dann die Hände wie einen Trichter vor den Mund:

»Ich hab die Lösung! Sie wird gelingen! Die Haxe!«

Der Applaus der Haxnfans übertönte alle Zwischenrufe der Haxnzweifler, und Lutz stieß einen Tarzanschrei aus, seilte sich wieder ab, durchs Fenster. Therese trat vor die tobende Menge.

»Und jetzt verteidigen wir das Haus und unser Ufer mit unseren eigenen Körpern! Wir rühren uns ned, bis sie uns wegtragen, hobts mi?«

Zwei Stunden später hatte sich die Zuschauerzahl verdoppelt. Am strittigen Uferstreifen, der jetzt Christiane gehörte und bald Strobls Eigentum sein würde, standen die Zelte, fertig aufgebaut, darüber flatterte stolz ein Transparent: »Hier entsteht ein Hüttendorf.«

Vor dem Haus war die Nail-Art-Metzgerin dabei, frech einen eigenen Stand mitten in Christianes Sperrmüll zu errichten, stellte seelenruhig Tuben und Fläschchen auf zwei zusammengeschobene Tische, lehnte Spiegel an Schränke, während Kathi missmutig und immer gewaltigere Kaugummiblasen produzierend Leberkassemmeln to go auf eine Platte schichtete. Meine durch sechs Semester Jurastudium untermauerten Argumente, dies sei ganz offiziell der Müll meiner Chefin und dürfe, selbst in einer Ausnahmesituation wie der widerrechtlichen Besetzung des zum Müll gehörenden Objekts, keinesfalls für kommerzielle Zwecke genützt werden, konterte sie mit einem lässigen: »Dei Chefin hot doch selba gsagt, ma könn' uns ois nemma.«

Um mich gleich darauf kritisch zu mustern.

»Was hastn eigentlich dauernd dieses Kapperl auf? Bist ned zufriedn mitm Hoarschnitt?«

»Es ist jetzt wirklich nicht die Zeit, über Haare …«

»Wuist vielleicht dafür no a Nail-Art umsonst?«

»Es geht hier nicht um Nail-Art! Sondern um Paragraph 123 Strafgesetzbuch! Wer in das befriedete Besitztum eines anderen widerrechtlich eindringt …«

»Mei Gina, gä, wer mechtn so a kompliziertes Zeug hörn. Hierher!« Franzi winkte Özcan, der Flaschen im Handkarren heranschleppte. »Probier amoi des Bia, a Dunkles mit am hopfigen Antrunk und am Abgang nach Karamell, des is guad für d' Nerven.« Franzi hatte immerhin den Anstand besessen, einen eigenen Klapptisch aufzustellen, mit Rautendecke, hinter dem auf zwei Stangen ein mitgebrachtes weißblaues Transparent mit der Aufschrift »Bierkönigin Franzi 2011« prangte, und es war vielleicht ungerecht, gerade sie anzuschreien, mit meinen Nerven sei alles supi, in bester Ordnung, danke!

»Gina!« Quirin. Schon wieder. »Wir müssen reden, ich will doch nur …« Bevor er den Satz zu Ende brachte, schrie ich auch ihn an: »Wenn's dir um deinen Bademantel geht, hol ihn dir doch, ihr habt das Haus ja besetzt! Gewaschen ist er auch. Und jetzt lass mich endlich in Ruhe!« In diesem Moment fiel mir ein, dass ich den kleinen Stoffhund in der Tasche mitgewaschen hatte. Hoffentlich war er eingegangen. Hinter mir Getuschel und Geraune, ein murmelnder Springbrunnen, über dem das Wort Bademantel flirrte wie sprühende Gischt.

Mit fliegenden Fingern tippte ich Christianes Nummer in mein Handy, mindestens zum zehnten Mal, seit Therese die Besetzung verkündet hatte. Sie solle kommen, sofort, wo immer sie sei, brüllte ich auf ihre Mailbox, gegen den ansteigenden Lärmpegel. Auch Nat Wildmoser und seine Jungs waren gekommen, hatten sich mit »We will rock you«, eingestimmt und waren jetzt mitten in einem schmetternden »We shall overcome«. Und Thereses Schlachtrufe wurden immer drängender. Sie hatte sich an dem Pfahl neben der Tür angekettet, saß auf einem Hocker, alle anderen ihr angebotenen Sitzmöbel verweigerte sie ebenso wie das von Franzi großzügig kredenzte Bier. Auf ihre empörte Ablehnung reagierte Franzi gelassen.

»Is eh besser so, was wuist a macha, wennsd brunzn musst.« Sie nahm das Bier wieder an sich.

»Warum? Nachttöpfe und Kloschüssln san doch gnua do«, mischte sich die Nail-Art-Metzgerin ein. »Des is dann auch a Event. A *Event!* Hosd mi? Wenns brunzn muass!« Sie schlug sich vor Vergnügen auf die Schenkel, und Therese stoppte das allgemeine Gelächter mit bedrohlichem Kettenrasseln.

»Reds ihr holt von Brunzn, i red von Politik! Ihr müssts mi scho wegtragn! Von allein geh i ned!«

Ich schickte Christiane zur Sicherheit noch eine SMS, steckte mein Telefon wieder ein. Jetzt musste ich Julia abpassen, ihr endlich klarmachen, was passiert war, egal, ob jemand mithörte. Gerade hatte sie einen Campinggaskocher aus Mirls Vorrat herbeigeschleppt und war nun damit beschäftigt, ein riesiges Bettlaken an einen Sperrmüllschrank zu hängen. Alle sahen gebannt zu, wie sie es sorgfältig an den Rändern festklebte und anfing, konzentriert Buchstabe für Buchstabe daraufzusprühen.

»Boykottiert«, las die Nail-Art-Metzgerin laut mit, »tote Tiere auf Semmeln! Ja, wie meinst nacha des? Wer däd scho a totes Tier auf a Semmel legn, auf a Semmel gehört a Wurscht oder a ... Mei! Meinst etwa meinen Leberkas?«

Aber Julia ließ sich nicht stören. Auch nicht durch mich. Neben ihr stehend, sprudelte ich alles, was ich vorbereitet hatte, auf einmal heraus: »Sei mir nicht böse, Julia, bitte! Chris braucht ein Wunder, sie hat es mir an der Kuh gesagt, sonst verlieren wir unseren Job, und es tut mir furchtbar leid, dass du deine Modenschau nicht machen kannst. Wenn es dich tröstet, bei mir wird es auch nichts mit dem …« Ich würgte an dem Wort »Kuss« herum. Doch Julia hörte ohnehin nicht zu. Konzentriert auf ihre nächsten Buchstaben, die Zunge zwischen die Zähne geklemmt, murmelte sie, jetzt sei wirklich keine Zeit zum Reden, sprühte »Veni, Vidi, Veggie!« unter den Text, in riesigen Lettern. Aus dem Haus trat Lutz, im Leopardenhöschen, ein Geschirrhandtuch um die schweißnassen Schultern gelegt.

»Des könnts ned macha, des is a Geschäftsschädigung, is des!«, blaffte ihn die Metzgerin an, aber er beachtete sie nicht, schaute mit glühenden Augen in die Menge: Es werde, verkündete er, ein asiatisches Gemüsegericht geben, aber, er hob die Stimme, dies sei nur ein Gaumenkitzler, die Königin der Speisen warte drinnen, im Ofen.

Die Haustür hinter ihm stand offen. Weit offen. Unwillkürlich ging ich einen Schritt darauf zu. In den geheimen Büroräumen meines Hirns wurde hektisch geplant, wurden Chancen abgewogen und ein schnelles Risiko-Controlling durchgeführt.

Ich ging zwei weitere vorsichtige Schritte auf die Tür zu, im Schutz eines Kleiderständers, den Özcan gerade an uns vorbeirollte. Auf Bügeln schwankten glitzernde, grellfarbige, auch weißblaue Kleider, Hosen und Umhänge.

»Und was is nacha des?«, fragte Therese von ihrem Hocker aus.

»A Auswahl von Özcans Modellen.« Franzi nahm einen Schluck von ihrem nervenberuhigenden Dunklen mit Karamellabgang.

»Des gibt's doch ned! Ich mach hier die Modenschau!«

»Dann mach's doch!«, rief Franzi. Özcan parkte den Kleiderständer an ihrem Stand, die ersten Schaulustigen blieben stehen. Und ich bewegte mich unauffällig weiter Richtung Haus, unbeobachtet von Therese, die sich erhoben hatte und mit zusammengekniffenen Augen zu Franzis Stand herüberspähte. »Des is ned fair! Jetzt, wo i ned kann!«

Aber Franzi ließ sich nicht stören, baute schon in aller Ruhe mit Özcan aus Stehlampen und einem Duschvorhang eine Umkleidekabine, begrüßte den Bürgermeister, der an ihren Stand trat, in Begleitung von Veit Strobl. Von seinem Sohn keine Spur, vielleicht war er tatsächlich schon mit Christiane beim Notar.

»Des muss geräumt werrn!« Veit Strobl zupfte wild an seinem Seelöwenbart. »Holts sofort die Polizei!«

»Jetzt gleich?« Der Bürgermeister schaute sich unschlüssig um, und ich erstarrte dort, wo ich war, wenige Meter vor der offenen Tür.

»Na los, räumts doch! Holts doch die Polizei! I geh ned freiwillig, erst, wenns mi wegtragen! Des is a Frage der Ehre!« Therese riss an ihrer Kette. Ich wagte einige schnelle Schritte Richtung Ziel.

»Herr Bürgermeister? Wenns a glei no a Machtwort sprechn könntn? Is des a fairer Wettbewerb, wann die ein Schild gegn meine Leberkassemmeln aufstellen duan?«

»Hier geht's ned um Leberkassemmeln! Des is a Politik und a Widerstand! Warum san die Leut von der Zeitung no ned da? I geh erst, wanns mi wegtragen!«

»Wegtragn? I?« Der Bürgermeister musterte Therese entsetzt, schien abzuwägen, ob er sie stemmen konnte, und sie sah ihn ihrerseits herausfordernd an. Meine Gelegenheit! Ich drückte mich rasch an ihnen vorbei, wischte durch die offene Tür in den Flur.

»Aber des … do! Schau her! Wos is des jetza?« Die Stimme der Nail-Art-Metzgerin.

»Halt, stehn bliebn! Sofort stehn bleim!«, kreischte es von draußen, ich knallte die Tür zu, tastete mit zitternden Fingern in der Box auf der Kommode nach dem Schlüssel, wenn ihn bloß niemand mitgenommen hatte … Und wo um Himmels willen war eigentlich mein Schlüssel, noch immer in der Tauchschule?

»Des is widerrechtlich! Des is a besetztes Haus! Haltet sie auf!«

»Äh, widerrechtlich?« Die Stimme des Bürgermeisters. Rasche Schritte auf dem Kiesweg.

Das kalte Metall unter meinen Fingern. Der Schlüssel!

»Meine Haxe«, jaulte es draußen auf, dicht an der Tür, »lasst mich sofort zu meiner Haxe, sonst passiert was!«

19.

Schwer atmend stand ich hinter der Tür. Ich hatte es gerade noch geschafft, den Schlüssel herumzudrehen, bevor Lutz gegen die Türfüllung krachte und wie besessen an der Klinke rüttelte. Jetzt galt es, das Haus zu sichern. Zuerst kontrollierte ich die Fenster im Erdgeschoss. Draußen tobte Lutz, bollerte gegen die Haustür, auch andere regten sich auf:

»Des is ned fair, des is a besetztes Haus!«

»Holt die Polizei!«

»Entschuldigens, Therese, aber was soll die Polizei denn macha, sie is doch die Angestellte vo da Erbin?«

Das Fenster im großen Zimmer war gekippt, ich schloss es, ebenso mein Schlafzimmerfenster. In der Küche war es unerträglich heiß, der Ofen war auf zweihundert Grad geheizt, im Römertopf schmurgelte ein klumpiges, bräunliches Gebilde, das sehr viel besser duftete, als es aussah.

»Gina, bitte!« Julias Stimme, gedämpft durch die Fensterscheibe, von draußen. »Du weißt doch, was ihm die Haxe bedeutet. Das ist kein Spaß!« Ich stellte mich vor die Scheibe, tippte mir an die Stirn. Glaubte sie ernsthaft, ich hätte mich aus Spaß hier eingeschlossen? Lutz heulte auf, versuchte einen Sprung Richtung Fenstersims, von Julia mühsam zurückgehalten. Ich seufzte, suchte ein Stück Pappe, fand den Marker, den Julia für die kleineren Transparente benutzt hatte.

»Ich versprech dir, ich pass auf deine Haxe auf«, schrieb ich in ebenso roten, geraden Lettern wie Julia. Worauf Lutz sich verzweifelt herumwarf, zwei Runden drehte, in unruhigem Panthergang. Um dann ebenfalls einen Zettel zu bekritzeln und ihn mit zitternden Händen hochzuhalten. Ich presste mein Gesicht an die Fensterscheibe, versuchte, sein Gekrakel zu entziffern:

»Stell sie in einer Stunde auf fünfzig Grad! Falls ich bis dahin nicht bei ihr bin.«

Hinter Lutz standen Julia, der gesamte Tauchkurs, die Nail-Art-Metzgerin und ein erstaunter Anderl. Nur Franzi schien mein Eindringen ins nach Paragraph 123 widerrechtlich besetzte Gebiet nicht weiter zu beeindrucken, sie beriet in aller Ruhe ihre Kundschaft. Die blondierte Frau, die ich im Edeka getroffen hatte, betrat mit einer strassbesetzten Rauten-Kittelschürze die improvisierte Garderobe, und Therese schrie ein weiteres Mal nach der Polizei, die mich aus dem Haus entfernen und sie gefälligst wegtragen möge. Ich tippte wieder Christianes Nummer in mein Handy, machte mich bereit, auf ihre Mailbox zu sprechen, diesmal in ruhigerem, bestimmtem, gleichwohl dringendem Ton. Als sie sich meldete, hätte ich beinahe aufgeschrien.

»Chris? Wo bist du? Hier ist die Hölle los!«

»Beim ...«, eine winzige Pause, sie senkte ihre Stimme, »... Beerdigungsinstitut. Was ist?«

»Ja, hast du denn deine Box nicht abgehört?«

»Gina, was soll dieser Ton?« Eine Stimme murmelte etwas im Hintergrund, und Christiane legte einen Moment raschelnd die Hand auf das Mikrofon ihres Telefons.

»Wann kannst du kommen? Das Haus ist besetzt.«

»Besetzt? Und wo bist du?«

»Äh ... im Haus.«

»Gina? Geht's dir gut?«

»Supi«, fauchte ich. Und erzählte ihr alles von Anfang an. Während ich redete und meine Chefin mir zuhörte, ausnahmsweise, ohne einen Kommentar von sich zu geben, ging ich in der heißen Küche auf und ab, zog mich schließlich zurück in den dunklen Flur, schlenderte ins große Zimmer, wo Picco zerzaust und verwirrt auf seinem Käfig saß.

»Draußen rotten sie sich zusammen. Ich weiß nicht, wie lange ich die Stellung hier noch halten kann«, schloss ich, ganz besonnene Heldin, mit fester Stimme. Christiane schwieg einen Moment, beeindruckt, wie ich hoffte, und ich durchquerte das Zimmer, trat ans Fenster. Draußen der verwilderte Garten, die Zelte, ein Stück Uferstreifen. Auf dem Quirin mit seiner Freundin lustwandelte. Wie am ersten Abend, als er sie *hoambracht* hatte. Sie waren stehen geblieben. Quirin redete auf sie ein, gestikulierend, anscheinend hatte er etwas Dringendes mitzuteilen, und sie beugte sich vor, strich ihm liebevoll die Strähne aus der Stirn, die ihm im Eifer des Gefechts ins Gesicht gefallen war. Was hatte er wohl gesagt?

Während ich gegen die Enge in meinem Hals anschluckte, ging in den nüchternen Büroräumen meines Gehirns jemand ganz ruhig und besonnen die verschiedenen Möglichkeiten durch:

1. Ich kann nicht vergessen, was zwischen dir und Strobl war. Der Gedanke an dich und ihn bringt mich zur Raserei. (Mein Knuddelbär, beruhige dich doch.)

2. Ich liebe dich bis zum Wahnsinn. Wenn du mich nicht heiratest, springe ich in den See. (Aber Mauseschwänzchen, du kannst doch schwimmen.)

3. Leg dich hin! Zieh dich aus! Sofort! (Warte wenigstens noch, bis wir um die Ecke sind, mein Lümmelchen.)

Nebeneinander schlenderten sie weiter, um die Biegung des Weges. Erst, als ich sie nicht mehr sah, fiel mir auf, dass Christiane immer noch schwieg.

»Chris? Bist du noch da?«

»Ich? Äh … ja. Natürlich. Ich muss hier nur gerade nebenbei … ein paar Formalitäten erledigen. Ich komme gleich.«

»Bist du dir immer noch sicher, dass du an die Strobls … Ich meine, gibt es wirklich keine andere Möglichkeit?«

Was tat ich da? Warum verteidigte ich sie auch noch, Therese, die lauthals nach der Polizei verlangte, Hartl, der erst Pfähle eingeschlagen hatte und seitdem spurlos verschwunden war, Quirin, der mit seiner Freundin mitten im Chaos dringende Liebesgespräche führte?

»Gina, für moralische Erörterungen hab ich jetzt wirklich … äh … keine Zeit.«

Sie legte auf. Sie wollte mich allen Ernstes allein lassen mit der Verteidigung ihres … Ich stutzte. Etwas bewegte sich im Baum, gegenüber dem Balkon. Lutz. Sein nackter Oberkörper schimmerte zwischen den Blättern hervor, sein Zöpfchen baumelte wild. Mit einer Hand hielt er sich im Geäst, mit der anderen schwang er etwas, schon sauste es durch die Luft: ein Lasso. Sofort stürzte ich nach oben, ins Balkonzimmer. Das Fenster war nur gekippt. Von unten hörte ich Julias Stimme: »Schatz, du kommst jetzt sofort da runter! Das ist kein Spaß mehr!«

Wieso kam sie dauernd auf die Idee, irgendwer hätte Spaß an dieser ganzen Angelegenheit? Es war blutiger Ernst. Für mich. Und für Lutz, dessen Schlinge sich um den geschlossenen Sonnenschirm auf dem Balkon festgezogen hatte. Vom Baum her ein Triumphschrei. Tarzan warf das andere Ende der Leine nach unten, kletterte behende und in größter Eile den Stamm hinunter. Ich schloss das Fenster. Aber mir war klar, dass diese Maßnahme nicht genügen würde. Wenn der entfesselte Lutz es tatsächlich schaffen sollte, irgendwie auf den Balkon zu gelangen – hatte mir Julia nicht erzählt, er habe eine Zeit lang bei einer Gartenbaufirma gearbeitet, wo er an Seilen in hohe Bäume hatte klettern müssen? –, musste ich schwerere Geschütze auffahren. Zähneknirschend verfluchte ich Christiane. Und schaute mich im Balkonzimmer nach geeigneten Möbeln für eine Barrikade um.

Eine Stunde später war das Haus gesichert, Christiane noch immer nicht erschienen und ich schwitzte wie zehntausend Elfen, die gegen zehntausend wild gewordene Einhörner gekämpft hatten. Ich verabschiedete mich für die nächste halbe Stunde unter die kalte Dusche, stellte vorher pflichtschuldigst den Backofen auf fünfzig Grad. Da ich das Küchenfenster verbarrikadiert hatte, konnte ich Lutz diese beruhigende Nachricht nicht mehr mitteilen. Ich hatte bei allen Fenstern die Rollladen heruntergelassen und sie zusätzlich durch Barrieren geschützt. Vor der Balkontür stand ein Schrank, den ich in zwanzigminütiger fluchender Schwerstarbeit Zentimeter für Zentimeter bewegt hatte, das Fenster des großen Zimmers war mit einer Kommode verbarrikadiert, darauf hatte ich Stühle gestapelt. Picco war keine Hilfe gewesen. Bauarbeiterpfiffe ausstoßend und lauthals keckernd kreiste er um mich. Mir war klar, dass sein Geprotze nur Ausdruck einer tiefer sitzenden Verwirrung sein konnte, aber ich hatte keine Zeit, mich um hochsensible, hilflose Papageien zu kümmern, die zufällig zwischen die Fronten geraten waren und jetzt vielleicht unter Loyalitätskonflikten litten. Ich spielte sogar mit dem Gedanken, ihm ein Beruhigungsmittel unter die Erdbeeren zu mischen. Was nur daran scheiterte, dass im ganzen Haus kein Beruhigungsmittel zu finden war, außer einer Dose Bier und Christianes Rotwein. Und das Letzte, was ich jetzt außer einem protzenden Papagei brauchte, war ein besoffener Papagei.

Ich duschte, zog mich um und inspizierte den Balkon. Um über meine eigene Barrikade spähen zu können, stieg ich auf einen Sessel, sah immer noch nicht genug, musste mich so weit erniedrigen, auf dem Sessel auf und ab zu hüpfen, umflattert von einem pfeifenden und »Zieh die Latschn aus, wannsd reinkimmst« kreischenden Picco. Trotzdem hörte ich das Ächzen des Balkongitters, hörte Flüche und Verwünschungen und Julias flehende Stimme, er solle das doch bitte lassen. Tatsächlich knirschte der Sonnenschirm und schwankte bedenklich. Ich fügte der Schrank-und-Sessel-Barrikade noch einen Tisch hinzu und stieg mit leichten Schuldgefühlen die Treppe wieder hinunter, um nach der Haxe zu schauen. Mir schien, dass der Backofen zu langsam abkühlte. In der Küche machte sich unter köstlichen, exotischen Düften ein leichter Geruch nach Verbranntem breit, ein Geruch, der auf keinen Fall nach außen dringen durfte. Hinter dem heruntergelassenen Rollladen und einer Regalbarrikade hatte ich das Fenster gekippt, nicht nur wegen der Hitze, auch, um einen gewissen Kontakt zum Geschehen draußen zu halten. Mit einem Geschirrhandtuch wedelte ich nun die verbrannte Luft Richtung Flur. Draußen Stimmengewirr, darüber ein heiseres »Highway to hell« vom Chor, Thereses Schlachtrufe. Und von fern eine Polizeisirene.

Jemand klopfte ans Fenster.

»Gina? Bist du da drinnen?«

Quirin. Bestimmt stand die gackernde Susn neben ihm. Auch wenn ich nichts von ihr hörte. Vielleicht hatte sein dringendes Bekenntnis von vorhin sie verstummen lassen. Vielleicht lehnte sie dümmlich lächelnd und selig verliebt an seiner Schulter.

»Gina? Sag doch was, bitte!« Seine Stimme klang besorgt. So besorgt, dass ich widerwillig antwortete.

»Ja, ich bin hier drinnen. Und?«

»Willst du nicht lieber rauskommen? Wir müssen reden!«

»Was gibt es zu reden?«

»Das kann ich dir beim besten Willen nicht hier … verdammt! Vielleicht machst du mal kurz die Tür auf?«

Hielt er mich für so beschränkt? Die Tür öffnen, damit nicht nur Lutz und Julia, sondern auch Therese, die sich schnellstens von ihrer Kette befreien würde, hereinstürmen konnten? Die Stellung, die ich so lange für Christiane gehalten hatte, aufgeben? Und wo blieb Christiane eigentlich?

Ich sagte Quirin freundlich, aber bestimmt, dass ich nicht ganz so naiv sei, wie er denke, tastete nach dem Telefon in meiner Rocktasche, tippte ihre Nummer. Es klingelte fünf Mal, und ich erwartete, dass die Stimme der Mailbox sich melden würde, aber im Bruchteil jener Sekunde, bevor der fünfte Ton verstummte, nahm sie ab. Sie klang gehetzt, außer Atem.

»Was ist?«

»Das fragst du mich? Du wolltest doch kommen.«

»Ja, ich … ich komme gleich. Ich bin noch … äh … aufgehalten worden.«

»Gina? Bitte lass mich rein, nur einen Moment.« Quirin, vor dem Fenster.

»Wenn es dir um deinen Bademantel geht …«

»Nein! Kreizkruzifix! Es geht nicht um den damischen Bademantel!«

»Gina? Was ist denn bei dir los?«, fragte Christiane. Das Gleiche hätte ich sie auch fragen können. Im Hintergrund hörte ich Musik, eine langsame, schwüle Musik, die mir bekannt vorkam, vielleicht aus einem Film. Geraschel, dann lachte Christiane auf, um das Lachen gleich darauf zu ersticken, als wäre es ihr entfahren wie ein versehentlicher Darmwind.

»Chris? Wo bist du? Was ist das für eine Musik bei dir?«

»Musik? Was meinst du?« Rascheln, diesmal gelang es ihr nicht, das Mikrofon mit der Hand abzudecken, ich hörte, wie die Musik erst lauter wurde, brüllend laut, eine hohe Frauenstimme, die etwas auf Französisch sang, das wie »schewäschewä« klang, dann abrupt stoppte.

»Ach so, das«, sagte meine Chefin. »Das ist, äh … das läuft hier im Fahrstuhl. Vom Beerdigungsinstitut. Ich fahr gerade runter. Also, was ist jetzt? Bist du noch im Haus? Ist die Polizei gekommen?« Das Stimmengewirr draußen war angeschwollen, fremde Stimmen hatten sich darunter gemischt. Therese rief, dass man sie, bitte schön, wegtragen solle, von allein gehe sie nicht, Quirin fing wieder mit seinen lächerlichen Forderungen an, ich solle rauskommen oder ihn hereinlassen.

»Ich … ja, ich glaube, die Polizei ist da.«

»Du glaubst?«

»Äh … ich kann nichts sehen. Ich hab … na ja, Barrikaden aufgebaut.«

»Übertreibst du da nicht ein wenig?«

In diesem Moment kreischte Picco im großen Zimmer: »Brunza! Schau, dassd Land gwinnst, Depp, gschtinkata!« Etwas krachte gegen das Fenster, und ich stürmte nach drüben, stand einen Moment schwer atmend mitten im Raum. Nichts. Vorsichtig kletterte ich auf einen Stuhl, zog das Rouleau ein Stück hoch. Durch die zusätzliche Sicherung meiner Stuhlfront auf der Kommode sah ich ein pendelndes Seil, dann ein Paar Füße in Plastiksandalen. Und Julias Hand, verzweifelt winkend.

»Komm sofort da runter!«, hörte ich, gedämpft durch die Scheibe. Über mir knirschte etwas, darauf ein verzweifelter Schrei, schon sauste er am Fenster vorbei, Lutz, ein gescheiterter Tarzan, er hielt die Liane immer noch fest in den Händen, ein Seil, das nicht mehr dort befestigt war, wo es befestigt zu sein hatte, ihm folgte ein Sonnenschirm, zunächst nur der obere Teil. Picco und ich warteten, erstarrt, in gemeinsamer Schicksalsergebenheit, aber der Betonfuß blieb aus. Aus dem Telefon, das ich in die Rocktasche gesteckt hatte, krächzte Christianes Stimme:

»Gina? Gina? Bist du noch da? Was ist denn los?«

»Es ist nur ... Tarz... äh ... Lutz. Er ... ja.« Ich spähte durch die Stuhlbeine nach draußen. »Zum Glück, er scheint sich nichts gebrochen zu haben. Er steht schon wieder. Es war ja auch nicht hoch, er war erst kurz über dem Parterrefenster. Hmm, ich glaube, er ist dort hingefallen, wo die Brennnesseln wachsen ... Na ja, die sind wenigstens weich.«

»Was redest du da?«

»Ich kann's dir nicht ... Komm einfach her.«

»Ja, gleich«, sagte Christiane. Warum klang sie so verschlafen? Einen Moment hatte ich eine abwegige Vision: Christiane, mit Drogen betäubt, gefesselt im Fahrstuhl des Beerdigungsinstituts, malträtiert mit französischer Musik. Ich sah die Wände aus schwarzem Marmor, roch die dumpfe Luft und hörte die Atemzüge eines dämonischen Fahrstuhlführers, der sich über sie beugte.

Ich hatte es mir nicht eingebildet, ich hörte tatsächlich Atemzüge, darauf Geraschel. Lachte jemand? Dann Christianes Stimme: »Vielleicht redest du mal mit den Polizisten. Das kann doch alles nicht so schwer sein.« Ich versprach es und legte auf.

Ich hatte etwas zu tun. Noch bevor Julia und Lutz, beide im Schock, begriffen, dass dieses Fenster halbwegs zugänglich war. Hastig kritzelte ich »Der Ofen ist auf fünfzig Grad eingestellt. Ihr geht es gut!« mit Filzstift auf ein herumliegendes weißes Tischtuch, hielt es ins Fenster. Lutz las es, mit aufgerissenen Augen – und stürzte schon auf das Fenster zu. Ich ließ den Rollladen heruntersausen, hoffte, dass er sich nicht an den Sims gekrallt hatte. Dann ging ich zurück in die Küche, einen verstörten, anlehnungsbedürftigen Papagei auf der Schulter, um nach der Haxe zu schauen.

Ich hatte Picco einen Teller mit Erdbeeren, Sonnenblumenkernen und Gurken zurechtgemacht, den Backofen ganz ausgeschaltet und selbst einen Käsetoast gegessen, obwohl ich inzwischen keinen Appetit mehr hatte. Von draußen Musik, der heisere Chor hatte Unterstützung bekommen von einem Akkordeonspieler und einer Blaskapelle. Vor meinem Fenster das schon gewohnte Gemurmel, Möbel schienen gerückt zu werden, Flaschen wurden geöffnet, ein Breznverkäufer rief seine Ware aus, übertönt von der Nail-Art-Metzgerin:

»Leberkassemmln to go! Leberkassemmln, frisch vom Schlachter!«

»Wie können Sie nur so herzlos sein, er ist doch sowieso schon so mitgenommen!«

Julias Stimme, dann wieder die der Nail-Art-Metzgerin. »Aber Schildl raushänga könnts! Als ob i a doade Maus auf der Semmel hätt! A Leberkas is doch koa doads Viech!«

Christiane war noch nicht aufgetaucht. Quirin hatte noch einmal nach mir gerufen, aber nachdem ich ihn angeschrien hatte, ich wolle nicht mit ihm reden, auch sonst wolle ich nichts von ihm, hatte ich nichts mehr von ihm gehört. Nur anschwellendes

Gemurmel, in dem ab und zu das Wort Bademantel vorkam, seine ärgerliche Stimme, anscheinend sprach er mit Franzi, dann, weniger ärgerlich, mit Lutz, dem er empfahl, ins Café zu gehen und seinen Rücken zu kühlen. Offenbar war er tatsächlich in die Brennnesseln gefallen. Dann war Quirin verschwunden. Vermutlich zu seiner Freundin.

Allmählich fühlte ich mich so einsam, von aller Welt verlassen, wie ich mich das letzte Mal vor fünfundzwanzig Jahren gefühlt hatte, als ich im Schwimmbad verlorengegangen war. Beinahe war ich froh, als ich vor meinem Fenster Alexander Strobls Stimme hörte.

»Frau Zuhlau? Wollen Sie mich vielleicht reinlassen?«

»Dafür müssts mi scho wegtragn!«

Picco versuchte es mit einem vorsichtigen »Brunza! Halt die Goschn!«, und ich scheuchte ihn weg.

»Herr Strobl?« Ich ging dicht ans gekippte Fenster heran, zog den Rollladen ein kleines Stück hoch. »Wo ist meine Chefin?«

»Ich dachte, das könnten Sie mir sagen, Frau Zuhlau. Wir brauchen sie nämlich dringend, um diese lächerliche Angelegenheit zu beenden. Bevor sie endgültig zu einem Feuerwehrfest wird. Jetzt bauen sie schon ein Bierzelt auf. Und einen Klamottenflohmarkt.«

»Des is koa Flohmarkt, des san Desainermodelle! Grad so guad wie die von dem Desainer von da englischen Queen!«

»Kruzifixnoamoi, Herr Bürgermeister, des is illegal! I hob den Modeladn! I hob a Gewerbe angemeldet!«

»Der Özcan auch!«

»Aber nur für Döner!«

»Und für Haxn, vergiss des ned, Therese! Für a richtige Haxn, ned für so a ...«

»Ich muss zu ihr! Zu meiner Haxe! Lasst mich zu ihr!«

Ein Hupton. Von meinem Handy. Ich schaute aufs Display. Die SMS war von Mirko.

»Frau Zuhlau?« Strobl bemühte sich, die anderen zu übertönen. »Hören Sie mich? Ich habe mit den Polizisten gesprochen. Sie können diese ... diese kleine Unannehmlichkeit vor dem Haus nur beseitigen, wenn Ihre Chefin einen Strafantrag stellt.«

»Des is koa Unannehmlichkeit, des is a Widerstand! Und ich geh erst, wenns mi wegtragn duan!«

Ich öffnete Mirkos Nachricht:

hi, gina, wärst du so nett, die liste meiner liebsten fitnessstudios direkt an kölnartists zu schicken? ich hoffe, dir geht's gut. lg mirko

Von draußen Stimmengewirr, das die Nail-Art-Metzgerin dominierte, mit der Behauptung, sie habe gesehen, wie Therese sich selbst entfesselt habe, um in ihr Café zu gehen, und habe damit alle um das Event gebracht, das darin bestanden hätte, dass sie brun...

»Jetzt schauts euch amoi des an!«, rief Franzi dazwischen.

Etwas polterte, klackerte, prasselte, jemand kreischte, übertönt von einem schmetternden Ländler der Blaskapelle. Ich las Mirkos SMS noch einmal. Dann drückte ich auf Löschen.

»Frau Zuhlau? Sind Sie noch da?« Die alte Burgl habe, erklärte mir Strobl, nachdem die Kapelle weitergezogen war, zwischen den übereinandergeschichteten Schlitten und Skiern mit einem Kruzifix herumgefuchtelt und dabei einiges zu Fall gebracht.

Die Polizei sei dabei, sie behutsam wegzutragen, abgesehen davon treffe auch die örtliche Feuerwehr gerade ein.

»Mi sollts wegtragen, mi, is des denn so schwer!«, rief Therese dazwischen, und Strobl hob die Stimme: »Falls Ihre Chefin verhindert ist, Frau Zuhlau, stellen Sie doch den Antrag, damit das hier ein Ende ...«

»Woaßt was, Therese?«, unterbrach ihn jemand brüllend. »Glei packma selba zu, wennsd unbedingt anglangt werrn wuist!«

Strobl seufzte genervt: »Bitte, Vater, halt dich da raus. Wir werden das alles zivilisiert regeln, Frau Zuhlau und ich.« Während ich ihm zustimmte, tippte ich schon Christianes Nummer. Diesmal meldete sich die Mailbox, und ich ging in den Flur, um ihr mitzuteilen, dass wir den Antrag bräuchten, und sie solle … An dieser Stelle ließen mich meine angespannten Nerven im Stich, meine Stimme brach, und ich hielt das Handy einen Moment von mir ab, unterdrückte einen Schluchzer, dann drückte ich es wieder ans Ohr und vollendete meinen Satz: Sie solle endlich ihren Hintern bewegen und herkommen. Eine Weile stand ich danach fassungslos im Flur, umflattert von einem gleichfalls fassungslosen, anhänglichen und in seiner Verstörtheit besonders klecksfreudigen Papagei, und fragte mich, warum die Menschheit ins All fliegen konnte und Satelliten in den Weltraum schicken, aber immer noch nicht imstande war, einmal auf Mailboxen gesprochene oder, wenn ich ehrlich war, eher geschriene Worte wieder zurückzuholen. Wenn ich wenigstens Hintern gesagt hätte. Aber ich hatte ein anderes Wort gebraucht, und jetzt würde Christiane mich endgültig feuern.

Erst als ich wieder in die Küche zurückkehrte, um Alexander Strobl mitzuteilen, dass ich keine Ahnung hatte, wo meine Chefin sich befand, und dass ich über den Strafantrag nachdenken würde, fiel mir ein, dass ich höchstwahrscheinlich sowieso keinen Job mehr hatte. Falls nicht ein Wunder geschah. Und irgendwie sah alles immer weniger nach Wunder aus.

Alexander Strobl antwortete nicht auf meine beherrschte, freundliche, aber bestimmte Mitteilung. Dafür war das Stimmengemurmel massiv angeschwollen. Die Kapelle wechselte ohne Vorwarnung von einem Ländler zu einem strammen Marsch, in dessen Takt sie sich ohrenbetäubend näherte, und ich verharrte stumm vor dem Küchenfenster, wollte mich nicht so weit erniedrigen, nach Strobl zu schreien. Der Marsch wurde lauter, schmissiger, schneller. Und verebbte überraschend, erst verabschiedete sich die in den höchsten Tönen schmetternde Trompete mit einem entsetzten Quieken, nach und nach verstummten auch die anderen Instrumente. Laute, entsetzte, auch freudige Rufe.

»Er ist oben! Da schau her!«

»Bravo!«

Applaus.

Über mir polterte es. Es war zu spät. Und ich war erschöpft. Verlassen von aller Welt. Es war jetzt auch schon egal. Ich sank auf den Stuhl neben dem Fenster. Betrachtete verloren den Römertopf im kalten Backofen. Die Haxe schmorte nicht mehr. Aber immerhin war sie auch nicht verbrannt. Stimmen jetzt, von irgendwo über mir. Viele Stimmen. Jetzt krachte es auf der Treppe. Picco kroch noch ein wenig näher an mich heran, versuchte es mit einem kläglichen: »Zieh d' Latschn aus, wannsd reinkimmst.« Seine Federn kitzelten mein Ohr.

»Wo ist sie?«

Lutz stürzte herein, ignorierte Piccos schuldbewusste Begrüßung, ihm folgten ein Feuerwehrmann und Julia. Lutz riss die Backofentür auf. Sein Rücken leuchtete brandrot. In diesem Moment war ich froh, dass Julia, bei aller esoterischen Schulung, noch keine Gedanken lesen konnte. Denn ich schämte mich selbst dafür, dass ich in dieser schicksalsschweren Sekunde an nichts anderes denken konnte als daran, dass Lutz bestimmt in nächster Zeit und wahrscheinlich auch später niemals Rheuma bekommen würde, angesichts dieser Brennnesselkur.

Julia sagte kein Wort, warf mir nur einen Blick zu, an den ich vermutlich noch in zwanzig Jahren denken würde, ging durch den Flur zur Haustür und drehte den Schlüssel um.

20.

Ich verließ das Haus in Begleitung von zwei Feuerwehrmännern in Uniform. Hinter mir marschierte Anderl, der seinen Männern befahl, *guad auf das Madl aufzupassn.* Er trug ebenfalls eine schmucke Uniform, roch aber eher nach Après-Feuerwehr, nach erfolgreicher Löschung an allen Fronten, mit Wasser und Schnaps. Auf dem Kies ein blank geputztes Feuerwehrauto. Mit ausgefahrener Leiter bis zum Dach. Bis zur offenen Luke, an die ich nicht gedacht hatte, neben dem »Rettet die Romantik«-Transparent.

»Madls, wos machts aber a für Sachn, könnts euch ned vertragn?«

Anderl legte mir einen Moment die Hand auf die Schulter, seine Aussprache war leicht verschwommen. »Schauns mi ned so an, Herr Bürgermeister, i woaß scho, dass die Feuerwehr dafür ned zuständig is. Aber sie hot mi erpresst, und des is a ned recht.«

Er nickte zu Therese hinüber, die seine Anschuldigung mit einem Wortschwall beantwortete, aus dem ich nur »Negligéparty« und »die Wahrheit, aber die ganze Wahrheit, gä, Anderl« heraushörte. Ein Mann mit Block und Bleistift schrieb mit. Um sich gleich darauf mir zuzuwenden: »Und Sie san also rechtswidrig ins Haus eingedrungen?«

Ich antwortete freundlich, aber bestimmt, dass die nach Paragraph 123 rechtswidrigen Eindringlinge diejenigen seien, die sich außen befunden hätten, solange ich drinnen gewesen sei, und ihrerseits versucht hätten, mittels eines Seils in das von mir vorübergehend wieder eroberte Objekt einzudringen. Er kratzte sich am Kopf, wandte sich mit einem »Jo wos jetza, eini oder aussi?« von mir ab und Franzi zu, die sich anbot, ihm zu berichten, was wirklich vorgefallen sei, und ihm außerdem nahelegte, bei dieser Gelegenheit gleich ein Bild von ihr, der amtierenden Bierkönigin, zu schießen. Sie trage übrigens ein Modell aus Özcans neuester Kollektion, der letzte Schrei am Modehimmel und …

»Der hot nur a Gewerbeschein für Haxn!« Therese schäumte und riss an ihrer Kette. »Wegtragn müssts mi! Die Polizei is a ned mehr des, was sie war! Des gehört in die Zeitung!« Der Reporter kratzte sich erneut am Kopf und sah aus, als bereue er, nicht zu einem der harmloseren Events der Nachbarorte gegangen zu sein.

Aber die Einwohner der Nachbarorte hatten sich längst auf dem Parkplatz versammelt. Sofas, Sessel, Stehlampen und Tischchen vom Sperrmüll waren zu Sitzgruppen angeordnet worden, es herrschte lockere Café-Atmosphäre, und immer mehr Gäste ließen sich von hilfsbereiten Pantolettinnen Cappuccino aus Thereses Café bringen, sahen zu, wie der Reporter knipste, Franzi sich dekorativ in Szene setzte, Therese sich bemühte, noch dekorativer an ihrer Kette zu zerren.

»Frau Zuhlau? Alles okay bei Ihnen? Hat Sie jemand belästigt?« Alexander Strobl legte freundschaftlich einen Arm um meine Schulter. Ich musste schrecklich einsam sein, denn beinahe war ich ihm dankbar.

»Glauben Sie mir, Frau Zuhlau«, er sah herunter auf meine Schuhe, Sandalen mit Korksohle, »ich habe versucht, zu verhindern, dass …«

Ein gewaltiger, blecherner Trommelwirbel unterbrach ihn. Mit glutrotem Gesicht, brennendem Oberkörper, baumelndem Zöpfchen und entrücktem Blick trommelte Lutz mit Löffeln auf eine umgedrehte Blechwanne ein, auf die er gleich darauf stieg. Ein Koch-Guru in Leopardenhöschen. Neben ihm stand Julia, einen Römertopf in ihren von Küchenhandschuhen geschützten Händen. Applaus brandete auf. Der Reporter riss die Kamera hoch und feuerte eine Serie Blitze ab.

»Das Gemüse, das alle Probleme löst«, rief Lutz, »hat mir das Universum heute auf den Küchentisch gelegt: die Karotte.« Applaus. Höhnisches Gelächter von den Haxnzweiflern. Einen Moment überlegte ich, ob ich mich melden und ihm sagen sollte, dass nicht das Universum, sondern ich ihm die Karotte auf den Tisch gelegt hatte, auf der Suche nach Käse für meinen Toast. Aber damit würde ich mich bestimmt nicht beliebter machen.

»Die Karotte ist die perfekte Lösung! Sie wurde schon von den Römern angebaut, ist reich an Carotin, Vitamin C und B1. Ich habe diese Karotte zuerst mit Ingwer und Honig eingerieben, übrigens natürliche Aphrodisiaka, schon angewandt bei den alten Griechen.« Lutz holte tief Luft. Erneutes Gelächter der Haxnzweifler, das von den Haxnunterstützern rasch eingedämmt wurde.

»Dann habe ich ihre längliche Form mit Selleriestengeln unterstützt, das Ganze mit Sojastreifen umwickelt, kein Weizeneiweiß, nur Soja, zum dicken Ende mehr, um die barbarische Form einer echten Haxe nachzuahmen. Das Ganze geschmort in einer Sauce mit Okraschoten, mildem Curry, Vanille und Zimt, dazu Fenchel, ein weibliches Yin-Gemüse, es gleicht die Yang-Kräfte der Karotte aus. Im Tandoori-Ofen würde sich der Geschmack noch besser entfalten, aber auch in einem normalen Backofen …« Hier überwältigte ihn anscheinend die Erinnerung an die Trennung, ein Schluchzer entfuhr ihm, aber er riss sich zusammen, gab Julia das Zeichen, den Deckel zu öffnen. Aus dem Römertopf stieg eine Dampfwolke auf.

»Hier ist sie!« Lutz' Stimme kippte, er fing sich wieder, mannhaft. »Die erste vegane und glutenfreie, indisch-bayerische Tandoori-Yin-Yang-Multikulti-Haxe des Universums.«

Tosender Applaus brandete über alle ketzerischen Kommentare hinweg, um den Römertopf bildete sich bereits eine Menschentraube, und Lutz stürzte ins Haus, um, wie er aufgeregt bekanntgab, sofort mit der Produktion von Haxe Nummer zwei zu beginnen. Sein Rücken leuchtete rot wie das Feuerwehrauto, das unter den Klängen eines neuen Marsches der Kapelle vom Platz rollte. Alexander Strobl nahm mich sanft am Ellenbogen.

»Frau Zuhlau, schauen Sie, wir können diesem Wahnsinn ganz schnell ein Ende machen, wenn Sie den Antrag stellen.«

Haxngegner und Haxnbefürworter umringten jetzt Julia und die Sächsinnen, die vorsichtig die Haxe tranchierten, die Menge begann zu stoßen und zu schieben. Bis Lutz in der offenen Haustür erschien.

»Es ist genug für alle da«, rief er beschwingt, »der Bürgermeister soll zuerst probieren!«

»Machts Platz für den Herrn Bürgermeister, er soll die Haxn probiern!«, erscholl das Echo von allen Seiten, und das Wunder geschah: Die entfesselte Menge teilte sich, bildete eine Gasse, durch die unter feierlichem Applaus der Bürgermeister von Neuenthal auf die Haxe zuschritt.

»Chris?« Ich stand im verwilderten Garten. Die Zelte blähten sich im Wind, der Himmel zeigte erste Schlieren von Abendrot. Nach der Lobrede des Bürgermeisters auf die Völkerverständigungshaxe, mit der Thereses Café dem Campingrestaurant und seinem mickrigen *Brathendl Taiwan* schnell den Rang ablaufen würde, hatte es kein Halten mehr gegeben. Lutz hatte die nächste Haxe produziert und gleichzeitig das versprochene Gemüsereisgericht auf dem improvisierten Campinggaskocher gezaubert. Das Sperrmüllcafé quoll über vor Probierwilligen, sogar die Strobls, Franzi, Özcan und die Polizisten aßen von der Völkerverständigungshaxe. Nur Therese verweigerte jegliche Nahrung, sowohl Haxe als auch die Leberkassemmeln, angeboten von einer immer verzweifelteren Nail-Art-Metzgerin, die ein neues Schild aufgestellt hatte: »Pro Nageldesign eine Leberkassemmel gratis«.

All das konnte ich meiner Chefin unmöglich erklären. Was Christiane auch nicht von mir verlangte, sie murmelte nur, es täte ihr leid, sie hätte zu tun gehabt, sie käme gleich. Oder zumindest bald.

»Wo bist du?«

»Beim Notar. Du liebe Güte, was ist das denn für ein Krach?«

»Ach, das ist nur der Hardrock-Männerchor, zusammen mit der Blaskapelle. Und der Akkordeonspieler aus dem Nachbarort ist auch noch dabei. Ich glaube, es ist irgendein Oldie.«

»Smoke on the Water«, sagte Christiane.

Jetzt erkannte ich es auch. Eine Freundin hatte den Anfang des Liedes als Klingelton.

Ich entfernte mich, das Telefon ans Ohr gepresst, von dem gegrölten, geblasenen und vom Akkordeon umspielten Refrain, ging Richtung Seeufer.

»Hast du deine Mailbox schon … äh … abgehört?«

»Nein. Sollte ich?«

»Nein, nein, nein. Bloß nicht. Äh, ich meine, nicht nötig. Ich erklär dir alles. Sie sind übers Dach gekommen. Therese hat die Feuerwehrmänner erpresst, womit genau, weiß ich nicht. Es hat etwas mit der Negligéparty zu tun, mit irgendwem, der eingeschlafen ist, mit einer Unterhose auf dem … Egal, es steht morgen sowieso in der Zeitung. Und Lutz macht jetzt schon die dritte Haxe, aber er hat keinen Fenchel mehr, um das Yang der Karotte auszugleichen. Sie haben mich gefragt, ob ich in den Biomarkt fahre, allen Ernstes, zum Ausgleich für alles, was ich angerichtet habe. Dabei hab ich doch gar nichts getan! Ich hab sogar selbst den Ofen abgestellt, und was kann ich dafür, dass das Seil gerissen ist und Lutz nackt in die … Sag mal, sind Brennnesseln wirklich so gut gegen Rheuma?«

»Gina. Jetzt atmest du einmal ganz tief ein, ja? Und dann ganz langsam wieder aus.«

Ich befolgte die Anweisung meiner Chefin, dann wiederholte ich freundlich, aber bestimmt, was ich ihr schon auf die Box gesprochen hatte: Ob sie wünsche, dass ich einen Strafantrag stellte und unterschriebe?

Inzwischen war ich am Ufer angekommen. Verlassen lag der Strand. Nur auf dem Bootssteg saßen zwei Menschen. Quirin und Susn. Sie tippte etwas in ihr Handy, auch er hielt sein Telefon ans Ohr. Wahrscheinlich gaben sie der gesamten Umgebung bekannt, dass sie wieder zusammen waren. Außerdem den Termin ihrer Verlobungsfeier.

Ich machte kehrt, marschierte mit riesigen Schritten in die entgegengesetzte Richtung, bog ab auf den Waldweg. Stille. Gesumm von zwei Mückenehepaaren, die sich zu einem gemeinsamen Großgelage auf dem Campingplatz verabredet hatten und sich freuten, überraschend eine Vorspeise anzutreffen.

»Schorschelchen?« Jetzt erst merkte ich, dass Christiane die ganze Zeit geschwiegen hatte. Im Hintergrund klirrte etwas, ich hörte Stimmen, ein seltsames Fauchen.

»Schorschelchen, warst du schon mal auf Malta?«

»Auf … was? Warum?«

»Wart mal. Ich telefoniere mit G…, meiner Angestellten«, sagte sie zu irgendwem. »Ja, es ist alles okay. Glaub ich jedenfalls.« Dann – ich musste mich irren – kicherte sie. Und ich erinnerte mich wieder an ihre verschlafene Stimme von heute Mittag, die Fahrstuhlmusik. Außerdem fiel mir ein, dass ich in der Kreisstadt bisher keine Hochhäuser gesehen hatte. Und dass ich meine Chefin vorher noch nie hatte kichern hören. Aber ich hatte sie auch noch nie in einem Männerbademantel gesehen. Oder mit ihr an einer Kuh gelegen. Vielleicht würde sie mich gleich fragen, ob ich mit ihr nach Malta durchbrennen wollte. Oder ob wir uns nicht beide die Köpfe scheren und buddhistische Nonnen werden sollten.

Ich atmete tief ein. Und verschluckte dabei die Hälfte der ausgehwilligen Mückengruppe. Die andere flog erschrocken auf, als ich hustete.

»Gina? Wegen dieses Antrags ... Ich muss noch einen Moment nachdenken. Kannst du denn so etwas aufsetzen? Wart mal. Ja natürlich. Die Weinbergschnecken. Ich ruf dich gleich zurück.«

Weinbergschnecken? Hatte sie eben von Weinbergschnecken geredet? Oder war ich jetzt so weit, dass ich mir alles Mögliche einbildete? War eine von uns beiden verrückt geworden? Wenn ja, welche? Und wie konnte ich es herausbekommen?

»Gina? Alles okay mit dir?« Anscheinend schien Christiane sich sicher zu sein, dass sie nicht diejenige war.

»Alles supi«, krächzte ich. »Hab nur ein paar Mücken verschluckt.«

»Halt die Stellung, ja?« Wieder dieses Fauchen, und jetzt fiel mir auf, woher ich es kannte: aus meiner Zeit als Bedienung in verschiedenen Cafés mit Milch aufschäumenden Espressomaschinen. Gerade, als ich fragen wollte, ob »beim Notar« eine Weinbergschnecken führende Szenekneipe in der Kreisstadt war und warum sie mich eigentlich anlog, legte Christiane auf.

Langsam ging ich zurück, machte einen Umweg durch den Wald, bot den verbliebenen Mücken einen Lift zum Campingplatz an, aus einem unbestimmten Schuldgefühl heraus, weil ich die Hälfte von ihnen verschluckt und damit vielleicht einen unfreiwilligen Partnertausch bewirkt hatte. Band und Chor waren jetzt bei »Country Roads« angekommen, und die ersten Haxngesättigten hatten sich erhoben und tanzten. Einige der Frauen trugen Özcans Modelle. Therese harrte auf ihrem Hocker aus, stumm, mit verschränkten Armen. Die Feuerwehr hatte ihren eigenen Stand aufgebaut, Anderl und seine Mannen waren dabei, Löschübungen zu demonstrieren. Niemand beachtete mich, selbst Alexander Strobl drehte mir den Rücken zu, redete auf den Bürgermeister und die Polizisten ein. Üwe und einige andere Männer vergrößerten die Tanzfläche durch schnelles Roden einer

Stuhlreihe, mehr und mehr Paare standen auf, selbst Franzi überließ ihren Bierstand der Aufsicht der Nail-Art-Metzgerin und schmiegte sich an Özcans Schulter, ihr halbvolles Glas in der Hand. Der Chor wechselte gekonnt zu einer Ballade, und die Band stolperte hinterher, nur der Akkordeonist merkte nichts und blieb bei »Country Roads«. Voller und voller wurde die Tanzfläche, die Abendsonne tauchte Tanzende, Sperrmüll, Haus und sämtliche Transparente in ein zartes rosarotes Licht, bevor sie sich hinter die Bäume am Ufer verzog.

Würde Christiane wirklich noch herkommen? Nachdem sie so oft verkündet hatte, sie wäre gleich da? Und wenn sie käme, was würden wir tun? Und was, wenn sie nicht käme? Ich würde Julia und Lutz auf Knien bitten müssen, mich in mein Schlafzimmer zu lassen.

Seit Blockflötenzeiten hatte ich mit Julia keinen Streit gehabt, der länger dauerte als einen verschmollten halben Tag. Jetzt wurde es Nacht. Und Julia bediente unverdrossen die Gäste, holte Papstkerzen aus dem Haus, verteilte sie auf Kommoden und Nachtschränkchen, legte dem unermüdlich kochenden Lutz eine Jacke um die malträtierten Schultern, ohne mich eines Blickes zu würdigen. In meinem Hals kratzte etwas. Dass ich ausgerechnet jetzt an die verschluckten Mücken denken musste, machte nichts besser. Ich hatte Hunger. Und Durst. Ich war müde. Und fing an zu frieren.

Für einen Moment sah ich ein Bett vor mir, ein Bett, das jemand frisch bezogen hatte, für mich. Auf dem Kopfkissen ein goldglitzerndes Täfelchen Schokolade. Was mir endgültig den Rest gab. Ich schluckte an gegen die aufsteigenden Tränen und die aufkeimende Gewissheit, die ganze Welt, vielleicht gar das Universum, sei nichts anderes als ein gigantisches Schwimmbad, in dem ich umherirrte, auf der Suche nach der Decke meiner Familie. Schon verschwammen Tanzende, Sperrmüll und die vielen kleinen, hoffnungsvollen Kerzenflämmchen vor meinen Augen.

Im letzten Augenblick riss ich mich zusammen. Ich war kein verlorenes Kind. Gegen die Schwimmbadeinsamkeit gab es Kreditkarten und ein Telefon. Mit dem Bus konnte es nicht allzu weit zum nächsten akzeptablen Hotel sein.

Schon tastete ich in der Rocktasche nach dem Autoschlüssel. Der dort genauso wenig zu finden war wie meine Geldbörse, mein Lippenstift, meine Notfallutensilien, vom Tampon bis zum Pfefferminzbonbon, mein Terminplaner oder das Foto von Mirko, das ich, eben fiel es mir ein, immer noch mit mir herumtrug. Wenn ich meine Handtasche bei mir hatte. Warum war mir bis jetzt nicht aufgefallen, dass sie in meinem Schlafzimmer lag? Es war alles so schnell gegangen. Und jetzt hatte ich keinen Autoschlüssel, keine Kreditkarte, kein Geld. Und keinen Schlafplatz. Gegen die Schwimmbadeinsamkeit gab es nur noch ein einziges Mittel: den Strafantrag. Der dieses Fest beenden und Julia endgültig gegen mich aufbringen würde. Ebenso wie alle anderen.

Blass war der Himmel jetzt, noch blasser die Mondsichel über den Bäumen, die ersten Tanzenden rückten näher aneinander. Es war nur eine Frage der Zeit, bis Quirin und seine Freundin auf diese Tanzfläche taumeln und sich im Stehblues wiegen würden, eng umschlungen, im warmen Schein der Kerzen. Süß wie Apfeldatschi, zärtlich wie die uns einhüllende Nacht würde ihr Kuss sein, der bloße Gedanke daran trieb mir endgültig die Tränen in die Augen. Eine von ihnen ließ sich nicht mehr zurückhalten, rollte meine Wange hinunter. Und ausgerechnet diesen Moment suchte sich Alexander Strobl aus, um sich umzudrehen und lächelnd auf mich zuzukommen.

»Frau Zuhlau? Mei, geht's Ihnen nicht gut? Kein Wunder.« Beschützend legte er den Arm um mich. Er roch nach einem männlich-herben Deo, vermutlich Marke Moschusochse. Ich war zu schwach, um ihn abzuschütteln. Zumal von der anderen Seite eintraf, was ich eben noch befürchtet hatte: Quirin und seine Freundin, locker nebeneinander herschlendernd, ihrer Liebe so sicher, dass sie sich noch nicht einmal berühren mussten. Als sie uns sahen, blieben sie stocksteif stehen. Wir alle starrten einander an, zu den Klängen von »Nothing else matters« von Chor und Band. Welches Lied der Akkordeonist gerade spielte, war nicht sicher zu ermitteln, etwas zwischen »What shall we do with the drunken sailor« und der schönen blauen Donau. Dann sagte Susn ganz locker: »Hi, Alex«, und Alexander Strobl schaffte es, ein betont ungezwungenes »Hallo« auszustoßen. Während Quirin uns schweigend musterte, mit geballten Fäusten.

»Frau Zuhlau, Sie frieren ja. Wie wär's mit einem zivilisierten Glas Wein und einem anständigen Essen in einer kultivierten Umgebung?«

Bevor ich erschöpft und tränenerstickt »aber bitte keine Weinbergschnecken« murmeln konnte, hatte er sich und damit auch mich schon energisch herumgedreht und führte mich ab zum Parkplatz.

Ich rannte. Auf Korksohlen. Über Sand. Im bleichen Licht der Mondsichel, im unsicheren Schein der Laternen von entfernten Uferpromenaden, im Flackern einer Kerze am Strand. Fast wäre ich in das Paar hineingerannt, das sich im leisen Säuseln des Nachtwinds einen Urlaubskuss genehmigte, einen Kuss jener Art, an den man sich im Arbeitsalltag wohlig erinnern konnte, während man Chef oder Chefin einen Kaffee machte oder zum Kopierer ging. Einen Kuss, den ich mit der Frage unterbrach, wie weit es nach Neuenthal sei.

»Vielleicht nehmen Sie besser ein Taxi.« Der Mann, um die fünfzig, in einem für den Strand zu eleganten Hemd, musterte meine aufgelöste Erscheinung. Seine Frau oder Freundin umkrallte seine Schulter und staunte mich an, als wäre ich ein Wassergeist. Eine Sekunde überlegte ich, ob ich die beiden um Geld für ein Taxi bitten sollte, dann entschied ich mich dagegen, überließ sie ihrer Romantik. Und mich meiner Hoffnung, dass ich nicht in die falsche Richtung lief.

Strobl war auf die Uferstraße gefahren. Er kenne ein Restaurant, nur einige Kilometer entfernt, das für die Gegend recht zivilisiert sei. Jetzt, am Seeufer entlangeiernd, auf unpassendem Schuhwerk, erinnerte ich mich an etwas, was meine Mutter einmal gesagt hatte: dass die meisten Menschen niemals das taten oder lebten, wovon sie sprachen, sondern meist genau das Gegenteil – was man unter anderem auch an ihrer ältesten Tochter Georgina sehe, deren Lieblingswort »perfekt« sei. Alexander Strobls Lieblingswort war eindeutig »zivilisiert«. Eine Bezeichnung, die auf das Restaurant, eine modernere, teurere Version von Thereses Café, einigermaßen zutraf. Und anfangs auch noch auf Strobl, der Wein bestellte, mir versicherte, alles sei kein Problem, er werde mich in ein Hotel bringen, am nächsten Morgen mit mir den Strafantrag aufsetzen und ihn direkt bei der Polizei abliefern. Er wundere sich allerdings ein wenig, dass meine Chefin mich so hängen lasse. Der Wein wärmte angenehm von innen, die Spaghetti Carbonara schmeckten besser, als sie aussahen, und am liebsten hätte ich überhaupt nicht geredet, aber ich erklärte ihm, es sei schon in Ordnung, Christiane sei den ganzen Tag im Beerdigungsinstitut gewesen, dann beim Notar.

»Und wo ist sie jetzt?« Strobl aß nichts, trank nur und schenkte mir Wein nach. In meinem kühlsten Geschäftston versicherte ich ihm, es gebe sicher eine Erklärung für alles, und streckte die Beine unter dem Tisch aus. Ein Fehler. Ich spürte etwas an meinen Knöcheln. Etwas, was ich zuerst nicht identifizieren konnte. Stoff. Und unter dem Stoff bewegte sich etwas. Ein Fuß. Ein bestrumpfter Fuß, der über mein Bein strich. Ich starrte Alexander Strobl an, der sich nichts anmerken ließ, mir erzählte, was er für den Uferstreifen plane, wenn erst das Haus abgerissen sei und das leidige Tauchschulenproblem sich erledigt habe. Er nahm einen Schluck Grappa. Dann einen größeren Schluck Wein. Und ein zweiter bestrumpfter Fuß gesellte sich zum ersten, erforschte meinen Knöchel, Zehen versuchten, unter die Riemen meiner Sandalen zu dringen, während er mich fragte, ob ich den Lago Maggiore oder den Wörthersee kenne. In seinen Augen sah ich jetzt jene Glut, die auch in Lutz' Blick gelodert hatte, kurz bevor er aufheulend auf das Fenster des großen Zimmers losgesprungen war. Würde Strobl jetzt gleich auf mich losspringen? Was sollte ich tun, das Tischtuch lüpfen, seine bestrumpften und meine unschuldigen, von Riemchen nur unzureichend geschützten Füße der Öffentlichkeit preisgeben? Ich entschied mich dafür, die Füße wegzuziehen, was, wie erwartet, nichts half. Er rutschte tiefer in seinen Sitz und streckte die Beine aus. Als ich ihm, so eisig wie ich konnte, befahl, diese Spielchen doch bitte zu lassen, ich wolle jetzt ins Hotel, und zwar sofort, flackerte sein Blick. Er stürzte den Rest seines Grappas herunter.

»Aber selbstverständlich, Gina. Die Rechnung, bitte.«

»Frau Zuhlau.«

»Jawohl, Frau Zuhlau. Gehen wir ins Hotel.« Seine Stimme klang heiser.

Es war mein Verlangen nach einer kleinen heimatlichen Insel, dem Schokoladentäfelchen auf dem Kopfkissen, das mich gegen jede Vernunft glauben ließ, ich könne Alexander Strobl, der beim Bezahlen wieder in seine Schuhe geschlüpft war und mit offenen Schnürsenkeln ein Stück hinter mir ging, dazu bringen, mich am Hotel abzusetzen, mir das Geld vorzustrecken und zu verschwinden. Ohne mich nach ihm umzusehen, überquerte ich hoch erhobenen Hauptes den Parkplatz, bildete mir ein zu spüren, wie seine Blicke über meine Beine huschten, sich an meinen Füßen festsaugten. Vor der Beifahrertür des Porsche blieb ich stehen. In meinem Nacken Strobls heißer Atem.

»Korksohlen, woher hast du das gewusst«, stöhnte er in mein Ohr, hatte die Tür schon entriegelt, versuchte, sie mit einer Hand zu öffnen. Die andere lag an meiner Hüfte, sein bestrumpfter

Fuß rieb meine Wade. Als ich ihn wegstieß, erhaschte ich einen Blick auf seine grauschwarzen Socken, erkannte die Umrisse des Eiffelturms auf dem Spann. Ein älteres Paar beobachtete uns, starrte den auf einem Schuh und einem Socken tanzenden Strobl an, die Frau stieß ein unterdrücktes »Mei« aus, als ich mich bückte, Strobls verwaist auf dem Parkplatz stehenden Schuh nahm und ihn fortschleuderte, so weit ich konnte. Für Leichtathletik war ich in meiner Schulzeit begabter gewesen als für Ballett, in jener Zeit, als wir alle in unseren Sportlehrer verliebt waren, sogar ziemlich begabt, was mir jetzt zugute kam: Der Schuh flog hoch und weit, vielleicht noch durch die Kraft und die Glut jener frühen Liebe beflügelt. Der Wurf entlockte dem männlichen Teil des uns beobachtenden Paares einen unterdrückten Laut der Anerkennung. Worauf sie in ihr Auto stiegen. Und mich mit dem entfesselten, eiffelturmbestrumpften Strobl allein ließen, den mein Wurf erst richtig heiß gemacht zu haben schien. Mit einem rauhen »Das ist eine italienische Maßanfertigung, du Korksohlenluder« drängte er mich auf den Beifahrersitz, rutschte hinterher. Aber bevor er die Türen sichern konnte, gelang es mir, ihn wegzustoßen, mit einem gezielten Tritt dorthin, wo es weh tat. Ich sprang aus dem Auto, schon rannte ich Richtung See, hörte seine Schritte hinter mir. »Du willst es doch! Du hast diese Schuhe ja extra angezogen!« Wieder half mir meine Leichtathletikbegabung, vielleicht auch das Training durch die körperliche Arbeit im Haus oder die Tatsache, dass er nur einen Schuh trug, er holte mich nicht ein und ich rannte über die Uferpromenade, eilte eine Treppe hinunter, sprang in den Sand. Auf meinen Korksohlen spurtete ich am Ufer entlang, als wäre ich hinter einer Medaille her. Hinter mir heulte ein Motor auf. Suchte er mich oder brauste er frustriert davon, den beschuhten Fuß auf dem Gas, den besockten auf der Kupplung? Würde er vielleicht vorausfahren, am nächsten Zugang zum Ufer auf mich warten? Aber am nächsten Zugang warteten nur die Küssenden, die nicht wussten, wie weit es nach Neuenthal war. Zumindest die Richtung stimmte. Dessen war ich mir hinter der nächsten Biegung sicher. Zwischen Bäumen erhob sich undeutlich etwas Dunkles, Massiges. Ein Turm. Der Aussichtsturm, den ich den Sachsen bei der Führung nicht gezeigt hatte. In entmutigender Ferne. Ich dachte an einen Bericht über eine Mount-Everest-Besteigung, den ich einmal gesehen hatte: Jeder Schritt sei ein Schritt näher zum Gipfel, hatte ein rauschebärtiger Bergguru gesagt. Obwohl ich mir sicher war, dass kein Bergsteiger bisher versucht hatte, den Mount Everest auf Korksohlen zu bezwingen, war der Gedanke doch tröstlich, und Schritt für Schritt stolperte, strauchelte und taumelte ich auf mein Ziel zu.

Als ich am vertrauten Uferstreifen ankam, schaute ich auf das Display meines Telefons: 00.59 Uhr. Außerdem leuchtete eine unbekannte Telefonnummer auf, ein Anruf, den ich bei der Flucht überhört haben musste, ebenso wie den Hupton einer um 22.25 Uhr eingetroffenen SMS. Geschrieben von Julia.

geht's dir gut? quirin sagt, du bist mit strobl weg. wenn du hilfe brauchst, melde dich. j.

Vor der dunklen Tauchschule schwangen die Blumen in ihren Kübeln im sanften Wind, der Steg lag verlassen. Leise Musik, vom Parkplatz her. Nat Wildmosers Männer waren verschwunden, ebenso die Mitglieder der Blaskapelle, nur der Posaunist hielt noch durch. Auf einem Sperrmüllsofa sitzend, blies er eine schwüle Melodie, begleitet von dem Akkordeonisten, dazu sang die Blondierte aus dem Edeka etwas, das wie »schewäschewäschewä« klang und mir seltsam bekannt vorkam. Nat Wildmoser, an dessen Schulter sie lehnte, hauchte dazu etwas auf Französisch. Ihre einzigen Zuhörer, Üwe und Judda, lagen auf einem Sperrmüllsofa, tranken aus einer gemeinsamen Flasche Rotwein, wie es aussah, aus Christianes Vorrat, wahrscheinlich großzügig gestiftet von Lutz und Julia. Der Stand der Nail-Art-Metzgerin war säuberlich aufgeräumt, ebenso Franzis Klapptisch mit der

Behelfsumkleide. Am Stacheldraht hing einsam Thereses Kette. Als ich auf die Haustür zuging, hielt mich niemand auf.

»Je t'aime«, hauchte Nat Wildmoser in die Luft, mit leicht bayerischem Akzent, worauf die Blondierte ihr »Wäschewäschewä« flötete und mir endlich einfiel, wo ich das Lied heute schon einmal gehört hatte: durch den Lautsprecher meines Telefons, als ich mit meiner Chefin gesprochen hatte. Die sich im Fahrstuhl eines Beerdigungsinstituts befand, zumindest nach ihrer Aussage.

»Na, meine Guddsde, wird's nischt?« Ich gab das sinnlose Rütteln an der verschlossenen Tür auf, drehte mich um zu Üwe und Judda.

»Gannsd eine Benndiede ham, wir broochen geene zweie.« Unter Rotweineinfluss verstärkte sich Üwes sächsischer Akzent bis zur völligen Unverständlichkeit. Es war Judda, die mir erklärte, dass eine Penntüte ein Schlafsack war, dass sie zwei davon besaßen, aber nur einen brauchten – etwas, das ich nicht weiter hinterfragte –, dass die Party nach dem Haxngenuss ziemlich ausgeufert sei, was wohl an den Äfrodisiaga liege, also an Ingwer, Fenchel, Vanille und Zimt und was immer der verzückte Koch noch an Mittelchen für einen Liebeszauber hineingetan habe. Entfesselt sei man allgemein gewesen, sagte Judda, und sofort fiel mir ein, dass Strobl auch von der Haxe gegessen hatte. Was allerdings keine Entschuldigung war. Im weiteren Verlauf der Party, berichtete Judda, habe die Nail-Art-Metzgerin mangels Kundschaft versucht, dem armen Tier, dem Flöh, die Krallen zu lackieren, was der Hund, verführt durch das Angebot, so viele Leberkassemmeln fressen zu dürfen, wie er wolle, sich sogar gefallen lassen habe, nicht aber sein Härrschen, das ziemlich böse geworden sei. Überhaupt sei er ganz schön schlecht gelaunt gewesen, ihr Schnorschellehrer, dabei sei er doch sonst ein so netter Genösse. Und ob ich einen Schluck Rotwein wolle?

Ich lehnte ab, schwach und schwindlig vor ausgestandener

Angst und Erschöpfung. Was Judda veranlasste, mich erst an ihren mütterlichen Busen zu ziehen und dann mitsamt Schlafsack in eines der Zelte zu verfrachten. Mein kleines Fleckchen Geborgenheit roch nach Gummi und Gras und ein bisschen nach etwas, was mich verstehen ließ, warum ein Schlafsack nicht nur als Penntüte, sondern auch als Miefwurst bezeichnet wurde. Es war mein erstes Campingerlebnis, und ich war viel zu ausgelaugt, um es zu würdigen.

Ich schlief tief und fest, über alle Geräusche hinweg, die die Nacht noch bereithielt. Erst als direkt neben meinem Zelt Enten schnatterten, wachte ich auf. Mit einem überwältigenden Verlangen nach einer Dusche und einem Latte macchiato.

Kein Mensch im Sperrmüllcafé, selbst Üwe und Judda mussten sich mit ihrer einzig verbliebenen Penntüte in eins der Zelte zurückgezogen haben, vielleicht im Äfrodisiagarausch. Ich entschied, diesen vorsichtigen Anflug einer Phantasie lieber nicht weiter auszubauen oder gar mit etwas zu verknüpfen, was ich nachts im Traum gehört zu haben meinte, klopfte das Gras von meinem Rock und beobachtete, wie sich Therese vom Café her näherte. Sie trug ein Wildlederdirndl aus ihrem Shop, darunter eine blütenweiße Bluse, auf dem Kopf einen Indiana-Jones-Hut. Eine Wasserflasche in der Hand, ging sie auf die Kette zu, öffnete das Schloss, befestigte es an ihrem Gürtel und setzte sich auf ihren Hocker, wie an einen Schreibtisch im Büro. Sie nahm einen großen Schluck Wasser und zwinkerte mir zu.

»Wird fei heiß heut. Hast im Zelt geschlafen?«

Ein unausgesprochenes »Nicht bei Strobl« steckte in der Frage, und ich nickte, rieb an einem Grasfleck auf meinem Top herum.

»Wennsd magst, kannst drüben einen Kaffee trinken. Kennst dich ja aus mit der Maschine. Apfeldatschi is auch noch da. Und wennsd di waschn willst …« Sie schwenkte einladend den Schlüsselbund, an dem auch der Schlüssel zu ihrer Kette hing. Ich dachte an den Wasserhahn in der Küche, daran, wie ich mich nach der Modenschau gewaschen hatte, in mich hineinkichernd, überdreht nach der Probe, wie Quirin nach mir gegriffen, seine Hand verletzt und mich geküsst hatte. Wann würde es mir gelingen, zu vergessen, dass jeder Kuss von Quirin eine eigene kleine Insel der Geborgenheit war?

Auf jeden Fall erst dann, wenn ich nicht mehr hier wäre.

Ich würde jetzt Julia herausklingeln, duschen und packen. Meiner Chefin waren Weinbergschnecken und französische Fahrstuhlmusik anscheinend wichtiger als das, was mit ihrem Haus oder ihrer Angestellten passierte, und mit Strobl wollte ich nichts mehr zu tun haben.

»Es is scho a Schand, wie die Franzi uns in den Rücken fallt, ha?«

Ich nickte höflich, obwohl es das Letzte war, was mich im Moment interessierte. Und noch weniger interessierte mich, warum Therese plötzlich »uns« sagte, als stünden hier nicht Hausbesitzer gegen Besetzer. Womit es, ich bemühte mich, es ihr in wenigen Sätzen klarzumachen, jetzt endgültig vorbei war. Von meiner Seite musste sie keinen Strafantrag mehr befürchten. Beinahe war ich ein wenig gerührt von meiner Großmut, als ich es aussprach.

Ganz und gar nicht gefasst war ich auf Thereses Reaktion, die resignierte Geste, mit der sie den Schlüsselbund in ihren Schoß sinken ließ.

»Keinen Strafantrag? Gina, des kannst mir ned antun!«

21.

Ich wagte es kaum, an mir herunterzusehen. Und noch weniger wagte ich zu atmen. Das Dirndl war zu eng um Taille und Hüfte, Julia hatte mich darin eingenäht.

»Zieh einfach den Bauch ein, Süße, ich hab nicht mehr Stoff. Es dauert nicht lange. Ich bin so froh, dass du mitläufst.«

Wie ich hierher auf die improvisierte Sperrmüll-Bühne gelangt war, konnte ich nicht mehr ganz nachvollziehen, alles war plötzlich so schnell gegangen: Julia, die mir um den Hals fiel, nachdem ich Sturm geklingelt hatte, mich um Verzeihung bat, aber kaum zu Wort kam, weil ich nicht aufhören konnte, mich zu entschuldigen. Unsere tränenreiche Aussprache, die hochwillkommene Dusche und ein Frühstück, serviert von einem immer noch vom Erfolg seiner Haxe verzückten Lutz. Ein Strafantrag, getippt und ausgedruckt in Thereses Laden, von mir ganz offiziell zur Polizei gebracht.

Als ich zurückkam, war das Fest schon in vollem Gang. Am See fand eine groß angelegte Aktion der Tauchschule statt: Schnupperschnorcheln und Surfen. Inmitten der fächelnden Schnorchelschüler stand diesmal Hartl, in einem ärmellosen Neoprenanzug. Erst in diesem Moment fiel mir auf, dass ich ihn seit gestern Vormittag nicht mehr gesehen hatte. War er vielleicht krank? Er wirkte blass und hatte Flecken am Hals, ich sah es nur aus dem Augenwinkel, strebte an ihm und an Quirin vorbei, der seine Angeberschwimmbrille trug und gerade einer älteren Touristin auf ein Brett half. Alle Stände im Sperrmüll waren besetzt: Die Nail-Art-Metzgerin versuchte es mit einem Brotzeit & Haircut-Angebot – Fleischpflanzerln auf Semmeln inklusive Schnitt mit Föhnen –, Franzi erfreute sich ihrer zahlreichen Kundschaft, und Nat Wildmosers Chor sang sich mit einem soften »Tears in heaven« ein. Vom Haus her duftete es nach Haxe, deren Wirkung sich wie rasend herumgesprochen haben musste. Der Ansturm Probierwilliger war riesig, und mir blieb nichts anderes übrig, als meine Abreise wenigstens um einige Stunden zu verschieben und Julia beim Servieren zu helfen.

Zwischen erster und zweiter Haxe des Tages erfolgte endlich Thereses großer Moment: Unter den feierlichen Klängen von »Give peace a chance« hielt das Polizeiauto auf dem Parkplatz, und die Polizisten schritten auf Therese zu.

»A geh, ihr Buam, ihr seids ja vui z' jung. Wissts ihr überhaupt, wos des war, damals in Wackersdorf?«, rief Therese, als ein Polizist mit Ziegenbärtchen und Aknepickeln die Kette aufsägte. »Des war no a Widerstand, des könnts glauben! I bin a bissl schwerer geworden seitdem, das Leben hinterlässt halt Jahresringerl. Des werdets a no erfahren, ihr Buam!«

Die Essenden und Feiernden applaudierten mäßig, als sie Therese zu zweit zum Polizeiauto schleppten, wo der Einsatzleiter eine Weile auf sie einredete, um sie gleich darauf wieder freizulassen. Sofort danach brach hektische Aktivität aus. Therese und Julia stellten Kleiderständer auf, trommelten die Models zusammen.

»Gina, Süße, das ist mein großer Moment, du musst mitlaufen!« Hier, auf der behelfsmäßigen, wackligen Bühne erinnerte ich mich verschwommen daran, wie Julia mich zur Seite genommen und ins Haus gezogen hatte.

»Für einen Reißverschluss reicht es nicht mehr, atme halt die nächste Stunde ein bisschen flacher. Oh Gott, es ist so toll geworden! Du siehst einfach phantastisch aus!«

Das Aufleuchten in Quirins Augen, als er mich sah. Und sein fassungsloser Blick, als er mich genauer betrachtete.

Um uns drängte sich die Menge. Therese hatte sich das Megaphon der Polizisten geliehen, verkündete, dass jetzt eine große Show stattfinden werde, die Modenschau des Ladens, der eine Gewerbeerlaubnis für Kleider und Kurzwaren habe, nicht nur für Döner. Vom Rand der Bühne feuerte Julia uns an: »Erobert euch den gesamten Raum, auch die Sofas! Laufsteg war gestern! Nutzt alles, was ihr seht!«

Inzwischen war auch die Blaskapelle wieder eingetroffen. Nat Wildmosers Männer stampften und gluckerten, hatten sich auf »Highway to hell« eingeschossen, sangen heldenhaft gegen die Walzerbegleitung des wieder auferstandenen Akkordeonspielers an, und wir befreiten unsere Kundalini, eroberten uns tanzend den Raum.

»Schöne Nacht gehabt, Frau Zuhlau?« Ich spürte Quirins Arm an meiner Taille, vorsichtig, wegen dem, was von meinen Hüften in alle Richtungen abstand und jederzeit platzen konnte. Warum musste er ausgerechnet mit mir laufen, warum hopste er nicht mit seiner Freundin herum?

Susn hatte schon ein Sofa erstürmt, tanzte im Hochzeitsdirndl und hochhackigen Schuhen auf quietschenden Federn. Der Schleier saß perfekt auf ihren schwarzen Locken und flatterte mit jeder ekstatischen Wendung ihres Kopfes im Wind.

»Was gehen dich meine Nächte an?« Ich versuchte, mich seinem Arm zu entwinden, ging trotzig voraus, über die wackligen, zusammengeschobenen Tische, aber etwas riss mich zurück. So würdevoll wie möglich ruderte ich mit den Armen in der Luft, versuchte, meinen Absatz aus der Ritze zwischen den Tischen zu befreien. Auf keinen Fall würde ich mich an Quirin festklammern, lieber würde ich mir den Knöchel brechen. Aber er hatte schon stabilisierend den Arm um mich gelegt.

»Was mich deine Nächte angehen? Gina, ich … Kruzifix!« Ich hatte den Absatz mit Gewalt herausgezogen, was mich mein Gleichgewicht kostete, und er umfasste mich fester. Unter dem Hemd trug er noch seinen nassen Angeberneoprenanzug, Julia und Therese hatten ihn direkt vom Surfkurs geholt. Aus dem Augenwinkel sah ich, wie seine Freundin in ihrem wilden Tanz innehielt, zu uns herüberschaute. Mit einem wohlwollenden, verständnisvollen Blick unter Liebenden: Ach Schatz, umarme sie nur, ich gönne dir auch ein bisschen Lebensfreude.

Klatschmohnrot vor Wut und Scham befreite ich mich, machte kehrt, ohne auf ihn zu warten. Das Publikum um uns tobte. Nat Wildmoser, in knappen Müllsackshorts, als Zombie geschminkt, hatte singend eine Kommode erobert und spielte ein Luftgitarrensolo auf seiner Axt.

»Gina?« Quirin hatte mich eingeholt. »Ich verstehe, dass du böse auf mich bist, aber …«

»Wieso sollte ich böse sein? Ich leb mein Leben und du deins.«

Ich strebte weg von ihm, aber er packte mich am Arm, unsanft, riss mich herum. »Was ist mit dir und Strobl?«

Ich hatte endgültig genug. Was immer er mit Strobl habe, schnauzte ich ihn an, ich wolle damit nichts zu tun haben, und er solle die Eifersucht wegen seiner Freundin gefälligst nicht auf mich übertragen. Im Übrigen hätte ich Geschmack, was Männer beträfe, und warum er nicht einfach abzöge, mit seiner Freundin den Raum erobere und mich einfach in Ruhe ließe?

In meiner Wut hatte ich zu tief Luft geholt, stieß an die Grenzen meines Dirndlgefängnisses.

»Welche Freundin?« Überrascht ließ Quirin mich los, und ich rieb meinen Arm.

»Halt, halt, halt, jetzt kommt langsam zurück!«

Julia und Therese hatten sich vor unserem Tisch aufgebaut, wiesen uns an, uns der Reihe nach aufzustellen und einzeln über die Tische zu flanieren, langsam, mit Drehung, wie geübt.

»Na, welche Freundin wohl?« Mit einem Kinnrucken deutete ich auf Susn, die in anmutigem Gang, allerdings weniger anmutig in sich hineingiggelnd, nach vorne trippelte, sich drehte und zurückkam.

»Das war Susn im Hochzeitsdirndl aus Thereses Lodenmodenshop!« Julia hatte Therese das Megaphon abgenommen, ihre Ansage krächzte über den gesamten Platz.

»Du glaubst, Susn ist meine Freundin? Bist du deshalb die ganze Zeit so …«

»Ja, was denn sonst?« Ich starrte ihn entgeistert an. Der Schnitt vom Rasieren leuchtete in seinem blassen Gesicht. Um uns brandete Applaus. Julia hatte Anderl, den Trachtenwirt, angesagt, jetzt liefen Kathi und Nat Wildmoser über die Tische, und Therese verkündete, dass es Nats Hosen auch in Leder gebe, Hirsch und Wildbock, in ihrem Shop.

»Sie ist dir doch um den Hals gefallen, mitten im See. Und am Ufer hat sie dir das Haar aus dem Gesicht gestrichen, und außerdem …«

»Gina, mei … Gina.« Er griff nach meinen Händen. In seinen Mundwinkeln lauerte ein Lächeln, ein ungläubiges, fassungsloses Lächeln.

»Jetzt Quirin im Müllsacklendenschurz und einem Trachtenhemd aus dem Shop!«

Aber er lief nicht. Er hielt meine Hände fest. Wie er mich ansah, mit diesem leuchtenden Blick, wie es in seinem Gesicht aufging, ein Strahlen, als hätte ich gerade ein Wunder verkündet.

»Quirl, jetzt lauf schon! Bitte!«

»Ich erklär's dir gleich.«

Er ließ mich los, tänzelte über die Tische, ein Steinzeitjäger in Lendenschurz und einem Neoprenanzug. Ich sah ihm nach, benommen. Du glaubst, Susn ist meine Freundin? Ja, was denn sonst? Anscheinend gab es irgendwo, weit entfernt, eine andere Möglichkeit. In einer entlegenen Abteilung meines Hirns knallten erste Sektkorken.

»Und jetzt unsere größte Attraktion: Gina im Kondomdirndl!«

Ich taumelte nach vorne, ließ mich bestaunen: mein Oberteil, das aus zusammengerollten Kondomen gemacht war, in zartem Rosa und Lila, die aufgeblasenen Ballons um die gesamte Taille, Rock und Schürze aus losen, aufgerollten Präserln, die bei jedem Schritt wippten.

»Die san alle aus meinem Automatn!«, brüllte Anderl. Und damit erreichte die allgemeine Ekstase ihren Höhepunkt. Rufe, frenetischer Applaus, der sich nicht mehr legen wollte.

Ich stand am Tischrand und schaute über die Köpfe hinweg. Allmählich erreichte die Erkenntnis auch meine vorderen Hirnregionen. Susn war nicht Quirins Freundin. Was immer sie war und welche Gründe sie hatte, ihm mitten im See um den Hals zu fallen. Ungläubig, selig und vermutlich auch dümmlich grinste ich in die klatschende, johlende Menge. Als der Applaus sich gelegt hatte, wiederholte Julia noch einmal voller Stolz, krächzend und knatternd durchs Megaphon, über den gesamten Platz hinweg: »Gina, im Kondomdirndl!«

In diesem Moment sah ich sie. Mit schnellen Schritten eilte sie auf die Bühne zu. Sie trug ihr bestes Geschäftskostüm. Die Haare lagen perfekt. Um den Hals hatte sie ein Seidentuch geschlungen. Nichts an ihrer Erscheinung ließ an einen zu großen Herrenbademantel oder gemeinsames Liegen an einer Kuh denken. Sie bahnte sich einen Weg durch den Sperrmüll, vorbei an den entfesselten, auf Stühlen und Schränkchen hottenden Zuschauern, vorbei an Franzi, die in Özcans Armen in wildem Walzer über den Platz fegte, in einem durch und durch goldenen Overall, auf dem etwas Weißsilbernes glitzerte. Nach und nach hörten die verzückt Tanzenden auf, sich zu bewegen, sahen Christiane nach, der Chor verstummte, die Kapelle spielte einige Takte allein weiter, der Walzer versandete. Alle starrten Christiane an, verfolgten ihren Weg zur Bühne.

»Gina! Wie … wie siehst du denn aus?« Sie blieb vor mir stehen, eine Augenbraue hochgezogen.

Schweigen.

Ich schnappte nach Luft, gegen die Grenzen meines Dirndlgefängnisses, aber bevor ich ein Wort herausbekam, sagte Therese: »Guad schauts aus. Auch wenn des Dirndl ned aus meinem Laden is.«

Christiane ignorierte Thereses Feststellung ebenso wie die folgenden Zustimmungen aus dem Publikum, fixierte mich. »Hatten wir nicht ausgemacht, dass du hier die Stellung hältst? Meiner Annahme nach bedeutet das nicht, dass du auf dem Tisch tanzt, in einer Aufmachung, die …«

»Ich habe versucht, auf das Haus aufzupassen, glaub mir! Du warst doch nicht da!«

»Ja, des hats wirklich!«

»Sie hat alles getan!«

»Sie ist a patentes Madl!«

»Des sog i doch scho die ganze Zeit!«

»Nü, das haddse aber nisch verdient, die Guddsde!«

Die Unterstützung, die mir von allen Seiten entgegenschallte, brachte Christiane einen Moment aus dem Konzept. Aber sie fasste sich sofort wieder, schaute in die Runde.

»Schön, dass Sie alle Ihren Spaß gehabt haben. Feiern Sie ruhig weiter. Gina, wenn du so gut wärst, diese … diese Aufmachung auszuziehen und mir zu helfen. Vielleicht wären ja auch die werten Herren von der Polizei, die hier fröhlich mitfeiern, so nett, diesen Stacheldraht vor meinem Haus zu entfernen.«

Ich rieb mir die Augen, fassungslos.

»Chris. Du hast mich hier allein gelassen. Wo warst du? Gestern Abend? Und heute Nacht?«

»Entschuldige, aber dieses Gespräch führen wir vielleicht lieber unter vier Augen, ja? Wenn du jetzt so gut sein würdest, da herunterzukommen, du könntest diese Transparente abhängen. Hat hier jemand vielleicht Handschuhe?«

»I lass niemanden ins Haus, und wenn ich mich wieder ankettn muss!«

»Oh Gott, fängt das schon wieder an?«, murmelte Susn, und Quirin, eine Hand auf meiner Schulter, sagte leise: »Gina, du musst das nicht tun.«

»Bitte, Schorschelchen, es ist ein Notfall.«

Meine Chefin sah mich an. Ich fürchtete schon, dass mein Körper vor mir auf das gefürchtete N-Wort reagieren und von der Bühne springen würde, noch während ich die Wunder, die Christiane benötigte, meinen Job, den ich verlieren würde, und ihre Großmut, was Ralli anging, gegen ihre Ignoranz und die Unverschämtheit von Strobl aufrechnete.

Aber mein Körper tat nichts, er blieb einfach stehen.

Irgendwer oder irgendwas hatte die Notfall-Konditionierung in meinem Hirn gelöscht. Ich stand stumm, schaute an dem Haus empor, in dem ich so lange geschuftet, gegen hereinprasselnde Küchenrollen, hervorkrabbelnde Käfer, Piccos Eigenheiten und andere Tücken gekämpft hatte. Die harmlose, so einladend heimelige Haustür, die jetzt weit offen stand, ebenso wie das Küchenfenster. Der blumenbewachsene Balkon. Das Dach mit dem Transparent »Rettet die Romantik«. Über dem ein Vogel kreiste.

Ein recht großer Vogel. Grau. Ein Vogel, der pfiff wie ein Papagei. Ein Graupapagei, beheimatet in den afrikanischen Regenwäldern, der sich von Früchten und Blumenblättern ernährte, aber noch lieber von Sonnenblumenkernen und Erdbeeren, neuerdings bevorzugt von Tofu und …

»Picco!« Ich sprang vom Tisch und stürzte an meiner Chefin vorbei auf das Haus zu.

Hinter mir Schritte, aber ich achtete nicht darauf, ich stürmte durch den Flur, heftig gegen die Enge meines Dirndls anatmend, polterte die Treppe hoch zum ersten Stock, dann die steileren, noch nicht ganz freigeräumten Stufen zum Dachboden.

»Gina, wart doch!« Quirins Stimme hinter mir, aber ich konnte nicht warten, ich musste Picco retten. Ich rutschte über den Boden, stolperte über einen liegenden weißen Pelz mit Bärenkopf; es war Kunstpelz, wir hatten ihn gestern entdeckt, ich fing mich wieder, rannte vorbei an glotzenden Eberköpfen zu der Leiter, die an die weit offene Dachluke gelehnt war. Wenn Lutz hier durchgepasst hatte, würde ich mich auch hindurchzwängen, selbst im Kondomdirndl.

»Gina! Lass mich das machen!«, rief Quirin, aber ich war schon durch das Fenster geklettert, hockte auf dem überwältigend schrägen Dach.

Nicht nach unten schauen! Auf keinen Fall! Ich konzentrierte mich auf Picco, der über dem Transparent kreiste, ab und zu pfiff. Großtuerisch. Und ängstlich. Was er, typisch Picco, absolut nicht zugeben konnte. Seine Kreise wurden weiter, umfassten den Schornstein, einen Moment stieg er auf, kreischend, dann sank er wieder ab, anscheinend überwältigt von seiner eigenen Courage.

»Picco! Hier bin ich! Mama liab, Picco!«

Er schien mich nicht zu sehen, irrte zwischen Schornstein und Transparent herum. Unten fragte Christiane: »Sollen wir einen Arzt holen?« Was wollte sie jetzt mit einem Arzt? Außerdem war der Tierarzt doch schon hinter mir auf dem Dach.

»Gina, bitte, komm! Lass mich das machen!«

Picco schraubte sich höher. Es half nichts. Ich musste es tun. Den Blick zum Himmel gerichtet, erhob ich mich, mit ausgebreiteten Armen.

»Picco! Komm hierher! Ich versprech dir, du musst nie mehr in den Käfig! Du kannst überall klecksen, du bekommst für jeden Klecks sogar eine Belohnung! Wie wär's, Piccolein? Erdbeeren und Sonnenblumenkerne für jeden Klecks? Oder Waldfrüchte und Datteln aus dem Biomarkt? Was wünschst du dir? Vielleicht ein Weibchen? Picco, du darfst es dir selbst aussuchen, im Zoogeschäft! Oder willst du dir ein Weibchen in Afrika aussuchen, sollen wir mit dir in den Regenwald fahren?«

Er hatte mich entdeckt, flog zögernd eine Kurve.

»Picco, willst du einen eigenen kleinen Regenwald im Haus? Mit deinem liebsten Spielzeug?«

Quirin stand jetzt neben mir, griff vorsichtig nach meinem Ellenbogen.

»Gina, du trägst hohe Schuhe! Rein mit dir!«

Aber ich rührte mich nicht, und zusammen standen wir auf dem Dach, versuchten, nicht zu schwanken, sahen zu, wie Picco uns umkreiste, und machten uns vor ihm nach allen Regeln der Papageienanlockungskunst lächerlich. Quirin gurrte, pfiff und schnalzte, ich malte immer attraktivere Papageiendamen aus, die wir für ihn finden wollten, prophezeite Picco ein ausgefülltes Sexleben bis in alle Ewigkeit. Und seine Kreise wurden enger, während er alle Register seiner Sprechkunst zog, in allen Stimmlagen.

»Picco hot oan fahrn lassn, hehehe, du bist sooo guuut! Die Tütn, Kruzifix, Picco, die Tütn, zieh d'Latschn aus, wannsd reinkimmst, Hundskrüppe, gschtinkata, die Rute, Picco, siehst du die Rute!«

»Picco, es tut mir leid, ich werde nie mehr ... Komm doch, kommkommkomm. In der Küche ist auch bestimmt noch Tofu, frischer Tofu!«

Anscheinend war Tofu das Zauberwort. Um meine Ohren ein Rauschen. Ein Bauarbeiterpfiff. Und Krallen, die sich in Julias sorgsam zusammengestellte, eingerollte Pastellkondome gruben.

»Picco liab?«

»Ja, Picco, ganz liab.« Plötzlich verschwammen Dach und Himmel, Piccos Gurren schien aus einer anderen Welt zu kommen, wie durch Nebel spürte ich den Druck von Quirins Hand auf meiner freien Schulter, hörte, wie er mich flüsternd anwies, mich hinzuhocken, mich nicht mehr zu rühren und schon gar nicht nach unten zu schauen. Benommen betrachtete ich die Wolken, dachte einen Moment an Franzis weißblaue Rauten und ob das, was ich auf ihrem Overall gesehen hatte, tatsächlich kleine Weißwürstchen gewesen waren, dann war Quirins Gesicht dicht vor meinem, konzentriert, eine steile Falte auf seiner Stirn. Ein Papagei wurde von meiner Schulter gepflückt. An meinem Ohr eine Stimme, die mir liebenswürdig vorschlug, jetzt zurückzuklettern, so vorsichtig wie möglich, und, wenn es irgendwie ginge, nicht vom Dach zu fallen, ich würde noch gebraucht. Eine Stimme, die leiser wurde, Picco beschwor, jetzt bitte den Rand zu halten, nur für einen Moment, hier habe er nichts zu melden. Um dann zu flüstern: »Mei Gina, es ist jetzt ned der richtige Zeitpunkt, und ich weiß auch nicht, ob dein Muskelmann mich dafür verprügelt, aber es ist mir auch egal …«, ich hörte, wie er Luft holte, zittrig wieder ausatmete, »… ich hab mich in dich verliebt.«

22.

Er küsste mich nicht gleich. Er kam nach mir die Leiter herunter, einen kleinlauten, zerzausten Picco gegen seine Brust gedrückt. Er schob mich auf einen mit räudigem Kunstpelz überzogenen Hocker, wies mich an, sitzen zu bleiben, vornübergebeugt, den Kopf zwischen den Knien, ich sähe aus wie ein Laken. Dann hörte ich seine Schritte auf der Treppe. Ich blickte auf Kondome, verschwimmend, changierend zwischen Gelb und Giftgrün, ich versuchte, tief ein- und auszuatmen, gegen die Wände meines Dirndlgefängnisses. Ich hörte, wie er mit Picco redete, ihn als blöden Hund bezeichnete, in zärtlichem Ton, von dem mir noch schwindliger wurde. Ich hörte, wie er mit jemand sprach, Julia vielleicht, hörte Wasser rauschen, dann wieder seine Schritte auf der Treppe zum ersten Stock, zum zweiten.

Er war papageienlos, im offenen Hemd, Neoprenanzug und Müllsacklendenschurz, er stellte ein Tablett auf den Boden. Und verriegelte die Tür hinter sich.

»Hast du … hast du ihn eingesperrt?«

»Ja, allerdings.« Er hob das Tablett wieder hoch, kam auf mich zu.

»Aber ich hab ihm doch versprochen …«

»Weißt du, Gina, du hast ihm ziemlich viel versprochen.«

Er lachte. »Trink einen Schluck Wasser. Und vielleicht isst du auch etwas.«

Er stellte das Tablett auf meinem Schoß ab, platzierte es vorsichtig auf den Kondomen. Auf dem Tablett ein Glas Wasser und ein Fladenbrot.

»Ich … will nichts essen.«

»Nein?« Sein Gesicht, dicht vor mir, immer noch die steile Falte auf seiner Stirn, ich strich sie glatt.

»Glaub mir, es war nichts mit Strobl. Ich wollte nur ins Hotel … die Schokolade auf dem Kopfkissen … Ich konnte doch nicht wissen, dass er auf Korksohlen … Äh, na ja … Vielleicht war es nur wegen der Aphrodisiaka-Haxe. Ich musste seinen Schuh über den Parkplatz werfen, und dann bin ich gerannt.«

Ich verstummte, hilflos. Sein Lächeln, das ich aus seinen Mundwinkeln pflücken wollte, seine Arme um meine Hüften, seine Hände auf raschelndem Gummi, seine Lippen an meinem Ohr, das er bei dieser Gelegenheit gleich küsste, sein Flüstern, das mit Strobl müsse ich ihm genauer erzählen, später. Ein Glas, das umfiel, ein Fladenbrot, das plattgedrückt wurde, sich stumm in sein Schicksal ergab, als ich vom Hocker in seine Arme rutschte und wir zwischen Angelausrüstungen, Briefmarkensammlungen und Bananenaufkleberchen zu Boden sanken, beglotzt von mindestens einem Dutzend Hirsch- und Eberaugen.

Was mit Susn sei, fragte ich zwischen zwei Küssen, strich mit dem Daumen über seinen Schnitt am Kinn, den Susn, Quirins Cousine, ihm nicht im Liebesrausch zugefügt hatte. Ob ich nicht wisse, dass Susn Thereses Tochter sei, sie seien zusammen aufgewachsen, er kenne auch ihren Freund gut. »Sie ham sich verkracht, weißt, ihr Freund ist nach Frankreich gefahren, zum Zelten, und was machts, die dumme Henna«, er hielt inne, um meine Silberkappe abzustreifen, »fährt mit dem Stroblbrunza in seinem Porsche in die Disco und wundert sich, wenn er mehr will.« Seine Hände in meinem Haar, der nächste Kuss, der seinen Bericht unterbrach, diesmal endgültig, Lippen auf meinem Hals, Fingerspitzen, die längst mit sehnsüchtigeren Zonen verabredet waren.

Aber vor den Liebesrausch hatten die Götter ein Kondomdirndl gesetzt. Ein Gummikorsett, das er vergeblich nach einem Reißverschluss abtastete. Bis ich ihm gestand, dass es keinen Reißverschluss gab und dass ich Julia holen müsse, um alles wieder aufzutrennen. Wie es aussah, waren wir schon mitten in einer Bettkatastrophe.

»Erst eingezäunt, dann eingenäht, interessant, Frau Zuhlau.« Er lachte. Aber mir war nicht nach Lachen zumute.

»Hast du eigentlich Zahnkronen? Oder Zwerggeckos?«

»Stehst du drauf? Dann besorg ich mir welche.«

Er strich mir eine Haarsträhne aus der Stirn, sah mich an. »Was ist?«

Beschämt flüsterte ich ihm ins Ohr, dass es eine Art universales Gesetz gebe, das alle meine Liebesbegegnungen in einem Fiasko enden ließ. Und diesmal würde es besonders schlimm werden.

»Warum?«

»Weil ich noch nie so … so …«

»Liab, ich doch auch nicht«, murmelte er, küsste in aller Ruhe und quälenden Langsamkeit meine Halsbeuge. Um dann mit einem bedauernden Seufzer aufzustehen und zwischen Schminkkästen, Fächern und Nageletuis der letzen fünfzig Jahre herumzusuchen. Er hatte Hemd und Müllsacklendenschurz ausgezogen, trug nichts als einen glänzend schwarzen Neoprenanzug, der im Schritt fast platzte, und es schien ihm vollkommen egal zu sein, dass er über und über mit Bananenaufkleberchen übersät war.

»Soll ich?« Das amüsierte Zucken in seinen Mundwinkeln, als er die Nagelschere hochhielt. Die feinen Lachfältchen um seine Augen.

Ich legte die Arme um seinen Hals, und auf einmal wusste ich, dass uns nichts passieren würde.

Dachbalken. Eberköpfe. Auf dem Boden ein zerknüllter Neoprenanzug. Und ein zerschnittenes Kondomdirndl. Ich hoffte, Julia würde mir die Schnitte entlang ihrer Naht, trotz aller Ungeduld von Quirin so vorsichtig wie möglich ausgeführt, verzeihen. Und auch, dass eins der eingerollten Präserln fehlte.

Von unten Stimmen und Musik, nicht mehr Nat Wildmosers Chor, sondern Oldies aus den Achtzigern. Wir lagen auf dem

Kunstfell mit dem Bärenkopf, und während Quirin mich über Mirko ausfragte und mir den Rest von Susns Geschichte erzählte, klaubte ich Bananenaufkleberchen von seinem Körper. Susn, sagte Quirin, habe noch während ihrer Nacht mit Strobl erkannt, dass sie ihren Freund über alles liebe. Was mich nicht weiter erstaunte. Ob sie wohl auch Bekanntschaft mit seinen Eiffelturmsocken gemacht hatte? Anscheinend hatte sie Quirin davon nichts erzählt. Er sei, erklärte Quirin, verdammt wütend gewesen, wie konnte sie nur auf diesen Blender hereinfallen? Sie habe nur noch zu ihrem Freund gewollt, und er selbst habe sie trotz seiner Wut zum Bahnhof gefahren, obwohl er wusste, dass Therese an der Decke kleben würde. Er unterbrach seinen Bericht, um jede meiner Fingerspitzen einzeln zu küssen, vielleicht, um mich davon abzuhalten, weitere Aufkleberchen von seiner Brust abzuziehen.

Susn, erzählte er, sei nicht nur geflüchtet, um sich mit ihrem Freund zu versöhnen, sie liege auch im Dauerclinch mit ihrer Mutter. Kein Wunder, nicht jeder habe eine Mutter, die sich vor Häusern ankette.

Ob sie tatsächlich das Testament gesucht hätten, fragte ich und dachte flüchtig darüber nach, dass ich nicht gewusst hatte, wie schwer es war, aus einem engen Neoprenanzug herauszukommen und wo überall Bananenaufkleberchen haften konnten. Und dass all dies kein bisschen katastrophal war.

»Ich glaub fast, Therese hat meinen Vater tatsächlich dazu gebracht, ja. Was sie damit vorgehabt hat, will ich lieber nicht wissen. Die Frauen in unserer Familie san halt impulsiv, handeln, bevor sie denken, und trotzdem wird gemacht, was sie sagen.«

»Dann müsstet ihr eigentlich gut mit Christiane auskommen.«

Ich pflückte ein weiteres Aufkleberchen ab, diesmal von seinem Bauch. »A1 Colombia« stand darauf.

»Mein Vater balzt ja schon wie tausend notgeile Pfauen um sie herum. Und dann läuft er einfach weg, der gscherte Hund, ich muss ihm hinterhertelefonieren und krieg ihn ned an den Apparat, und mei ... bin ganz allein mit dem Schlamassel und muss mich noch dauernd fragen, warum Frau Zuhlau so wütend auf mich ist.«

»Worüber habt ihr eigentlich geredet? Deine ... Cousine und du? Auf dem Uferweg?«

»Willst du es wirklich wissen?« Seine Hände in meinem Nacken spielten mit einer Strähne, die mir die Nail-Art-Metzgerin gnädig gelassen hatte. »Über dich. Darüber, dass ich schrecklich in dich verknallt bin und dass es der blödeste Zeitpunkt ist, es dir zu sagen, und was ich verdammt noch mal tun soll.« Weiter wanderten die Hände, über meinen Rücken, und ich vergaß, was ich noch fragen wollte: Ob sein Vater etwa mit Christiane zusammen gewesen war, etwa in einem Lokal, wo es Weinbergschnecken gab und französische Musik lief? Und ob das Ganze nicht ungeheuerlich war?

Dass ich auch schrecklich verliebt in ihn sei, war alles, was ich herausbrachte. Verlegen und etwas zu grob entfernte ich das Aufkleberchen einer Eldorado-Tabasco-Premium-Banane aus Costa Rica, küsste nach seinem Schmerzensruf die malträtierte Stelle, und danach redeten wir nicht mehr viel. Zwischendurch glaubte ich, Schritte auf der Treppe zu hören, die quietschende Tür zur zweiten Dachkammer, ein Rumpeln, ein Schaben, aber ich achtete nicht weiter darauf.

Als wir herunterkamen, war das Haus nicht mehr von Stacheldraht umzäunt, jemand hatte die Pfähle herausgerissen. Auf Kommoden und Tischen brannten die Papstkerzen. Floh lag winselnd vor der Haustür und empfing uns, als wären wir monatelang auf einer Polarexpedition gewesen. Niemand sonst beachtete uns. Franzi und Özcan tanzten zur Musik aus dem tragbaren CD-Player, den wir, neben ungefähr fünfzig ähnlichen Modellen im Planquadrat E6, erster Stock, ausgegraben hatten. Lutz lag auf einem Sofa, den Kopf in Julias Schoß. Hartl, ein Jackett über seinem festlichen weißen Hemd, sah an Christianes Seite tatsächlich eher nach Leonhard aus als nach Hartl und hielt ihre Hand. Sie saßen dicht beieinander, auf einem breiten Sessel aus rotem Plüsch, und jetzt, da ich Gelegenheit hatte, die Flecken an seinem Hals näher zu betrachten, ahnte ich, auf welche Weise er die Nacht verbracht hatte. Und mit wem. Christiane hatte sich umgezogen, trug jetzt Jeans und Bluse und wirkte kein bisschen übernächtigt. Während sie Geschichten über ihre Tante erzählte, schien ihr Daumen in ein eigenes Gespräch mit Leonhards Daumen vertieft zu sein, ein unablässig streichelndes, zärtliches Gespräch. Sie lächelte mir zu, als ich mich auf den freien Stuhl neben Julia setzte.

»Was, kruzifixnoamoi, ist denn hier los?«, fragte ich Julia leise.

»Schau mal hoch.« Sie machte eine Kopfbewegung Richtung Dach. Wo im schon violetten Abendlicht das Transparent »Rettet die Romantik!« hing. Daneben prangte ein zweites, neues und größeres Transparent: »Christiane, ich liebe dich, egal, was du tust.« Die riesigen Lettern glitzerten, rot und golden, den ersten scheu aufscheinenden Sternen entgegen. Vermutlich sichtbar bis in die nächste Galaxie, ein Anflugspunkt für alle Außerirdischen, unterwegs in Entführungsabsichten. Aber niemand, der hier zwischen dem Sperrmüll saß oder tanzte, machte den Eindruck, als lege er Wert auf eine Erlebnisreise in eine andere Galaxie. Judda und Üwe hatten die Romantik für sich entdeckt, tanzten Blues auf einer Kommode, der fischlippige Mann aus dem Tauchkurs drehte sich innig mit einer Stehlampe, Nat Wildmoser und seine Jungs hatten das Singen aufgegeben, konzentrierten sich nur noch auf die Bierdosen. Der Nail-Art-Stand war vorübergehend zu einem Apfeldatschi-Stand geworden, die Metzgerin, Kathi und Therese trugen weitere Bleche aus dem Café herbei, plauderten friedlich über das gelungene Event.

»Es gibt a großes Foto von meinem Abtransport auf der ersten Seite im Lokalteil«, verkündete Therese stolz, stellte Apfeldatschi und Kräuterlikör neben die Platte mit den übrig gebliebenen Fleischpflanzerln, die niemand mehr anrührte, immerhin waren wir alle durch Kuhkuscheln und den Genuss der veganen Yin-Yang-Haxe sensibilisiert. Deren Zubereitung, flüsterte mir Julia zu, habe Lutz so sehr erschöpft, dass er Piccos Anblick auf dem Dach nicht mehr verkraftet und einen Ohnmachtsanfall erlitten habe. Zum Glück nur für Sekunden. Er habe sich erholt und mit allen anderen der Papageienrettung beigewohnt. Sie habe ihm nachher in der Küche etwas zu essen geholt und Quirin getroffen, der seinerseits mir etwas zu essen holte und sie bat, die nächste Stunde nicht unbedingt den Dachboden aufzusuchen.

»Jetzt mal ehrlich, Süße: Ihr habt da oben *gegessen?*«

Ich schüttelte den Kopf und nahm mir ein großes Stück Apfeldatschi. Mit Sahne. Bei einem Orgasmus, hatte ich einmal gelesen, verbrauchte man bis zu dreihundert Kalorien. Irgendein Schlaumeier, der wahrscheinlich nicht allzu viele Kalorien auf diese Weise verbrannte, hatte errechnet, dass dieser Energieverbrauch, gemessen an der kurzen Dauer, eine Leistung von zweiundvierzig Kilowatt ausmachte. Vermutlich hätten Quirin und ich eine mittlere Großstadt zum Leuchten bringen können. Und ich hatte mir meinen Apfeldatschi verdient.

Julia sah mich immer noch neugierig an, aber der genaue Bericht über das, was in der Dachkammer passiert war, musste bis morgen warten. Ich hauchte nur ein schnelles: »Süße, es war perfekt«, bevor Quirin, der zur Tauchschule gejoggt war, sich neben mich setzte, jetzt umgezogen, in Jeans und Hemd.

»Und was wird mit dem Haus und Strobls?«, fragte ich Julia schnell, bevor sie näher darauf eingehen konnte. »Hat sie was gesagt?«

Julia zuckte mit den Schultern. »Nur, dass sie nicht bei den Strobls war. Sie ist beim Notar gewesen und im Beerdigungsinstitut. Aber das konnte ich doch nicht wissen!« »Hier sind wohl einige etwas übereifrig gewesen«, stellte Christiane lächelnd fest, mit einem etwas strengeren Seitenblick zu Therese. Und ich verkniff mir die Bemerkung, dass es seltsame Beerdigungsinstitute gab, in deren Aufzügen »Je t'aime« gespielt wurde, ganz zu schweigen von Notaren, die ihre Kundinnen zum Kichern brachten und ihnen Weinbergschnecken servierten. Christiane war sowieso längst weiter, nutzte die Gelegenheit, um einen ihrer Vorträge zu halten: Statt »Rettet die Romantik!« solle die Parole lieber »Organisiert die Romantik!« heißen, wenn dieser Uferstreifen samt aller tollen Ideen wie Vegan-Haxe, Kuhkuscheln und Müllsackmode überleben wolle. Über kurz oder lang werde immer ein Strobl kommen, niemand wisse das besser als sie. Und es sei – an dieser Stelle streifte sie Leonhard mit einem so liebevollen wie strengen Seitenblick – zwar eine traumhafte Option, vor den Strobls dieser Welt in Tauchparadiese nach Malta oder anderswo zu flüchten, aber man müsse auch den Anforderungen der Realität standhalten, hier in Neuenthal. Auf diese kurze Einführung folgten Personalberechnungen und Konkurrenzanalyse, Gedanken, denen Leonhard durch ein »Ja, ja, des kriagma scho« und einen überraschenden Kuss ein Ende machte. Es war das erste Mal, dass ich meine Chefin erröten sah. Ein Ereignis, das auch sie anscheinend durcheinanderbrachte, so sehr, dass sie verstummte, sich gegen Leonhards Schulter lehnte und schweigend das Transparent betrachtete.

»Kann scho sein, dass ich ein bissl übereifrig war.« Therese schob den Indiana-Jones-Hut in den Nacken, musterte uns: Leonhard und die immer noch sanft glühende Christiane, Julia, die Lutz einen Rest Currysauce vom Zöpfchen wischte, die etwas abseits sitzende, in den Nachthimmel träumende Susn, Quirin und mich.

»C'est la vie« sagte sie. »Red ma nimma drüber, saufma oan drauf. Prost.«

Sie füllte sieben kleine Gläschen mit Kräuterlikör, und wir alle stießen miteinander an.

Epilog

Die Herausforderung für heute: bei ausgefallener Klimaanlage die Nerven behalten, einen hechelnden Hund im Nacken, einen Käfig mit zwei kreischenden Papageien auf der Rückbank, das Ganze an einem glühenden Mittag des bisher heißesten Augusts seit Beginn der Wetteraufzeichnungen. Behauptete der Radiosprecher. Ich schaltete ihn ab. Bruce war auch keine Hilfe. Und mein Beifahrer schon gar nicht. Er hatte sein Hemd ausgezogen und tippte auf dem Navigationsgerät herum, das er gerade gekauft hatte, mit der Stimme von *Jennifer, dem schnurrenden Kätzchen, das Ihnen sanfte Marschbefehle erteilt.* Für exklusive 16,95 Euro. Eigentlich nicht für den Bus der *Lachschmiede,* sondern für den Kombi der Tauchschule gedacht. Aber natürlich würde es kein Mann dieser Welt jemals schaffen, ein eben erstandenes Elektrogerät in der Verpackung nach Hause zu bringen, egal, was er damit heraufbeschwor. Unter all ihrem Geschnurre erwies sich Jennifer als äußerst zickig, bestand hartnäckig auf einer anderen Route als Bruce, der damit erwartungsgemäß nicht klarkam und sich vor gebellten Befehlen und immer rüderen Drohungen fast überschlug. Ich zählte langsam bis zehn, ignorierte Quirins gereizten Ausruf: »Rechts, Gina, rechts, Kruzifix! Hörst du nicht, was sie sagt?«, gab Gas und fuhr geradeaus. Hinter uns versuchte Picco, seiner Verlobten zu imponieren, mit ohrenbetäubendem Gekecker, das die künftige Gattin mit noch schrillerem Gezeter beantwortete. Schon die Hinfahrt zur Zoohandlung mit einem aufgeregten Papagei, der zu ahnen schien, dass es auf Brautschau ging, war eine Herausforderung gewesen. Jetzt, nach drei Stunden intensiven Speed-Datings und einem Abstecher zum Elektronikmarkt, waren wir im Auftrag meiner Chefin auf dem Weg zu einem privaten Weinhändler, den es, wie mein reizender Beifahrer behauptete, wahrscheinlich nur im Internet oder in Christianes Phantasie gab.

»Soll die arrogante Henna ihren überteuerten Wein doch selbst besorgen, wenn's ihn so nötig hat«, grantelte er, und ich atmete einmal tief ein, in mein Sonnengeflecht, wie im Yogakurs gelernt, erklärte ihm zum ungefähr zwanzigsten Mal, der exquisite Barolo sei nicht für Christiane, sondern für die Tauchschule bestimmt. Sie wolle einen Kurs mit Nachtschnorcheln und Weinprobe anbieten. Christiane hatte sich ein weiteres Mal großmütig gezeigt und nach einer längeren Sitzung bei Regula beschlossen, das Grundstück samt Haus an Leonhard und Therese zu verkaufen, zu einem viel geringeren Preis, als Strobl ihr geboten hatte, und trieb dafür alle mit ihren Organisationsideen in den Wahnsinn. Im Haus gab es nicht mehr viel zu tun, der Sperrmüll war abtransportiert worden, an Mirls feierlicher Beerdigung hatte das gesamte Dorf teilgenommen. Sie sei, hatte Christiane mir erzählt, am Tag der Hausbesetzung tatsächlich im Beerdigungsinstitut gewesen, aber nur am Vormittag. Vor der Tür fing Leonhard sie mit dem Vorschlag ab, sich wenigstens für einen Nachmittag gemeinsam allem zu entziehen. Aus dem Nachmittag war ein Abend geworden und schließlich eine Nacht. Eine Nacht, über die sie errötend schwieg. Um mir gleich darauf zu gestehen, sie habe eben erst und nicht zuletzt durch Regulas Hilfe erkannt, dass sie Stress, Tratsch und Klüngelei in Köln schon lange satthabe. Selbst wenn sie die *Lachschmiede* wieder flottmachen könne, dank dem unverhofft großen Geldbetrag, der außer dem Grundstück zu ihrem Erbe gehörte, denke sie darüber nach, vielleicht etwas ganz anderes zu machen. »Wir könnten auch verkleinern, Schorschelchen, das müssen wir sowieso. Keine Großevents mehr, nur noch Künstlerbetreuung. Du könntest die Leitung übernehmen, erst in Vertretung, dann vielleicht ... Denk mal drüber nach.«

Genau das tat ich. Jetzt, hier in diesem Auto, zwei keifende

Papageien hinter mir, zwei einander widersprechende Navis vor mir, den feucht und heiß hechelnden Hund im Nacken. Mein Beifahrer hatte seinen Gurt gelöst, verteilte in Hunde- und Vogelnäpfe den Rest Wasser aus einer warmen Zweiliterflasche, verpasste den Papageien dabei eine rasche und unwirsche Eheberatung: »Kruzifix, ihr ruinierts euch die Liab, wenn ihr einfach alles aussprecht, was ihr denkt. Habts mi?« Worauf er sich umdrehte, seine eigenen Partnerschaftsratschläge missachtete und gereizt fragte, ob es mir eigentlich Spaß mache, bei gefühlten fünfzig Grad stur in die falsche Richtung zu fahren. Es war der unpassendste Zeitpunkt für die Idee, die mir gerade durch den Kopf huschte, unerwartet und so überraschend, dass ich mitten auf der Straße bremste …

Es war zwar sicher leichter, eine Künstleragentur von Köln aus zu leiten, aber eigentlich konnte man es von überall tun. Sogar von Bayern aus. Was den Vorteil hatte, dass ich dadurch in Julias Nähe bleiben könnte, die nicht mehr in der Agentur arbeiten, sondern lieber mit Lutz ein Restaurant eröffnen wollte, am liebsten hier, wo Lutz sich schon einen Namen gemacht hatte. Der zweite Vorteil: Ich würde auch in der Nähe meines Lebensabschnittsbayers sein. Allerdings war ich mir gerade nicht sicher, ob ich dies wirklich als Vorteil betrachten sollte.

»Mei, Gina! Was tust du denn jetzt?« Quirin stöhnte genervt und schlug die Hände vor das Gesicht. Hinter uns entschloss sich Picco, es bei seiner Partnerin mit einem Bauarbeiterpfiff, gefolgt von einem gurrenden »Du bist soo guuut!« zu versuchen. Worauf seine Verlobte aufkreischte, diesmal so entzückt, als tänzele vor ihr nicht nur Picco auf der Stange, sondern eine ganze Papageienboygroup in Ledertangas.

Ich aktivierte meine innere Kuh, atmete ins Sonnengeflecht und erklärte meinem Beifahrer freundlich, aber bestimmt, ich sei nicht seine Surfschülerin, er müsse mir nicht sagen, was ich tun solle. Abgesehen davon sei es vielleicht besser für meine Konzentration, wenn er seinen Hund dazu bringen könnte, gütigst die Zunge aus meinem Nacken zu nehmen. Damit fuhr ich wieder an, hielt ihm, da ich gerade in Schwung gekommen war, etwas weniger freundlich, dafür mit steigender Lautstärke, all das vor, was ich eben noch durch Zählen, Kuh-Imagination und meditatives Atmen zurückgehalten hatte. Er hörte den Vortrag schweigend an. Mit, wie ich aus dem Augenwinkel bemerkte, immer amüsierter zuckenden Mundwinkeln.

»War's das, Frau Zuhlau?«

Ich nickte würdevoll. Er lachte.

»Mei, san wir narrisch. Fahr doch mal da vorne rechts ran, da ist wenigstens Schatten.«

»*Du* bist narrisch, völlig jeck, nicht ich.« Ich parkte unter einem Baum. Was beiden Navis überhaupt nicht passte. Bruce befahl uns in harschem Ton, abzubiegen, halbrechts, in den Wald, während Jennifer sich schnurrend in Widersprüchen verfing, uns bat, die zweite Ausfahrt in einem nicht vorhandenen Kreisverkehr zu nehmen, sich darauf mit einem: »Oooops!« korrigierte und empfahl, uns lieber links zu halten. Quirin zog mich in seine Arme.

»Entschuldige, Liab.«

Hinter uns stieß Picco einen fragenden Flötenton aus, den seine Gattin mit einem zärtlichen Gurren beantwortete. Bruce befahl uns zu wenden, ein Vorschlag, den Jennifer mit seidenweicher Stimme aufgriff. Worauf beide Navis wie vom Donner gerührt verstummten. Quirin küsste mein Ohr, flüsterte mir atemlos alle möglichen Vorschläge zu, was wir zu Hause am See tun könnten, statt Christianes Rotwein zu suchen, wovon Sex auf einem Surfbrett in tiefem Wasser noch der harmloseste war. Die Navis begannen ein vorsichtiges Gespräch, Wendemöglichkeiten in zweihundert oder vierhundert Metern Entfernung betreffend, aber darunter, ich spürte es genau, schwangen zartere Gefühle mit. Picco baggerte seine künftige Gattin immer ungestümer an, und ich sah ein, dass mir nichts anderes übrigblieb, als Quirins Vorschläge anzunehmen. Schon wegen des Ganghebels, der sich in meine Hüfte bohrte. Ganz abgesehen von einem eifersüchtigen, uns immer heftiger stupsenden Hund. Energisch schob Quirin Floh zurück auf seinen Platz, und ich wandte mich Bruce zu, der mich in unerwartet softem Ton fragte, ob ich diese Navigation wirklich beenden wolle. Ich berührte die Okay-Taste.

»Und wo willst du jetzt hin, Baby?«

Ich drückte die Nachhause-Taste, und die Adresse von Mirls Haus leuchtete auf.

»Hoam«, sagte ich, startete den Motor und fuhr an.

Glossar
oder
Kleine Verständnishilfe für in Bayern ausgesetzte Großstädterinnen

Apfeldatschi: flacher, gedätschter Kuchen. Wahlweise mit oder ohne Streusel. Im süddeutschen Sprachraum sind auch Zwetschgendatschi und Reiberdatschi (Kartoffelpuffer) bekannt. Gina lernt den Apfeldatschi als Trost zu schätzen in Situationen, in denen sie vom Leben in der Fremde gebeutelt (gedätscht) ist, sowie als Belohnung nach hohem Kalorienverbrauch.

ausgschamt: unverschämt (nicht etwa: ausgeschämt). Die alte Burgl gebraucht es im Sinne von schamlos und meint damit in einem Atemzug Christiane Breitner, Gina und alle anderen ausgschamten Weiber aus der Stadt.

Biafuizl: Bierfilz, Bierdeckel. Der erste Teil des Wortes lässt sich von lateinisch *bibere* (trinken) ableiten. Weltweit werden pro Jahr ca. 1,8 Milliarden Hektoliter Bier gebraut und verbraucht, ungefähr die Hälfte davon in Bayern.

Britschn: Schlampe, Frau mit liederlichem Lebenswandel in jeder Hinsicht. Burgl zitiert hier Hemingway, in dessen Texten des Öfteren von Frauen als »Pritschen« bzw. als »Matratzen« die Rede ist. Es könnte sein, dass Burgl dies in diesem Moment nicht reflektiert.

brunzn (auch *biesln, soachen*): So wie die Inuit tausend Varianten für das Wort Schnee haben, hat der Bayer unzählige, liebevoll gewählte Verben für die Entleerung der Blase nach Genuss von viel Flüssigkeit. Ist man in Bayern mit dem Auto unterwegs, wird es einem auffallen, dass immer wieder auf die Entfernung zum nächsten WC hingewiesen wird. Nicht in Kilometern, sondern in Minuten, was sicher damit zu tun hat, dass der Bayer um den Wasserhaushalt seiner Mitmenschen sehr besorgt ist und Getränke grundsätzlich in Gläsern ab 0,5 Liter Fassungsvermögen ausschenkt. Vielleicht steht die Menge der ausgeschenkten Flüssigkeiten in den verschiedenen Bundesländern auch im Verhältnis zur Staudichte auf den Autobahnen. Schenkte man in Nordrhein-Westfalen beispielsweise, wo eine Flüssigkeitsmenge über 0,2 Liter schon als beinahe frivol gilt, größere Mengen aus, bekäme man schnell ein Brunzproblem auf den Randstreifen. (Hier ist das bayerische Wort als Übung nicht nur zwanglos in einen hochdeutschen Satz eingeflochten, sondern darüber hinaus mit einem hochdeutschen Substantiv verschmolzen, ganz im Sinne nicht aufzuhaltender Globalisierung.)

dableamln: blumiger, eher seltener Begriff für veralbern

damisch: dämlich. In ihren bisherigen Vorträgen wies Christiane Gina immer wieder darauf hin, dass dämlich im Gegensatz zu herrlich steht und daher diskriminierend ist. In Bayern wird es aber liebevoller gebraucht, und männliche und weibliche Elemente werden vermischt, im Sinne einer gesunden Ausgewogenheit von Yin und Yang, auf die besonders das Karöttchen Wert legt: *a damischer Hirsch.* Wegen dieser Ausgewogenheit beschließt das Karöttchen auch, sein erstes eigenes Restaurant *Chez Lutz* in Bayern zu eröffnen.

Duttln, auch *Duttn:* Ein anderer Begriff für Airbags, Milchbar, Hupen, Bommeln, Kazongas. Daher ist ein *Duttara* jemand, der noch nicht von der Brust, in diesem Fall der Mutterbrust, losgekommen ist.

eini (Gegensatz: *aussi*): hinein. Der sprachsensible Bayer unterscheidet zwischen: *eini* (hinein) und *eina* (herein). Bei dieser Gelegenheit wäre auch auf das nicht minder sensible Verb *einzipfeln* hinzuweisen. Ein Wort, das Gina erst nach längerem Aufenthalt gelernt hat, auf dem Dachboden, von Quirin. Zum näheren Verständnis siehe *Zipfi*.

fei: viel bedeutendes, wichtiges Wort, für das der Begriff Füllwort zu schade ist. Ändert nichts am Sinn des Satzes, verstärkt aber die Wirkung ungeheuer. Wurde deshalb vor Jahren zum Lieblingswort der Bayern gekürt. Lässt sich an jeder beliebigen Stelle in jeden Satz einflechten. Kann gerade einem hochdeutschen Satz, weil unerwartet, eine fei explosive Wucht verleihen.

fesch: hübsch, flott

Flitscherl: Flittchen, neudeutsch: Bitch (siehe auch *Britschn*)

gnua: Es ist nie genug, vor allem, was die Getränkemenge angeht.

Gspusi: Ein zunächst noch lockeres Liebesverhältnis, bei dem – zumindest nach früherem Verständnis – nicht eingezipfelt wird.

gamsig: wollüstig wie die Gams zur Brunftzeit. In anderen Bundesländern, z. B. NRW, müssen die dort ansässigen Tiere herhalten: rattig, rattenscharf.

Geratsche: Gerede, Tratsch, nicht nur beim Friseur

Gfrias: etwas grobe Erinnerung daran, dass der Mund nicht nur zum Reden, sondern auch zur Nahrungsaufnahme dient. In anderen Dialekten auch Fresse genannt.

Goschn: etwas feiner als *Gfrias,* aber in etwa gleichbedeutend

greislich: grauslich, abstoßend, unansehnlich. *A greislichs Mannsbild* ist für Therese ihr Ex, der Strobl, der früher einfach besser aussah.

gschert: geschoren, gerne als Schimpfwort im Zusammenhang mit einem Tier (Hund, Hammel, Saupreiß) gebraucht

gscherter Hund: demnach ein geschorener Hund. Warum Quirin es auf einen Papagei anwendet, ist wohl seiner momentanen Verwirrung zuzuschreiben, in die Ginas Gegenwart ihn stürzt.

gschtinkat: schlecht riechend

Haferl: Tasse. Gefäß, aus dem selten Bier getrunken wird.

Hallodri: ein in Liebesdingen aufreizend unberechenbarer Mensch, meist oder immer ein Mann. Und meist oder immer steckt eine gewisse Bewunderung in dem Gebrauch dieses Begriffs, der übrigens nichts mit einem Jodler zu tun hat.

Henna: lebendes Huhn, manchmal auch Bezeichnung für lebende Frau in Freilandhaltung, z. B. für Christiane

Hendl: gebratenes oder gegrilltes Huhn. Besser nicht auf Frauen anzuwenden, nicht einmal nach zu langem Verweilen im Sonnenstudio.

hergfotzt: nur halb so schlimm, wie es klingt. *A Fotzn* ist eine Ohrfeige. Der gehört *amoi gscheit hergfotzt* bedeutet also sinngemäß: Sie sollte einmal richtig geohrfeigt werden. Eine nicht unbedingt pazifistische Aussage, die die fromme Hoffnung beinhaltet, nach der Ohrfeige werde alles besser, für alle Beteiligten. Und vielleicht auch für den Rest der Welt.

hoam: inniger Begriff für Verwurzeltsein. Impliziert Sehnsucht nach dem Ankommen, Wiederkehren, Bleiben. Und noch ist nicht heraus, ob es nicht doch einen ekstatischen Zustand beschreibt, den nur Eingeweihte kennen.

hosd mi: Verstehen Sie mich? Hier verhält sich der Bayer wie Mitglieder des angloamerikanischen Sprachraums. Es gibt keine Sie-Anrede, im Verstehen und Verstandenwerden sind wir alle per Du. Wörtlich übersetzt: hast du mich (nicht etwa: hasst du mich). Ein *hams mi* gibt es nicht.

hot: nicht etwa gleichbedeutend mit heiß (*hoaß*), sondern eine Konjugationsform des Hilfsverbs haben. *Er sie es hot.* Besonders gern mit »es« gebraucht: *Heute hots so an schönen Himmi / Vollmond* ist eine brauchbare Einleitung zu einem Flirt, der noch hot werden kann.

Hundskrüppe, auch *Hundskrüppel:* sehr harte Beschimpfung, die Floh diskriminierend findet, weswegen er Picco nicht mag, und die er seinem Herrchen verboten hat. Quirin hält sich daran und rettet sich mit anderen Beschimpfungen, siehe *Duttara, Soacha, Zipfeklatscha.*

Kruzifix: Beschwörender Fluch, auch als bewundernder Ausruf gebraucht. Ursprünglich aus dem lateinischen Text der Messe. Nach Belieben zu steigern: kruzifixnoamoi, kreizkruzifixnoamoi, kreizkruzifixnoamoimileckstamoarsch.

Ois: alles. Auch im philosophisch-theologischen Sinne als die Einheit allen Seins zu verstehen, die All-Einheit. Dies hat auch

Hartl im Sinn, als er Gina versichert: *Woaßt Madl, a Kummer oder a Freud, ois geht eh vorüber.*

Oide: Alte, auch Ehefrau

oide Schäsn: alte Schachtel, Scharteke. Hier despektierlich für Burgl gebraucht.

passt scho: passt schon, ist in Ordnung, okay. Unterschwellig schwingt, je nach Tonfall, mit: Und wenn es nicht passt, wird es passend gemacht.

Präserl: Pariser, Kondom. Die Verniedlichungsform gilt für alle Größen.

pratzln: prellen. Ursprünglich aus dem Bereich des Kartenspielens: mit den *Pratzn* (Pfoten) nach einer Karte greifen.

sakrisch: verdammt, gewaltig, ungeheuer. Von Sakrament, Sakra. Im Zusammenhang mit *guad* als höchstes Lob gebraucht.

Schafszipfi: Geschlechtsteil eines Schafsbocks. Trotz seines eher verspielten Klangs empfiehlt es sich nicht, dies unvorbereitet zu einem männlichen Exemplar der bayrischen Spezies (Mannsbild) zu sagen. Hier muss dringend auf weitere kreative Varianten des Substantivs *Zipfi* hingewiesen werden: *einzipfeln, Zipfeklatscha.*

schamma: schämen, siehe *ausgschamt*

sei stad: sei still, ruhig, brav. Kann auf Tiere (*Sei stad, Regula*), Frauen (*Sei stad, Chris, des passt scho, des kriagma scho*) und Männer (*Sei stad, Lümmelchen, warte, bis wir um die Eckn sind*) angewandt werden.

Schmarrn: Blödsinn. Aber auch etwas Leckeres: Kaiserschmarrn, Apfelschmarrn.

Soacha: Seicher, Pinkler. Quirin spielt hier auf eine sehr alte Geschichte aus dem gemeinsam mit Alex Strobl verbrachten ersten Grundschuljahr an, als der kleine Alex sich in die Hose machte.

Teifi: Teufel. Burgl ruft beim Friseur zur Sicherheit Gott und Teufel an, um klarzumachen, dass das Grundstück ihrer ehemaligen Klassenkameradin Mirl nicht Christiane Breitner, sondern der Kirche zugesprochen werden soll. Sie weiß, dass sie sich auf verlorenem Posten befindet, denn Mirl hat in den letzten Jahren immer weniger Gottesfurcht gezeigt. Was Burgl nicht zu Unrecht mit Mirls Besuchen bei ihrer Nichte Christiane in Verbindung bringt. Mirl und Burgl kennen sich seit ihrer Einschulung vor langer, langer Zeit und trafen sich in den letzten Jahren einmal wöchentlich zum Kaffeetrinken bei Therese. Aus alter Gewohnheit nannten sie diese Zusammenkünfte Klassentreffen, auch wenn aus der alten Schulklasse sonst niemand mehr abkömmlich war. Nun muss Burgl diese Klassentreffen alleine abhalten. Auch das macht sie begreiflicherweise wütend.

Vui: viel, hat nichts mit pfui zu tun, z. B. *vui zu dua:* viel zu tun

Was wuist: Was willst du? Eine Frage, über deren Beantwortung man, falls sie in aggressivem Ton gestellt wird, sehr genau nachdenken sollte.

Zipfeklatscha: jemand, der sich an den eigenen Zipfel packt. Von Quirin aus Feingefühl nicht übersetzt.

Wichtige sächsische Begriffe
mit hochdeutscher oder bayerischer Übersetzung

Effgaga: auch FKK genannt, Freikörperkultur. Zu DDR- Zeiten beliebte Art, sich am Strand zu zeigen. Üwe erinnert sich noch gut und sehr gerne daran. Auf Bayerisch: *nackert umeinandarenna.*

Edebedede: etepetete (frz.). Wie dieses Wort nach Sachsen gelangt ist, ist bislang noch unerforscht. Bevor Üwe Quirin und Hartl mit diesem Adjektiv belegte, wurde es noch niemals auf Tauchlehrer angewandt.

vergackeiern: eigentlich ver-kack-eiern. Herkunft vermutlich aus vorgenossenschaftlicher individueller Hühnerhaltung. Veralbern. Bayerisch: *veroarschn, dableamln.*

Zügünfd: Zukunft, jetzt eher imperialistisch geprägt

Vielen Dank an:

Natalja Schmidt, Julia Abrahams, Dr. Andrea Müller und Regine Weisbrod für die wunderbare, konstruktive Arbeit an diesem Buch und mit mir.

Andreas Goetz, ohne dessen sensible bayerische Sprachberatung ois a Schmarrn gewesen wäre, hosd mi?

Jessica von Saucken, die bewundernswert schnell die erste Fassung gelesen, kommentiert und angesichts meiner Fragen auch die Fassung bewahrt hat.

Oliver Kraus für all die Musik, die parallel zum Schreiben gespielt, aufgenommen und gemixt wurde. Und für die Abende in indischen und vor allem in schottischen Restaurants.

Charlotte und Rudi Bläsing fürs Schreibdomizil mit Familienanschluss im Jazz- & Yoga-Haus Rhön. Und in memoriam auch an Jazz- & Yoga-Hund Cato für Inspiration, insbesondere, was Floh betrifft.

Connie Webs for all these years in Theatern, Garderoben und einem Opel Corsa, für umwerfende Komik, unvergessliche Tankstellenerlebnisse und für das Kuhkuscheln in Holland.

Inge Faes vom Statt-Theater Regensburg, die uns bei jedem Gastspiel wieder die bayerisch-englische »Lost in Translation«-Geschichte erzählen muss, sowie Hanne Asch, Peter und Matthias Nikisch und alle anderen vom Statt-Theater.

Olga A. Krouk für unseren intensiven und inspirierenden Austausch über das Schreiben.

Ulrike Twittenhoff für kulturellen Austausch in jeder Hinsicht und aller Freundschaft.

Inka Bialy, Lisa Marie Dickreiter, Ute Hanel, Andreas Goetz, Dr. Angelika Jodl, Birgit Juresa, Friedel und Anita Krepel, Christiane Spies, Hermien Stellmacher und Vivien van Straaten für ein denkwürdiges Autorentreffen im Schwarzwald und dafür, dass sie so nett zu einem tippenden Zombie in pinkfarbener Bluse waren.

Alle vom Autorenforum, die bei Recherchefragen weiterhalfen.

André Cezanne, mit dem ich vor vielen Jahren während des Musikstudiums über einen Hardrock-Männerchor gesprochen habe.